KB253971

전통 시기 중국의 서사론

The Theory of Narrative in Traditional China

저자 **홍상훈**은 1965년 전남 광양에서 태어났다. 서울대학교 중어중문학과에서 「傳統 時期 中國의 敍事論에 관한 硏究」로 20세기의 마지막 박사학위를 받은 후 모교와 순천향대학교 등에서 강의를 하다가, 지금은 인하대학교 한국학연구소 연구원으로 연구 활동을 계속하고 있다. 넓고 깊은 배움의 세계에 대한 동경과 무시로 낚싯대를 들고 떠나는 한량이 멋을 아우르려는 욕심 때문에 자주 쓴맛을 보지만, 일상의 모든 것에서 인문(人文)의 향기를 찾고 싶어하는 꿈을 놓지 않고 있다. 『중국소설비평사략』과 『베이징』을 번역했고, 모교의 동학들과 더불어 『서유기(西遊記)』를 완역했다. 그리고 대중을 위한 중국학이라는 목표 아래 『하늘을 나는 수레』와 『그래서 그들은 서천으로 갔다―『서유기』다시 읽기』를 써내기도 했다. 연구 논문으로는 「한대(漢代) 문인의 형성에 대한 고찰」, 「중평홍루몽평론(重評紅樓夢評論)」, 「비극적 상징의 시 세계―이하(李賀)의 자리」 등 십여 편을 발표했다.

전통 시기 중국의 서사론

1판 1쇄 인쇄 2004년 9월 5일
1판 1쇄 발행 2004년 9월 10일

지은이 / 홍상훈
펴낸이 / 박성모
펴낸곳 / 소명출판
출판고문 / 김호영
등록 / 제13-522호
주소 / 137-878 서울시 서초구 서초동 1621-18 (란빌딩 1층)
대표전화 / (02) 585-7840
팩시밀리 / (02) 585-7848
somyong@korea.com / www.somyong.com

ⓒ 2004, 홍상훈

값 17,000원

ISBN 89-5626-102-4 93820

소명출판

전통 시기 중국의 서사론
The Theory of Narrative in Traditional China

홍상훈

소명출판

　이 책은 필자의 박사논문(1999년 8월)을 수정 보완한 것이다. 돌이켜보면, 작품이나 작가, 문학 유파에 관한 실증적인 연구가 아니라 문예이론을 주제로 삼은 논문을 쓰는 것이 당시로서는 중국문학계에서 상당히 파격적인 것이었지만, 다행스럽게도 그 논문은 별 탈 없이 심사를 통과할 수 있었다. 하지만 학위논문에 대한 상투적인 변명을 끌어들이자면, 필자 역시 심사 일정과 제출 마감 일에 쫓겨 논문을 애초에 의도했던 대로 깔끔하게 마무리짓지 못했다는 아쉬움을 떨치지 못했다. 게다가 논문을 집필하는 과정에서 수없이 떠올랐다 사라진 단상들과, 이런저런 이유로 논문에 포함되지 못한 채 책상머리에서 먼지를 뒤집어쓰고 있는 메모들이 줄곧 마음을 꺼림직하게 만들었다. 그 때문에 학위를 받자마자 휴식을 핑계로 6개월 동안 어학연수를 떠나면서도 필자는 여행가방 한 구석에 그 메모들을 챙겨 넣었다.

　그러나 솔직히 말하자면, 당시 필자의 공부가 논문을 집필할 때에 비해 크게 나아진 것이 없었기 때문에, 논문 전체의 논지에 대한 근본적인 수정은 불가능했다. 그러므로 필자는 집필 과정에서 준비해두었던 자료들 가운데 좀더 명확한 논의 전개를 위해 필요하다고 판단되는 것들을 선별하여 보충하는 쪽으로 수정 방향을 정했다. 그런데 애초에 가장 많은 보충이 필요하다고 생각했던 '문학서사론' 부분에 관한 자료들을 뒤적이다가 필자는 예기치 않았던 문제에 봉착했다. 무엇보다도 전통 시기 중국인들의 논의 자료를 자세히 인용하다 보니, 글의 분량이 걷잡을 수 없이 늘어나 버린 것이다. 하지만 궁극적으로 수정된 내용을 출판할 생각이라면 '인문학의 위기'가 이미 현실화된 상황을 고려하지 않을 수 없었다. 설령 사명감에 불타는 진지한 출판인을 만난다 하더라도 700면에 가까운 부담스러운 원고를 내밀 수 있는 염치가 내겐 없었다. 결국 필자는 자료의 인용을 최대한 줄이고, 원고의 분량을 최소화하는 선에서 수정 작업의 방향을 다시 바꾸기로 결정할 수밖에 없었다. 다행히도 이번 수정에 포함시키지 못한 자료들 가운데 상당 부분이 필자가 기존에 발표한 소논문들과 번역서에 인용되어 있기 때문에, 이 수정에 빠진 부분들은 밖에서 보충할 수 있으리라 생각했다.

　이번의 수정 작업에서는 크게 두 가지 점에 주안점을 두었다. 하나는 학위논문 발표 이후 필자가 진행한 후속 연구의 성과들을 보충해 넣는 것이다. 그 가운데 한대(漢代) 문인(文人)의 형성 과정에 대한 고찰은 '원―서사론'의 형성을 설명하는 데에 반드시 필요한 내용으로 판단되어, 최소한의 분량으로 요약하여 보충했다. 그러나 왕국유(王國維)의 서사이론에 대한 고찰과 같이 좀더 부분적으로 치우친 내용은 논의 전개의 전체적인 균형을 고려하여 본문에 직접 포함시키지 않고, 각주를 통해 언급하는 방식을 택했다. 다른 하나는 필자가 이 논문을 구상하던 때에 논지를 계발하는 데에 직·간접적으로 도움을 주었던 각종 메모들을 덧붙이는 것이다. 이 메모들은 모두 필자가 접한 문예학 및 미학 이론서들에서 발췌한 것들이다. 필자는 나름대로 이 책의 논지나 논의 전개의 방식과 밀접한 관련이 있다고 생각한 메모들을 추려서 각 장의 첫머리에 얹어두었다. 자질구레한 설명보다는 이 작은 '장식'이 필자의 문제의식의 단초와 사유 방식, 논의의 목적을 더 깔끔하게 전달해줄 수 있으리라 생각했기 때문이다. 또한 어쩌면 이 메모와 본문의 연관성, 혹은 메모 자체에 대한 필자의 이해에 대한 독자들의 지적을 통해 필자의 미진한 공부를 다시 점검할 수 있으리라 기대한다.

마지막으로 이 지면을 빌어, 필자의 미숙한 생각을 글로 다듬는 데에 도움을 주신 많은 분들에 대한 감사의 마음을 전하고자 한다. 특히 서울대학교 서경호(徐敬浩) 선생님을 비롯한 중국문학사연구회(中國文學史研究會)의 여러 선생님들과 동학(同學)들이 1995년 이래 여러 차례의 집담회(集談會)와 술자리에서 베풀어주신 관심과 조언들은 필자의 모자란 수사학적 재능으로는 도저히 표현할 수 없을 정도이다. 또한 이 책의 출판을 위해 애써주신 서울대학교의 김월회(金越會) 선생과, 어려운 상황에서 이 책의 출판을 결심해주시고 어수선한 원고를 깔끔하게 다듬어주신 소명출판의 모든 분들께도 깊이 감사한다.

2004년 8월

홍상훈

전통 시기 중국의 서사론

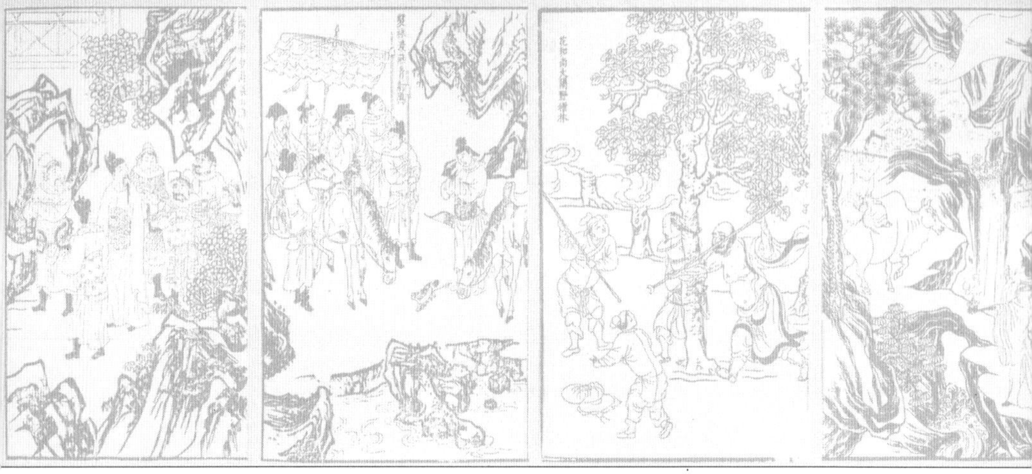

제6장 결론 · 259
: 새로운 '서사의 역사'를 기다리며

제 1 장

서론

때늦은 문제 제기

이론적 술화는 이데올로기적 술화처럼 한 가지 내지 여러 가지 사회어로부터 생겨나며 부분 체계로서 집단적인 제 관점과 관심들을 나타낸다. 이 술화는 언제나 일반적인 의미에서 이데올로기적이다. 그러나 (제한적 의미에서) 이데올로기적 진술 주체와는 달리 이론적 주체는 이데올로기적 담화의 이원론을 변증법적으로 문제시하고 그것의 사회적이고 언어적인 입지와 그것의 의미론적이고 통사론적인 처리 방식을 성찰한다. 나아가 그 주체는 이 처리 방식을 그것들의 우연성 속에서 개방적 대화의 대상으로 만든다. 그렇게 함으로써 그 주체는 자기 고유의 개별성을 대화적 객관화와 거리두기를 통해서 극복하려고 노력한다.

— 페터 V. 지마, 『이데올로기와 이론(*Ideologie und Theorie*)』에서[1]

---

1) 페터 V. 지마, 허창운 역, 『문예 미학』, 을유문화사, 1993, 455면 재인용.

1.

근대 초기 서구에서 성립된 분과(分科) 학문으로부터 받은 부정적인 영향의 결과로, 전통 시기2) 중국을 바라보는 현대인들의 시각은 아직 부분적이고 단편적인 경향을 벗어나지 못하고 있다. 그 동안 우리는 고대 중국의 상황에서 문학이란 무엇이며, 또 서사(敍事)란 무엇인가 하는 등의 '너무도 일반적인' 문제들에 대해 지나치게 소홀히 취급한 듯한 경향이 있고 특히, 서구에서 문학에 관한 대부분의 이론(또는 연구)이 그랬던 것처럼, 중국 문학에 대해서도 그 동안 19세기 진화론의 잘못된 영향으로 문학의 기원 내지 장르의 기원을 찾으려는 무의미한 작업에 지나치게 많은 힘을 쏟아 왔다. 그 결과 시대와 공간을 초월하여 인간의 지성적 인식 위에서 끊임없이 상호 텍스트화하면서 의미망을 확장함으로써 생명력을 유지해왔던 전통 시기 중국인들의 진지한 지적 탐구들은 문학 장르의 시각에서 독단적으로 평가되거나 무감한 고고학적 연구 대상으로 변질되어 버렸다. 또한 인과율적 발전론에 입각한 편협한 '현재 원리(Modernistic Principle)'는 그 동안의 연구들이 현재의 문학이야말로 인간 지성의 필연적인 발전이 낳은 최고의 산물 ― 적어도 현재까지는 ― 이라고 간주하고, 과거의 모든 문학은 현재의 문학을 이루기 위한 일종의 '시행착오'로 간주하려는 경향으로 치우치게 만들기도 했다.

이런 사정은 전통 시기 중국의 서사에 대한 연구에서도 예외가 아니다. 기존의 연구들은 문학과 역사학이라는 자의적인 경계선을 함부로 침탈하지 않는 것이 하나의 고정된 관례라고 여기고 있는 듯한 경향을 보인다. 이른바 문학적 시각에서 서사를 바라보는 경우에는 그런 경향이 매우 뚜렷하다. 물론 이런 제한된 관점에서도 '소설'이라는 용어의 문헌적 기원

---

2) 이 글에서 '전통 시기'는 왕조 통치의 체제가 종식되기 이전의 중국 사회를 아우르는 개념으로 사용할 것이다.

이라든가 개별 작품들의 연원, 그리고 송대(宋代) 이후 백화소설(白話小說)의 작가들이 가지고 있던 소설관 등 부분적 주제에 관한 연구 성과들은 상당히 많은 양적인 축적을 이뤄냈다. 그러나 이런 연구들에서는 원천적으로 문학과 역사, 철학이 분화되지 않았던 전통 시기 중국에서 '소설'이라는 장르를 독립적으로 떼어서 고찰한다는 것이 가능한 일인지에 대해서는 그다지 주의하지 않았다.[3]

그러나 이제 우리는 전통 시기 중국이라는 특수한 시대적 문화체(文化體)를 이해할 수 있는 새롭고 종합적인 방법론의 건립을 모색해야 할 때가 되었다. 무엇보다도 모든 서사 행위를 역사 서술 및 '경세(經世)'의 자발적 소명과 끊임없이 연관시키려 했던 전통 시기 중국인들의 특수한 관념 체계를 효과적으로 설명할 수 있는 새로운 틀을 만들어내야 하는 것이다.

2.

사실 전통 시기 중국에서 역사 기술이 서사체의 형성에 미친 영향에 대한 원론적인 지적은 상당히 오래 전부터 제시되었지만, 구체적으로 그런 관점을 수용한 연구는 그다지 많지 않다. 주로 연구 방법의 차이와 그에 대해 부여하는 의의에 차이가 있기 때문일 테지만, 중국의 학자들은 1980

---

3) 이에 관한 자세한 분석은 홍상훈, 「해방 이후 50년의 성과와 문제점-중국 고대 소설 연구를 중심으로」, 『東亞文化』 34집, 서울대 東亞文化硏究所, 1996, 225~257면 참조. 필자의 논의에 이어 조관희는 1945년부터 1997년까지 한국에서 이루어진 중국 소설 연구 업적에 대한 좀더 완전한 목록을 만들어나가는 작업을 수행함과 동시에, 기존의 한국 연구자들의 성과를 정리했다. 이에 관해서는 趙寬熙, 「韓國에서의 中國小說 硏究(1945~1997)」, 『中國小說論叢』 VII(韓國中國小說學會 編), 學古房, 1998.3, 27~46면 참조.

년대 이전까지 이 문제에 대해 그다지 관심을 보이지 않거나, 논의할 가치도 없이 당연한 것으로 여겨온 듯하다. 그러나 1980년대 이후 '소설 이론사' 혹은 '소설이론 비평사' 등에 관심을 가진 중국의 학자들 — 대표적으로 몇몇을 거론하자면, 황린[黃霖]·한통원[韓同文]·왕시앤페이[王先霈]·저우웨이민[周偉民]·팡정야오[方正耀]·천홍[陳洪] 등을 들 수 있다 — 은 작품과 문집, 역사서를 망라하여 자신들이 생각하는 '소설'과 관련된 각종 문헌 자료를 수집하여 자료집을 편찬하고, 나아가 그것들을 역사적 맥락에서 정리하고 의미를 부여하려 했다. 그 결과, 최근에는 스창위[石昌渝]의 『중국소설원류론(中國小說源流論)』(北京 : 三聯書店, 1994)과 같이 나름대로의 시각으로 소설 '문체'와 역사 전기[史傳] 사이의 관련성에 주목하는 논의가 나오기 시작했다. 다만 중국 학자들의 논의는 종종 완고한 유물사관의 흔적을 지나치게 드러낸다는 점에서 중대한 한계가 지적되기도 하지만, 그들의 노력에 의해 발굴 정리된 자료는 그들의 해석과는 별도로 우리의 연구에 중요한 기반을 제공했다.

한편, 전통 시기 중국의 서사에 관심을 가진 서구인들은 상대적으로 이 문제에 대해 중국인들보다는 좀더 민감했다. 그들은 기본적으로 전통 시기 중국의 문화 속에서 서구 문화의 산물에 대응될 수 있는 형식을 찾아 양자 사이의 공통점이나 차이점을 설명하려는 데에서 연구를 시작했기 때문이다. 이들 가운데 특히 하이타워(J. R. Hightower)·프루젝(Jaroslav Průšek)·플락스(Andrew H. Plaks)·듀어스킨(Kenneth J. Dewoskin)·이데마(W. L. Idema) 등이 제시한 함축적 논의들은 그 가운데 원천적으로 내재된 서구 중심적 시각을 효율적으로 걸러낼 수만 있다면, 여러 측면에서 중국 바깥의 관점에서 전통 시기 중국의 서사를 이해하는 객관적인 방법을 계발하는 데에 많은 도움을 줄 수 있다. 특히 비교적 최근에 나온 연구 성과로 꼽히는 롤스톤(D. L. Rolston)의 『*Traditional Chinese Fiction and Fiction Commentary-Reading and Writing Between the Lines*』(Stanford Univ. Press, 1997)와 셸던(Sheldon Hsiao-peng Lu)의 『*From Historicity to Fictionality*』(Stanford Univ. Press, 1994), 그리고 뤄쉬에룬[駱雪倫, Shelly Hsueh-lun Chang]

의 『*History and Legend*』(Ann Arbor : the Univ. of Michigan Press, 1993)는 이 분야에서 주목할 만하다.

3.

　본서는 앞서 제기한 문제의식들을 바탕으로 전통 시기 중국의 서사를 이해할 수 있는 한국적 관점과 방법론을 모색하기 위한 시도 가운데 하나이다. 본서에서 우리의 논의는 구체적으로, "전통 시기 중국의 상황에서 어떤 사건을 기록 또는 서술하는 행위가 왜 시작되었으며, 그 주체들과 옹호자들은 자신들의 행위에 대해 어떤 의의를 부여하고자 했는가?" 하는 문제에 초점을 맞춰 진행될 것이다.

　통시적으로 볼 때, 전통 시기 중국인들은 당대(唐代)와 명대(明代)라는 두 개의 큰 분기점을 거치면서 기술적으로 분화되고 조직화된 서사 개념을 형성시켜온 듯하다. 즉 최초의 미분화되고 혼성적인 서사의 개념으로부터 객관성에 입각한 합리적 서술 체제를 가리키는 서사의 개념이 분화되고, 뒤이어 '상상력'에 입각한 특수한 서사 양식에 대한 인식이 형성되어 유가적 '문장'의 틀 안에서 공존하게 된다는 것이다. 이후의 서술에서 우리는 이러한 변화의 양상이 시대별로 두드러지는 몇몇 굴절점 — 예를 들자면, 서한(西漢)의 사마천(司馬遷), 육조(六朝)의 유협(劉勰)과 당(唐) 초기의 유지기(劉知幾), 그리고 중당(中唐) 이후 점차적으로 형성된 '특별한 중간층' — 들을 통해 뚜렷이 나타난다는 점에 주목하고, 서사의 형식과 의의에 관한 이들의 논의를 정리할 것이다. 아울러 그와 같은 변화의 특성을 설명하기 위해 우리는 임의로 '원−서사(Primary Descriptive Discourse)', '역사 서사(Historical Narrative Discourse)', 그리고 '문학 서사(Iterary Narrative Discourse)'라는 세 가지의 개념을

설정하여 사용하고자 한다.4)

그리고 이와 같은 전제 위에 본서의 논의는 다음과 같은 순서에 따라 전개될 것이다.

우선 제2장에서는 당대(唐代) 이전의 중국에서 발견되는 각종 서사체들을 '소설사'의 시각에서 이해하고 평가하는 기존의 관행이 내포하는 문제점들과 그것을 극복하기 위한 대안으로서 새로운 '서사' 개념의 도입 필요성이 제기될 것이다. 본서에서는 비교 연구의 입장에서, 서구 소설론의 핵심적 내용과 그 토대가 근본적으로 전통 시기 중국의 서사체들을 설명하는 데에 한계가 있다는 점을 밝히는 한편, 전통 시기 중국인들이 이미 서구의 'Narrative'와는 다른 의미로 사용하고 있던 '서사'라는 용어의 기본적인 용례를 바탕으로 앞으로 본서의 논의에서 사용하고자 하는 '서사'의 개념을 간략하게 정의해볼 것이다.

제3장에서는 사마천을 중심으로 논의된 '원−서사론'의 의의를 고찰하고, 이와 더불어 유협으로 대표되는 초기 '문인(文人)' 계층의 서사론에 관해서도 살펴볼 것이다. 특히 이 부분의 논의를 위해 선진(先秦) 시기까지 서사에 관해 논의할 만한 여건을 갖추고 있었던 여러 계층의 인물들에 대해 우선적으로 검토함으로써, 한대(漢代) 이후 서사에 관한 논의 주체들의 계층적 연원을 좀더 분명하게 파악할 수 있게 하고자 한다. 여기서는 특히 전통 시기 중국에서 최초의 기록자라고 할 수 있는 '무사(巫史)'들로부터 사인(士人), 사관(史官)에 이르는 계층들의 성립 과정과 그 속에서 형성된 그들만의 독특한 의식 구조에 주목할 것이다. 무엇보다도 이 장에서

---

4) 이 용어들은 기본적으로 어떤 '담론(discourse)'의 성질을 지닌 글들에 대해서 '기술적인(descriptive)' 것들과 '서술적인(narrative)' 것들, 그리고 '학술적인(scientific)' 것들과 '문학적인(literary)' 것들의 차이를 辨別點으로 삼아 만들어진 것이다. 아마도 造語 형태만 가지고 본다면, 이 개념들은 리오타르(J. F. Lyotard)와 쥬네뜨(Gérard Genette)의 개념들을 합성한 것처럼 보일 수도 있을 것이다. 물론 이 용어를 만드는 과정에서 (필자의 오해일 수도 있는) 그들의 영향이 전혀 없다고는 할 수 없겠지만, 적어도 본서에서 사용하는 이 용어들은 주로 해당 단어의 辭典的인 의미에 초점을 두고 조합된 것들임을 밝혀둘 필요는 있을 듯하다.

는 단순히 역사적 사건을 기록하는 기능인이 아닌, 적극적인 역사의식과 서사에 대한 특별한 의의를 수립하고자 했던 서사 주체이자 서사론자인 사마천의 노력이 세습적 '사관' 전통의 창조적 집대성이라는 측면에서 집중적으로 논의될 것이다. 또한 유협의 예를 통해 역사 기록을 중심으로 한 일체의 서사가 사관이라는 특별한 계층의 관심사에서 문인들의 관심사로 확장되는 과정과 그 의의를 고찰하게 될 것이다.

제4장에서는 역사 서사가 하나의 독립된 분야로 확고하게 정립되는 당대(唐代) 초기의 시점에서 가장 중요한 역할을 수행했던 인물 가운데 하나인 유지기의 『사통(史通)』에 담긴 서사학적 의의를 검토함과 동시에, 역사 서사의 정립 과정에서 제외된 다양한 서사체들이 궁극적으로 문학 서사로 새로운 자리매김을 시도하게 된 원인들에 대해 개략적으로 살펴볼 것이다. 다만 전자의 논의에서는 『사통』에 나타난 역사론 자체보다는 그 주변에 대한 검토에 더 많은 비중이 두어질 것이다. 왜냐하면 이 주제에 관해서는, 비록 학문 분과의 경계를 지나치게 강조한 한계가 있긴 하지만, 이미 현대의 역사학자들에 의해 많은 고찰이 이루어졌기 때문이다.

마지막으로 제5장에서는 이른바 현대의 소설론과 유사한 형태의 문학 서사론이 형성되는 과정에 대해 고찰할 것이다. 우선 필자는 기존의 사대부―문인 계층의 의식 구조 속에 본질적이고 저항할 수 없는 규제로 작용했던 '문장관', 즉 일체의 문장이란 하나의 구심적인 원리인 '도(道)'에 종속되어 그것을 규명하거나 전달하는 임무를 수행함으로써 결과적으로 세상의 올바른 다스림 ― 흔히 '교화(敎化)'라는 말로 대표되는 ― 을 위해 봉사해야 한다는 믿음 아래 진행된 방법론상의 변화에 주목할 것이다. 특히 본서는 근대적 의미의 학문적 '객관성'과는 다른 '예술성'을 기반으로 한 서사의 의의에 대한 중국인들의 인식에 대해 논의를 집중할 것이다. 이 과정에서 본서는 중당 이래 송・원대에 들어서 급격히 발전하는 도시를 무대로 새롭게 등장하는 '특별한 중간층'의 존재를 부각시키고자 노력할 것인데, 왜냐하면 필자는 전통 시기 중국에서는 유가적 현실주의와 공용적(功用的) 문장관에 그다지 얽매이지 않는 새로운 계층의 대두가 결과적으로 기존의 권위적 역사 서사의 제도권에서 배척 당했던 제반 서사체들의 정당한 설자리를 마련해주었고, 그런 분위기가 성숙된 결과 본서에서 문학서사론이라고 규정한 특수한 논의들이 형성될 수 있었다고 믿기 때문이다. 다만 필자는 문학서사론이 형성되는 초기 단계에서 발견되는 이러한 혁신적 사고가 문학 서사의 위상이 하나의 공인된 제도로 굳어지는 시점에서 발견되는 독특한 현상, 즉 혁신적인 문학서사론이 다시 기존의 사대부—문인들의 문장관과 타협하게 되는 힘의 상호작용에 대해서도 주목할 것이다.

제2장

중국적 서사 개념

어떤 개념의 중요성을 설명하기 위해서 우리가 언급해야 하는 것은 아주 일
반적인 자연의 사실, 즉 너무나 일반적이어서 거의 언급된 바가 없는 그런 사
실이다.

— 비트겐슈타인(L. Wittgenstein), 『철학적 탐구(*Philosophical Investigations*)』[1]

앞서 지적한 것처럼, 전통 시기 중국에 관한 기존의 연구들은 분과 학
문의 틀 안에서 진행된 개별적인 시각과 방법론을 고수함으로써, 특히 서
구에서 개발된 이론들을 서구와는 현격하게 다른 문화체인 중국에 적용
하려 하는 데에서부터 원천적인 한계가 있다.[2] 중국 문학 가운데 특히 소

---

1) 이승종, 「후설과 비트겐슈타인의 수리 철학」, 『현대 비평과 이론』 13호, 한신문화사,
1997년 봄·여름, 131~150면 및 146면에서 재인용.
2) 불교를 통해 인도인들의 '존재론적 전제들'이 도입되기 전까지 중국에서 "의식적으
로 허구적이며" "순수한 의미에서 소설적인" 허구는 없었다는 빅터 메어의 주장(Victor
H. Mair, "The Narrative Revolution in Chinese Literature-Ontological Presuppositions", *Chinese
Literature Essays Articles Reviews*, 中國文學, 1983, Vol.5, No.1 & 2, pp.1~27)에 대한 반론에

설 분야에 대한 연구는 다른 분야에 비해 서구 문학론에 대한 의존도가 상대적으로 더 컸던 듯하다. 잘 알려져 있듯이, 이것은 전통 시기 중국에서 '소설(小說)'이라는 것이 서구적 의미에서 문학작품으로 형성되기까지 너무 오랜 기간을 거쳤으며, 더욱이 분과화된 서구의 근대 문학론을 접하기 전까지 중국에서는 이렇다 할 전문적인 소설론이 형성되지 못했기 때문이다. 그러나 근대 이후 연구자들은 전통 시기 중국에서 서구 문학의 소설과 유사한 요소를 찾아 모음으로써 그것이 어떤 단계를 거쳐서 근대 서구 문학의 소설과 같은 양식을 형성하게 되는지를 설명하는 일종의 '발전사'를 구축하는 데에 골몰하면서, 중국 문화의 전반적인 특성과 연관된 '소설' 양식의 특성을 설명하는 데에는 소홀했던 것으로 보인다.

결론부터 말하자면, 우리는 서구 문학론에 경도된 '소설사'의 시각으로는 더 이상 전통 시기 중국 문화 속의 '소설'을 올바로 설명할 수 없다고 생각한다. 이런 맥락에서 본서는 서구 문학의 소설과는 다른 전통 시기 중국 문화의 독특한 한 부분을 이루는 '소설'과 기타 서사체들에 대해 통합적이고 원론적인 논의를 위해서는 새로운 개념의 설정이 필요하다고 생각한다.

1. 다시 '없음'에서

'없음'을 발견하고 그것을 말하는 것은 어려운 일이다.[3] 그러나 우리는

서, 이데마는 다음과 같이 지적했다. "설령 '중국에서 의식적으로 창작된 허구적이거나 극적인 서사의 배타적인 기원'이 (만약 8세기에 실제로 그것이 존재했다면) 입증된다 하더라도 우리는 그것을 철저히 중국화된 형태로만 알 수 있을 뿐이라는 사실을 인정해야 할 것이다."(W. L. Idema, "The Illusion of Fiction", *Chinese Literature Essays Articles Reviews*, 中國文學, 1983, Vol.5, No.1 & 2, pp.47~51에서, 특히 p.50 참조)

다시 '없음'에 관해 이야기하려 한다. 어쨌든 '없음'의 현실을 인정하지 않고선 새로운 발견에 대한 기대들은 모래밭 같은 토대 위를 벗어날 수 없기 때문이다. 이런 맥락에서 우리는 다시 처음으로 돌아가 중국 문학에서 '소설'이란 무엇이며 나아가 '중국 소설사'라는 개념이 타당한가 하는 기본적인 물음을 되살릴 수밖에 없다. 왜냐하면 중국 문학에서 '소설'이라는 용어의 혼란스러운 쓰임새에 관해서는 이미 많은 연구자들의 분석이 있었음에도,[4] 정작 그런 혼란스러운 용어로 표현된 문학 양식의 역사를 기술한다는 것이 가능하고 타당한 일인지에 대해서는 아직 이렇다 할 논의들이 나오지 않은 상태이기 때문이다.[5]

---

3) "우리는 없음을 발견하는 일의 어려움을 잊거나 과소평가 하는 경향이 있다"고 하면서, 부어스틴(Daniel J. B)은 지나간 역사에서 쿡(James Cook, 1728~1779) 선장으로 대표되는 이른바 '부정적 발견'들이 지니는 의미에 관해 언급했다(대니얼 J. 부어스틴, 정영목 역, 『클레오파트라의 코』, 문예출판사, 1995, 13~18면 참조).

4) 여기에 관해서는 홍상훈, 「明末·淸初의 小說觀에 대한 試論」(서울대 석사논문, 1991), 그리고 安正燻, 「古代 中國의 小說 觀念과 起源에 대한 硏究─고대의 目錄書에 보이는 歷史와의 關聯性을 찾아서」(서울대 석사논문, 1997) 참조. 아울러, 중국 문학사에서 '소설사'를 구상하기 어려운 이유로 '小說'이라는 용어의 모호한 경계를 자세히 지적한 竹田晃의 논문 「以中國古典小說史的眼光讀漢賦」(孫歌 譯, 北京 : 中國人民大學書報資料中心, 『復印報刊資料 中國古代·近代文學硏究』, 1995.11), 93~99면도 참조. 그러나 중국 고전소설 혹은 서사에 대해 낯선 독자라면, 金震坤, 『이야기, 小說, Novel─서양학자의 눈으로 본 중국소설』, 예문서원, 2001(특히 이 책의 제1장 「중국 소설 연구 서설」에 명쾌하게 정리된 설명 참조).

5) 최근에 몇몇 젊은 논자들이 중국 소설사의 記述에 관해 비교적 활발한 논의를 펼치고 있지만, 그것들은 대개 魯迅의 『中國小說史略』에 대해 작품의 '분류'와 같은 세부 사항을 비판하고 수정하거나, '소설'에 관한 동·서양의 원론적 견해차에 입각하여 중국 소설사를 새로운 시각에서 기술해야 한다는 당위론적 주장을 확인하는 데에 그치고 있는 실정이다. 예를 들어서, 趙寬熙는 魯迅의 『中國小說史略』이 안고 있는 한계를 ① 평면적인 王朝別 서술, ② 中華主義的 관점, ③ 민간 문학에 대해 소홀함, ④ 작품에 대한 편파적인 평가, ⑤ 類型論的 記述 등으로 명료하게 정리했다. 이에 대해서는 趙寬熙, 「魯迅의 中國小說史學에 대한 비판적 검토」, 『中國小說論叢』 Ⅵ(韓國中國小說學會 編), 學古房, 1997.3, 25~37면. 특히 같은 책 34~36면을 참조.
　　중국의 경우도 특히 '이론사'를 연구하는 사람들을 중심으로 '소설' 개념의 역사성에 관한 인식이 시작되고 있는 듯하다. 예를 들어서 陳洪은 그런 난점으로 인해 자신의 저서가 오늘날의 소설 즉, 서구적 의미의 문학 장르인 소설의 개념을 전제로 하되 그 개념의 역사적 변천 과정에 대해 주목함으로써 방법적 결함을 보충하려 한다고 고백했

1) '소설' 환경의 중국적 특수성

사실상 중국에서 근대 서구의 소설과 유사한 허구적 산문 양식이 본격적으로 나타난 것은 16세기 중엽에 이르러서야 가능했으며,[6] 더욱이 그러한 양식에 대한 이론적 인식은 더욱 늦게 형성되기 시작했다. 특히 이론의 측면에서는 엄밀한 의미에서 5·4 시기를 전후로 서구의 문예이론이 중국에 소개되기 전까지는 독립적인 이론이라 할 만한 것이 나타나지 않았다는 주장도 있다. 심지어 서구에서 활동하고 있는 어느 중국계 연구자는 이렇게 단언하기도 했다.

중국 전통 사회의 꽤 늦은 시기까지 대다수 문학 이론가들은 서사에 대해 '역사적' 접근을 채택했다. 서사에 대한 주석과 이론들은 본래 역사 서사물의 모형에 기반을 두고 있었다. 허구적 서사물들은 종종 역사적 서사물의 기준에 맞춰 이론화되고 평가되었다. 역사 저작물은 서사 저작들을 해석하는 주요 양식이었다. 서사는 역사였고, 소설은 비공식적이고 불완전한 역사였다. 수많은 허구적 서사물들이 존재하고 인기를 누렸지만, 이 단계에서 중국의 서사학은 '역사 편찬의 시학(poetics of historiography)'이었다. 역사 편찬은 사람들에게 서사를 구성

다. 이에 따라 그는 漢代 이전의 '소설'에 대해서는 '泛稱小說'로, 班固시대에 대해서는 '子部小說', 六朝에 대해서는 '雜纂小說', 그리고 宋代 이후 明代에 이르기까지 정립된 개념에 대해서는 '文學小說'이라고 불렀다. 그러나 그는 '문학소설'이라는 개념이 사회의 보편적인 승인을 얻은 것은 淸末의 일이라고 했다. 이에 관해서는 陳洪, 『中國小說理論史』, 安徽文藝出版社, 1992에서 특히 「緒論」, 1~5면과 6~23면 참조.

6) 그러나 이 당시 출판된 작품들은 대다수가 역사를 소재로 한 것들이었는데, 엄격한 의미에서 이 역사소설들은 서구적 의미에서 소설이라는 것과는 상당한 거리가 있는 것들이었다. 여기에 대해서는, Shelly Hsueh-lun Chang(駱雪倫), *History and Legend*, Ann Arbor : The Univ. of Michigan Press, 1993 참조. 여기서 駱雪倫은, "명대 역사소설의 첫 번째 두드러진 특성은 그것이 고대의 역사 저작들과 긴밀하게 묶여 있다는 것이다. 이것은 작품 제목에 담긴 암시적인 일반 용어들에서 쉽게 발견할 수 있다. 가장 친숙한 작품 제목의 용어로는 通俗演義(역사를 풀어 설명하거나 통속화한 것, 또는 통속화된 연대기), 志(연대기), 傳(編年史), 그리고 志傳(기록) 등이 있다. 일반적 제목인 통속연의는 심오하고 어려운 '표준(혹은 정식) 역사(正史-인용자)'를 쉬운 말로 다시 풀어서 그 의미를 더욱 명확하게 한다는 것을 의미하고, 그 밖의 志·傳·志傳 등은 실질적으로 정통적인 역사 저작물로 간주되기를 지향한다"(p.3)라고 설명했다.

하는 목표와 기준, 방법들을 가르쳤다. 중국에서 허구에 대한 독립적인 이론은
왕조시대의 말엽까지 나타나지 않았다.[7] (강조―인용자)

이것은 프루젝을 비롯한 서구의 연구자들 사이에서 특히 강조되어 온
하나의 명제, 즉 "중국인들은 역사적이거나 혹은 허구적인 서사를 읽을
때 역사적 해석에 대한 하나의 끊이지 않는 전통에 구속되어 있었다"[8]라
는 분석을 기반으로 한 논의이다. 다시 말하자면, 5·4 이전의 중국 사회
에서 허구적 서사물이 존재하지 않았던 것은 아니지만 그것들이 서구적
의미의 문학예술로 인식되지는 않았다는 것이다. 뒤에서 다시 검토되겠지
만, 엄격한 의미에서 전통 시기 중국에는 근대 서구의 특수한 환경에서
성립된 제도적 개념에 대한 규정으로서 이른바 '예술성'을 추구하는 특수
한 형태의 서사에 대한 인식은, 적어도 '소설'과 관련되는 한, 거의 없었
다고 말할 수 있다. 즉 전통 시기 중국인들은 역사 서사와 구분되는 특별
한 효용과 가치를 지닌 서사체 ― 이따금 이것은 '소설'[9]이라고 불리기도
했다 ― 에 대해서는 이미 오래 전부터 인식하고 그 나름의 논리를 세우

---

7) Sheldon Hsiao-peng Lu, *From Historicity to Fictionality*, Stanford Univ., 1994, p.3 참조.

8) 이에 관해서는 Jaroslav Průšek, "History and Epics in China and in the West", *Chinese History and Literature*, Prague : ACADEMIA, 1970, pp.17~34 참조. 또한 전통 시기 중국의 문학 서사 혹은 현대적 의미의 문학으로서 소설이 서구와 다른 양상으로 형성된 것과 관련해서 일반적으로 중국 신화의 특수한 성격 즉, 신화의 斷片化 또는 歷史化 현상이 자주 지적되어 왔으며, 이 가운데 특히 후자는 중국 서사에서 史傳文의 특수한 위상과 밀접한 관련이 있다. 이와 관련해서 현대 중국의 한 학자는 바로 신화가 역사화 됨으로써 문학 서사의 능력은 역사 영역으로 轉移되었고, "역사가 문학보다 높다[史高于文]"는 가치 관념이 확립되었다고 지적했다(董乃斌, 『中國古典小說的文體獨立』, 北京 : 中國社會科學出版社, 1994, 86면).

9) 서구 문학의 한 양식으로서 소설 ― Novel, Fiction의 번역어로서 ― 과 구분되는 중국 고유의 개념으로서 '소설'의 모호한 쓰임새에 대한 지적은 이미 다른 논문에서도 밝혀진 바 있다(金震坤, 「宋元 平話 研究」, 서울대 박사논문, 1996, 3~4면의 각주 8 참조). 그러므로 이 글에서 우리는 목록학적 의미의 '소설'을 제외한 다른 경우에는 될 수 있으면 문학 서사라는 말로 아울러 부를 것이다. 다만 특별히 옛 문헌을 인용하는 경우에 한해서 '소설'이라는 단어를 사용할 예정인데, 이 경우도 우리의 해설 안에서는 가령 '문학 서사로서 소설'과 같이 일정한 수식어를 붙여 구별할 것이다.

려고 노력해왔지만, 그것이 결코 서구 문학의 소설과 같은 부류는 아니었다는 것이다. 왜냐하면 전통 시기 중국에서 '소설(小說)'이라는 용어는 애초에 문학의 한 양식을 가리키는 뜻이 아니라 일종의 '가치평가'의 개념으로 사용되었기 때문이다. 즉 그들이 의미했던 '소설'은 '사실의 기록'이 아닌 허구적이고 자잘한 이야기로서 정통문학인 시문과 같은 '전아함'이 결여되어 있다는 경멸의 뜻을 담은 것이었다. 또한 민간에 유행하던 일종의 공연예술인 '설화(說話)'에 대한 문인들의 관점은 그것이 서술하는 박학다식한 내용에 대해 감탄하는 정도에 머물렀을 따름이다. 송대의 '필기(筆記)' 또는 '수필(隨筆)'이나 야사(野史)들에 나타나는 '소설'이라는 용어는 산문체의 이야기문학을 가리키는 데에만 한정된 것이 아니었으며, 오히려 '설화'의 한 분야를 가리키는 뜻으로 사용되었다. 즉, 16~17세기의 중국 문헌에서 찾아 볼 수 있는 '소설'이란 용어는 대부분 '평화(平話)'·'연의(演義)'·'소설' 등의 공연예술을 총괄하는 개념으로 사용되었고, 그 속에는 '소설'의 가치를 폄하하거나 배격하는 뜻이 담겨져 있었다.

이런 설명은 서구 문학에서 소설의 발생 조건에 대해 탐구한 이언 와트(Ian Watt)의 설명과 전통 시기 중국의 상황을 비교해보면 더욱 분명하게 입증된다. 『소설의 발생(The Rise of the Novel)』에서 와트는 근대 산업자본주의의 발생과 특히 칼빈주의나 청교주의로 나타난 프로테스탄티즘(Protestantism)의 보급으로 인해 야기된 현대 사회의 개인주의적 특성을 지적하면서, 서구 소설의 발생 조건에 대해 다음과 같이 요약했다.

> 요약해보자면 우리는 소설은 개인들 간의 사회적 관계에 중심을 주고 있는 세계관을 필요로 하고 있다고 말할 수 있을 것이다. 이러한 세계관은 개인주의뿐만 아니라 세속화도 포함하고 있다.10) (강조—인용자)

이러한 도시화와 산업화의 특징적 산물 가운데 하나인 개인주의는 결

---

10) 이언 와트, 전철민 역, 『소설의 발생』, 열린책들, 1988, 109면 참조.

국 독특하고 새로운 개인적 경험을 중시하는 작가와 독자들로 하여금 전통적인 형식의 관례를 부정하게 만들었고, 거기에 가장 적절한 대안으로 등장한 것이 소설이었다.[11] 그렇기 때문에 근대 자본주의의 중요한 부수물인 경제적 전문화와 개인주의에 의존한 디포우(Daniel Defoe)의 『로빈슨 크루소(Robinson Crusoe)』와 『몰 플랜더즈(Moll Flanders)』, 그리고 남녀간의 사랑이나 사적(私的) 경험을 다룬 리처드슨(Samuel Richardson)과 필딩(Henry Fielding)의 소설들이 개별화된 개인과 그들의 주변 환경에 대한 상세한 묘사를 통해, 사회적·경제적으로 분업화된 사회 구조 속에서 여가의 양이 늘어난 독자들 — 이 시기부터 본격적으로 독서계에 편입되기 시작한 여성 독자들을 포함해서 — 의 다양성과 자극에 대한 욕구들을 충족시키는 하나의 '대리 경험'을 제공하는 매개체의 역할을 성공적으로 수행할 수 있었던 것이다.

결국 번거로울 정도로 세밀하고 방대한 와트의 논의는 새로운 장르의 필요성과 가치를 자각한 창조적이고 능동적인 작가와 그의 작품을 수용할 준비가 되어 있는 독자층의 존재를 검증하기 위한 방편이라고 할 수 있다. 그런데 문학과 그 안에 포함되는 모든 장르라는 것은 결국 하나의 사회적 관습이라는 점을 고려하면,[12] 우리는 서구 문학에서 소설이라는

---

11) 그러나 흔히 서구 근대 소설의 특징적 기교라고 일컬어지는 내적 독백체나 일인칭 시점의 서사, 그리고 심리 묘사가 형성된 가장 중요한 요인으로서 개인주의를 제시하는 와트의 전제에 대해서는 이미 서구에서도 첨예한 비판이 있었다. 예를 들어서, 롤스톤(David L. Rolston)은 중세 유럽에서도 외면적인 인간의 행위와 육체가 "내면적인 인간의 근본적인 표지(fundamental sign of the inner man)"라는 인식이 있었다는 궐렌(Claudio Guillén)의 연구 결과와, 중국에서 구체적인 행동 외에 그 동기에 대해 관심을 갖는 것은 오랜 역사를 갖고 있음을 증명한 자신의 고찰 등을 토대로, 그 동안 '일반적으로' 여겨졌던 이 문제에 관해 적절히 반박했다(David L. Rolston, *Traditional Chinese Fiction and Fiction Commentary-Reading and Writing Between the Lines*, Stanford : Stanford Univ. Press, 1997, p.213).

12) 죠지 딕키(George Dickie)는 단토(Arthur Danto)가 제시한 '예술계(The Artworld)'라는 개념을 거론하면서, 오늘날의 여러 예술론 가운데 '사회제도로서 예술'에 대해 다음과 같이 정의를 公式化한다. "분류적인 의미로서의 예술작품이란 ① 어떤 사회제도(예술계)를 대신해서 활동하는 한 사람 내지 여러 사람이 감상을 위한 후보의 자격을 수여한 그러한 ② 인공품을 말한다." 여기에 대한 자세한 내용은 죠지 딕키, 吳炳南·黃宥敬

것이 결코 일반적인 인류 문화의 유산이 아니라 적어도 와트가 정리한 것과 같은 특정한 조건이 충족된 사회에서만 나올 수 있는 독특한 형식의 문체라는 것을 알 수 있으며,13) 와트의 문맥도 여러 곳에서 이 점을 강조하고 있는 듯하다.

그러나 적어도 당대(唐代)까지의 중국에서 19세기 서구의 사회·경제적 구조와 유사한 어떤 것을 찾아내기란 거의 불가능하다. 상업과 소비문화가 놀라울 정도로 발전한 당대의 주요 도시에서, 설령 다른 지역에 비해 상대적으로 여가 시간이 많은 '시민' 계층이 존재했다 하더라도 그들이 여가 시간을 독서로 소비하기에는 당시의 문자 언어와 출판 상황이 너무 열악했기 때문이다. 중국에서 백화 언어가 문자 언어의 영역으로까지 본격적으로 발전하기 시작한 것은 대개 남송(南宋) 무렵부터라고 여겨지고 있기 때문에,14) 가령 당대 '시민'의 처지에서 문자를 읽고 쓸 수 있는 경우는 지극히 예외적이고 드문 일이었을 것임은 분명하다. 심지어 명대(明代)를 보더라도 소설을 사 볼 수 있고 그것을 즐길 여가가 있는 가장 분명한 사회 계층은 '교육받은 지식층', 특히 그 가운데서도 부유하고 한가한 계층이었다.15)

  共譯, 『美學 入門』, 서광사, 1982년 3판, 137~150면 참조

13) 여기서 말하는 '특정한 조건'의 포괄적 의미는 이른바 '근대 문학' 전체의 성격에 관한 전형준의 다음과 같은 言明에 잘 나타나 있다. "독립된 단위로서 문학은 처음 성립부터 시장을 매개로 하였고 그 매개를 통해 자율성을 얻었으며 동시에 그 매개로 인해 끊임없이 자율성을 위협받아 왔다." 이에 관해서는 전형준, 「21세기 작가란 무엇인가」, 『21세기 작가란 무엇인가』(김기택 외), 민음사, 1999, 15~43면에서 특히 20면 참조.

14) 胡適에 따르면, 전국 시기에 들어서 중국의 '文體'(文言)는 이미 '語體'와 일치하지 않았으며, 漢 武帝 때 公孫弘이 올린 上奏文에는 그 증거가 더욱 뚜렷하다. 그렇기 때문에 胡適은 중국 백화 문학의 역사가 한나라 때부터 시작된다고 단언했다(胡適, 『白話文學史』上, 新月書店, 1929, 1~12면 참조). 이어서 그는 역대의 詩歌에 나타난 백화 언어의 영향을 상세히 고찰했는데, 여기에는 李白 등의 많은 문인들이 포함되어 있긴 하지만 특히 中唐 이후의 시인들이 중점적으로 부각되어 있다. 그러나 이처럼 문인의 입장에서 백화 언어를 반영하는 차원이 아니라, 문자화된 언어로서 백화를 운용할 수 있는 새로운 계층의 등장은 도시 경제의 본격적인 발전이 이루어진 뒤로 늦어질 수밖에 없었을 것이다.

이상적으로 말하자면, 전통 시기 중국에서 문자를 읽고 쓸 줄 아는 인구에 대한 추정은 논리적으로 과거시험에 관한 기록에서 뽑아낸 계산을 토대로 이뤄질 수도 있다. 중앙 정부는 행정 단위에 따른 학위 소유자 즉 '생원(生員)'이나 '거인(擧人)', '진사(進士)' 등의 수를 최대한도로 확보하는 제도를 정립했는데, 이들 학위 소유자들은 어떤 경우건 각 단계별로 과거시험을 치를 수 있는 자격을 지니고 있었다. 그리고 대개 이 시험들은 정해진 일정에 따라 시행되었다. 그러므로 고정된 '생원'의 수와 과거시험에 급제한 사람들과 낙방한 사람들 사이의 비율을 기반으로 이론적으로는 일정한 기간 내의 식자층의 인구수에 대한 일반적인 추정을 해낼 수 있을 것이다.16) 그러나 여기에는 현실적으로 평생을 과거시험에 바쳐서 여러 차례 도전하는 사람들의 중복된 수를 감안해야 한다는 어려움이 있다.

그리고 출판사의 지역적 분포, 인쇄술의 수준과 모든 종류의 재료와 서비스 등 세부적인 출판 비용과 같은 일반적인 상황을 포함한 출판 사업에 관한 유용한 정보를 담은 연구들이 있긴 하지만, 소설 판매의 규모는 말할 것도 없고 어떤 판본의 발행 부수에 관한 정보도 없다. 다만 서적 상인들의 활발한 활동과 연계된 인쇄술이 송대 이후 항주(杭州)와 사천(四川)을 중심으로 발달하기 시작하여 명대의 가정(嘉靖, 1522~1566), 만력(萬曆, 1573~1620) 연간에 이르러서야 연활자(鉛活字)를 이용한 통일된 글자체와 채색도판(彩色圖版) 등이 나타나기 시작했다는 사실17)로 미루어 보건대,

---

15) 여기에 대해서는 Shelly Hsueh-lun Chang(駱雪倫), *History and Legend*, Ann Arbor : The Univ. of Michigan Press, 1993, p.26 참조.

16) 최근의 한 연구에 따르면, 明末에 학위 소지자로서 특권을 누리던 사람의 수가 전 국민의 0.33%인 50여만 명으로 급증했다고 하는데, 이 역시 唐代의 상황을 간접적으로 추론할 수 있는 근거가 될 수 있을 것이다. 여기에 대해서는 吳金成, 「明·淸 時代의 國家 權力과 紳士」, 『講座中國史』 Ⅵ(서울대 東洋史學硏究室 編), 208~210면 참조

17) 여기에 대해서는 編寫組, 『中國史稿』 第6冊, 北京 : 人民出版社, 1983, 235~236면 참조. 한편, 胡戟은 「試論爲唐代文學的繁榮付出了犧牲科學的代價」, 『復印報刊資料 中國古代·近代文學硏究』(北京 : 中國人民大學書報資料中心, 1996.10), 113~116면에서, 중국의 인쇄술은 五代의 馮道가 유가 경전의 간행을 주도하면서 중대한 발전을 이루게 되었다고 했다.

적어도 당나라 때와 같이 인쇄술이 열악한 상황에서는 허구 서사와 같이 당시로서는 중요하지 않은 책을 출판하기란 대단히 어려운 일이었으리라는 것을 쉽게 짐작할 수 있다. 결국 근대 이후 서구에서 소설을 중심으로 한 문학은 "하나의 예술품, 사회의식의 산물, 하나의 세계관일 수도 있지만, 또한 하나의 산업"[18]이라는 점을 고려하면, 당대의 이러한 상황은 근대 서구의 소설과 같은 문학 형식이 존재할 만한 여건을 거의 갖추지 못했다고 해도 과언이 아니다.

무엇보다도 와트가 강조했던 이른바 개인주의적 세계관이 적어도 당대 및 그 이전의 중국에서는 일반적인 것이 아니었다. 니담(Joseph Needham)에 따르면, 초기 중국의 사상은 이른바 '화이트헤드적 선호(Whiteheadian preference)'라는 "사건의 그물망적 관계 내지 과정"에 비유할 수 있는 데에 반해 서양은 "개개의, 쇠사슬 모양의" 인과적(因果的) 설명인 '뉴턴적 선호(Newtonian preference)'에 깊이 영향을 받아 왔다고 했다.[19] 이것은 바로 초기의 중국인들이 개별적 사건을 통한 인과적 방식이 아니라 일견 혼돈스럽게 보일 수도 있는 전체적 시각에서 세계를 파악하려 했다는 점을 말하고 있는 셈이다. 그런데 5·4 이전 전통 시기 중국의 사상사에서는 과거의 전통과 본질적으로 구별되는 전환점을 발견하기 어려우며, 특히 한대 이후 학술사는 어떤 면에서 선진 시기 제자백가(諸子百家)가 열어놓은 길을 체계적으로 심화시키는 방향으로 진행되었다는 점에서, 니담의 설명은 중요한 의미를 지닌다. 또한 신성한 창조주에 대한 경외를 전제로 한 제도적인 서양의 종교와는 달리, 중국의 종교는 지극히 현세적(現世的)이고 조화와 공존을 중시하는 특성이 있었기 때문에 그 세속화의 양상도 서양과는 전혀 다를 수밖에 없었다.[20]

---

18) 테리 이글튼, 이경덕 역, 『문학 비평─반영 이론과 생산 이론』, 까치, 1986, 86면 참조.
19) 조셉 니이담, 李錫浩 외역, 『中國의 科學과 文明』II, 乙酉文化社, 1986, 402~462면 참조.
20) 이것은 죽음과 저승에 관한 당·송대의 관념을 중심으로 판단한 것이다. 여기에 관해서는 홍상훈, 「志怪와 傳奇 사이의 敍事學的 世界觀」, 『中國文學』25집, 韓國中國

그러므로 근대 산업 자본주의라는 사회·경제적 구조 및 개인주의라는 사상적 체계와는 전혀 다른 환경이었던 당대(唐代)까지의 중국에서는 원천적으로 근대 서구와 같은 소설 형식이 나타날 수 없었고, 설령 표면적으로나마 유사한 어떤 허구 서사 형식이 있었다 할지라도 그 성격이 근대 서구의 소설과 본질적으로 다를 수밖에 없다는 것은 자명하다. 양적으로 풍성한 서적의 출판과 시간적으로 여유롭고 글을 읽을 수 있는 소양을 갖춘 독자층이 결여된 당대까지의 중국에서는 상업적 목적으로 출판된 문학작품을 기대하기 어려웠으며, 특히 근대 서구와 같은 개인주의적 세계관 자체를 꿈꾸지 못했던 당시의 중국인들로서는 다양한 사적 욕구보다는 체제 순응적이고 전체적인 형이상학에 더 큰 관심을 가질 수밖에 없었던 것이다. 육조 시기부터 당대까지 지속적으로 지어진 '지괴(志怪)'와 같은 종류의 글들이 기본적으로 세계에 관한 우주적·종교적 탐구가 주요 목적[21]이었던 데에는 당시 중국인들의 이와 같은 세계관이 큰 영향을 미쳤을 것으로 생각된다.

2) '소설' 개념의 모호성

전통 시기 중국에서 서구적 의미의 소설사가 불가능했던 또 다른 중요한 이유로 전통 시기 중국에서 '소설'이라는 용어가 적어도 명말(明末)·청초(清初) 이전에는 결코 서구적 의미의 장르를 가리키는 뜻으로 사용되지 않았다는 점을 지적할 수 있을 것이다. 물론 '소설'이라는 용어가 시대에 따라 지시물 혹은 의미의 지속적인 변천을 겪은 것은 사실이다. 이미 잘 알려진 것처럼, 최초에 '소설'이라는 용어는 '자잘한 학파에 의해 제시

語文學會, 1996.6, 63~89면에서 특히 65~78면 참조.
21) 이와 관련된 대표적인 예로 東晉 干寶의 『搜神記』「序」를 들 수 있는데, 그 내용에 대해서는 제3장에서 좀더 자세히 논의하게 될 것이다.

된 사소한 도리'라는 뜻으로 사용되다가, 반고(班固)의 『한서(漢書)』「예문지(藝文志)」에 이르러 목록학(目錄學)의 분류 기준으로 사용되기 시작해서, 송대의 특수한 공연 양식인 '설화' 가운데 하나로서 '소설'이라는 양식이 있었던 것을 제외하면, 적어도 18세기까지 대부분의 '정통' 문인들의 관념 속에서 '소설'이라는 것은 본질적으로 문헌 분류의 한 항목으로서 반고의 개념이 거의 그대로 계승되고 있었다.

다만, 명말·청초의 일부 선구적인 논자들이 전개한 '소설'의 이론들은 그것을 하나의 '독립된' 허구 서사로 간주하고 그 연원과 특징을 밝히려고 시도하기도 했다. 정교하고 아름다운 '문법(文法)'의 추구를 통해 '정감적 교화[情敎]'를 추구하는 김성탄(金聖歎)에게서 '소설'은 어떤 의미에서 대단히 현대적인 소설론과 많은 부분에서 유사하다. 그것은 비록 '정통' 문단에서 공인받지 못했고, 불완전하기는 했지만 작자와 독자층이 형성된, 그리고 나름대로 형식의 제도성과 그 영향력의 지속성을 확보한 문학 장르였다고 할 수 있다. 그러나 적어도 당대까지 중국에서 '소설'이라는 개념이 대개 하나의 문헌 분류 항목을 가리키는 것이었다는 사실은 부정할 수 없다. 그러므로 우리가 굳이 당대까지의 '소설' 개념에 대해 문제삼고자 한다면, 문헌 분류 항목으로서 '소설'의 범위와 특징을 올바로 규정하는 쪽으로 주의를 돌릴 수밖에 없을 것이다.

그러나 이제까지의 연구들은 대개 시대적 한계를 고려하지 않고 '소설'을 장르적 개념으로 간주하려는 선입견을 고수하는 경향이 강했기 때문에, 이 문제에 대해서는 그다지 명쾌한 설명을 찾아보기 어렵다. 필자는 그 가운데 대표적인 예가 바로 현대의 소설사가(小說史家)들에게 일반적으로 사용되고 있는 '문언소설(文言小說)'이라는 용어라고 생각한다. 이른바 '중국소설사'라는 제목으로 나온 거의 모든 저작들과 중국의 보수적인 문인들의 연구 논문들에서는 육조의 '지괴'나 당대의 '전기(傳奇)'를 당연한 듯이 '문언소설'에 포함시켜 논의한다. 그러나 사실상 그것들은 전통 시기 중국의 역사가 겸 문헌학자들이 문헌 분류 항목의 하나로 설정한 '소

설가’에 포함되는 것이지 문학 장르로서 소설이 아니다. 그러므로 ‘지괴’
나 ‘전기’를 ‘문언소설’에 포함시키는 모든 논의들은 전통 시기 중국의 논
자들이 그것들을 왜 ‘역사의 특별한 유파[史氏別流]’로 간주했는지를 설명
할 방도가 없다.22) 플락스가 적절히 지적했듯이, “중국 서사의 본질을 묻
는 어떠한 질문도 반드시 무한히 중요한 역사전기[史傳文]와 어떤 의미에
서는 역사주의라고 할 만한 것에 대한 이해에서부터 출발해야”23) 하기
때문이다. 그러나 서구적 의미의 문학, 그리고 그 속에 포함된 장르 가운
데 하나인 소설이라는 개념에 얽매인 모든 논의들을 기다리는 것은 결국
편견에 의해 인도된 부정적 결론일 수밖에 없다.

　비록 ‘불완전’하기는 하지만, 오늘날 우리가 ‘서사’라고 이름 붙일 만한
글쓰기 양식은 전통 시기 중국의 ‘정식 역사[正史]’에서 채용한 ‘사부(四
部)’ 분류 곧 ‘경(經)’·‘사(史)’·‘자(子)’·‘집(集)’ 속에 다양하게, 혹은 중복
적으로 분류되어 있었다. 그리고 그 분류 가운데 대개 ‘자부(子部)’에 속하
며, 특히 오늘날의 문학 서사 개념에 가장 가까운 ‘소설’의 성격은 대단히
모호하고 일관성이 없다. 예를 들어서, 『구당서(舊唐書)』「경적지(經籍志)」
에서는 간보(干寶)와 갈홍(葛洪)의 작품을 모두 ‘사부(史部)’에 분류시켜 놓
았다.24) 『송서(宋書)』가 편찬된 원대에 이르러서도 갈홍의 『서경잡기(西京
雜記)』는 여전히 ‘사부’에 포함되어 있었지만, 간보의 『수신기(搜神記)』는
마침내 ‘자부’에 포함된 「소설」 항목 아래에 나타난다.25) 결국 원대에 이

---

22) 劉知幾, 『史通』「雜述」. “近古에 이르러 이 길(역사 저술)이 점차 번잡해져서 역사가
　　들은 유파를 달리하면서 각자 다른 경로를 나란히 치달렸는데, 싸잡아서 논하자면 그
　　유파에는 열 가지가 있다 …… [爰及近古, 斯道漸煩, 史氏流別, 殊途幷鶩, 權而爲論,
　　其流有十焉 ……].”(劉知幾 撰, 浦起龍 釋, 『史通通釋』, 臺北 : 里仁書局, 1993, 273면)
23) Andrew H. Plaks, “Toward A Critical Theory of Chinese Narrative”, *Chinese Narrative*(A. H. Plaks
　　ed.), Princeton : Princeton Univ. Press, 1977, pp.309~355에서 특히 p.311 참조. 한편, 『漢書』
　　「藝文志」에 ‘小說家’로 분류된 『靑史子』 卷57에 대한 班固의 自注에는 그것이 “옛날
　　‘史官’에 의해 기록된 사건[古史官記事也]”이라고 했는데, 이 또한 전통 시기 중국의
　　‘소설’ 개념이 역사 서술과 밀접한 관련이 있는 특수한 분야임을 보여주는 증거라고 할
　　수 있다(王先謙, 『漢書補注』, 北京 : 中華書局, 1993 初版 2刷, 890면 참조).
24) 劉昫 外, 『唐書經籍藝文合志』, 上海 : 商務印書館, 1956, 94~117면 참조.

르면 비록 '소설'과 역사 저작물 사이의 경계가 점점 구체화되고 있긴 했지만, 사실상 청대까지도 그 경계는 여전히 불분명했다. 예전에 '사부' 아래의 「기거주(起居注)」로 분류되었던 『목천자전(穆天子傳)』은 이 점을 잘 보여주는 예인데, 그것은 『사고전서총목제요(四庫全書總目提要)』가 편찬될 때 (1773~1872)에야 비로소 「소설」의 '지괴'로 분류되었다.26) 이러한 혼란은 '소설'이라는 용어 자체의 의미가 처음부터 대단히 복잡하고 함축적이었기 때문에 발생되었다고 할 수 있다.

　최근에 중국에서 나온 한 연구에 따르면, '소설'이라는 목록학의 분류 항목은 그 자체로 고사성(故事性) 즉 이야기적 성질과 통속성, 그리고 오락성을 내포한 개념이라 했다.27) 그에 따르면, '쇼(小)'라는 것이 비록 '자잘한 도리[小道]'를 가리키는 말이긴 하지만, '설(說)'이라는 말에는 일차적으로 "여러 가지 사건을 널리 모아서[廣儲諸事]"(『韓非子』「說林」), "온갖 사건들이 많이 갖춰져 있다[事類衆多]"(劉向, 『說苑』)는 뜻이 담겨 있다. 그런데 허신(許愼)의 『설문해자(說文解字)』와 단옥재(段玉裁)의 주석에 따르면 '설'은 각기 "풀이하다[釋]" 또는 "즐거워하다[悅懌]"는 뜻이 담긴 말이기 때문에, 결국 그 말에는 통속적이고 쉽다는 의미와 오락적이라는 의미가 함께 들어 있는 셈이다.28) 그러나 설령 '본체론(本體論)'의 관점에서 '소설'이라는 단어에 현대의 소설과 유사한 이런 속성들이 담겨 있다고 해서 그것을 문학 장르와 동일시할 수는 없다. 현대적 의미의 문학이란 어쨌든 적극적이고 창의적인 작가 혹은 작가 집단을 필요로 하며, 장르라는 것은 문학에 속하는 특정한 형식 — 지극히 전통적이고 관습적이며, 또한 제도적인 — 의 본질적 특성과 외적 규범을 동시에 규정하는 개념이어야 하기 때문이다.29) 다시 말해

---

25) 脫脫 外, 『宋史藝文志』「補」「附編」(上海 : 商務印書館, 1957, 53·119면) 참조.

26) 紀昀 外, 『四庫全書總目提要』, 上海 : 中華書局, 1934; 臺北 : 1971 再版, 2940면 참조.

27) 楊義, 「中國古典小說的本體論和文體發生發展論」, 『復印報刊資料 中國古代·近代文學研究』, 北京 : 中國人民大學書報資料中心, 1995.10, 45~61면.

28) 楊義, 위의 책, 46면 참조.

29) 쿨러에 따르면, 장르적 관습은 "본질적으로 의미 부여의 가능성이고, 텍스트를 자연스

서, 그 자체로 상당히 제한적이고 문제가 있는 개념이긴 하지만, 문학 장르라는 것은 대단히 구체적이고 명시적(明示的)인 개념이기 때문에 단순히 어떤 개념의 '속성'을 정의하는 것만으로는 부족하다는 것이다.

일반적으로 전통 시기 중국의 문헌 분류 학자들 즉 '정식 역사'의 편찬자들은 합리적이고 믿을 만한 역사적 사건 — 이것을 '신사(信事)' 또는 '신사(信史)'라고 한다 — 이라고 보기 어려운 것들, 다시 말해서 허구적이고 통상적인 인간 세상의 정서와 이치에 맞지 않는 기괴한 것들을 '사부'에서 배제하려고 노력해온 듯하다. 그러나 『상서(尚書)』와 같이, 비록 분류의 원칙에는 어긋나지만 이른바 '경전의 권위'로 인해 그 가치를 폄하하기 어려운 문헌의 처리 문제는 줄곧 그들을 괴롭혔을 것이 분명하다. 또한 그 외에도 『사기(史記)』 이전의 비공식적인 역사서들의 신뢰성을 판단하는 것 역시 시대적 간격과 문헌의 부족 등으로 인해 결코 만만하지 않은 문제였을 것이다. 특히 서적의 수량이 비약적으로 증가하고 있는 상황에서 책의 제목에서부터 의도적으로 '사부'의 여러 항목에 겹치게 설정된 책들은 그러한 혼란을 더욱 가중시킨다.30) 예를 들어서, 안영(晏嬰)의 이름에 가탁(假託)해서 지어진 『안자춘추(晏子春秋)』는 이미 『사기』「관안열전(管晏列傳)」에 그 제목이 기록되어 있는데,31) 여기에는 '안자'라는 제자서의 명칭과 '춘추'라는 역사서의 명칭이 혼합되어 있다. 그리고 이런 상황의 제약으로 인해 명대의 선구적인 논자들조차도 이제는 문학 서사로서 구체

럽게 설명함으로써 그것을 우리의 문화가 규정하는 세계에 자리매김하는 방식"이라고 했다(Jonathan Culler, *Structuralist Poetics*, Ithaca, N. Y. : Cornell University Press, 1975, p.137).

30) 『新唐書』「藝文志」에 따르면, "책을 소장하는 일은 開元 연간에 가장 성행해서 기록된 것만 해도 53,915권이나 되며, 그 가운데 당 나라 때의 학자들이 지은 것은 28,469권"이라고 했다. 그러므로 이미 唐代 이후 역사 편찬자들이 문헌을 분류할 때, 모든 서적의 내용을 꼼꼼히 읽어보고 거기에 해당하는 가장 적절한 분류 항목을 찾는 일이 현실적으로 불가능해지고 있음을 알 수 있다. 『新唐書』「藝文志」의 이 인용문과 특히 왕조별 '정식 역사'에 기록된 '史部'의 분량에 대한 자세한 설명은 瞿林東, 「論魏晉南北朝隋唐時期的歷史發展與史學特點」, 『復印報刊資料·歷史學』, 北京 : 中國人民大學書報資料中心, 1995.12, 23~31면 참조.

31) 司馬遷 撰, 許東方 校訂, 『史記』, 臺北 : 宏業書局, 民國 72 再版, 2132~2133면 참조.

적인 장르의 의미를 모색해가고 있던 '소설'에 대해 그 연원을 '자서'와 관련시켜 논하거나,32) 독립적인 장르로서 '소설'을 이야기할 때 종종 '사부'의 영역에 속하는 역사 서사와 대비시킬 수밖에 없었다.33)

2. 중국적 서사 개념

1) '행위'로서의 서사

이미 살펴본 것처럼 전통 시기 중국인들은 다양한 역사 서술의 유형에 대해, 그리고 수많은 '소설' 유형에 대해 점점 민감하게 느끼고 있었으나,

---

32) 예를 들어서 明代의 馮夢龍은 綠天館主人의 이름으로 쓴 『古今小說序』에서 이렇게 쓰고 있다. "역사의 전통이 흩어지자 '소설'이 일어났다. 그것은 周나라 말기에 시작되어 唐나라 때에 흥성했고, 宋나라에까지 스며들었다. 韓非子와 列子 등이 모두 소설의 선조이다[史統散而小說興. 始乎季周, 盛于唐, 而浸淫于宋. 韓非列御寇諸人, 小說之祖也]."(黃霖·韓同文, 『中國歷代小說論著選』, 南昌 : 江西人民出版社, 1982, 217면 재인용) 또한 宋代의 黃震은 『黃氏日鈔』「諸子書」「莊子」에서 이렇게 썼다. "莊子는 얽매이지 않는 재능으로 자유분방한 학설을 마음대로 구사하여 반드시 실제로 존재하지 않는 인물을 만들어내고, 반드시 실제로 존재하지 않는 사물을 설정하고, 세상에는 분명 일어나지 않을 사건들을 만들어내서, 그것을 가지고 이 세상을 보잘것없게 여기고, 성인을 희롱하며 깔보고, 온갖 우스개 소리를 만들어냈다. 그것은 아득하여 어떤 정해진 흔적이 없으니, 진실로 영원한 우스개 '소설'의 원조이다[莊子以不羈之才, 肆跌宕之說, 創爲不必有之人, 設爲不必有之物, 造爲天下必無之事, 用以渺末宇宙, 戲薄聖人, 走弄百出, 茫無定踪, 固千萬世詼諧小說之祖也]."(楊義,「中國古典小說的本體論和文體發生發展論」,『復印報刊資料 中國古代·近代文學硏究』, 北京 : 中國人民大學書報資料中心, 1995.10, 45~61면의 49면에서 재인용)

33) 전통 시기 중국의 논자들이 역사를 끌어들여서 '소설'을 논하는 것이 반드시 '소설'의 연원을 밝히려는 목적으로 인해 나타난 현상만은 아니다. 그보다는 명대에 대량으로 나타난 역사 연의와 '정식 역사'의 근본적인 차이를 밝히고, 나아가 '정식 역사를 보충'하거나 혹은 정식 역사보다 더 효율적으로 독자를 교화하는 효용이 있다는 것을 부각시키는 차원에서 역사를 끌어들여 논하는 경우가 더 많았다고 할 수 있다.

그것을 '서사'라고 부를 생각은 하지 않았다. 또한 현대 서구의 문학 비평에서 흔히 서사로 번역되는 'Narrative' 역시 비록 가장 보편적으로 쓰이는 용어 가운데 하나이지만 그에 대한 개념적 정의는 대단히 막연하다.[34) 바로 이런 특성으로 인해 전통 시기 중국을 설명하는 데에 서사라는 개념을 사용하려는 모든 논자들은 적어도 두 가지 중요한 문제점에 봉착하게 된다. 먼저 그 서사라는 개념 역시 소설에 관한 기존의 논의들처럼 진화론적 발전사의 시각에서 자유롭기가 어렵다는 점이다. 여기에 대해서 필자는 지성적 담론의 한 유형으로서 서사의 제도적·기능적 변천 과정 자체에 주목함으로써 필자의 개념 정의가 그런 위험에 빠지지 않도록 노력할 것이다. 둘째, 서구의 현대 문학 비평에서 이미 사용되고 있는 서사라는 개념은 대개 양식적 혹은 장르적 개념을 가리키는 경우도 많기 때문에, 소설 개념과 변별력이 부족하다는 점이다. 그러나 필자는 '중국적' 특색을 바탕으로 그 의미를 새롭게 규정함으로써 서구 문학 비평에서 사용되는 용어와 차별화 시킬 생각이다. 이미 장르를 이야기하면서 단서를 제시했듯이, 필자는 어떤 특수한 문학 장르를 규정하는 고유 명사가 아니라 '모든 종류의 이야기 — 허구적 이야기뿐만 아니라 역사적 사실성을 확보한 사건을 포함한 — 의 형태로 지식을 서술하는 글쓰기 행위'를 가리키는 일반적인 의미에서 이 개념을 사용하고자 한다. 물론 서사를 정의하는 방식은 그 목적에 따라 다양하게 시도될 수 있으며, '행위'를 강조하는 우리의 서사 개념은 논의를 편하게 하기 위한 하나의 장치일 뿐이다.[35)

---

34) 사실 '서사'의 개념을 전통 시기 중국에 적용하려는 시도에서 동서의 여러 연구자들이 직면했던 난점들은 이보다 더 복잡하고 다양한데, 최근에 이에 관해 비교적 명료하게 정리한 논문으로 趙寬熙, 「서사적 관점에서 본 中國 小說의 演變」, 『중국소설논총』 VII(韓國中國小說學會 編, 1998.8), 35~64면이 있다(특히 52~60면의 정리 참조). 다만 여기서 우리는 새로운 대안 가운데 하나로서 '중국적' 서사의 개념을 제기하는 정도로 논의를 마무리하고, 이 개념이 과연 적합한 것인가에 대해 좀더 다양한 각도에서 재검토하는 것은 차후의 과제로 미룰 수밖에 없다.

35) 예를 들어서, 董乃斌은 '글[文]'과 '사건[事]' 사이의 관계라는 내적 요인에 따라 서사의 개념을 세분화했다. 그에 따르면, 어떤 글에서 '사건'이 일종의 광범하고 요원한

　한편, 서구 문예 비평에서는 서사(narrative) 개념36)을 하나의 문학 장르로 정의하려는 시도가 지속적으로 진행되어 왔다. 그러나 서사에 관해 장르적으로 정확한 정의를 내리고자 하는 어떤 시도도 곧 일반적인 장르이론의 벽에 막히는 악순환이 계속되었다. 서구에서 서사 관념의 변천사를 요약하면서 셸던은 이런 현상을 다음과 같이 요약했다.

　무엇이 서사를 구성하는가에 대해 명확하게 정의하는 것은 곧 그것이 해결하는 것보다 더 많은 문제를 야기한다. 장르적인 범주를 먼저 세워놓으면 종종

배경으로서 감정을 불러일으키는 어떤 종합적인 외부 요소에 지나지 않을 때, 그것은 "사건을 포함하는 것[含事]"이라 부를 수 있다. 그리고 이보다 좀더 분명하고 具象的으로 '사건'이 일종의 吟詠의 대상이 되지만, 작가의 창작 의도나 전달 방식의 한계로 인해 '사건'이 주요 묘사 대상이 되지 못하고 다만 그것을 빌어 작자의 흥취와 주의력이 발휘될 때, 그것은 "사건을 읊는 것[詠事]"이 된다. 세 번째로 사건이 그 자초지종과 경위가 분명하게 묘사됨으로써 독자에게 산발적이거나 단편적인, 또는 모호한 인상이 아니라 完整하고 분명한 인상을 줄 수 있는 '本事'로서 자격을 획득할 때, 그것은 "사건을 서술하는 것[述事]"이 된다. 여기에는 실제의 사건과 허구적 사건이 모두 포함된다. 그러나 이 경우는 서술자가 한 사람으로 국한되기 때문에, 설령 서구의 영향을 받은 현대 소설처럼 다양한 '시점'을 채용하더라도 서술자가 작품에서 자신의 존재를 완전히 숨기기란 불가능하다. 董乃斌은 이런 한계를 극복하기 위한 방안이 "사건을 공연처럼 보여주는 것[演事]"이라고 생각한다(이상은 董乃斌, 『中國古典小說的文體獨立』, 北京 : 中國社會科學出版社, 1994, 12~53면 참조). 그러나 희곡의 경우가 아니라면 이런 '演事'의 개념은 서구에서 한때 작가의 완전한 소멸을 꿈꾸며, 문자 그대로의 리얼리즘을 실현하고자 했던 사람들이 추구했던 소설과 별로 다를 게 없다.

36) 『서사 담론(Narrative Discourse)』에서 제라르 쥬네뜨(Gérard Genette)는 서사라는 용어가 적어도 세 가지 이상의 의미로 다양하게 쓰이고 있다고 정리했다. 그 가운데 첫 번째는 "서사 진술 곧 하나의 사건 혹은 일련의 사건들을 말하되, 말로 되었거나 글로 쓰인 담론"을 말하고, 두 번째는 "이 담론의 주제가 되는 실제적인 혹은 허구적인 사건의 연속, 그리고 그것들이 연결되고, 대비되고, 반복되는 등의 여러 관계들"을 말하며, 마지막으로 "어떤 사건을 다시 한번 언급하되, 차례대로 얘기하는 사건이 아니라 어떤 사람이 무언가를 얘기하는 것으로 구성되는 사건, 곧 이야기 행위 그 자체"를 말한다. 결국 쥬네뜨가 말하는 서사의 세 가지 의미는 서사 담론(narrative discourse), 이야기(story), 그리고 이야기하기(narration)인 셈이다(Gérard Genette, *Narrative Discourse*, Trans. J. E. Lewin. Ithaca, N. Y. : Cornell Univ. Press, 1980, pp.25~26 참조).
　참고로, 본서에서 언급하는 서구의 '서사론'은 '문학'에 관련되어 좁은 의미로 사용된 개념을 가리킨다. 사실 서구에서도 '서사'는 리오타르와 같이 문학과 非문학을 구별하지 않는 포괄적인 의미로 사용되는 예가 많다.

그러한 범주가 파괴되어 버리고, 이론과 작품들 사이의 간격을 더욱 벌려놓는
결과를 낳는다.[37]

그러나 서구의 서사이론 가운데 이러한 악순환을 극복할 수 있는 대안
으로 제기된 바흐찐(M. M. Bakhtin)의 견해는 서사를 장르와 별개의 개념으
로 간주하려는 우리의 의도와 관련해서 중요한 점을 시사하고 있다. 바흐
찐은 서정·서사·극의 전통적인 삼분법을 계승하면서도 그 가치에 대한
평가에서는 극을 가장 중시하던 고전주의적 관점을 뒤집어 서사, 즉 '소
설적 담론(novelistic discourse)'를 가장 우위에 둔다. 그는 소설적 담론이 장르
의 구별을 폐지하고 재현의 수준 차이를 없앰으로써 대화적이고(dialogic),
개방적이며(open-ended), 다성적인(multi-voiced) 세계 즉 '다양한 언어들의 소우
주'를 구성하기 때문에 단일적이고 일차원적인 극과 서정시보다 뛰어나
다고 설명한다.[38] 아울러 그는 문학적 담론을 둘로 나누어, 구심적이고
권위적인 힘을 가진 고급 문학과 반대로 원심적이고 파괴적인 힘을 가진
통속 문학을 구별했다. 특히 그는 비공식적이고 통속적인 문학 담론들이
다양한 장르적 관습과 구성 방식을 혼합한 '열려진' 양식임을 강조하는데,
이것은 결국 서사를 장르적 틀 안에 제한하려는 서구 문학이론의 전통에
대한 도전이라 할 수 있다.

이른바 포스트모던의 시대인 오늘날에 이르러서는 서사에 관해 바흐찐
과 같은 맥락의 주장들이 점차 많은 지지를 확보하고 있는 듯하다. 이에
따라 전통 시기 중국의 서사물들—주로 '소설사'의 탐구 대상이 되었던

---

37) Sheldon Hsiao-peng Lu, *From Historicity to Fictionality*, Ann Arbor : the Univ. of Michigan Press,
　　1993, p.16 참조. 아울러 서구에서 '서사' 개념의 역사에 대해서는 같은 책, pp.13~36 참
　　조. 여기서 쉘던은 아리스토텔레스에서 바흐찐에 이르기까지 수사학과 모방론을 중심
　　으로 서사의 장르적 성격에 대한 탐구에서 脫—장르의 단초에 이르기까지 중요한 이론
　　들의 자취를 비교적 체계적으로 정리했다.
38) 이에 관한 논의는 미하일 바흐찐, 전승희 외역, 「서사시와 장편 소설」, 『장편 소설과 민
　　중 언어』(창작과비평사, 1988), 18~61면과 미하일 바흐찐, 이득재 역, 「소설 속의 말」, 『바
　　흐찐의 소설 미학』(열린책들, 1988), 97~280면에 집중적으로 나타나 있다.

'문학적' 글들 — 에 대한 인식에도 많은 변화가 생기게 되었다. 그러한 변화 가운데 가장 두드러진 것은 서구적 서사 기준에 맞지 않은 전통 시기 중국의 '소설'들에 대한 오해와 편견들39)에 대해 새로운 시각에서 비판할 수 있는 여지가 마련되고 있다는 점이다.

그러나 설령 바흐찐의 서사 개념이 장르의 벽을 상당 정도 허물었다 할지라도 그에게서 서사라는 것이 여전히 서구적 의미의 문학 즉, 이성적이고 논리적인 지식 활동과는 구별되면서 정서와 감정을 바탕으로 한 특수한 언어 행위의 산물이자 미적 창조물의 하나라는 사실만은 변함이 없다. 그리고 그러한 서사 개념을 적어도 당 왕조 이전의 중국에 적용하는 것이 불가능하다는 사실 또한 자명하다. 문학의 한 부분으로서 바흐찐의 '열린' 서사 개념은 그에 상응하는 '열린' 작가와 독자층의 존재를 전제로 하는데, 이미 지적한 것처럼 그런 작가와 독자층은 전통 시기 중국에 비해 상대적으로 특수한 문화 환경을 지닌 서구 역사의 산물이기 때문이다.

분명한 것은 적어도 당대까지 중국의 서사체들을 문학 장르의 측면으로 한정시켜 파악해서는 안 된다는 사실이다. 물론 시의 경우는 '사시(史詩)'와 같은 중요한 문학 서사의 형태가 있지만,40) 특히 문언으로 된 산문 서사를

---

39) 이 가운데 가장 대표적인 것이 비숍의 주장이다. 비숍은 "서구인에게 실망과 불만족을 안겨준 몇 가지 소설적 요소"를 지적했는데, 사실주의적 서사 기법의 발전을 방해하는 이야기 구연 방식의 잔재(스토리에서 작가의 개입과 '장회'적 형식으로 나타난 삽화성 또는 에피소드적 특성)와 '故事'의 지배를 받는 이야기 전개의 단조로움과 여성 작가 전통의 부재로 인한 개성의 부재, 한 서사체 안에 혼합된 자연주의와 초자연주의 등이 그것이다(John L. Bishop, "Some Limitations of Chinese Fiction", *Studies in Chinese Literature*, 臺北: 大申書局, 1965, pp.237~245 참조). 이외에도 일관적인 視點의 결여와 느슨한 플롯 등이 결점으로 지목되기도 한다.

40) 『中文大辭典』에서는 '敍事詩(Epic poetry)'에 대해 이렇게 풀이했다. "'史詩'라고도 한다. 인물과 사건의 기록을 위주로 한 詩로서, 서양에서는 역사, 전설 및 신화를 운용한 것이 많다. 구조가 복잡하여 戲劇的 성격을 내포하는데, 예를 들어서 호머의 『일리어드』·『오딧세이』가 그것이다. 중국의 『詩經』에도 서사적 작품이 많으나, 풍자의 의미를 담은 것들은 그 어휘가 은밀하고 간략하여 가리키는 바를 정확히 알 수 없다. 杜甫도 시에서 당시의 사건을 잘 묘사하여 詩史라는 별칭이 붙어 다니는데, 그의 시 역시 서사시에 속하는 것이 많다. 그러나 그 시에 담긴 사건이 모두 사실을 기록한 것이라,

문학의 측면으로 한정시킬 경우에는 그 전모를 제대로 설명할 수 없을 뿐만 아니라 필경 논리상의 오류를 범하기 쉽다. 예를 들어서 한 왕조 이후 지속적으로 문인들의 손에 의해 저술된 각종 '비정통의 역사' 즉 야사(野史)나 잡사(雜史)들은 정통의 '학문'으로도 인정받지 못한 특수한 서사적 글쓰기 행위 — 그것이 기술(Description)인지 서사(Narrative)인지는 차치하고 — 였는데, 과연 이것들은 어디에 귀속시켜 설명해야 할까? 심지어 당연하게 학문의 하나로 치부되었던 이른바 '정통의 역사[正史]'에 포함되어 기전체(紀傳體)의 서술들에서 생생하게 발견되는 '문학성'은 어떻게 설명해야 할까?

이런 의미에서 필자는 기존의 분과 학문적 틀에 묶인 문학 장르로서 서사의 개념이 아닌, 중국적 특성이 충분히 고려된 '행위'로서 서사 개념[41])의 설정이 필요하다고 생각한다. 무엇보다도 그것은 그 동안 전통 시기 중국의 서사에 대한 논의들이 소홀히 여겨온 듯한 역사 전기와, 특히 모든 서사 행위를 역사 서술과 끊임없이 연관시키려 했던 전통 시기 중국인들의 특수한 관념 체계를 포함한 전체적인 관점을 확보하는 데에 도움이 될 것으로 기대한다.

2) 목적 지향의 서사

이미 『상서』라는 책의 명칭을 통해 우리는 역사 시기 초기의 중국인들이 '기록'이라는 의미로 '서(書)'라는 글자를 사용하고 있었음을 알 수 있다. 그런데 허신이 『설문해자』의 서문에서 설명한 바에 따르면 '서'는 사

서양의 서사시가 신화의 내용을 아울러 담고 있어서 戱劇的 성격을 띠는 것과는 다르다."(中文大辭典編纂組, 『中文大辭典』, 中國文化大學出版部, 民國 74년 제7판 권4 914면)

41) 뒷부분에서 구체적으로 설명하겠지만, 본서에서는 이것을 '서사 담론(narrative discourse)'이라고 명명할 것이다. 다만 우리의 논의에서는 대개 이것을 '서사'라고 줄여서 부를 터인데, 그 경우는 대개 '전통 시기 중국(의)'과 같은 수식어와 함께 사용될 것이다.

물의 형상 및 모양과 같은 상징적 기호를 죽백(竹帛)에 기록해 놓은 것 즉, 오늘날의 용어를 쓰자면 '기록된 글자'를 의미한다.42) 그리고 후대에 이르면 '서'는 논의를 위주로 하는 일종의 특수한 문체를 가리키는 명칭으로도 사용되기도 했다.43) 결국 이런 이유로 '서'라는 개념은 '사건의 기록'이라는 좀더 구체적인 의미로는 사용하기 어렵다는 것이 드러난다.

이에 비해, 현대에 들어서 서구의 비평 용어인 'Narrative'에 대한 번역어로 사용되기 이전에도 서사라는 말은 이미 중국에서 일반적인 의미의 서술어로 사용되고 있었다. 그러나 그 '일반성'에는 사실상 대단히 중국적인 특성이 내포되어 있었다.44) 예를 들어서, 서사에 관한 『중문대사전(中文大辭典)』의 설명은 다음과 같다.

> (서사는) 어떤 사실을 서술하는 것으로, '서사(序事)'라고도 쓴다. 『철경록(輟耕錄)』「문장종지(文章宗旨)」에는 이렇게 적혀 있다. "사실을 서술하는 것은 '역

---

42) 『說文解字』「序」. "倉頡이 처음 '書'를 만들었을 때에는 대개 여러 사물에 따라 그 모양을 형상화했기 때문에 그것을 '文'이라고 부른다. 그 후에 글자의 모양과 소리가 덧붙여졌으니 그것을 '字'라고 한다. '문'이라는 것은 物象의 근본이고, '자'는 늘고 붙어 점차 많아지는 것을 의미한다. 그것들이 竹帛에 써진 것을 '書'라고 하는데, '서'라는 것은 사물의 形貌와 같음을 뜻한다[倉頡之初作書, 蓋依類象形, 故謂之文. 其後形聲相益, 卽謂之字. 文者, 物象之本, 字者, 言孶乳而寖多也. 著於竹帛謂之書. 書者, 如也]."

  * 이하 許愼의 『說文解字』 원문은 桂馥 撰, 『說文解字義證』(齊魯書社, 1987)에서 인용한다. 특히 이 부분은 1313~1314면 참조.

43) 『文體明辨』「書」의 설명에 따르면, '書'는 신하가 임금에게 올리는 글이나 사람들 간에 주고받는 서신의 문체를 가리키는데 이것은 그것들이 어떤 주제에 관한 논의를 펼치는 형식을 위주로 구성되었기 때문이라고 했다. 여기에 대해서는 『中文大辭典』 卷4, 1449~1450면의 설명 참조.

44) 플락스에 따르면, 당대 劉知幾의 『史通』에서 淸初 毛宗崗의 『三國演義』「序」에 이르기까지 두루 발견되는 '敍事文'이라는 단어의 용법은 대개 '직접적인 서사'와 운문 혹은 산문으로 된 다른 담론 유형들 사이의 구성 비율을 설명하는 데로 제한되어 있었기 때문에, 오늘날의 글에서 그것을 문학작품의 유형이나 양식을 가리키는 것으로 여긴다면 그것은 본질적으로 하나의 '신조어(neologism)'라고 했다(A. H. Plaks, "Toward A Critical Theory of Chinese Narrative", *Chinese Narrative*(A. H. Plaks ed.), Princeton : Princeton Univ. Press, 1977, pp.309~355 · p.310 참조

사를 쓰는 방법[書史法]'과 같으니,『상서』「고명(顧命)」이 그런 예이다. 사건을 서술한 후에 간략하게 논의를 전개하여 끝맺음을 하는 경우도 있으나, 논의가 지나치게 많아서는 안 된다."45)

이것을 다시 풀이하자면, 중국에서 일반적으로 사용되던 서사라는 말은 최초에 어떤 사건에 대해 조리와 체계에 맞게 서술하는 행위를 가리키는 뜻이었다고 할 수 있다. 그런데『철경록』에서 암시된 바에 따르면, 그 전통 시기 중국의 서사 행위는 처음부터 어떤 목적을 지향하는 성격이 상당히 강했음을 알 수 있다.『상서』와 같은 초기의 서사물들은 사건 자체의 흥미보다 사건에 내재된 역사적이고 우주적인 의미, 혹은 인간의 존재와 삶의 올바른 방식에 관한 포괄적인 지식의 보존과 전달을 우선적으로 고려하고 있었던 것이다.46)

논의의 편의를 위해『철경록』에서 예로 든『상서』「고명」의 내용을 요약해보면 다음과 같다.

① 성왕(成王)이 병세가 위독해지자 유언을 남기기 위해 신하들을 불러 모은다.
② 신하들에게 자신은 문왕(文王)과 무왕(武王)이 남긴 위대한 교훈과 법도를 어기지 않았음을 밝히고,
③ 자신의 뒤를 이어 태자 쇠(釗)를 잘 보필하여 천하를 훌륭히 다스리게 하라고 당부한다.
④ 을축일(乙丑日)에 성왕이 죽자 소공(召公)과 필공(畢公)이 관리들에게 장례를 준비시킨다.

---

45) "敍事. 敍述其事實也. 亦作序事.『輟耕錄』「文章宗旨」. '敍事如書史法,『尙書』「顧命」是也. 敍事之後, 略作議論以結之, 然不可多'."(『中文大辭典』卷4, 914면 참조)
46) 閔斗基는「中國에서의 歷史 意識의 展開」라는 논문에서 이렇게 서술했다. "『元史』「董文炳傳」에 '나라는 멸할 수 있으나 역사는 없앨 수 없다[國可滅, 史不可沒]'는 유명한 말이 있듯이, 전통 시기 중국에서 역사는 **전달되어야 할 문화적 가치의 총괄**로 여겨지고 있었다. 여기에는 중국이라는 하나의 문화체는 역사화됨으로써 비로소 존립한다는 개념이 표현되어 있는 것이다."(閔斗基 編,『中國의 歷史認識』上, 창작과비평사, 1985, 59면 참조) (강조-인용자)

⑤ 성왕(成王)이 쓰던 조복(朝服)과 안석(案席), 종묘의 보물, 왕의 수레 등을 진열하고 경호대를 배치한다.

⑥ 강왕(康王)으로 등극한 태자 쇠에게 성왕이 유언으로 남긴 말을 전하고 즉위식을 마치다.

⑦ 제후들이 강왕을 배알하고 폐백을 바치자, 태보(太保)와 예백(芮伯)이 신하들을 대표하여 강왕에게 문왕 이래의 왕업을 손상시키지 말라고 격려한다.

⑧ 강왕이 신하들에게 충성과 성심을 다할 것을 당부한 다음,

⑨ 예복을 벗고 상복으로 갈아입는다.⁴⁷⁾

이것은 짧은 사건을 시간의 순서에 따라 기록한 것이다. 그러나 그 안의 내용은 사건의 우여곡절보다는 성왕의 빈소(殯所) 모습과 제후들이 강왕을 알현하는 의식에 관계된 예절들에 중점을 두고 비교적 자세히 기술되어 있다. 다시 말해서 이 내용은 왕조의 정통성을 잇고 올바른 예절을 보존하기 위한 목적에서 기술되었다고 할 수 있다.

서사 행위의 출발점에서 나타난 이러한 목적 지향적 경향은 전통 시기 중국의 서사에 적어도 두 가지의 중요한 특성을 부여한다.

첫째, 서사의 시간이 현재와 그에 연결된 과거로 소급되는 경향이 강해진다는 점이다. 보존과 전달이라는 차원에서는 무엇보다도 경험을 통한 지식의 검증과 축적이 중요하기 때문이다. 이런 의미에서 초기의 서사는 가능한 경험의 창조보다는 과거의 역사적 사실을 기록하여 전달하는 쪽으로 비중이 두어지게 되는 것이다.⁴⁸⁾ 그리고 그러한 서사는 당연히 이야기 자체의 완결성보다는 사건을 기술하는 문장의 수사적 측면에 상대적으로

---

47) 이재훈 역, 『書經』, 고려원, 1996, 310~324면 참조

48) 다음에 인용된 플락스의 말 역시 이와 같은 맥락에서 이해할 수 있을 것이다. "중국 전통의 역사적 지류와 허구적 지류에서 모두 서사 기획에 대한 최종적 합리화는 이미 알고 있는 사실을 '전달'하는 데에 있다고 할 수 있으며, 어떤 면에서 그것은 '傳'이라는 글자를 (그 엇갈리는 讀音을 통해서) 서사 형식의 광범한 영역을 지칭하는 데에 사용한 점과도 무관하지 않을 듯하다."(A. H. Plaks, "Toward A Critical Theory of Chinese Narrative", *Chinese Narrative*(A. H. Plaks ed.), Princeton : Princeton Univ. Press, 1977, pp.309~355에서 특히 pp.312~313 참조)

더 많은 주의를 기울이게 된다. 『상서』에 기록된 이야기들에도 잘 나타나 있듯이, 초기의 서사물들은 사건의 역사적 진실성에 관한 실증적 고찰을 중시하지 않으며, 짧은 사건임에도 비약과 암시의 방식으로 기술된다.[49] 흔히 우리는 동·서양을 막론하고 인류 초기의 서사 형태들이 대부분 이성적 분석에 기반을 둔 과학적 지식보다는 신화에 친밀한 포괄적 지식을 전달하는 특성이 있었다는 일반론과 역사시대 초기의 열악한 기록 환경 등을 고려할 때, 『상서』의 이러한 특징이 당연한 결과라고 치부하기 쉽다. 그러나 일견 그럴 듯해 보이는 이 설명은 기록자 즉 서사 주체의 역할을 지극히 수동적인 차원으로 제한해 버리는 데에 문제가 있다. 사실 역사시대가 시작된 이후 중국의 서사 주체들은 놀라울 만큼 빠른 속도로 자신들의 정체성과 행위의 주체성을 확보하기 시작했기 때문에 이런 식의 설명은 상당히 불합리하다. 그리고 "말은 의미를 제대로 전달하기만 하면 그만"[50]이라는 명분을 강조했던 공자(孔子)의 『춘추(春秋)』가 심원한 '미언대의(微言大義)'를 담고 있는 것으로 해석된 것도 당시의 서사물들이 기본적으로 수사적 측면을 상당히 중시했다는 증거가 될 수 있을 것이다.

둘째, 바로 이러한 이유로 인해서 전통 시기 중국의 서사 행위 및 그에 관한 논의는 일차적으로 역사 기술로부터 시작될 수밖에 없었다. 지식의 전달 기능을 중시하는 중국인의 가치관 속에서 형성될 수 있는 초기의 서사물들에서는 당연히 경험적으로 쉽게 검증 가능한 역사 기술(記述)이 우세한 비중을 차지하게 되고, 가능성을 완전히 배제할 수는 없는 허구적 성분은 그 부분 집합으로 귀속될 수밖에 없었기 때문이다. 특히 신성하고 유용한 지식의 전달 수단으로서 역사 기록이 문자 언어를 독점한 고대의

---

49) 『尙書』「金滕」에는 周公이 武庚의 반란을 진압한 해의 가을에 기상 이변이 발생하자 成王이 점을 쳐서 그 까닭을 살피고, 占冊을 보관한 궤짝을 열다가 周公의 기도문을 발견하고 그의 忠情을 알게 된다는 기록이 있다(이재훈 역, 앞의 책, 171~174면 참조). 天災地變과 周公의 덕을 연결시킨 이러한 기록은 역사시대 초기에 생산된 중국 서사물들의 기본적 특성을 잘 보여주고 있다고 하겠다.

50) "子曰. 辭達而已矣."(『漢文大系』 卷5「論語集說」「衛靈公」, 富山房, 1972, 57면)

지배층에서 배타적으로 행해지면서 공식적인 권위를 유지해왔다는 사실은 그런 경향을 더욱 강화시켰다.

이상의 논의를 거꾸로 되짚어보면, 우리는 다음과 같은 가설을 만들 수 있을 것이다. 즉, 전통 시기 중국인들은 최초에 지식의 전달이나 자기주장의 전개가 아닌 다른 어떤 용도―가령, 서구에서처럼 '아름다움[美]'이라는 순수한 관념상의 즐거움을 위해 서사를 이용하는 것―를 위해 서사를 활용할 생각은 하지 못했으며, 오늘날의 문학에서 중시하는 용도에 대한 인식은 사실상 명대에 이르기 전까지는 대단히 느린 속도로, 그리고 아주 미미한 형태로 진행되었다는 것이다. 또한 이와 같은 맥락에서, 현재의 삶을 상징적으로 반영하는 허구적 서사의 다양한 효용―가령, 이야기 자체의 재미나 18세기 서구인들이 설정했던 것과 같은 미적 쾌감 등을 포함해서―에 대한 그들의 인식 역시 지루할 정도로 긴 배태기를 거쳐야 했다. 심지어 명대의 인식론적 혁신을 거친 뒤에도 그들은 여전히 서사 행위를 하나의 유용한 담론(discourse) 행위로 취급하는 경향이 강했다. 이후의 논의에서 다시 언급하겠지만, 필자는 이런 현상이 전통 시기 중국 지식인들의 뒤섞인 문장관에서 비롯되었다고 생각한다. 근대 서구와 같은 분과 학문의 개념이 존재하지 않았던 유가적 지식인들의 인식 체계 속에서 서사를 비롯한 일체의 하위 분야는 '문장'이라는 방대하고 흡입력 강한 틀 속으로 줄기차게, 그리고 자연스럽게 흡수될 수밖에 없었기 때문이다.

3) 전통 시기 중국 서사의 분화 단계

원천적인 의미에서 모든 서사 행위는 인간의 삶에 내재된 본질과 지향점을 규명하기 위한 지적 탐구 행위의 일환일 것이다. 실제 상황이거나 상상적으로 만들어진 상황이거나 상관없이, 서사 주체의 '기억' 속에서 왕성하게 꿈틀거리는 하나의 구체적인 사건을 서술하는 것은 인간의 존재 혹은 그 존재의 활동에 내재한 '시간성'에 대한 서술을 통해 세계와 인간 사이의 철학적 거리를 좁히려는 행위이다. 그러나 그 '기억'의 서술은 단순한 '보여주기' 혹은 재현의 의도를 넘어서 세계와 인간의 진실에 대한 서사 주체의 판단—서사 주체들은 대개 이것을 '진실'이라고 표현하고 싶어한다—을 주장하거나 논증하려는 의도를 바탕으로 진행된다.[51] 설령 그 의도가 명확하게 고백되지 않는 경우라 해도, 우리는 모든 언어활동이 본질적으로 타자(他者)를 전제로 한다는 일반론 위에서 발언의 욕구를 충동한 은밀한, 그러나 필연적인 동기를 찾아볼 수 있다. 그리고 본서는 바로 그와 같은 동기의 규명에 초점을 맞추고 있다. 이에 따라 우리의 관심은 주로 전통 시기 중국 지식인들의 사유 체계에 집중될 수밖에 없다.

물론 서사 행위 자체는 글쓰기의 방식이 아닌 구술(口述)의 방식으로도 진행될 수 있으며, 특히 후자는 이른바 민중의 서사 전통과 관련해서 중요한 의미를 갖는 부분이다. 그러나 직접적인 서사 행위 자체가 아니라 그에 관해 이차적으로 논의하는 것은 그 본질상 어쩔 수 없이 관념과 형이상학적 개념을 중심으로 진행될 수밖에 없다. 그러므로 그것은 철학적 사유의 글쓰기에 몰두할 여력이 있는 특수한 집단의 몫일 수밖에 없으며, 전통 시기 중국의 경우 그 집단은 대개 사회의 상층부에 속하는 지식인들로 구성되어 있었다.[52]

통시적으로 고찰할 때, 전통 시기 중국인들은 당대와 명대라는 두 개의 큰 분기점을 거치면서 기술적으로 분화되고 조직화된 서사 개념을 형성

---

51) 이런 의미에서 리꾀르(Paul Recoeur)는, "줄거리 구성을 주관하는 형상화 행위는 전체를 한꺼번에 아우른다는 점에서 판단을 내리는 행위이다. 보다 정확히 말하자면, 그것은 반성하면서 내리는 판단의 범주에 속하는 행위이다"라고 단정했다(김한식, 「시간, 이야기, 그리고 존재의 시학—뽈 리꾀르의 텍스트 해석학」, 『현대 비평과 이론』 9호, 한신문화사, 1995년 봄·여름, 126~151면의 134~135면에서 재인용).

52) 물론 구술된 서사물 내에 서사론이라고 규정할 만한 진술이 포함되어 있을 가능성은 부정할 수 없다. 더욱이 그런 종류의 서사론들이 무시할 만한 예외가 아니라고 판명될 경우, 본서에서 설정한 틀 자체도 본질적으로 개편하거나 보충해야 할 것이다. 그러나 여기서는 잠정적으로 문자로 정착된 진술들만을 대상으로 논의를 전개하고자 한다.

시켜온 듯하다. 그리고 그 변화의 과정은 다음과 같은 세 가지의 단계적 특성들로 요약된다.

먼저 당 왕조 이전의 혼성적이고 미분화된 단계의 서사에 대해서 우리는 편의상 '원-서사(primary descriptive discourse)'라는 명칭을 부여할 것이다.[53] 여기서 '원-서사'라는 용어는 "허구적이건 실제적이건 어떤 사건의 서술을 통해 지식을 전달하거나 자기주장을 전개하는 행위를 가리키는 미분화된 상태의 글쓰기 행위"라고 정의할 수 있는 개념이다. 그러므로 엄밀한 의미에서 우리의 서사 개념은, 영어 번역에서 알 수 있듯이, '담론(discourse)'이라는 쪽에 더 많은 비중을 두고 있다. 다만 한 가지 지적해둬야 할 것은 본서에서 사용되고 있는 서사의 개념은 이른바 '구비 전통'을 포함한 지극히 광범한 서사를 가리키는 것이 아니라는 점이다. 오히려 그 개념은 세계와 인간 실존에 관한 진지한 지적 탐구의 결과를 문자로 기술하는 행위에 국한된 것이다. 그런 의미에서 우리가 상정하는 서사의 개념은 사물이나 개념의 의미에 상응하는 상징적 기호로서 문자를 일대일로 치환시키는 단순한 기능적 행위도 아니다.[54]

이후의 논의에서 구체적으로 규명되겠지만, 이 단계의 서사론은 형식적 측면에서 보면 허구와 역사적 사실에 대한 실증적 변별이 미약한 상태에서 지식의 전달이라는 목적 지향의 기술(記述) 행위로서 서사의 가치를 강화하는 쪽으로 치우쳐 있다. 결국 문학의 한 부분으로서 서사의 개념이 분화되기 이전의 전통 시기 중국에서는 현대적 의미에서 역사 서사에 포함될 수 있는 제반 기록과 현대의 소설사가들이 '소설사'에 포함시

---

53) 이 명칭이 진화론적 관점에서 가치 평가가 부여된 것으로 읽힐는지도 모른다는 염려에서, 여기에 사용된 '원(prior)'이라는 것은 단순히 시간적 순서를 일깨우기 위한 수식어일 뿐이라는 점은 미리 지적해둘 필요가 있을 것이다.

54) 이 경우 서사의 개념은 다분히 '고급의', 그리고 지식인 위주의 개념이 될 수밖에 없는데, 이것은 우리의 논의가 서사체 자체가 아니라 그에 관한 논의를 대상으로 삼고 있기 때문에 택할 수밖에 없는 임시방편이다. 다시 말해서, 우리는 본서의 논의 시점까지 아직 문자의 영역으로 포괄되지 못한 채 존속하던 다양한 '민간'의 서사 양식들을 일단 논의에서 배제하고자 한다.

키는 제반 서사물들이 모두 서사론의 논의 범주에 포함될 수 있다. 동서
양을 막론하고 인류 초기의 서사에 관한 일반론을 따르자면, 여기서 전달
의 대상이 되는 지식이란 초기 인류가 자신들의 실존을 확인하고 정당화
하는 데에 관련된 제반 내용들—소위 '신화'라는 것 역시 이런 차원에서
이해될 수 있을 것이다—이 포함되며, 그런 의미에서 그것들은 바로 냉
엄한 자연의 변화 속에서 경험적으로 축적된, 삶을 유지하는 데에 필요한
기본적이고 중요한 원리나 방법을 상징적으로 표현한 것들일 것이다. 이
런 맥락에서 이 시기의 서사는 다양한 경험적 사실들의 기록이 주류를
이룬다고 할 수 있다. 이 단계에서 필자의 주요 관심은 그 넓이와 깊이의
측면에서 모두 지속적으로 확장 심화되고 있던, 서사 행위에 대한 서사
주체들의 능동적인 자각과 인식이다.

　다음으로, 당 왕조 이후 역사학의 정립과 더불어 상당히 과학적이고 실
증적인 방식으로 구성되는 단계의 서사에 대해서는 '역사 서사(historical
narrative discourse)'라는 명칭을 부여할 것이다. 이 단계의 서사는 기술적 측
면에서 체계적인 방법론을 구축하고자 하는 몇몇 논자들을 중심으로 상
당히 구체적인 구획이 정해지고, 서사에 대한 논의도 역사학이라는 하나
의 학문으로 틀을 잡기 시작한다. 그러나 이러한 '자리 잡기'는 엄격한 의
미에서 '독립'과는 다르며, 오히려 '분화'라고 표현하는 것이 적절할 것이
다. 그것은 비록 역사학이 하나의 분과 학문으로 틀을 형성했을 때조차
그것은 여전히 전통 시기 중국 문인들의 '문장'이라는 개념 체계에서 중
요한 비중을 차지하는 경학(經學)과 긴밀한 유대 관계를 유지하기 때문이
다. 한편, 이 시기에 역사학의 범주에서 제외된 서사체들은 아직 자신들
의 정당한 존재를 규정하는 논리를 만들어내지 못한 상태에 머물러 있다.
중당(中唐)에 이르러 표면적인 형식의 측면에서 상당히 세련되게 성숙한
'전기(傳奇)'와 이른바 '가전체(假傳體)'55)의 필기(筆記)들도 기껏 지식인들의

---

55) 일반적으로 이것은 '역사 전기 형식을 빌어서 쓴 허구적 傳記'라는 의미로 사용되며,
　韓愈의 『毛穎傳』이나 歐陽修의 『種樹郭橐駝傳』 등이 대표적인 예에 해당한다. 여기에

문자 유희라는 소극적 측면에서 어렵게 설자리를 구걸해야 했으며, 심지어 그것들 가운데 대다수는 마땅한 자리를 확보하지 못하고 방황하다가 점차 쇠락하는 경향을 보인다. 특히 만당(晚唐) 이래 점차 대두되기 시작하는 백화체의 새로운 서사 형식들이 비정통적인 문단을 장악하기 시작하면서 역사학에서 소외된 문언 서사체들은 입지가 더욱 좁아져 버린다.

마지막으로, 명대 중엽 이후 본격적으로 발전하기 시작하는 '화본(話本)'과 '장회소설(章回小說)'처럼 역사 서사와는 별개로 자체의 논리를 확보하기 시작하는 서사물들에 대해서 필자는 '문학 서사(literary narrative discourse)'라고 부를 것이다. 이 경우 문학 서사는 특별한 목적의식을 가진 작가에 의해 의도적으로 구성된 산문체의 허구적 이야기를 가리킨다. 그리고 이 시기에 문학 서사를 옹호했던 논자들은 스스로 정식 역사의 보충물이라거나 감정을 통해 독자를 교화함으로써 유가 경전의 역할을 더욱 효율적으로 대신할 수 있다는 논리로 무장하여 허구적이고 상상적인 이야기를 정당화하려 했다. 특히 명말·청초에 이르면, 진보적인 몇몇 논자들이 허구적 이야기를 구성하는 제반 방법에 대한 미학적 탐구를 통해 상당한 이론적 성취를 보이기도 했다.

그러나 이처럼 역사 서사와는 구별되는 특별한 양식으로 그 성격이 상당히 정립된 단계에서도 그에 대한 논의는 기본적으로 '원—서사'가 지향했던 방향에서 벗어나지 않는다. 심지어 명말·청초와 같이 지극히 감각적이고 쾌락주의적 성향의 통속소설들이 성행하던 시기에도 논자들은 문학 서사가 통속적인 언어와 정감을 통한 '교화'를 지향한다고 주장했다.56)

대해서는 安秉崙의 집중적인 연구 성과 외에, 주요 논문으로는 다음과 같은 것들이 있다. 曹壽鶴, 「假傳體小說考」, 『중국어문학』 4집, 한국중국어문학회, 1982; 權錫煥, 「先秦 寓言의 형식 연구」, 『중국문학연구』 7집, 성균관대 중국문학연구회, 1989; 李相崑, 「古代 傳記의 本質과 文學的 展開」, 『명지어문학』 19호, 명지대 국문과, 1990; 權錫煥, 「先秦寓言의 敎訓(敎述)的 장르 본질과 敍事指向性」, 『중국소설논총』 II, 한국중국소설학회, 1993.

56) 흔히 '情敎'라고 불리는 이러한 주장으로 대표적인 것은 명대의 詹詹外史(?~?)라는 사람이 쓴 「情史論略序」가 대표적이다. 여기서 그는 감정을 통해 독자를 교화하는 소설

바꿔 말하자면 이것은 결국 문학 서사가 그 표면적인 방식의 차원에서 차이가 있을 뿐이지, 본질적으로는 유가의 경전이나 역사서들이 깨우쳐 전달하고자 했던 진리에 대한 지식을 전달하려는 목적을 공유한다는 주장인 셈이다. 그러므로 전통 시기 중국의 문학 서사 개념은 서양의 근대 문예론에 나타난 바와 같이 순수하게 미적이거나 쾌락적이고, 과학(science)으로 대표되는 이성적인 지식 추구의 행위와는 전혀 별개의 개념으로 정립된 문학(literature)과는 본질적으로 거리가 있는 것이었다고 하겠다.

필자는 전통 시기 문학서사론에 나타나는 이와 같은 특성이 그에 대한 논의에 관여했던 주체로서 '특별한 중간층'에 내재된 독특한 성격에서 비롯되었다고 파악한다. 이에 따라 본론에서는 이들의 계층적 속성이 전통 시기 중국의 서사론에 고유한 특성을 부여하게 된 다양한 경로들을 구체적으로 규명해볼 것이다. 결국 본서에서 설정한 '문학 서사'의 개념은 단순히 허구 자체만을 가리키는 것이 아니다. 필자의 관점에서 허구 자체는 오히려 문학 서사를 구성하는 하나의 기술적 혹은 형식적 측면에 지나지 않는다. 그러므로 문학서사론의 전체적 면모를 살피자면, 이른바 문학 장르라는 것의 형성 과정을 비롯하여, 백화 언어의 서면화(書面化)와 그에 따른 글쓰기에 대한 인식의 변화까지를 포괄한 광범한 논의가 수반되어야 할 것이다.

의 효용이 본질적으로 '육경'과 같은 것이라는 주장을 펴기 위해, '육경'의 특징을 다음과 같이 설명했다. "'육경'은 모두 감정으로 교화하는 것이다. 『易經』은 부부 관계를 존중하고 있으며, 『詩經』은 「關雎」를 맨 앞에 두었다. 그리고 『書經』은 嬪虞의 일에 대한 글로 이루어져 있으며, 『禮記』는 정식 결혼과 蓄妾의 구별을 엄격히 하고 있고, 『春秋』는 姬氏와 姜氏의 사이에 대하여 상세히 말하고 있다. 이 모두가 남녀의 관계에서 시작하고 있는 것이 아닌가? 무릇 백성에게 반드시 쉽게 먹혀들어 갈 곳이 있으면, 성인도 또한 그것을 통해 백성을 인도하였지, 처음부터 심오한 것을 말하는 데서 출발하지 않았으며, 그럼으로써 君臣·父子·兄弟·朋友 사이의 관계에 이르러 넓고 깊은 경지를 넉넉하게 나타냈던 것이다![六經皆以情敎也. 易尊夫婦, 詩首關雎, 書序嬪虞之文, 禮謹聘奔之別, 春秋于姬姜之際詳然言之, 豈非以情始于男女? 凡民之所必開者, 聖人亦因而導之, 俾勿作于凉, 于是流于君臣, 父子兄弟朋友之間, 而汪然有餘乎!]"(成復旺 外, 『中國文學理論史』, 北京出版社, 1987, 36면 재인용)

제3장
원—서사론

한 시대의 통일성을 만드는 것은 공동의 문화라기보다, 그 장에서 뚜렷이 나타나는 지위들 전체에 결부된 입장 선택들 전체일 뿐인 공동의 문제의식(problematique)이다. 그 장 내에서 자신을 어떤 입장—다른 사람들은 이 입장에 비추어 자신의 위치를 성정하고 규정지어야 한다—의 지지자로 인식시킬 수 있는 능력 이외에, 한 지식인이나 예술가 또는 한 학파의 존재에 대한 다른 기준은 없으며, 그 시대의 문제의식이란 이러한 입장과 입장의 관계, 이와 불가분의 것으로서 입장 선택들 간의 관계들의 총체에 다름 아니다.

—부르디외(P. Bourdieu), 「도대체 누가 창작가들을 만들었는가」에서[1]

---

1) 피에르 부르디외, 문경자 역, 『혼돈을 일으키는 과학』, 솔출판사 1판 4쇄, 1998, 241면 참조

1. 서사론자들의 계층적 연원 – '무사(巫史)', '사(士)' 그리고 '사관(史官)'

1) '무사'의 기능과 지위 변화

사실 전통 시기 중국의 서사에 대한 본서의 시각은 그것을 단순한 사회·문화적 현상으로 관찰하려 하기보다는 서사 주체의 능동적이고 적극적인 '역할'을 강조한다는 점에서 특징적이다. 이것은 어떤 사건이나 이야기를 기록하거나 창작해서 그것을 통해 어떤 지식을 전달하는 사람으로서 서사 주체에 대한 탐구는 여러 가지 측면에서 그가 글로 남기는 내용에 부여할 수 있는 중요한 의미뿐만 아니라 그것을 수용하는 사람들의 입장까지도 충분히 고려해야 한다는 취지를 반영한 것이다. 그러므로 먼저 직접적인 서사론을 고찰하기 전에, 전통 시기 중국에서 처음으로 그런 논의를 진행할 수 있었던 주체들의 계층적 연원에 대해 먼저 간략하게 살펴볼 필요가 있다.

전통 시기 중국에서 세계와 인간에 관한 일체의 지식을 모두 한 사람이 전유하던 제정일치의 시대는 왕권의 정립과 더불어 끝나게 된다. 특히 기원전 13세기에 반경(盤庚)이 은(殷)으로 천도하면서 유목생활이 끝나고 정착생활이 시작되면서 전통 시기 중국의 역사는 새로운 국면으로 접어들게 되며, 기원전 11세기부터 기원전 771년의 서주(西周) 시기는 이 초기 문명을 비약적으로 발전시켰다. 이 시기에 이르면 제반 중요한 문화적 지식들은 제사장의 손을 떠나 왕실이 장악하여 주도하고 있었기 때문에[學在官府] 각종 지식들은 모두 왕실에서 '무(巫)'·'사(史)'·'축(祝)'·'복(卜)' 등 전문 관리들에 의해 비밀리에 보존되었다. 이러한 현상은 토지를 국가가 소유하고, 종법제도(宗法制度)를 시행한 것과도 밀접한 관련이 있을 것이다. 즉 천하의 땅을 소유하고 천하의 '대종(大宗)'임을 자임하는 천자는 또한 일체의 관념 세계를 주도하는 존재였다는 것이다. 그런데 이 왕실의

전문 관리들 가운데 서사 행위와 관련해서 우리의 주목을 끄는 것은 '무'
와 '사'이다.

　우선, '무'란 곧 '곱자[矩]를 사용하는 사람'이라는 뜻으로서, 당시 '직
업 문화의 우두머리[匠師]'였다. 그런데 원래 이들은 왕조시대 초기의 '천
관(天官)'을 가리키는 말이었으니, 『상서』「주서(周書)」 '여형(呂刑)'의 다음
구절은 그런 상황을 잘 보여준다.

　　(황제께서) 이에 중(重)과 여(黎)에게 명하여 하늘과 땅이 교통하는 것을 끊게
　하시니, (하늘의 신이 지상에) 강림하는 일이 없어지게 되었다.[2]

　『국어(國語)』「초어(楚語)」에 따르면, 전욱(顓頊)시대에 '구려(九黎)'가 덕을
어지럽힌 결과, 사람마다 신과 통해서 "백성과 신이 함께 사는[民神同住]" 일
이 생기자 전욱이 남정(南正) 중(重)으로 하여금 "하늘에 제사하여 신을 돌
보게 하고[司天以屬神]" 화정(火正) 여(黎)로 하여금 "땅에 제사하여 백성을
돌보게 했다[司地以屬民]"고 한다.[3] 그러므로 『상서』에 나타난 '중'과 '여'
는 바로 전욱 시대의 남정 중과 화정 여에 해당하는 사람일 것이다.[4]

　사실 이 기록 속의 주인공들이 실제 역사상의 어떤 인물을 가리키는가
하는 문제는 부차적인 것이다. 중요한 것은 적어도 주 왕조를 전후해서
정치적 지도자로서 왕과 종교적 주재자로서 '무' 즉 '천관'의 임무가 확실

---

2) "乃命重黎, 絶地天通, 罔有降格."(이재훈, 『尙書』, 고려원, 1996, 329~333면) 여기서
　'황제'가 누구를 가리키는 것인지는 분명치 않다. 그러나 『史記』「五帝本紀」에 따르면
　神農氏 말기에 왕의 통치력이 약해진 틈을 타서 蚩尤가 난을 일으켜 천하가 혼란해지자
　軒轅氏가 제후의 군대를 징발해서 마침내 涿鹿의 들에서 蚩尤를 잡아 誅殺했다고 했으
　니, '황제'는 바로 나중에 五帝 가운데 하나인 黃帝가 되는 軒轅氏를 가리키는 것일 수
　도 있다(司馬遷 撰, 王利器 主編, 『史記注譯』, 西安 : 三泰出版社, 1998, 3면 참조).
3) 『國語』「楚語下」(黃永堂 譯注, 『國語全譯』, 貴州人民出版社, 1995, 634~635면)에
　실린 이 내용에 대해서는 李宗侗, 「中國 古代의 史官 制度」, 『中國의 歷史 認識』上
　(閔斗基 編, 창작과비평사, 1985), 126~154면에서 특히 131면에 자세히 언급하고 있다.
4) 『史記』「太史公自序」에 따르면, "옛날 전욱시대에 남정 중으로 하여금 하늘에 제사
　하게 하고 북정 여로 하여금 땅에 제사하게 했다[昔在顓頊, 命南正重以司天, 北正黎
　以司地]"고 되어 있다(司馬遷 撰, 앞의 책, 3285면 참조).

히 구분된 것이 분명하다는 사실이다. 이것은 『국어』에서 위와 같은 일이 있고 나서 비로소 하늘과 땅, 신과 백성이 분명하게 나뉘었으며 왕도 더 이상 신에게 제사를 지내는 일을 겸하지 않고 '무'로 하여금 이 일을 전담하게 했다고 기록한 점에서도 확인할 수 있다. 아울러 『국어』에서는 황제를 대신해서 하늘의 신에게 제사를 지내는 일을 맡은 사람들 가운데 남자는 '격(覡)', 여자는 '무(巫)'라고 불렀다는 기록이 있다.5) 그러나 현대의 연구에 따르면 그들은 종교적 임무뿐만 아니라 음악과 무용, 천문과 역법, 의약학 등 초기 문화를 종합적으로 담당하는 선구적 지식인이었는데, 그 직분은 대체로 축사(祝史)·예복(預卜)·의(醫)·점몽(占夢)·무(舞雩) 등 다섯 가지로 나뉘어졌다고 한다.6)

다음으로 '사'에 대해서는 일반적으로 그것이 상대(商代)에 처음 설치된 관직으로서 처음에는 변방에 주둔하는 무관(武官)이었으나, 나중에는 왕의 좌우에서 제사를 관장하고 사건을 기록하는 관리를 지칭하는 말로 사용되었다고 여겨왔다.7) 그래서 『상서』「다사(多士)」에서 주공(周公)이 "오직 은나라의 조상들만이 서책과 전적을 가지고 있었다"8)고 했을 때 서책과 전적이라는 것은 바로 '사'의 손에서 나온 것이라고 생각한다.9) 이처럼

---

5) 戴君仁에 따르면, 男覡과 女巫는 민간에서 분별하여 일컫는 말로 여겨지며, 조정에서는 '巫咸'이나 '巫彭'과 같이 남자까지를 포함해서 巫라고 불렀다고 한다. 여기에 대해서는 戴君仁, 「陰陽五行說과 歷史」, 『中國의 歷史 認識』 上(閔斗基 編), 창작과비평사, 1985, 101~125면에서 특히 106면 참조.

6) 이 부분에 대해서는 馮天瑜, 「中國文化人的三個發展階段」, 『復印報刊資料·文化研究』, 北京 : 中國人民大學書報資料中心, 1995.5, 30~35면에서 특히 30~31면 참조.

7) "史의 甲骨文은 한 손에 종족의 깃발[族徽]을 든 모습이다. 이것은 고대의 종족들이 행사를 할 때 종족의 토템사상을 그린 깃발을 손에 들고 행사에 임하는 관리의 형상인데, 처음에는 역사적 기록이나 史官 등 특정 의미는 없었다. 때로는 사의 갑골문을 붓을 든 모습으로 해석하기도 하지만 이는 견강부회이며, 당시에는 일반적인 관리의 의미였다. 그러나 역사를 기술하는 독립적인 관리로 그 의미가 바뀐 것은 대략 주대 이후부터였다."(이수웅·김경일, 『중국 문화의 이해』, 대한교과서, 1997 재판, 44면)

8) 『尚書』「多士」에서 周公은 殷나라의 遺臣들에게 이렇게 말했다. "그대들은 은나라의 조상들이 남겨놓은 서책과 전적이 있으니 은나라가 하나라의 命을 혁신한 것을 알 것이오[惟爾知惟殷先人有冊有典, 殷革夏命]."(이재훈, 『尚書』, 고려원, 1996, 257면 참조)

‘사’를 기록자로서 인식하는 것은 한대(漢代) 이래의 전통적인 해석이었다. 예를 들어서, 『설문해자』에서는, “‘사’란 사건을 기록하는 사람이다. ‘우(又)’를 따르며 ‘중(中)’을 지니고 있다. ‘중’이란 ‘올바름[正]’을 뜻한다”라고 설명하고 있다.10) 그리고 『한서』「예문지」의 다음과 같은 설명은 그러한 인식을 더욱 공고히 다져놓았다.

옛날에 왕 노릇을 하던 사람은 대대로 사관(史官)을 두어서 군주가 거동하면 반드시 글로 기록했다. 그러므로 군주는 말과 행실을 신중히 하고, 법식을 밝게 운용했다. 좌사(左史)는 군주의 말을 기록하고 우사(右史)는 사건을 기록했으니, 사건의 기록은 『춘추』와 같은 책이 되고 말의 기록은 『상서』와 같은 책이 되었다. 제왕이라면 누구나 그와 같이 하지 않은 이가 없었다.11)

세부적인 면에서 약간의 차이는 있지만 오대징(吳大澂)의 『설문고주보(說文古籒補)』, 강수(江水)의 『주례의의거요(周禮疑義擧要)』, 장병린(章炳麟)의 『장

---

9) 『史記』「秦本紀」에 따르면, “文公 13년(기원전 753)에 처음으로 史를 두고 사건을 기록하게 하니, 백성들 중에 감화를 받은 자들이 많았다[十三年, 初有史以紀事, 民多化者]”라는 기록이 있다(司馬遷 撰, 許東方 校訂, 『史記』, 臺北 : 宏業書局, 民國 72, 再版, 179면). 이것은 결국 秦 왕조가 설립된 지 얼마 되지 않아서 곧 史官이 임명되었다는 것을 뜻한다. 그러므로 春秋 및 그 이전 시대의 다른 국가들에서도 이미 오래 전부터 이런 관행이 있었을 것이라고 추측할 수 있다. 唐代 杜佑의 『通典』 卷21 「職官二」 ‘中書令’ ‘史官’에는 다음과 같은 기록이 있다. “史官은 黃帝 때부터 설치하기 시작하여, 그 후로 두드러진 인물로 夏나라의 太史 終古와 商나라의 太史 高勢가 있었다. 周나라 때에는 太史・小史・內史・外史 등으로 불렸으며, 제후의 나라들에서도 그런 관직을 설치했다[史官肇自黃帝有之, 自後顯著, 夏太史終古, 商太史高勢, 周則曰太史・小史・內史・外史, 而諸侯之國亦置其官].”(董乃斌, 『中國古典小說的文體獨立』, 北京 : 中國社會科學出版社, 1994, 91면 재인용)

10) 『說文解字』. “史, 記事者也. 從又持中, 中, 正也.”(許愼 撰, 桂馥 義證, 『說文解字義證』, 齊魯書社, 1987, 248면) 여기서 ‘從又持中’을 ‘손[手]으로 中을 잡은 형태이다’라고 번역하는 경우도 있다. 이런 예로는 李宗侗, 「中國 古代의 史官 制度」, 『中國의 歷史 認識』 上(閔斗基 編), 창작과비평사, 1985, 126면 참조

11) 『漢書』「藝文志」. “古之王者世有史官, 君擧必書, 所以愼言行, 昭法式. 左史記言, 右史記事, 事爲『春秋』, 言爲『尙書』, 帝王靡不同之.”(王先謙, 『漢書補注』, 北京 : 中華書局, 1993 초판 2刷, 874면 참조)

씨총서(章氏叢書)』「문시(文始)」, 그리고 왕국유(王國維)의 『관당집림(觀堂集林)』「석사(釋史)」에 이르기까지 5·4 이전 중국의 학자들은 대부분 반고의 견해를 계승하여 '사'의 본래 의미를 "손에 간책(簡策)을 들고 사건을 기록하는 관리"라고 풀이하는 경향이 있었다. 그러나 근래의 언어학자 및 고고학자들은 대부분 이에 동의하지 않는다. 이에 관한 대표적인 연구로는 후디앤시앤(胡澱咸)의 『석사(釋史)』[12]와 자오청(趙誠)의 『갑골문간명사전(甲骨文簡明辭典)』(北京 : 中華書局, 1988)을 들 수 있는데, 여기서는 '사(史)'를 '사(事)'로 풀이하면서, 사관을 나타내는 '사(史)'는 '직사(職事)'라고 할 때의 '사(事)'에서 분화되어 나온 것이라고 설명한다. 그 가운데 특히 후디앤시앤은 갑골문에서도 자주 나타나는 '사(史)'라는 글자의 원래 의미가 결코 사건을 기록하는 사람을 뜻하는 것이 아니라 어떤 일을 직책으로 삼는 관리를 뜻한다고 풀이하면서, '사'가 수행했던 일은 주로 제사와 군사였다고 주장했다. 즉 종묘에 제사를 지낼 때는 태사(太史)가 선조의 세계(世系)를 관장했기 때문에, 세계를 기록하는 일이 발전해서 역사를 기록하는 것으로 되었다는 설명이다.[13] 그러므로 우리는 전통 시기 중국의 사관은 그 탄생의 단계에서부터 천문(天文)과 술수(術數), 그리고 제사와 같은 천관의 직책을 수행했으며, 아울러 천관의 직능에서 언행과 사건을 기록하는 직능이 파생되었다고 생각할 수 있을 것이다.[14] 결국 『주례(周禮)』「천관(天官)」의 기록처럼, '사'는 "관청 즉 왕실의 글을 관장함으로써 정치를 보좌하는[掌官書以贊治]" 사람이었던 것이다.[15] 이것은 『국어』「주어상(周語上)」

---

12) 『中國古代史論集』 1집, 福建人民出版社, 1981에 수록되어 있다.

13) 이에 대한 자세한 설명은 陳桐生, 『中國史官文化與史記』, 汕頭大學出版社, 1993, 3~4면 참조.

14) 戴君仁은 「釋'史'」, 『文史哲學報』 제12기, 臺灣大學, 1963에서 史官의 직무는 ① 제사, ②卜筮, ③星曆, ④策命, ⑤記事라고 했다(57~59면 및 63~64면 참조). 아울러 李宗侗, 「中國 古代의 史官 制度」, 『中國의 歷史 認識』上(閔斗基 編, 창작과비평사, 1985), 특히 126~138면에도 이 문제에 관한 자세한 논의가 담겨 있다.

15) 여기에 관해서는 馮天瑜, 「中國文化人的三個發展階段」, 『復印報刊資料·文化研究』(閔斗基 編), 北京 : 中國人民大學書報資料中心, 1995, 101~125면에서 참조.

의 다음 기록을 보면 더욱 분명해진다.

　　그러므로 천자가 정사에 관하여 신하들이 아뢰는 말을 들을 때에는 삼공(三
公)과 구경(九卿)에서 열사(列士)에 이르기까지 시를 바치게 했고,[16] 소사(少師)
는 잠언(箴言)을 바쳤고,[17] 수(瞍)는 삼공, 구경과 열사들이 바친 시를 낭송했
고, 몽(矇)은 '사(史)'와 '소사'가 바친 서(書)와 잠(箴)을 가락에 맞춰 읊었다. 여
러 악공(樂工)들은 연주를 통해 천자에게 권하여 간언했고, 서인(庶人)들은 (민
간에 떠도는 말들을) 전했다. 가까운 신하들은 앞으로 나아가 바르게 간언했고,
왕실의 친척들은 (군주의 과오를) 보완하고 (군주의 행정을) 감독했다. '무(巫)'
와 '태사(太史)'는 군주를 가르쳐 깨우쳤고, '기(耆)'와 '예(艾)' 같은 장로들[18]은
군주에게 경계하고 삼가도록 해주었다.[19]

　　그러나 중국에서 '사'는 서사 행위와 관련된 초기부터 '기록자'라는 의
미를 지니고 있었으며, 이후에 이것으로부터 '기록된 것'이라는 의미로 확
대되었다는 점은 주목할 필요가 있다.[20] 물론 기록을 담당하는 직능이 나
타난 이후에도 '사'는 여전히 천문과 제사를 비롯한 종교적 일을 위주로
했고, 이런 이유로 '사'와 '무'의 임무는 종종 한 사람이 겸했기 때문에, 나

---

16) 周나라의 三公은 太師, 太傅, 太保를 가리키며, 九卿은 少師, 少傅, 少保(이 셋을
'三少' 또는 '三孤'라고도 한다), 冢宰, 司徒, 宗伯, 司馬, 司寇, 司空을 가리킨다. 그리
고 列士는 上士, 中士, 下士를 가리키며, 이들의 지위는 大夫 다음이었다. 한편 黃永
堂의 譯注에 따르면, 이들이 바친 詩는 정치에 관해 諷諫하는 내용이며, 그것들은 대
개 民間에서 채취한 風謠였을 가능성이 많다고 한다.

17) 少師는 太師 다음의 樂官으로서, 箴言을 통해 군주의 잘못을 바로잡았다.

18) 耆는 예순 살이 된 사람을 가리키고, 艾는 쉰 살이 된 사람을 가리킨다. 여기서는 군
주의 師傅와 조정의 元老 大臣들을 가리킨다.

19) 『國語』「周語上」. "故天子聽政, 使公卿至于列士獻詩, 瞽獻曲, 史獻書, 師箴, 瞍賦,
矇誦, 百工諫, 庶人傳語, 近臣盡規, 親戚補察, 瞽史敎誨, 耆艾修之."(黃永堂 譯注,
『國語全譯』, 貴州人民出版社, 1995, 10면 참조)

20) 이런 의미에서 '기록된 것'으로까지 확장된 경우라 하더라도 '史'의 의미는 '자기의
경험으로 알게 된 것'이라는 의미에서 다시 '지식'의 뜻으로 확장된 희랍어의 'historeo
(ιστοὲω)'나, 그밖에 독일어의 'Geschichte', 산스크리스트어와도 그 출발점이 전혀 달랐
다. 여기에 관해서는 高柄翊, 「中國人의 歷史觀」, 『中國의 歷史認識』上(閔斗基 編),
창작과비평사, 1985, 41~51면에서 특히 43~44면 참조.

중에는 한꺼번에 '무사(巫史)'라고 부르게 되었다.21) 그러므로 우리는 이들이 하늘의 벼슬아치로서 신을 섬기면서 아울러 왕실의 신하로서 국가의 정치에 참여했다는 것을 알 수 있다. 은 왕조와 주 왕조에서 이들 '무사'를 지칭하는 이름은 매우 많은데, 천멍자[陳夢家]의 『은허복사종술(殷墟卜辭綜述)』에 따르면 복사(卜辭)에 나타난 사관의 이름은 윤(尹)·다윤(多尹)·우윤(又尹)·모윤(某尹)·사책(乍冊)·복모(卜某)·다복(多卜)·공(工)·아공(我工)·사(史)·북사(北史)·경사(卿史)·어사(御史)·짐어사(朕御史)·북어사(北御史)·모어사(某御史)·이(吏)·태리(大吏)·아리(我吏)·상리(上吏)·동리(東吏)·서리(西吏) 등이 있다고 했고, 그밖에 '육사(六史)'·'사사(四史)'·'삼사(三史)'·'서사(西史)'·'여리(女吏)' 등의 이름도 있다. 복사에 나타나는 무정(武丁)22) 전후의 '복사(卜史)'의 이름은 70여 명에 이른다.23)

지금까지 살펴본 것처럼, 제정일치의 시대에서 왕조 체제로 전환된 중국 사회에서 '무사'는 이전까지 누렸던 절대적 권위를 상실하고 대부분 왕실 소속의 관리로 신분이 격하되었다. 그러나 비록 이제는 그들이 지닌 지식을 자신들을 위해서가 아니라 왕실을 위해 사용할 수밖에 없게 되었지만, 그들은 여전히 우주와 인간에 관한 전문적이고 심오한 지식을 다루는 유일하고도 중요한 계층이었던 것이 분명하다. 다만 주 왕조의 '무사'는 단순히 지식을 기록하고 보존하는 차원에만 그칠 뿐, 자신들의 서사 행위가 어떤 중요한 의미를 지니는가를 탐구하고 정당한 논리를 만들어 낼 여유는 없었다. 왜냐하면 사회가 제정일치시대에서 왕조 통치의 시대로 바뀌었다는 사실은 곧 신정합일(神政合一)의 유일한 절대자로서 제사장

---

21) 여기에 대해서는 馮天瑜·何曉明·周積明, 『中華文化史』, 上海人民出版社, 1996, 303면 참조. 또한 『周易』 「巽卦」의 '九二爻'에 대한 爻辭에서는 "史와 巫를 쓰는 일이 많다[用史巫紛若]"고 했다. 이것은 上古시대에 '巫'와 '史'가 쉽게 분리할 수 없어서, 사관이 巫師의 직능을 수행하며 하늘과 인간 사이에서 使者의 역할을 충당했다는 것을 보여준다.

22) 殷나라 왕으로서, 盤庚의 동생 小乙의 아들이다. 南朝 梁나라 때 吳均이 지은 『續齊諧記』에는 '武丁'이라는 仙人이 등장하기도 한다.

23) 陳桐生, 『中國史官文化與史記』, 汕頭大學出版社, 1993, 5면 참조.

이 무력을 앞세운 왕에게 권력 쟁탈전에서 패배했다는 것을 의미하므로, 패배자로서 '무사'는 다른 어떤 것보다도 당장의 생존이 급선무였을 수밖에 없기 때문이다. 그러므로 그들은 자신들이 당시로서는 왕조의 정통성을 보증할 수 있는 가장 강력한 지식을 보존하고 전달할 수 있는 능력을 지닌 거의 유일한 존재임을 내세워, 새로운 승리자를 위해 봉사하는 벼슬아치로서 새로운 삶을 모색해야 했던 것이다.

2) '사림(士林)'의 형성과 분화

동주(東周) 시기에 이르면 천자의 권위가 약화되고 토지의 실질적인 사유화가 진행되면서, 동시에 끊임없는 겸병(兼倂) 전쟁에 의해 인재에 대한 수요가 증가했다. 특히 춘추시대에는 천하의 패자(覇者)를 추구하는 여러 제후들이 다양한 방면의 재능을 가진 인재들을 초빙하여 숙식을 제공하며 우대하는 풍조가 더욱 성행하게 되었다. 이른바 '선비를 양성[養士]'하는 이런 일은 제(齊)나라 환공(桓公, ?~기원전 643)이나 진(晉)나라 문공(文公, ?~기원전 637)과 같이 패자를 꿈꾸는 제후는 물론이거니와, 제나라의 맹상군(孟嘗君, ?~?)과 조(趙)나라의 평원군(平原君, ?~기원전 251), 위(魏)나라의 신릉군(信陵君, ?~기원전 243), 초(楚)나라의 춘신군(春申君, ?~기원전 238)과 같이 경대부(卿大夫)의 신분을 가진 사람들도 그 흐름에 동참하게 되었다.

이처럼 새롭게 변화하는 제반 여건들은 결국 관학(官學)의 기반을 흔들어놓아서, 춘추 말엽에는 변방의 미천한 신분인 담자(郯子)[24]가 예의의 나

---

24) 郯은 나라 이름이고 子는 爵位 이름이다.『左傳』「昭公 17년」의 기록에 따르면, 郯國은 少皥氏의 후예라고 했으니, 己氏인 셈이다. 그러나『史記』「秦本紀」의 '贊'에, "秦나라의 선조는 嬴氏인데, 나중에 지역이 나뉘어 봉해지자 나라 이름으로 姓을 삼아 徐氏와 郯氏로 갈라졌다[秦之先爲嬴姓, 其後分封, 以國爲姓, 有徐氏郯氏]"고 했으니, 郯은 어쩌면 伯益의 후손인 듯하다.『漢書』「地理志」에는 "少昊의 후손은 盈氏[小昊後, 盈姓]"라고 했는데, 바로 嬴氏를 가리킨다. 한편『史記』「楚世家」에 따르면, 頃襄

라인 노(魯)에 와서 예악에 대해 강론하기도 했다. 즉, "천자가 관리를 통치하는 힘을 상실함으로써, 학문이 사방 오랑캐의 손에 넘어가게 되었던"25) 것이다. 아울러 이런 상황에서 궁정에서 관학을 유지하던 사람들도 점차 왕실의 관할권 밖으로 벗어나게 된다. 『논어(論語)』에는 이러한 상황이 다음과 같이 구체적으로 서술되어 있다.

> 태사(大師)였던 지(摯)는 제(齊)로 가고, 아반(亞飯)이었던 간(干)은 초(楚)로 가고, 삼반(三飯)이었던 료(繚)는 채(蔡)로 가고, 사반(四飯)이었던 결(缺)은 진(秦)으로 가고, 북을 치던 방숙(方叔)은 하내(河內)로 들어가고, 소고(小鼓)를 흔들던 무(武)는 한중(漢中)으로 들어가고, 소사(少師)였던 양(陽)과 경쇠를 치던 양(襄)은 해도(海島)로 들어갔다.26)

또한 춘추 말엽에 주나라의 왕실 도서관인 장실(藏室)을 관리하는 벼슬아치였던 노담(老聃)은 왕실의 쇠퇴를 목격하고 떠나 스스로 책을 써서 학문을 일으켰고,27) 노나라의 악사(樂師)였던 사양(師襄), 정(鄭)나라의 등석(鄧析, ?~기원전 501), 장홍(萇弘)과 왕태(王駘) 등이 제자를 거둬들여 학문을 가르쳤다. 이것들은 모두 이 시기에 들어서서 관학이 쇠퇴하고 사학(私學)이 흥성하기 시작했음을 보여주는 예에 해당한다. 그리고 공자의 존재는 이러

王 18년에 鄒國이라는 나라 이름이 보이고 있으니, 이 나라가 戰國시대까지 존속했음을 알 수 있다. 이상에 대해서는 『左傳』「宣公 4년」 '經文'의 주석(楊伯峻 編, 『春秋左傳注』, 北京 : 中華書局, 1993 초판 4刷, 676면) 참조

25) 『左傳』「昭公17年」. "天子失官, 學在四夷."(楊伯峻 編, 위의 책, 1389면)

26) 『漢文大系』 卷6 「論語集說」 「微子」. "大師摯適齊, 亞飯干適楚, 三飯繚適蔡, 四飯缺適秦, 鼓方叔入于河, 播鼗武入于漢, 少師陽擊磬襄入于海."

27) 『史記』「老子韓非列傳」. "老子는 …… 周나라의 藏室을 관리하는 벼슬아치였다. …… 周나라 왕실이 쇠퇴하는 것을 보고 마침내 그곳을 떠나 關에 이르렀다. 關을 관장하는 관리인 尹喜가 이렇게 말했다. '선생께서는 은거하실 모양이군요 아무쪼록 저를 위해 책을 써주십시오' 이에 老子가 상·하편으로 된 책을 써서 5천 마디 남짓 되게 道와 德에 관한 말을 남기고 떠났는데, 그가 어디로 갔는지는 아무도 모른다[老子者 …… 周守藏室之史也. …… 見周室之衰, 迺遂去. 至關, 關令尹喜曰, 子將隱矣, 彊爲我著書. 於是老子迺著書上下篇, 言道德之意五千餘言而去, 莫知其所終]."(司馬遷 撰, 許東方 校訂, 『史記』, 臺北 : 宏業書局, 民國 72 再版, 2139~2143면)

한 분위기의 정점을 보여준다고 하겠다.[28] 더욱이 '사양' 등의 예에서 알 수 있듯이, 춘추시대부터는 '선비'[29]가 반드시 천자의 왕실에만 있는 것이 아니고 제후의 나라에도 있었기 때문에, '선비'로부터 사학의 선구자로 전향한 사람들의 수는 더욱 빠른 속도로 늘어날 수밖에 없었다.[30] 예를 들어서,『춘추좌전(春秋左傳)』「정공(定公) 4년」에 기록된 위(衛)나라 축타(祝佗)의 말에 따르면, 주나라 천자는 노·위(衛)·진(晉) 각 나라를 봉(封)하고 태축(大祝)과 종인(宗人), 복사(卜辭), 태사(太史) 등의 관리를 나눠주었다고 한다.[31] 그러므로 춘추시대 제후의 나라는 사실상 주 왕실에 축적된 문화와 학술 지식을 나누어 받아 개별적으로 발전시켰음을 알 수 있다.

결국 사학의 흥성에 기반을 마련한 선구적 지식인들은 천자의 통치권 약화라는 시대적 흐름 속에서 새롭게 자존(自尊)의 주체의식을 깨달은, 한때 패배자로서 굴욕적인 생존을 이어가야 했던 '무사'의 후예들이라고 할 수 있다. 왜냐하면 춘추 시기 이전까지 관학을 주도한 사람들은 사실상 '무사'들이었기 때문이다. 그리고 당시에 그들이 담당했던 역할의 중요성에 관해서는 이미 치앤무(錢穆)의 다음과 같은 설명에서 명쾌하게 드러나 있다.

주나라 때의 관학은 '사(史)'가 관장했다. 장학성(章學誠)이『문사통의(文史通義)』에서 "육경은 모두 '사(史)'이다"라고 했을 때의 '사'라는 글자는 결코 역사

---

28) 章太炎,『國故論衡』中「原經」. "老子와 孔子 이전에 학문은 모두 왕실에 있었으나, 老子와 孔子 이후 학문은 모두 민간의 개인에게 있게 되었다[老聃仲尼以上, 學皆在官, 老聃仲尼以下, 學皆在家人]."(章炳麟,『章氏叢書』上冊, 臺北：世界書局, 1982, 453면)

29) 앞에서 서술한 '사(史)'와 혼동되는 것을 피하기 위해 여기서는 특별한 경우가 아니면 '士'를 '선비'로 표기할 것이다.

30) 史가 고대 학술의 대부분을 관장했다는 점에 대해서는 이미 劉師培 등에 의해 강조되어 온 사실이다. 그리고 戴君仁,「陰陽五行說과 歷史」,『中國의 歷史 認識』上(閔斗基 編, 창작과비평사, 1985), 101~125면에서 특히 108~110면에 이 점에 관해 잘 요약되어 있다.

31) 楊伯峻 編,『春秋左傳注』四, 北京：中華書局, 1981, 1536~1537면 참조.

를 가리키는 말이 아니라 사실상 관학을 가리키는 말이었다. 고대의 정부에서 각 관청의 문서를 관장하던 사람은 모두 '사'라고 불렸는데, 여기서 '사'라는 것은 사실 후세의 이른바 관리[吏]와 거의 비슷하다. 고대의 '육예(六藝)' 즉 '육경'은 모두 고대 왕실에서 특별히 설치한 부서의 관리가 관장했기 때문에, '육예'는 '왕을 위한 관학[王官學]'이라 불렀다. 그리고 고대의 왕을 위한 관학 가운데 가장 주요한 것은 바로 후대의 역사와 비슷한 종류의 것이었다. 그러므로 고대 종묘의 사관은 실질적으로 관학의 중추를 담당하는 사람이었으며, 그밖에 '사'라고 일컬어지는 모든 관리는 '사관(史官)'의 '사'에서 파생된 것인 듯하다. 그러나 당시 종묘의 사관이 관장하던 것은 그 중요한 비중이 역사에 있었다기보다 실제로는 예악에 있었다.[32]

이것은 결국 춘추 시기 이전의 거의 유일한 학문과 지식의 영역을 관장했던 사람들이 바로 '무사'였음을 말해준다. 다시 말해서 그들은 중국 초기 문화의 제반 지식을 종합적으로 관장하는 사람들로서 당시의 철학자이자 역사학자, 문학가, 과학자, 박물학자였던 셈이다. 이것은 무엇보다도 그들이 당시까지만 해도 문자에 대한 지식을 장악한 거의 유일한 계층이었기 때문일 것이다. 은 왕조와 같은 제정일치시대의 '무사'는 제사를 통해 하늘과 땅 사이를 중개하며 지상의 정치적·종교적 지배력을 행사한 절대적 존재였고, 그들의 이러한 임무는 갑골문과 같은 신성하고 비밀스러운 매체를 통해 이뤄졌을 것이다. 그러므로 설령 왕조의 신하로 전락한 단계에서도, 적어도 초기에는, 문자에 대한 지식이 그들 사이에서만 세습적 형태로 비밀리에 전승되었을 것이 분명하다. 왜냐하면 변화된 시대 상황 속에서 그나마 그들의 지위를 보장해줄 수 있는 유일한 방안은

---

32) "在周代, 官學則掌於史. 章學誠文史通義所謂六經皆史之史者, 並不指歷史言, 而實指的官學言. 古代政府掌管各衙門文件檔案者皆稱史, 此所謂史者, 失畧當於後世之所謂吏. 古代之六藝, 卽六經, 皆掌於古代王室所特設之吏, 故稱六藝爲王官學. 而古代王官學中最主要者則應仍爲近如後代歷史之一類. 故古代宗廟史官實爲職掌官學之總樞, 而其他一切所謂史者, 則似由史官之史而引伸. 但當時宗廟史官之所掌, 與其謂之重要在歷史, 則實不如謂其重要在禮樂."(錢穆, 『兩漢經學今古文平議』, 臺灣 : 東大圖書有限公司, 1989, 247~248면)

바로 우주 속에서 인간의 존재를 설명해줄 수 있는 중요한 논리와 그것을 바탕으로 통치 이데올로기를 확립할 수 있는 제반 지식을 확보한 유일하고도 중요한 존재로서 자신들의 위상을 유지하는 것이었을 수도 있기 때문이다.

그와 동시에, 바로 이와 같은 종합적 지식을 바탕으로 그들은 시대의 변화에 가장 민감하게, 그리고 현명한 방식으로 대처할 수 있었다.[33] 그리고 이런 변화로 인해 나타난 가장 극적인 결과는 이후 전통 시기 중국의 지성사의 실질적인 주인공으로 대두하는 지식인 계층 즉, '선비' 집단의 등장이라고 할 수 있다. 고대의 문헌에 나타난 '선비[士]'는 대개 '사(事)' 즉 어떤 직무를 담당하는 사람이라는 뜻으로 풀었으며, 이 경우 '선비'는 각 분야에서 일을 관장하던 하층의 관리에 대한 광범한 호칭으로 풀이될 수 있다.[34] 그들의 지위는 대부(大夫)와 서인(庶人)의 중간으로서 식전(食田)을 가지고 경대부(卿大夫)의 가신(家臣)이 되었지만,[35] 대개는 서인과 그다지 큰 차이가 없이 여겨진 듯하다.[36] 그러나 개중에는 귀족의 그늘에서 벗어나 봉록(俸祿)으로만 생활하는 사람도 생겼다. 그들은 예(禮)·악(樂)·사(射)·어(御)·서(書)·수(數)의 '육예'를 익혔는데, 대부분 '활쏘기[射]'와 '말타기[御]'에 편중해서 하급의 군리(軍吏)로 채용되었지만, 노자(老子)나 공자처럼 문리(文吏)로 채용되는 경우도 있었다.[37] 그리고 춘추 말기 이후 '선

---

33) 이들의 處世가 이와 같은 탄력을 갖게 된 데에는, 좀더 근본적인 측면에서, 周代부터 시작된 언어관의 변화가 중요한 역할을 수행했을 것으로 생각된다. 周代가 열리면서 神權 중심의 체제가 해체되고 人文的 각성이 시작되는데, 이 과정에서 언어를 靈物로 숭배하는 사상에 기초한 이른바 '神話的 언어관'이 붕괴되고 그 대신 그것을 기호와 지시물 사이의 관계 즉 '名-實'의 관계로 개념화하여 인식하는 '規約主義 언어관'이 등장하기 때문이다. 이런 언어관의 변화에 대해서는 金槿, 『한자는 중국을 어떻게 지배했는가』, 민음사, 1999, 53~84면 참조.

34) 余英時, 『士與中國文化』, 上海人民出版社, 1996 3刷, 6면 참조.

35) 『國語』「晉語四」. "大夫는 食邑을 받았고, 士는 食田을 받았다[大夫食邑, 士食田]." (黃永堂, 『國語全譯』, 貴州人民出版社, 1995, 408면 참조)

36) 余英時, 앞의 책, 10~11면 참조.

37) 孔子는 委吏라는 일종의 會計로 일한 적이 있다(車柱環, 『孔子』, 솔출판사, 1998,

비'는 점차 지식인을 가리키는 통상적인 칭호가 되었으며, 평민도 "문학을 공부하고 몸가짐과 행실을 바르게 하여"38) '선비'로 신분 상승하는 경우가 적지 않았다. 예를 들어서, 하급 관리에서 궁정의 학자로 명성을 날린 순우곤(淳于髡)39)이나, 평민에서 조(趙)나라의 상경(上卿)이 된 우경(虞卿)40) 등이 그런 예에 속한다. 결국 전국시대에 이르면 '무사'의 전통과는 현격히 다를 뿐만 아니라 은·주 왕조의 하급 관리로서 '선비'와도 전혀 다른, 다양한 지식인 집단으로서 '사림(士林)'이 등장하게 된다. 다만 광범하고 다양한 그 집단 속에서도 '무사'의 전통을 계승한 사람들의 전통은 여전히 끊어지지 않고 이어졌을 것으로 생각된다.

그런데 이처럼 독특한 환경에서 형성된 까닭에 춘추전국시대의 '사림'은 그들만의 아주 특별한 계급적 성격을 지니고 있었다. 한 마디로 '자유로움'이라고 말할 수 있는 그들의 성격은 우선 어느 특정한 나라나 관직

67~68면 참조).

38) 『荀子』「王制」. "비록 庶人의 자손일지라도 문학을 공부하고 몸가짐과 행실을 바르게 하여 禮義에 귀속될 수만 있다면, 그를 卿相이나 士大夫로 편입시켜야 한다[雖庶人之子孫也, 積文學, 正身行, 能屬於禮義, 則歸之卿相士大夫]."(蔣南華 外 注譯, 『荀子全譯』, 貴州人民出版社, 1995, 138~139면 참조) 注釋에 따르면, 여기서 '文學'은 '文化 또는 經學에 관한 지식'이라고 했다.

39) 춘추시대 齊나라의 稷下 사람으로서, 박학다식하고 滑稽와 辯論을 잘 하기로 유명했다. 齊나라 威王이 稷下에서 학자들을 초빙할 때 임용되어 大夫가 되었다. 일찍이 威王에게 諷諫하여 호화 방탕한 생활을 그만두고 정치 개혁에 힘쓰도록 했으며, 여러 차례 다른 제후국에 사신으로 가서 굽히지 않고 당당한 태도로 임무를 완수한 일이 전해진다. 『史記』 卷126 「滑稽列傳」과 卷74 「孟子荀卿列傳」에 그에 관한 사적이 실려 있다(司馬遷 撰, 許東方 校訂, 臺北 : 宏業書局, 民國 72 再版, 3197~3214면 및 2343~2350면 참조).

40) 전국시대 사람으로 趙나라의 孝成王에게 유세하여 上卿으로 임용되면서 재상의 印章을 받았기 때문에 虞卿이라고 불렸다. 그는 趙나라를 중심으로 合從의 외교 정책을 펴서 秦나라에 대항할 것을 주장했다. 나중에 魏나라의 재상인 魏齊의 목숨을 구하기 위해 재상의 신분을 버리고 그와 함께 도망쳐서 梁나라에서 곤궁한 생활을 했다고 한다. 그리고 그 와중에 역사적 사건을 통해 나라의 정치적 성패를 평가하는 내용의 『虞氏春秋』를 지었다고 하나 지금은 이미 없어져 버렸고, 淸代의 馬國翰이 새롭게 편집한 책만이 남아 있다. 그의 일생에 관해서는 『史記』 卷76 「平原君虞卿列傳」에 비교적 자세히 수록되어 있다(司馬遷 撰, 위의 책, 2370~2376면 참조).

에 얽매이지 않는 데에서 두드러지게 나타난다. 대표적인 예로, 전국 시기의 소진(蘇秦, ?~기원전 317)은 처음에 진(秦)나라의 혜왕(惠王)에게 천하를 집어삼킬 수 있는 계책을 가지고 유세했으나 채용되지 않자 절치부심 끝에 연(燕)·조(趙)·한(韓)·위(魏)·제(齊)·초(楚) 등 여섯 나라를 돌아다니며 유세하여 결국 이들 여섯 나라로 하여금 합종(合縱)의 맹약을 이루어 진(秦)나라에 대항하게 하고, 스스로 그 우두머리가 되어서 여섯 나라의 재상을 겸임했다.41) 또한 공자가 『춘추』를 지어 이른바 '왕도(王道)'를 밝힌 뒤로 군주의 가치에 대한 새로운 인식들이 생겨나면서, 그들은 세습적 혈통보다는 천하를 올바로 다스릴 수 있는 지혜와 방략(方略)을 갖춘 인격체의 형성을 더 중시하게 되었다. 그 결과 심지어 순자(荀子)의 문하에서는 도덕적 품격과 뛰어난 방략을 갖추고 도리에 따라 올바로 행동하는 순자야말로 제왕이 되어야 마땅하다는 파격적인 주장을 펼치기도 했다.42) 이것은 바로 그들이 "선비는 뜻이 크고 의지가 굳셀 수밖에 없으니, 임무가 무겁고 갈 길이 멀기 때문"43)이라는 강렬한 주체의식과, "군자는 의에 밝고 소인은 이득에 밝다"44)는 신념 아래 "부귀해지더라도 도를 넘어선 지나친 행실을 하지 않고, 빈천하더라도 자신의 올바른 행실을 바꾸지 않으며, 권위와 무력 앞에서도 굴복하지 않는" 대장부의 정신45)을 추구하는

---

41) 『史記』「蘇秦列傳」(司馬遷 撰, 위의 책, 2241~2277면 참조).

42) 『荀子』「堯問」. "(荀子의) 덕은 堯임금 舜임금과 같건만 세상에서 그것을 알아주는 이가 드물다. 그래서 그분의 뛰어난 方略과 道術은 채용되지 않고 사람들에게 의심을 받는다. 그분은 지극히 밝은 지혜를 알고 도리에 따라 올바로 행동하시기 때문에 족히 세상의 紀綱으로 삼을 만하다. 아아, 현명하도다! 마땅히 제왕이 되실 분이로다![德若堯舜, 世少知之. 方術不用, 爲人所疑. 其知至明, 循道正行, 足以爲紀綱. 嗚呼賢哉, 宜爲帝王!]"(蔣南華 外 注譯, 앞의 책, 637면 참조)

43) 『漢文大系』「論語集說」卷3「泰伯」. "士不可不弘毅, 任重道遠."
　　* 또한 孟子는 "항상된 재산은 없으되 항상된 마음을 가지는 것은 오직 선비만이 할 수 있다[無恒産而有恒心者, 惟士爲能]"(『漢文大系』「孟子定本」卷1「梁惠王章句上」)고 했다.

44) 『漢文大系』「論語集說」卷2「里仁」. "君子喻於義, 小人喻於利."

45) 『漢文大系』卷6「孟子定本」「滕文公章句下」. "居天下之廣居, 立天下之正位, 行天下之大道. 得志與民由之, 不得志獨行其道. 富貴不能淫, 貧賤不能移, 威武不能屈. 此

엄격한 도덕적 자율을 바탕으로 삼고 있었기 때문에 가능한 일이었다고
하겠다.

그리고 '사림'에 편입되어서도 여전히 '무사'의 전통을 계승하고 있던
이들에게는 제정일치시대에 그들의 조상들이 누리던 위대한 권위를 변화
된 시대 환경 속에서 새로운 방식으로 부활시키려는 잠재의식이 끊이지
않고 들끓고 있었을 것이다. 다시 말해서, 이제 그들은 정치적 권력 그 자
체가 아니라 정치를 포함한 인간의 제반 삶을 가장 바람직한 방향으로,
그리고 가장 효율적으로 개선하는 데에 필요한 지식을 개발하고 설파하
는 유일한 계층으로서 새로운 권위를 획득하고자 노력했던 것이다. 바로
이런 이유로 인해 '사림'에 속한 대부분의 선비들은 그들 스스로 장차 하
늘이 내릴 천하 경영의 큰 임무를 담당할 사람으로 자임했다.46) 예를 들
어서, 공자는 "만약 나를 등용한다면 한 달만 되너라도 대략적인 기강을
잡을 수 있고, 삼 년이면 완성할 수 있을 것"47)이라고 자부한 바 있으며,
심지어 맹자(孟子)는 "(하늘이) 천하를 평안히 다스릴 생각이 있다면 오늘
날의 시대에 내가 아니고 누구를 쓴단 말인가!"48)라고 호언하기까지 했던
것이다. 이처럼 춘추전국시대의 '선비'들이 여러 경로로 정치에 참여하고
자 하는 강렬한 의지를 내비친 점도 어쩌면 그들의 계층적 연원에 내재
된 일종의 선험적 속성과 밀접한 관련이 있을 것이다. 그리고 그들이 추
구했던 방대한 학문 분야를 여기서 일일이 거론할 수는 없겠지만, 그 가
운데 특히 유가와 종횡가(縱橫家), 법가(法家) 등의 실용적 학문들 역시 자
신들의 잊혀진 권위를 되살리기 위한 강렬한 정치 참여의식에서 비롯된
산물이라고 할 수 있다. 또한 후세의 학술사에서 종종 비정통적인 학문으
로 치부되었던 도가(道家)와 묵가(墨家), 음양가(陰陽家), 명가(名家) 등의 사

　　之謂大丈夫."
　46)『漢文大系』「孟子定本」卷12「告子章句下」. "하늘이 장차 이 사람에게 큰 임무를
　　내릴 것이다[天將降大任於是人也]."
　47)『漢文大系』「論語集說」卷5「子路」. "苟有用我者, 期月而已可也, 三年有成."
　48)『漢文大系』「孟子定本」卷4「公孫丑章句下」. "如欲平治天下, 當今之世舍我其誰!"

상도 구체적인 방식과 주안점에서 정도의 차이는 있을지라도 결국 새로운 지식인 계층으로서 '선비'의 존엄한 위상과 가치를 확립함과 동시에 우주적 관계 속에서 인간의 삶이 지니는 의미를 탐구하여 밝히고 그것을 전하려는 일관된 노력의 결과물이었다는 사실은 부정할 수 없다. 또한 '선비'들의 내면의식에 자리 잡은 이러한 정치 지향적 속성과 자존적 성격은 후세의 문인(文人)들과 사대부들에게도 면면히 계승되었다.

물론 우리는 춘추전국 시기의 모든 '사림'이 '무사' 계층에서 분화되어 나왔다고 단정하는 것만은 아니다. 위잉스[余英時]가 이미 밝힌 것처럼, 특히 전국 시기 '선비'의 계층적 연원은 크게 퇴락한 귀족과 신분 상승을 이룬 하층 서인이라는 두 가지 부류로 나누어 설명할 수 있기 때문이다.49) 그러나 적어도 춘추 초기에는 '사림'의 형성에 '무사'의 역할이 다른 무엇보다 중요했으리라는 것은 분명하다. 이른바 '퇴락한 귀족'의 범주 안에는 당연히 왕실의 공족(公族)뿐만 아니라 주 왕조까지 귀족의 반열에 들었던 많은 '무사'들이 포함되어 있었을 것이기 때문이다.

그러나 서사론의 차원에서 제자백가의 입론들은 비록 원론적으로 많은 가능성들을 열어놓긴 했지만 구체적인 서사론으로서의 분화를 이루지 못하고 있었다고 할 수 있다.50) 그들은 인물이나 동물의 이야기, 사실적 혹은 허구적 이야기를 자신의 사상 체계를 비유적으로 논증하는 데에 적절히, 그리고 기술적으로 활용할 줄은 알았으나 서사 자체에 대해서는 특별한 의의를 부여하려고 노력하지 않았다. '사림'이라는 계층의 선험적 특성은 모든 글쓰기 행위를 목적 지향적으로 규정해 버리는 경향이 강했기 때문이다. 물론 당시에는 역사학이 이미 상당히 성숙한 단계로 접어들어서 공

---

49) 余英時, 『士與中國文化』, 上海人民出版社, 1996 3刷, 12~21면 참조.
50) 余嘉錫은 '소설'이 稗官에게서 나왔다는 『漢書』「藝文志」의 기록이 가리키는 稗官이란 바로 전국 시기의 '士' 계층이라고 했다(余嘉錫, 「小說家出于稗官說」, 『余嘉錫論學雜著』 上冊, 北京 : 中華書局, 1963). 그러나 그의 자세한 고증은 우리가 '소설가'라는 개념을 전통 시기 중국의 문헌 분류에 사용된 目錄學的 명칭으로 이해할 때에만 비로소 가치를 가질 수 있을 것이다.

자의 『춘추』와 좌구명(左丘明)의 『좌전(左傳)』,51) 『국어』, 그리고 『전국책(戰國策)』과 같은 대단히 발전된 형태의 서사물이 출현하기도 했다. 그러나 '사관'이 아닌 제자백가의 글쓰기에서 신화와 환상은 소멸되지 않고 오히려 그들 나름대로 설정한 우주적 틀 안으로 변형적 형태로 편입되었다. 그들은 황제(黃帝)와 요(堯)·순(舜) 등 신화시대의 인물들에 대해 논함으로써 자신들의 도통(道統)을 세웠고, 각 나라의 제후들은 전욱(顓頊)·직(稷)·설(契) 등을 역사 속으로 끌어들여 자신의 혈연적 정통성을 증명하려 했다. 전국시대 중·후기에 형성된 『역전(易傳)』의 사상도 "복희(伏羲)가 팔괘(八卦)를 만들었다"는 신화를 끌어들여 자체의 신성함과 신비성을 강조했다.52)

『장자(莊子)』와 『한비자(韓非子)』, 그리고 『맹자』 등에서 풍부하게 활용된 우언고사(寓言故事)들은 이미 오래 전부터 현대의 소설사가들로부터 전통 시기 중국의 소설 즉, 허구적 문학 서사의 형식적 원형으로 자주 언급되어 왔다.53) 또한 '논의'를 지향하는 전통 시기 중국 서사의 독특한 특성을 고려하더라도, 제자백가가 남긴 수많은 언론 가운데 그 자체로 상당히 세련된 서사라고 말할 수 있는 것들이 많이 있는 것은 분명하다. 그러나 그들의 글에서 직접적인 서사 행위와 일정한 거리를 두고, 구체적인 서사

---

51) 『左傳』의 작자와 版本에 대해서는 오래 전부터 많은 회의가 제기되었다. 특히 顧頡剛에 따르면, 그것은 소위 '原本'도 이전 시대의 여러 역사서들을 종합하여 엮은 '雜記體'의 역사서라고 규정하고, 그 증거로 ① 預言이 기록된 점, ② '宮闈' 즉 궁정 내부의 일이 기록된 것, ③ 한 가지 일에 대해 다른 시기에 일어난 두 가지 일처럼 기록된 것 등을 들었다. 그리고 현재 전하는 『左傳』 텍스트는 漢代 劉歆 이래 많은 사람들의 刪增과 改僞를 거쳐 만들어졌다고 설명했다. 이에 대해서는 顧頡剛 講授, 劉起釪 筆記, 『春秋三傳及國語之綜合硏究』, 香港 : 中華書局, 1988 初版, 31~83면 참조

52) 楊義, 「中國古典小說的本體論和文體發生展論」, 『復印報刊資料 中國古代·近代文學硏究』, 北京 : 中國人民大學書報資料中心, 1995.10, 45~61면, 47면 참조

53) "寓言 故事는 비록 소설은 아니지만 소설 창작에 많은 중요한 예술적 경험을 제공했다. 우선 우언의 풍자 예술은 후세의 풍자 소설에 영향을 주었다. 다음으로 우언 고사는 최초의 서사 문학 가운데 하나로서 또 허구적 이야기 구성의 예술적 수법을 창조해 냈다."(北京大學中文系 編, 『中國小說史稿』, 北京 : 人民出版社, 1973, 14면)

의 방식과 그 의의에 대해 논의한 흔적을 찾기란 매우 어려운 일이다. 왜냐하면, 비록 그들은 대단히 효율적이고 세련된 방법으로 서사적 형식들을 운용했지만, 그들의 관심은 주로 그 이후의 목적에 집중되어 있었기 때문이다. 다시 말해서 그들은 서사 행위 자체보다 그것을 통한 자기주장의 강조에 더 치중했기 때문에, 일종의 '수단'으로서 서사에 집착하는 것은 본질을 외면한 말단에 매달리는 어리석은 일로 간주했다는 것이다. 그러므로 그들의 글에서 『한비자』「세난(說難)」과 같은 정교한 '입론'의 방법론은 나올 수 있었지만, 전문적이고 세련된 서사론을 발견하기란 지극히 어려운 일이다.

그러나 사실 전국시대 이후로 『좌전』의 편찬자를 비롯해서 한대의 사마천에 이르기까지 일부 논자들은 서사 행위의 의의에 대한 논리를 개발하고 있었는데, 이들 가운데 대부분은 '사관'이라는 특수한 신분이거나 그와 밀접한 관계가 있는 사람들이었다.

3) 사관의 직능과 소명의식

전통 시기 중국에는 왕조의 역사가 시작됨과 거의 동시에 왕실 소속의 특수한 관리로서 존재했다고 알려진 '사관'은 그러한 관직의 실존 여부에 대한 분분한 이론들은 잠시 논외로 하더라도, 사실상 그 직능만 놓고 보면 지극히 좁은 의미에서 왕조의 연대기를 기록하는 수동적인 존재였다.54) 또한 역사 편찬사업이 본격적으로 국가의 주도하에 진행된 것은 당 왕조에 이르러서야 가능했으므로, 실질적인 의미에서 한(漢) 왕조 이전의

---

54) 흔히 先秦 시기의 '진정한 역사가(良史)'로 춘추 시기 齊나라의 南史나 晉나라의 董狐가 언급되지만, 이들 역시 역사적 사실을 단순히 기록한 데에 치중했던 것만은 분명하다. 그들은 다만 있는 그대로의 사실을 왜곡하지 않고 '直書'하는 불굴의 정신으로 후세의 역사가들에게 올바른 기록의 태도를 보여주었다는 점에서 높이 평가될 뿐, 우리가 서사론이라고 말할 수 있는 어떤 논의를 펼친 것은 아니기 때문이다.

중국에서 역사를 편찬 — '기록'이 아니라 — 하는 관직으로서 사관을 거론하기란 어려운 일이다. 그러므로 서사론의 형성과 관련해서 우리의 관심은 자연스럽게 자신들이 수행하는 서사 행위에 관한 특별한 논리를 만들어낼 필요성을 자각한, 아주 특별한 몇몇 사람들을 향해 옮겨갈 수밖에 없다. 다만 이들이 어떤 방식으로든 한 왕조 이전의 이른바 사관이라는 사람들과 관계가 있는 사람들이었기 때문에, 우리는 다시 고대의 '무사'가 '선비'로 변신하게 되는 시점인 춘추전국시대를 주목할 필요가 있다. 그리고 그 가운데 가장 주목할 만한 인물은 역시 공자이다.

전국시대와 진·한대 사람들의 견해에 따르면, 공자는 왕도가 쇠퇴한 역사적 조건 아래서 『춘추』를 지어 왕도를 밝힘으로써 당시의 패권 정치와는 확연히 다른 길을 제시했고,[55] 이로부터 중국 문화는 전혀 새로운 국면으로 접어들게 되어 서사론에서도 최초로 의식적인 서사론의 단계가 열리게 되었다. 다만 공자가 정말 『춘추』를 지었는가 하는 문제에 대해서는 아직 정론을 내리기는 어려운 여러 가지 문제가 남아있지만, 어쨌든 전국시대와 진·한대에 공자가 『춘추』를 지었다는 문화적 공감대가 널리 퍼져 있었다는 사실은 충분히 중시할 만하다.[56] 왜냐하면 이른바 '천자의 일'을 기록한 공자의 업적이 끊어진 '삼대(三代)'의 정통을 계승한다는 인식은 서사론의 측면에서도 역사 기술의 중요성에 대한 광범한 자각을 일깨웠기 때문이다. 예를 들어서, 맹자는 이렇게 말하고 있다.

왕 노릇 하는 이의 흔적이 없어지자 『시경(詩經)』이 사라졌고, 『시경』이 사라진 뒤에 『춘추』가 나타났다. 진(晉)의 『승(乘)』과 초(楚)의 『도올(檮杌)』, 노(魯)

---

55) 『漢文大系』 「孟子定本」 卷6 「滕文公章句下」. "세대가 쇠퇴하고 道가 쇠약해짐에 따라 사이한 학설과 난폭한 행실들이 일어나서 군주를 시해한 신하가 나타나게 되고 아비를 죽인 아들이 나타나게 되었다. 孔子가 이를 두려워하여 『春秋』를 지었다[世衰道微, 邪說暴行有作, 臣弑其君者有之, 子弑其父者有之. 孔子懼作春秋]."
56) 여기에 대해서는 陳桐生, 『中國史官文化與史記』, 汕頭大學出版社, 1993, 41~47면 참조

의 『춘추』는 한 가지이다. 거기에 기록된 사건은 제(齊)나라 환공(桓公)과 진(晉)나라 문공(文公)의 일이요, 그 문장은 '사(史)'의 것이다. 공자께서는, '그 뜻은 내가 나름대로 취한 것이다'라고 말씀하셨다.[57]

여기서 맹자는 표면적으로 보면 공자의 『춘추』는 과거의 역사서들과 별다른 차이가 없지만, 실제적으로 『춘추』는 이전의 역사서들과는 달리 공자가 '나름대로 취한' 뜻[義]을 담고 있다는 점에서 특별한 중요성을 갖는다고 강조하고 있다. 그런데 한 왕조 이후 관학을 주도한 것이 유가이고 맹자가 선진 시기의 실질적이고도 중요한 공자의 계승자임을 고려할 때, 맹자의 이러한 설명은 매우 중대한 의의를 지닌다. 왜냐하면 후세의 유가들이 견지한 『춘추』의 '미언대의'에 대한 신념은 그 뿌리가 바로 맹자의 이 설명에서 비롯된다고 할 수 있기 때문이다. 예를 들어서, 『공양전(公羊傳)』과 『곡량전(穀梁傳)』은 『춘추』의 '미언대의'를 해석하는 데에 중점을 두고 있는데, 그 가운데 한나라 사회에 큰 영향력을 발휘했던 『공양전』에서는 맹자의 견해를 받아들여서, 공자가 『춘추』를 저술한 것은 문란한 왕의 기강을 바로잡아 나라를 어지럽히는 신하들과 도적들이 두려워하도록 만들기 위해서라고 생각했다.[58]

그러나 공자의 『춘추』에서 비롯된 서사의 중요성에 대한 인식은 제자백가들이 자신들의 학설을 전개할 때 필요한 만큼만 적절히 이용되었을 뿐이다. 오히려 직접적으로 서사 자체에 대해 논의를 집중한 사람들은 일반적인 제자백가들에 비해 정치적 목적의식이 상대적으로 약하고, 사회적 지위도 대단히 특수한 몇몇 사람들이었다. 시대적 혼란과 신분 변화의 격동 속에서도 여전히 왕실의 그늘 아래 사관의 신분을 유지하고 있던 그들은 일반적인 제자백가들과는 현격히 다른 차원의 이상을 꿈꾸고 있었

---

57) 『漢文大系』「孟子定本」卷8「離婁章句下」. "王者之迹熄, 而詩亡. 詩亡, 然後春秋作. 晉之乘, 楚之檮杌, 魯之春秋, 一也. 其事則齊桓晉文, 其文則史. 孔子曰. 其義, 則丘竊取之矣."

58) 여기에 대해서는 陳桐生, 앞의 책, 52~55면 참조

던 것이다.

비록 주 왕조 때에 비해서조차 그 지위가 많이 하락해 있었지만, 춘추 전국시대의 사관들은 여전히 통치 집단 속에서 중요한 지위를 차지한 채 군주에게 종교적 측면에 관한 자문에 응해주었다. 『좌전』과 『국어』에는 사관의 말이 많이 기록되어 있는데, 이들의 말은 대부분 천문과 술수에서 개념을 빌어 천명과 신의 뜻을 예측하고, 현실적인 사람의 일을 위한 예언을 하거나 정책을 결정하는 것이었다. 결국 이들은 '천관'으로서 '무사'의 직능을 계승하고 있었던 셈이다. 예를 들어서, 『국어』「진어(晉語)」에는 쇼(蘇)라는 이름을 가진 '사'가 진나라 헌공(獻公)을 위해 정벌에 관한 점을 쳐준 일이 기록되어 있는데, 그는 괘상(卦象)에 따라서 승리는 할 수 있지만 반드시 길하고 이롭지는 않다고 했다.59)

특히 『좌전』은 여러 측면에서 서사론의 발전에 기여했다. 이른바 『춘추』의 '삼전(三傳)' 가운데 『공양전』과 『곡량전』이 '미언대의'를 풀이하는 데에서 명분의 측면에 치우쳐 있었던 것과는 달리, 『좌전』은 역사적 사실을 통해서 공자사상을 해석하고 확장했다. 『좌전』은 서주 이래의 '경천보민(敬天保民)' 사상과 공자의 인학(仁學)을 아울러 더욱 정밀한 왕도 개념의 핵심을 장악하고, 역사적 사실을 통해 그것을 증명하려 했다. 예를 들어

---

59) "獻公이 驪戎을 정벌하는 일에 대해 점을 치라고 하자 史人 蘇가 卦象을 보고 이렇게 말했다. '전쟁에는 이기겠으나 이롭지는 않습니다.' '무슨 말인가?' '점에 나타난 징조를 보니, 龜甲의 갈라진 두 줄기 문양이 뼈다귀를 물고 있는데 이빨 사이에 끼여 방해가 되는 모습이니, 戎과 중원의 晉나라가 서로 충돌하는 것을 상징합니다. 그런데 이렇게 충돌하면 서로 승리가 교차하게 되기 때문에, 제가 그렇게 말씀드린 것입니다. 또한 구설수가 있어서 백성들을 이간질하여 나라의 민심이 바뀜으로써 권력이 전이될까 걱정스럽습니다.' '무슨 구설수가 있단 말인가! 말의 결정권은 나에게 있으니, 내가 받아들이지 않는다면 누가 감히 그런 것을 제기하겠는가?[獻公卜伐驪戎, 史蘇占之, 曰. 勝而不吉. 公曰. 何謂也? 對曰. 遇兆, 挾以銜骨, 齒牙爲猾, 戎夏交捽. 交捽, 是交勝也, 臣故云. 且懼有口, 攜民, 國移心焉. 公曰. 何口之有! 口在寡人, 寡人弗受, 誰敢興之?]"(黃永堂, 『國語全譯』, 貴州人民出版社, 1995, 269면 참조) 그러나 결국 蘇의 말대로 獻公은 그 정벌에서 승리하지만, 그 당시 붙잡아온 驪姬로 인해 태자인 申生을 축출하는 등 나라가 혼란에 빠지게 된다.

서, 소공(昭公) 3년의 기록에는 당시 제(齊)나라와 진(晉)나라의 유명한 정치가인 안영(晏嬰)과 숙향(叔向)의 대화를 통해, 진씨(陳氏)가 제나라의 공실(公室)을 내쫓고 나라를 좌지우지한 것이나 진나라가 대부의 가문들에 의해 분열된 것은 통치자들이 백성들의 처지를 무시하고 사치와 황음(荒淫)을 일삼았기 때문이라고 설명했다.[60] 결국 이것은 역사적 사실을 기록하는 일이 후세의 올바른 왕도 정치의 구현을 위해 절실한 교훈을 주는 타산지석의 역할을 해낼 수 있다는 긍정적인 의의를 더욱 강하게 암시한 것이라고 풀이할 수도 있다.

그러나 춘추전국시대의 사관들은 자신들이 처한 위태로운 사회적 처지로 인해 이렇게 암시된 서사 행위의 의의를 이론화할 수 있는 여력이 아직 없었다. 심지어 한대에 들어서도 통치 집단 내부에서 사관의 지위는 갈수록 더 약화되는 추세를 보이는데,『수서(隋書)』「경적지이(經籍志二)」의 「대서(大序)」는 그런 상황을 잘 보여주고 있다.

사관이 내쫓긴 지는 오래되었는데, 한나라 때에도 옛날의 습속을 따르는 경향이 많아서 반고나 사마천도 그렇게 되었다. 위(魏), 진(晉) 이래로 그런 일은 갈수록 심해졌다. 춘추시대 제(齊)나라의 남사(南史)나 진(晉)나라의 동호(董狐)와 같이 권세에 굴하지 않고, 있는 그대로의 역사를 기록해야 할 지위에 있는 사람들은 이제 봉록을 받아먹으며 떵떵거리며 놀고, 군주를 보좌하는 벼슬은 재능에 따라 주어지는 경우가 드물어졌다. …… 관직에 있으면서 아무 일도 하지 않고 봉록만 받아먹는 무리들은 잔치가 벌어지고 있는 누각 위에서 눈을 부릅뜨며 위세를 부리고, 언론을 세우는 선비들은 온갖 고초를 겪으며 붓을 휘두른다.[61]

---

60) 楊伯峻,『春秋左傳注』, 北京 : 中華書局, 1993 初版 4刷, 1233~1237면 참조.
61) 『隋書』卷33「志」第28「經籍」二「大序」. "自史官放絶久矣, 漢氏頗循其舊, 班馬因之. 魏晉以來, 其道愈替. 南董之位, 以祿貴游, 政駿之司, 罕因才授. …… 于是尸素之儔, 盱衡延閣之上, 立言之士, 揮翰蓬茨之下."(魏徵 等,『隋書』, 北京 : 中華書局, 1991 4刷, 959면 참조)

이처럼 사관이 조정에서 내쫓기게 된 원인은 아무래도 당시까지 사관들이 역사 편찬자로서 전문성과 독립성을 아직 확보하지 못하고 있었기 때문일 것이다. 사마천의 경우만 하더라도 조정에서 담당한 실질적인 임무가 역사 편찬이라기보다는 황제의 보좌관으로서 현실 정치에 참여하는 경우가 많았고, 또 그로 인해 이른바 '이릉(李陵)의 재앙'에 연루되어 극형을 당했다. 오늘날 흔히 알려진 것처럼 『사기』를 저작한 역사가 사마천은 오히려 그러한 극형을 당하고 현실 정치에서 소외된 후의 모습, 실질적으로 사관의 신분이 아닌 평민 신분의 지식인인 셈이다.[62]

위의 인용문에서는 또 위진남북조에 이르면서 왕실의 통제하에 있는 사관들의 부패가 만연했다는 것을 지적하고 있다.[63] 이것은 물론 당장에 내일을 기약하기 어려울 정도로 복잡하고 혼란스러운 당시의 정치적 상황 때문에 비롯된 결과일 것이다. 그러나 전쟁으로 인한 사회·경제의 파괴와 중원의 분열은 문화상의 새로운 변혁을 추구할 수 있는 계기를 마련해주었다는 점에서 오히려 긍정적인 면이 있다. 우선, 이 시기부터는 중원과 해외의 경제·문화상의 교류가 더욱 확대되어 중앙아시아 및 남부 아시아와 통상 활동이 활발히 전개됨으로써 중국 문화는 외부로부터 중요한 자

---

62) 사실상 사마천이 전통 시기 중국의 원―서사론을 집대성하고 그 총화로서 『사기』를 저작하게 된 데에는 이러한 신분적 특수성이 대단히 중요한 의미를 갖는다. 즉 왕실에 예속된 史官과 혈통적으로 계승된 '무사'의 정신을 바탕으로 확장된 학자적 정신으로 다져진 자유로운 지식인 사이의 중간적 위치는 그로 하여금 서사 행위에 관해 좀더 객관적인 시각에서 검토할 수 있는 동기를 부여해주는 것이다. 이에 관해서는 다음 장에서 구체적으로 논의될 것이다.

63) 李穎科는 위진남북조의 대표적인 '曲筆' 역사가로 沈約(宋)·蕭子顯(齊)·魏收(北魏) 등을 들고, 아울러 당시의 대표적인 '直書' 역사가로『晉紀』를 쓴 東晉의 干寶,『晉陽秋』를 쓴 孫盛,『後漢書』를 쓴 宋의 范曄, 그리고 北魏의 崔浩와 高允 등을 들었다. 그에 따르면, 특히 干寶는 司馬氏가 정권을 잡고 있는 東晉의 살벌한 정세―이 시기에 문인들이 자신의 생명을 보전하기가 얼마나 어려웠는가는 陸機·陸雲·張華·潘岳·郭璞·劉琨·歐陽建 등이 모두 당시의 통치자에 의해 피살당했다는 사실에서 잘 알 수 있다―속에서도 억압에 굴하지 않고 과감하게 直書하여, 西晉의 朝野가 총체적으로 부패했음을 신랄하게 질타했다(李穎科,「魏晉南北朝史學中的直書與曲筆」,『復印報刊資料 歷史學』, 北京 : 中國人民大學書報資料中心, 1995.6, 47~51면 참조).

극을 받게 되었다. 유명한 동진(東晋)의 법현(法顯, 대략 338~423)이나 당나라 초기의 현장(玄奬, 602~664)에 관한 일화는 그러한 적극적인 교류의 한 예라고 하겠다. 다음으로, 특히 이 시기는 이른바 '구품중정제(九品中正制)'라는 문벌 정치로 인해 인물 품평의 기풍이 성행함에 따라 문벌 귀족들의 가전(家傳)과 보계(譜系)의 편찬이 중시되면서 각종 가문의 역사와 별전(別傳)이 지어졌고,64) 이런 분위기에 힘입어 『춘추』를 비롯해서 『사기』와 『한서』 등 역사서의 사회적 영향력이 확대되기 시작했다. 이에 따라 이 무렵에는 『사기』와 『한서』가 '스승이 전수한 학문[師法]'으로 중시되며 전해지고 있었고, 양(梁)·진(陳)을 거쳐 수(隋) 왕조에 이르면 이른바 '『한서』학'이 성립되어 사회적으로 중시되었다.65) 그리고 이런 맥락에서 우리는 관학의 울타리 안에서 자포자기의 좌절이 악순환하던 그 시대에 사마천과 반고의 전통을 창의적으로 계승하여 나름대로 '일가의 언론'을 이루려고 노력한 많은 개척자들을 발견할 수 있다. 이미 『춘추』의 뒤를 이어 순열(荀悅)의 『한기(漢記)』를 비롯해서 『초한춘추(楚漢春秋)』·『월절서(越絶書)』·『오월춘추(吳越春秋)』 등 많은 잡사(雜史)들이 나타났으며, 위(魏)의 어환(魚豢)과 서진(西晉)의 왕전(王銓), 송(宋)의 범엽(范曄), 제(齊)의 장영서(臧榮緖), 양(梁)의 오균(吳均), 그리고 북위(北魏)의 최홍(崔鴻) 등 많은 사람들이 왕실의 통제를

---

64) 劉知幾는 『史通』 「雜述」에서 이렇게 쓰고 있다. "고귀한 世族의 후예들은 대대로 풍성한 덕을 쌓아 왔으니, 재능 있는 자손이 집안을 이어 부모를 드러내고자 한다. 이로 말미암아 선열들에 대해 기록하여 후손에게 물려주니, 예를 들어서 揚雄의 『家諜』, 殷敬의 『世傳』, 그리고 『孫氏譜記』와 『陸宗系曆』 등이다. 이것을 일컬어 家史라고 한다. 현명한 선비와 올곧은 여인들을 유형별로 모아 구분하니, 비록 여러 행적들은 다르지만 모두가 선함으로 귀결된다. 그래서 그 좋은 점들을 택하여 각기 기록하니, 예를 들어서 劉向의 『列女傳』, 梁鴻의 『逸民傳』, 趙采의 『忠臣傳』, 徐廣의 『孝子傳』 등이다. 이것들을 일컬어 別傳이라 한다[高門華冑, 奕世載德, 才子承家, 思顯父母. 由是紀其先烈, 貽厥後來, 若揚雄家諜, 殷敬世傳, 孫氏譜記,陸宗系曆. 此之謂家史也. 賢士貞女, 類取區分, 雖百行殊途, 而同歸於善. 則有取其所好, 各爲之錄, 若劉向列女, 梁鴻逸民, 趙采忠臣, 徐廣孝子. 此之謂別傳也]."(趙呂甫, 『史通新校注』, 重慶出版社, 1988, 581면 참조)

65) 瞿林東, 「論魏晉南北朝隋唐時期的歷史發展與史學特點」, 『復印報刊資料·歷史學』, 北京 : 中國人民大學書報資料中心, 1995.12, 23~31면에서 특히 27~30면 참조

받지 않고 나름대로 지식과 역사의식을 전달하기 위한 역사서들을 저술했던 것이다.[66]

그런데 이 시기의 사관 혹은 사적으로 역사서를 저술한 역사가들에게서 우리는 전통 시기 중국인들의 역사관과 서사관을 규정하는 여러 요소 가운데 중요한 한 가지를 발견할 수 있다. 당 왕조 이후 이른바 '정식 역사[正史]'라고 하는 공식적인 역사 저작들은 대개 왕조를 중심으로 기술되어 있으며, 그 안에는 해당 왕조에서 일어난 제반 역사적 사건과 주요 인물들뿐만 아니라 그 왕조가 이룩한 모든 문화적 성취까지 포함되어 있다. 이처럼 역사 기술의 포괄성을 가장 극명하게 보여주는 예는 아마도 당 왕조 이후 모든 왕실에서 편찬한 역사에 『한서』 「예문지」와 『수서』 「경적지」와 같은 항목이 포함되어 있다는 사실일 것이다. 이것은 전통 시기 중국의 역사 편찬자가 역사에 관한 지식뿐만 아니라 문예학과 철학, 과학, 신학 등을 광범위하게 섭렵한 일종의 종합 지식인으로서의 자질을 겸비하지 않으면 안 되었다는 것을 의미한다. 그리고 이른바 '통재(通才)'를 추구하는 열성적인 지적 탐구자로서 그들이 추구했던 종합 지식 가운데는 실증적으로 확인되지 않은 이전 시기의 각종 전설과 야담들도 포함되어 있었다.[67] 근대 서구인의 관점에서 보면 과학적 역사라기보다는 문학적 허구에 가까운 이런 종류의 글들도 전통 시기 중국의 역사 편찬자들에게는 지나간 시대에 관한 정보와 지식을 담은 귀중한 사료였던 것이다. 다만 그것들은 왕조의 정통성을 입증하거나 경세제민(經世濟民)이라는 정치적 효용과 거리가 멀다는 이유로, 혹은 유가사상을 바탕으로 한 사유 체계에서 볼 때 '비합리적'이라는 이유로 '정식 역사'와 구별되어 '야사' 혹은 '잡사'라는 차등의 명칭을 부여받았을 뿐이다.

---

66) 漢代 이후의 많은 역사 저술에 대해서는 李宗鄴, 『中國歷史要籍介紹』, 上海古籍出版社, 1982를 참조. 특히 156면에 수록된 도표에는 이 무렵의 상황이 잘 요약되어 있다.
67) 결국 '通才'의 추구는 '巫史'에서 '史官'으로 향한 외적인 신분 변화에 상관없이 초기의 지식인들로부터 꾸준히 이어지던 일종의 '구조화된 관념' — 부르디외(P. Bourdieu)의 용어를 빌자면, 하나의 관념상의 '아비투스(habitus)' — 이었던 셈이다.

　그런데 사실상 이러한 구별조차도 ‘정식 역사’의 개념이 확립되기 시작한 수·당대에 이르러서야 비교적 엄격하게 적용되었으며,68) 그 이전에는 단순히 관습적 기준이나 역사 편찬자의 개인적 취향에 따라 사료 가치의 높낮이가 결정되었다. 바로 이런 연유로 인해, 위진남북조 시기에는 왕실의 공식적인 역사 편찬에 참여하는 사관의 신분이었던 간보가 오늘날 중국 소설사를 기술하는 학자들이 중시하는 『수신기(搜神記)』와 같은 대단히 허구적인 저작을 남길 수 있었다.69) 나아가 간보는 자신의 저작이 “귀신의 도리가 결코 거짓이 아님을 밝혀주기에 충분하다”70)고 함으로써, 그 책이 현실의 편협한 지식 체계에서 외면당하고 있는 중요한 진리 가운데 하나를 밝혀 전하려는 목적으로 편찬되었다고 선언했다.71)

　역사 편찬자의 입장에서 이처럼 비공식적인 서사물에 대해 긍정적인 생각을 갖는 일은 전통 시기 중국의 역사에서 시종일관 계속되어서, 송대에는 태종(太宗, 976~997년 재위) 때부터 ‘정식 역사’의 편찬과 더불어 방대한 비공식적 서사물의 총집(叢輯)이 왕실의 칙령을 받아 편찬되기도 했다. 그리고 청대까지 중국의 거의 모든 문헌을 집대성한 『사고전서(四庫全書)』

---

68)『隋書』「經籍志」 “史部”에서는 ‘正史’를 13類 가운데 으뜸으로 내세우면서, 『史記』
　　이하 『西漢史』, 『東漢史』, 『三國史』, 『陳史』, 그리고 南朝 宋, 齊, 梁, 晉史와 北朝 北
　　魏史, 北周史 등을 나열하고, 그에 관련된 각종 주석서와 평론을 포함한 총 67부 3,083
　　권이 ‘정식 역사’의 목록으로 기재하고 있다.
69) 干寶는 東晉 元帝 때에 佐著作郎領으로서 『晉紀』 卷20을 저술했다.
70) 干寶, 『搜神記』 「序」. “지금 모아놓은 글들 가운데 설령 옛날 책의 잘못된 기록을 계
　　승한 부분이 있다 해도 그것은 나의 잘못이 아니다. 만약 近世의 일에 채집해놓은 것
　　들 가운데 거짓되거나 잘못된 부분이 있다면, 원컨대 거기에 대한 비방과 조롱을 前代
　　의 현인들 및 학자들과 나눠 갖게 해주기 바란다. 그러나 그것을 저술한 것은 또한 귀
　　신의 도리가 결코 거짓이 아님을 밝혀주기에 충분하기 때문이다[今之所集, 設有承於
　　前載者, 則非余之罪也. 若使采訪近世之事, 苟有虛錯, 願與先賢前儒分其譏謗. 及其
　　著述, 亦足以明神道之不誣也].”(黃霖·韓同文, 『中國歷代小說論著選』, 南昌 : 江西
　　人民出版社, 1982, 20면 재인용)
71) 이런 의미에서 干寶는 劉向이 「諸子略」에 포함시켰던 ‘小說’을 별개의 독립된 항목
　　으로 설정해야 한다고 주장했다. 그의 이러한 ‘八略’의 구상은 清末의 梁啓超가 「譯印
　　政治小說序」를 쓸 때에도 계승되었다(王運熙·顧易生 主編, 『中國文學批評通史』 卷
　　4, 上海古籍出版社, 1996, 698면 참조).

의 편찬을 총괄 지휘하고 그『총목제요(總目提要)』를 쓴 기윤(紀昀, 1724~
1805)은 개인적으로『열미초당필기(閱微草堂筆記)』를 남김으로써 이러한 전
통을 충실히 계승했다.

2. 원—서사론의 창조적 집대성—사마천의 서사론

1) 서한의 서사 환경과『사기』의 의의

앞서 살펴본 것처럼, 사관 계층의 원류로서 상고의 '삼대'에 천문과 술
수를 관장함으로써 문화와 학술에 주체로 대두한 '무사' 계층은 춘추전국
시대에 '사림'을 형성하는 데에 중요한 역할을 함과 동시에 서사 행위의
주체로서 스스로의 위상을 자각하기 시작하고 한대와 위진남북조시대의
풍성한 사찬(私撰) 역사서들을 생산해냄으로써, 마침내 당대에 이르러서는
전문적 관료이자 지식인으로서 역사 편찬을 주관하게 된 새로운 계층을
위한 튼튼한 기반을 마련해주었다. 그러나 지금까지의 논의에서는 실제로
그들의 서사론이 어떤 형태였는지에 대해서는 언급하지 않았다. 그러므로
이제부터는 지금까지 유보된 서사론에 관해 살펴볼 필요가 있겠다.
주지하다시피, 한대는 '분서갱유(焚書坑儒)'의 폐허를 딛고 정치적·학술
적 토대를 재건함으로써 전통 시기 중국 역사의 실질적인 새 국면을 연
중요한 시기였다. 그러나 서한의 관학은 금·고문경학(今·古文經學)의 논
쟁을 통해서 왕조의 정통성 확립을 위한 정치적 목적의식의 지배를 받고
있었고, 이에 따라 관학을 주도하는 인물들은 동중서(董仲舒, 기원전 179~기
원전 104)와 유향(劉向, 기원전 77?~기원전 6) 등 관료들이었다. 이른바 참위학
(讖緯學)이라는 독특한 학문이 성립할 수 있었던 것도 이러한 목적의식 때

문이었다고 할 수 있다. 특히 동중서를 중심으로 한 '『춘추』 공양학파'는 『춘추』의 '미언대의'에 대한 신비적 해석에 주력함으로써 서사 행위 자체에 대한 관심은 상대적으로 미약할 수밖에 없었다. 그러나 관학이 현실 정치의 이권에 매달려 형이상학적 철리(哲理)의 미로를 헤매던 그 시기에, 그들의 관심사 뒤편에서는 중국 서사의 역사에 획기적으로 기록될 만한 서사체들이 등장했다.72)

능동적 작가의 존재를 중시하는 '문학'의 관점에서 그 동안 가장 많은 주목을 받아온 대표적인 양식으로는 '한부(漢賦)'를 들 수 있을 것이다. 사실상 '한부'는 서사작품으로 간주되기보다는 육조에 이르러 극성을 이룬 화려한 운문의 출발점으로 자주 거론되어 왔다. 그러나 '한부'는 독자를 설득하여 깨우치려는 분명한 목적의식을 가진 작가가 풍자와 해학의 요소를 활용하면서, 다양한 상황 속에서 허구적 방식을 통해 이야기를 전개하고 있기 때문에,73) 한나라를 대표하는 서사체 가운데 하나로 거론될 만한 일정한 자격을 갖추고 있다.74) 예를 들어서, 사마상여(司馬相如, 기원전

---

72) 물론『詩經』을 비롯한 先秦 시기의 몇몇 '史詩'들, 漢代의 '樂府', 그리고 「古詩爲焦仲卿妻作」(즉 「孔雀東南飛」)이나 「木蘭辭」와 같은 六朝의 民歌들은 현대적 의미에서 대단히 뛰어난 성취를 이룬 서사체들임에 틀림없다(董乃斌, 「唐代詩歌散文的小說化傾向－小說文體孕育過程論之一」,『唐代文學硏究』4집, 廣西師範大學出版部, 1993, 250~268면 참조). 그러나 漢代까지만 하더라도 그러한 서사 양식들의 가치는 대개 經學의 관점에서 제한적으로 이루어졌고, 그와 같은 서사체들을 이룩한 서사 주체들의 행위에 담긴 의의나 혹은 그런 서사체를 구성하는 서술 방식에 관한 논의로서 특출하다고 할 만한 것들도 아직 발견되지 않고 있다. 이런 상황적 제약으로 인해 비록 본서에서는 唐代 이전의 서사론을 역사 서사에 한정해서 논하고 있지만, '史詩'를 비롯한 漢代까지의 기타 서사 행위와 그에 관한 논의를 보충할 필요가 있다는 점은 분명히 밝혀둘 필요가 있다.

73) 일본의 한 학자에 따르면, 漢賦는 전국시대 제자백가의 산문에서 형식적 淵源을 찾을 수 있으며, 창작의 목적을 보더라도 전국시대의 산문들처럼 기본적으로 상대방을 설득시키려는 데에 중점을 두고 있다고 했다. 여기에 대해서는 中島千秋,『賦の形成と展開』, 關洋紙店印刷所, 1963, 113~114・293면 참조. 또한 竹田晃이 중국 소설의 原流를 이야기할 때 漢賦를 고려해야 한다고 주장한 것도 이런 맥락에서 이해할 수 있겠다. 竹田晃, 孫歌 譯, 「以中國古典小說史的眼光讀漢賦」,『復印報刊資料 中國古代・近代文學硏究』, 北京 : 中國人民大學書報資料中心, 1995.11, 93~99면에서 특히 98~99면 참조.

179~기원전 117)의 『자허부(子虛賦)』와 『상림부(上林賦)』[75]를 살펴보자.

① 초(楚)나라의 자허(子虛)라는 사람이 제(齊)나라에 사신으로 가서 제나라 왕의 수렵을 따라간다.
② 수렵이 끝난 후 제나라 왕이 그 규모의 성대함을 자랑하며 자허에게 소감을 묻는다.
③ 자허는 초나라 왕이 수렵을 하는 운몽택(雲夢澤)이 더 호화롭다고 응대한다.
④ 이에 오유선생(烏有先生)이 나서서 제나라를 멸시하는 자허의 태도가 결국 초나라에 해를 끼칠 것이라고 경고한다. (『상림부(上林賦)』)
⑤ 이들의 대화를 듣고 있던 무시공(亡是公)이 두 사람을 비웃으며 천자가 수렵을 하는 상림(上林)의 웅대한 규모와 그 안에 갖추어진 온갖 사물들을 자세히 묘사한다.
⑥ 이어서 그는 천자가 이러한 사치를 반성하고 성현의 가르침에 따라 정치에 충실하여 천하의 백성들에게 은택이 두루 미쳤다는 사실을 지적하면서 초나라와 제나라의 왕의 사치를 비판한다.
⑦ 자허와 오유선생은 자신들의 무지를 깨닫고 반성한다. (『자허부(子虛賦)』)

거추장스러운 포진(鋪陳)들을 제외한 위의 요약은 이들 두 작품이 하나의 일관된 줄거리를 가지고 있음을 보여준다. 일반적인 현대의 문학 서사에 비해 작가의 존재와 그 의도가 상대적으로 직접 드러나 있긴 하지

---

74) 이러한 '한부'의 특징은 郭紹虞도 이미 지적한 바 있다. 그는 '한부'가 소설과 시가의 중간에 있다고 규정하면서, 특히 "(가상으로 설정된) 주인과 손님의 이야기로 첫머리를 이끌어내고, 또 『장자』나 『열자』의 우언에 바탕을 두고 있기 때문에, 실질적으로 '소설'의 濫觴이 되었다"고 평가했다. 이에 관해서는 郭紹虞, 「賦在中國文學史上的位置」 『照隅室古典文學論集』 上編, 上海古籍出版社, 1983, 87면 참조. 또한 이에 관한 좀더 구체적인 논의로는 董乃斌, 『中國古典小說的文體獨立』, 北京 : 中國社會科學出版社, 1994, 125~138면 참조.

75) 이 두 작품은 모두 『文選』 卷7에 수록되어 있는데, 『史記』 卷117(司馬遷 撰, 許東方 校訂, 臺北 : 宏業書局, 民國 72 再版, 3002~3043면) 및 『漢書』 卷57(王先謙, 『漢書補注』, 北京 : 中華書局, 民國 72 再版, 1159~1184면)의 「司馬相如傳」에서는 『子虛賦』로 합쳐져 있다. 이것들이 본래 별개의 두 작품인가 아니면 하나의 작품이었는가에 대해서는 논란이 많지만, 그 내용상 일관된 점이 있는 것만은 분명하다.

만,76) 위의 줄거리는 분명히 작가에 의해 의도적으로 구성된 허구적 이야기이며 상당한 긴밀성을 유지하고 있다. 다만 운문에 가까운 절제된 사건 서술과 화려한 수식어의 사용, 그리고 지나치게 번잡한 사물의 포진 — 이야기 전개의 관점에서는 이것이 그 흐름을 해칠 수도 있다 — 등이 산문을 통해 전개하는 이야기의 짜임새를 중시하는 현대적 문학 서사와 차이가 있을 뿐이다.77)

그러나 하나의 서사체로서 이와 같은 외적 요건들을 구비하고 있었음에도 '한부'는 결국 이후의 역사에서 주도적인 역할을 수행하지 못하고 점차 사멸해 버리고 말았다. 이것은 '한부' 작자들에게 서사 행위의 의의에 대한 적극적 자각이 결여되어 있었기 때문일 것이다. 이야기 형식을 통해 유용하고 진지한 지식을 전달하는 글쓰기 체제의 하나로서 서사의 방법과 효용에 관한 진지한 탐구는 세계와 결국 인간 실존에 관해 치열한 문제의식을 지닌 서사 주체의 존재를 전제로 할 수밖에 없다. 그러나 양웅(揚雄, 기원전 53~기원후 18. 字는 子雲)의 지적처럼, '한부'의 작가들은 이야기 자체의 완결성과 그를 통해 진지한 지식을 다루는 담론을 전개하기보다는 묘사의 수사적 측면을 천착하는 데에 치중했는데,78) 결과적으로

---

76) 이른바 '작가의 죽음'을 강조하는 포스트모던 시대의 문학 서사에서는 '낯설게 하기'와 유사한 방식으로 작가가 이야기의 진행에 개입하여 의도적으로 화자로 등장하는 작가의 존재를 부각시키는 등의 다양한 메타 서사(meta-narrative)가 자주 시도되기도 한다. 그러나 텍스트의 완결성을 추구하는 근대의 서구 문학에서는, 특히 편협한 리얼리즘이 성행하던 시기에, 작가가 자신의 존재를 기술적으로 숨기고 전형적 형상의 묘사를 통해 암시적으로 뜻을 전달하는 것을 지상의 목표로 삼았다.

77) 그러나 사실 현대적 문학 서사가 산문 위주로 형성될 수 있었던 것은 이야기를 실감 나게 서술하는 데에 가장 효율적이고 적절한 방식이 구어체에 가까운 산문이라는 경험적 인식 외에도, 장편의 이야기를 생산할 만한 중요한 환경적 여건이 구비되어 있었기 때문이다. 산문 위주의 서사는 같은 내용을 서술할 경우라도 일반적인 운문에 비해 상대적으로 분량이 늘어날 수밖에 없으니, 결국 그러한 서사 양식이 성립되려면 최소한 기록에 필요한 여러 가지 여건이 충분히 갖춰져 있어야만 하는 것이다. 그러나 종이의 발명이 漢代에야 겨우 시작되었고, 특히 글쓰기를 활용하여 서사를 진행할 수 있는 주체들이 백화로 된 글에 대해 본격적으로 예술성을 인식하기 시작한 것은 '古文運動'과 '陽明學'의 대두라는 중요한 역사적 전환점을 거치고 난 이후에야 가능한 일이었다.

그것은 '한부'의 특성들 가운데 그것이 서사체라는 중요한 부분을 소멸시켜 버리고 말았다. 사실상 단순한 오락이나 수사력을 과시하는 수단으로서 '한부'의 서사적 성격은 대단히 비효율적이고 거추장스러운 짐에 지나지 않았기 때문이다. 육조에 들어서 상류층의 연회 문화를 토대로 서서히 형성된 오락적 성격의 초기 시가들이 거창한 서사보다는 자잘한 정감이 응축된 짧은 노래의 형식으로 집중되고 있었다는 사실을 떠올리면, '한부' 작자들의 방향은 처음부터 서사체로서 생명력을 잠식하는 쪽으로 설정되어 있었음이 더욱 분명해질 것이다.

그러므로 우리는 이제 약간 새로운 각도에서 문제를 살펴볼 필요가 있다. 즉 기존의 편협한 분과 학문으로서 중국 문학사에서 문학 외적인 것으로 취급하여 극히 단편적으로만 언급하고 지나쳤던 역사 서사체에 대해 다시 주목해야 한다는 것이다. 앞에서 살펴본 바와 같이, 한대까지 중국에서 서사와 관련된 일을 지속적으로 수행해왔던 주체는 '무사'로부터 출발한 '사관' 계층이었고, 사실상 문자의 활용이 본격적으로 개방되기 시작하는 동한 이전까지 문자를 통한 서사 행위는 거의 전적으로 그들의 전유물이었다.[79] 그렇기 때문에 초기의 서사론은 주로 '사관'들이 남긴

---

78) 『法言』「吾子」. "누군가 이렇게 물었다. '선생님께서는 젊어서 賦를 잘 지으셨지요?' 이에 내가 이렇게 말했다. '그렇다. 하지만 그건 어린아이가 蟲書나 刻符를 새기는 것에 지나지 않는다.' 그리고 잠시 후에 다시 이렇게 말했다. '대장부로서는 하지 말아야 할 일이다'[或問. 吾子少而好賦? 曰. 然, 童子雕蟲篆刻. 俄而曰. 丈夫不爲也]."(郭紹虞 主編, 『中國歷代文論選』 第1冊, 上海古籍出版社, 1982, 초판 3쇄, 91면 참조) 여기서 蟲書와 刻符는 西漢 때의 學童들이 필수적으로 익혔던 '秦書八體'에 속한 두 글자체로서 복잡하여 익히기가 어려운 것이었다고 한다. 상당히 중의적인 이 표현은 이후 글을 쓸 때 지나치게 수사적인 데에 치중하는 것을 가리키며, 아울러 大道와는 거리가 먼 자잘한 기예를 뜻하는 말로도 사용된다.

79) 춘추전국시대 '士林'에 의한 제자백가의 출현은 일단 문자 개방의 시작을 알리는 사건이라고 할 수 있다. 이어서 秦始皇의 문자 통일 정책이 남긴 긍정적 효과를 토대로 漢代에 이르러 왕실의 주도로 시작된 經學의 비약적인 흥성은 문자를 통해 지식을 탐구하는 학자층의 폭발적인 증가를 야기했다. 그러나 秦代에서 西漢까지의 학문은 제자백가의 私學을 다시 왕실의 울타리 안으로 가두려는 강력한 통일왕조의 권력 속에서 진행되었기 때문에, 비록 식자층의 수는 늘어났지만 문자의 개방과는 어느 정도 거리

역사 서사를 대상으로 출발할 수밖에 없었을 것이다. 바로 이런 관점으로 되돌아왔을 때, 우리는 오랜 세습적 '사관' 전통의 집대성자로서 사마천과 『사기』에 대해 그 동안 감춰져 있던 의미를 재발견할 수 있게 된다.

이미 잘 알려진 것처럼, 『사기』의 '기전체'는 전통 시기 중국의 역사 기술이 기록에서 서술로 변천했음을 보여주는 중요한 결과물이다.[80) 그것은 기본적으로 하늘과 교호(交互)하는 인간 세상의 역사와 그 안에 내재한 원리를 탐색하는 새로운 방법으로서, 극적 긴장도와 이해도를 획기적으로 높여놓은 새로운 서사체였기 때문이다. 그러나 사실 전통 시기 중국의 서사의 역사에서 사마천과 『사기』의 중요성은 '기전체'라는 역사 서술의 체제를 창안한 업적에 결코 못지 않게, 역사를 서술하는 행위의 적극적인 의의에 대해 사마천이 혁신적이고 정교한 인식 체계를 정립함으로 인해 더욱 강화된다.[81)

가 있었다고 할 수 있다. 특히 漢代의 官學이 經學을 중심으로 전개되었기 때문에, 당시까지도 서사는 여전히 '史官'의 몫이었다고 할 수 있는 것이다. 그러나 이어지는 東漢과 六朝의 혼란기에는 왕실의 통제가 약화되면서 상류 門閥을 중심으로 이른바 '文人' 계층이 형성되었고, 비로소 문자는 본격적인 개방의 국면을 맞이하게 된다.

80) 서사 형식의 변천과 관련해서 말하자면, 『左傳』은 역사 기술이 기록에서 서술로 넘어가는 과정에서 중요한 위치를 차지하고 있다. 그것은 『春秋』의 간략한 기록을 더욱 잘 이해할 수 있도록 사건의 원인과 경과, 결과까지 세밀하게 보여주며, 아울러 '백성[民]'을 중시하는 史官의 역사관까지 담아내고 있기 때문이다(陳其泰, 『史學與中國文化傳統』, 北京 : 書目文獻出版社, 1992, 48~55면 참조). 그렇기 때문에, 현대 중국의 논자들 가운데는 심지어 『左傳』의 '문학적 성취'를 강조하면서 그것이 이른바 '中國古典小說'의 서사 구조에 토대를 제공했다고 주장하기까지 했다(孫綠怡, 『左傳與中國古典小說』, 北京大學出版社, 1992, 특히 76~102면 참조). 이런 의미에서 『左傳』은 실질적인 서사 형식과 기법의 측면에서 '原-敍事'의 결정판이자, '紀傳體' 서사가 나올 수 있는 가장 중요한 토대로서 역할을 수행했다고 할 수 있다. 그러나 『左傳』의 記述 주체는 대단히 신중하고 은밀하게 '行間'에 숨어 있기 때문에, 그 정체성이 쉽게 드러나지 않는다. 이 점은 역사 기술과 '史評'을 적절히 조화시킨 『資治通鑑』과 『左傳』을 비교해보면 더욱 분명해진다. 그러므로 서사의 주체적 측면을 중시하는 우리로서는 『左傳』의 성격을 온전하게 '서술'이라고 간주하기 어렵다고 생각한다. 또한 본서의 초점은 서사 자체가 아니라 '서사론'에 맞춰져 있기 때문에, 서사 행위의 의의에 대한 직접적인 논의를 찾아보기 힘든 『左傳』의 비중이 상대적으로 축소될 수밖에 없다는 점을 밝혀둔다.

81) 여기에 관한 자세한 내용은 홍상훈, 「司馬遷의 敍事論」(中國語文學硏究會 발표문, 1998.8.29)을 참조. 여기에서는 기본적으로 위 논문에 발표된 내용을 토대로, 전체적인

2) 『사기』의 저작 동기

피상적으로 보면 개인적인 동기에 의한 '발분저서(發憤著書)'의 성격이 강한 듯하지만, 사마천이 『사기』[82]를 저작한 것은 전통 시기 중국 서사학의 역사에서 하나의 획기적인 일이었다. 물론 당시에는 이미 『국어』와 『전국책』·『좌전』 등 여러 역사서와 그에 관련된 해설서가 있었기 때문에,[83] 적어도 '서술은 하되 창작은 하지 않는다'는 공자 이래의 저작 원칙만 지킨다면 지나간 시대나 현재의 역사적 사건에 관해 책을 쓰는 것은 그리 어려운 일은 아니었을 것이다. 그러나 『춘추』를 성인이 기록한 '천자의 일'이라고 여기던 당시의 일반적인 인식 속에서 성인이 아닌 평범한

전통 시기 중국 서사론의 역사에서 司馬遷과 『史記』의 위상을 규정하는 데에 주력할 것이다. 참고로 이 원고는 『中國小說論叢』 VII(韓國中國小說學會 編, 1998.8), 65~89면에 게재되어 있다.

82) 전통 시기 중국의 역사학과 문학에서 모두 절대적인 중요성을 차지하고 있는 『사기』에 관해서는 이미 그 목록만 하더라도 한 권의 책으로도 부족할 만큼 많은 연구가 이루어져 있다. 그러나 세부적인 사항들은 모두 논외로 치고 이 책을 대하는 관점만 가지고 본다면, 기존의 연구들은 대체로 다음과 같은 세 가지로 요약된다. 첫째는 『사기』를 역사서로 보는 관점이고, 둘째는 문학작품으로, 그리고 셋째는 문학적 필치로 씌어진 역사서라고 간주하는 것이다. 그러나 可永雪이 지적한 것처럼, 사실상 이 책이 저작될 당시에는 문학과 역사가 제대로 分化되지 않았고, 또 이 책이 일종의 百科全書의 성질을 지니기 때문에 어느 하나의 특성으로 규정한다는 것은 사실상 불가능하다(可永雪, 「『史記』文學性界說─紀念司馬遷誕辰2,140周年」, 『復印報刊資料 歷史學』, 北京 : 中國人民大學書報資料中心, 1995.12, 65~72면에서 특히 67면 참조). 왜냐하면 『史記』는 漢代 초기까지 중국의 제반 문화적 지식이 집대성된 복합체이기 때문이다. 그러므로 기존 연구들에서 이처럼 혼란스러운 관점이 난립해 있는 것은 예술로 취급되는 문학과 학문으로 취급되는 역사학을 구별하는 서구의 근대적 관점을 무분별하게, 혹은 편의적으로 적용한 결과라고 할 수 있다. 물론 미분화 상태의 복합체로서 이 책을 현대적 의미의 문학이나 역사학, 심지어 자연과학을 막론하고 어느 분야에서나 쉽게 관련지을 수는 있겠지만, 그 관련짓기가 정도를 넘어서서 『사기』 자체의 성격을 어느 하나로 규정해 버리는 결론으로 이끌어져서는 안 된다.

83) 戰國 中葉에서 秦漢 사이에는 官方에 의한 저술이 아닌 歷史 典籍이 다수 출현했다. 戰國 中葉에는 『鐸氏微』·『春秋事語』·『虞氏春秋』·『紀年』·『世本』·『戰國策』·『戰國縱橫家書』·『大事記』 등이 있다. 이상은 中國史學史 編輯組, 김동애 譯, 『中國史學史』 1(先秦·漢·唐 篇), 자작아카데미, 1998, 116면 참조.

개인의 자격으로『춘추』와 비슷한 맥락의 책을 짓는 것은 그 자체로 대단한 파격일 수밖에 없다.[84] 왜냐하면 이러한 행위에 성인의 지위를 평범한 개인과 동등하게 격하시키려는 의도가 개입되어 있는 것이 아니라면, 거꾸로 그것은 저자 스스로 자신의 가치를 성인 공자와 비슷한 위치로 끌어올리려는 은밀한 기획으로 해석될 수도 있기 때문이다. 물론『좌전』을 비롯한『춘추』'삼전'의 경우도 나름대로 역사가 혹은 서사 주체로서 자각된 의식과 사명감이 있었을 터이나, 그들에게는 아직 그것을 분명하게 드러내서 천명할 만한 준비가 부족했다. 바로 이런 맥락에서 사마천의 역사적 위상은 더욱 두드러진다.

널리 알려진「태사공자서(太史公自序)」(이하,「자서」로 약칭함)에서 사마천은 선친의 말을 인용하며 이른바 '오백 년의 주기'에 대해 강조했다.[85] 그런데 다분히 작위적인 이런 '주기설'의 인용에서 우리는 그 자체의 옳고 그름을 떠나 이면에 숨겨진 야심 찬 기획을 읽을 수 있다. 즉 사마천은 지나간 역사에 대한 서사 행위는 그 자체로 주공과 공자로 이어지는 성인의 맥을 잇는 행위임을 은근히 부각시키고자 애쓰고 있는 것이다. 특히

---

84)『국어』와『전국책』은 다루는 시대도 짧을 뿐만 아니라 서술의 방법 또한 단순한 '기록'에 가까운 데에 비해,『춘추』와 동등한 가치를 추구하는『사기』는 상고 이래 한초에 이르는 장구한 시대의 흐름을 포괄적으로 해석하여 서술하려는 야심 찬 기획 아래 진행된 '저술'이라는 점에서 그 성격상 많은 차이가 있다고 하겠다.

85) "선친께서 말씀하시기를, '주공이 죽고 오백 년 만에 공자가 나타났다. 공자가 죽은 뒤 지금에 이르러 오백 년이 되었으니 밝은 세상을 계승하고,『易傳』을 바로잡고,『春秋』를 계승하여,『시경』과『서경』, 三禮,『악기』의 근본을 다시 밝힐 사람이 나타날 때가 되지 않았는가?'라고 하셨소이다. 뜻이 여기에 있소이다, 뜻이 여기에 있소이다! 그러니 그분의 아들인 제가 어찌 감히 사양하겠습니까?[太史公曰. 先人有言. 自周公卒五百歲而有孔子. 孔子卒後至於今五百歲, 能紹明世, 正易傳, 繼春秋, 本詩書禮樂之際? 意在斯乎, 意在斯乎! 小子何敢讓焉]"(王利器 主編,『史記注譯』, 西安 : 三秦出版社, 1988, 2750면 참조 이하,「太史公自序」의 출전은 따로 밝히지 않음)

* 원문의 '禮'는 '三禮' 가운데 어느 특정한 한 책을 가리키는지, 아니면 그것을 아우르는 것인지 알 수 없다. 참고로 '삼례'는 ①『禮經』혹은『士禮』라고도 부르는『儀禮』(총 70篇)와 ②『周官』또는『周官經』을 가리키는『周禮』, 그리고 ③ 秦・漢 이전의 의례에 관한 각종 논저를 뽑아 모은『禮記』를 말한다. 그리고 일설에 의하면,『악기』는 본래 經이 없다고 했다.

우리의 눈길을 끄는 것은 「자서」에 언급된 역사 서술 — 기록이 아니라 —
의 구체적인 목적이다. 철학을 비롯해서 (특히 제왕의 통치에) 중요한 의
의를 지니는 학술적 성과를 전반적으로 포괄하려는 사마천의 지향은 단
순히 지나간 시절의 중요한 사건들을 기록하여 후세의 감계(鑑戒)를 위한
자료를 제시하는 일차원적 기록의 한계를 극복하려는 데에 놓여 있었다.
즉, 그에게 역사 서술이란 '소왕(素王)'으로서 왕 노릇을 하는 사람이 익히
고 따라야 할 법도를 밝힌 공자의 사상을 직접 계승한, 중대하고도 시대
적 필요에 부응하는 일대 사업이었다는 것이다.86) 그렇다면 왕공귀족으
로서 직접 백성을 통치하거나 혹은 그 중의 중요한 일부를 담당하는 신
분이 아닌, 상대적으로 정치적 권력과는 거리가 먼 사관으로서 사마천이
이러한 생각을 갖게 된 원인은 무엇이었을까? 이와 관련해서 한 가지 강
조해둘 것은 적어도 사마천으로 대표되는 초기의 자각적이고 선구적인
역사가들의 역사 편찬에 대한 적극적 인식이 전통 시기 중국의 역사 편
찬자들에 대한 서구인들의 일반적인 편견보다 훨씬 심오한 철학적 기반
을 가지고 있었다는 사실이다.87)

---

86) 章學誠은 『文史通義』 「書教下」에서 『사기』의 '기전체'가 『좌전』의 '편년체'와 『한
서』의 '斷代紀' 사이에서 承前繼後의 성격이 있음을 밝혔다(章學誠, 葉瑛 校注, 『文史
通義校注』, 北京 : 中華書局, 1994, 49면 참조). 한편, 『한서』 이전에도 이미 많은 사람
들이 『사기』를 계승하려 했는데, 劉知幾의 『史通』 「古今正史」에 따르면 劉向 父子를
비롯하여 적어도 15명이 『사기』라는 제목의 책을 저작했다고 했지만, 이 가운데 거의
반은 다른 문헌상에서 언급을 찾아볼 수 없다(劉知幾撰, 浦起龍 釋, 『史通通釋』, 臺北
: 里仁書局, 1993, 338면 참조).

87) 예를 들어서, 빌렌슈타인(H. Bielenstein)은 서구의 연구자들은 전통 시기 중국의 역사
서가 ① 관료에 의해 그리고 관료를 위해 편찬된 일종의 통치 지침서였다거나, ② 황실
에 관한 사건 기록, ③ 역사 편찬자들이 속한 계급과 특히 그 계급 내의 중요한 가문을
빛내기 위해 씌어져졌다는 견해를 갖고 있다고 정리한 다음, 자신은 『後漢書』에 대한
세밀한 분석을 토대로, 이른바 '列傳'이라는 것은 상황에 의해 또는 개인적인 능력이나
야망 때문에 다른 사람보다 훨씬 더 중요한 역할을 담당한 개인의 傳記라고 생각한다
는 견해를 피력했다(한스 빌렌슈타인, 「『後漢書』 敍述의 分析的 考察」, 『中國의 歷史
認識』 上(閔斗基 編), 창작과비평사, 1985, 193~238면에서 특히 196~198면과 205~207
면 참조). 아울러 이에 대한 비판적 검토로는 홍상훈, 「司馬遷의 敍事論」을 참조

　　그런 의미에서 우리는 사마천이 비록 현실 정치에서 소외당하여 이미
공식적으로 역사를 서술할 수 있는 자격을 상실한 상태였지만,[88) 자신이
본래 세습적으로 이어지던 사관의 신분을 계승했다는 점을 자각하고[89)
한 왕조에 이르러 극도로 쇠락해 버린 사관의 지위를 회복하기 위해 노
력한 점에 주목할 필요가 있다.[90) 즉 그는 현실적으로 불가능한 정치권력

---

88) 李陵 사건 이후 司馬遷은 中書令이 되었기 때문에 공식적인 사관은 아니었다. 그러
　　므로 그의 신분에서 역사서를 쓴다는 것은 객관적으로 볼 때, 사적인 저술일 수밖에 없
　　다. 그가 『사기』를 완성한 후, 그 定本을 "명산에 감추고 부본을 경사에 두어 후세의
　　성인군자를 기다린다[藏之名山, 副在京師, 俟後世聖人君子]"(『太史公自序』)고 했던
　　것도 아마 이런 이유 때문일 것이다.

89) 「自序」의 다른 부분에서 사마천은 스스로 '중'과 '여'에서부터 이어지는 자신의 혈통
　　을 밝힌 바 있다. "옛날에 전욱은 남정 중에게 명하여 하늘에 제사하게 하고, 북정 여에
　　게 명하여 땅에 제사하게 했다. 요·순 무렵에는 중과 여의 후손들로 하여금 다시 그
　　일을 계승하여 관장하게 했고, 夏나라와 商나라에 이르러 옛날의 重氏와 黎氏가 대대
　　로 천문과 지리를 관장했다. 주나라 때에는 程伯으로 봉해진 休甫가 그 후예이다. 주
　　나라 宣王 때에는 그 관직을 잃고 司馬氏가 되었는데, 司馬氏는 대대로 주나라의 역
　　사 기술을 관장했다. 惠王과 襄王 무렵에 司馬氏는 주나라를 떠나 晉나라로 갔다. 晉
　　나라의 中軍을 통솔하던 장군인 隨會가 秦나라로 도망가자, 司馬氏는 少梁으로 들어
　　갔다. 그리고 司馬氏가 주나라를 떠나 晉나라로 갈 무렵 (그 자손들이) 분산되어 어떤
　　사람은 衛나라에 있고, 어떤 사람은 趙나라에, 그리고 어떤 사람은 秦나라에 있게 되었
　　다. (…中略…) 司馬昌은 司馬無澤을 낳았고, 司馬無澤은 市長이 되었다. 司馬無澤은
　　司馬喜를 낳았는데, 司馬喜는 五大夫를 지냈다. 이들은 모두 죽어서 高門에 묻혔다.
　　司馬喜가 司馬談을 낳고, 司馬談은 太史公이 되었다[昔在顓頊, 命南正重以司天, 北
　　正黎以司地. 唐虞之際, 紹重黎之後, 使復典之. 至于夏商, 故重黎氏世序天地. 其在
　　周, 程伯休甫其後也. 當周宣王時, 失其守而爲司馬氏. 司馬氏世典周史, 惠襄之間, 司
　　馬氏去周適晉. 晉中軍隨會奔秦, 而司馬氏入少梁. 自司馬氏去周適晉, 分散, 或在衛,
　　或在趙, 或在秦. (…中略…) 昌生無澤, 無澤爲漢市長. 無澤生喜, 喜爲五大夫, 卒皆葬
　　高門. 喜生談, 談爲太史公]."

90) 그의 이러한 생각은 征和 2년(기원전 91)에 任安에게 보낸 편지(「報任安書」)에 잘 나
　　타나 있다. "내 조상은 割符나 朱書를 받아 높은 관직에 오를 만한 공적도 없고, 기록
　　이나 천문, 역서를 다루는 일은 점쟁이[卜祝]의 무리와 근사하여 본래 황제께서 노리갯
　　감으로 여기며 배우들처럼 기르던 존재인지라 속세에서 경멸을 받아 왔습니다. 그러니
　　설사 내가 법의 제재를 받아 사형을 당한다 할지라도 아홉 마리의 소 가운데 터럭 하
　　나가 없어지는 것과 같으니, 내 존재란 땅강아지나 개미와 무엇이 다르겠습니까?[僕之
　　先人非有剖符丹書之功, 文史星曆近乎卜祝之間, 固主上所戲弄, 倡優畜之, 流俗之所輕也.
　　假令僕伏法受誅, 若九牛亡一毛, 與螻蟻何異?]"(鄒賢俊 外, 『中國古代史學理論－要錄』,
　　湖北人民出版社, 1990, 27면; 王先謙, 『漢書補注』, 北京：中華書局, 1993 初版 2刷, 1239

보다는 이른바 '도'로 대표되는 세상의 진리를 탐구하여 체계적으로 서술할 수 있는 능력을 지닌 유일하고도 존엄한 신분으로서, 제왕이나 정치적 귀족들과는 차별화된 자신들의 위상을 확립할 수 있는 방안을 생각했던 것이다. 그리고 그에 따른 방안이 '도'의 탐구와 서술로 귀결되는 것은 사관의 본원적이고 가장 중요한 임무가 하늘과 관련된 것이었다는 점을 생각하면 쉽게 이해할 수 있다.

어떤 의미에서 진정한 '도'를 탐구하여 밝힌다는 발상의 이면에는 현실에 대해 부정적으로 평가하는 비판의식이 내재하고 있다고 할 수 있다. 그런데 『춘추』의 의의에 대한 사마천의 설명은 그가 비판하는 대상이 단순한 현실 정치가 아니라 그 이면에 내재된 철학적 원리로 귀결된다는 것을 보여준다. 사마천은 공자가 『춘추』를 지은 까닭이 무엇보다도 '난세'에 대한 절실한 인식 때문이었다고 강조했다.91) 즉 그가 생각하는 『춘추』는 "어지러운 세상을 바로잡아 올바름으로 되돌아가게 하는[撥亂世反之正]" 위대하고 올바른 왕도를 밝힌 책인 것이다.92) 그리고 『사기』가 『춘추』를

면) (강조-인용자)

91) 「自序」. "나는 董生에게 이런 말을 들었습니다. '周나라의 도가 쇠퇴하여 없어졌을 때 공자께서 魯나라의 司寇가 되니, 제후들이 그를 질시하고 대부들이 방해했소. 공자께서는 자신의 말이 聽用되지 않고 자신의 도가 시행되지 않음을 알고, 242년 동안의 일에 대해 옳고 그름을 가려 천하의 儀表로 삼아 천자를 비판하고, 제후를 물리치며, 대부들을 성토함으로써 왕 노릇 하는 것을 밝히고자 했을 따름이오' …… 어지러운 세상을 바로잡아 올바름으로 되돌아가게 하는 데에는 『춘추』보다 가까운 것이 없습니다[余聞董生. 曰 周道衰廢, 孔子爲魯司寇, 諸侯害之, 大夫壅之. 孔子知言之不用, 道之不行也, 是非二百四十二年之中, 以爲天下儀表, 貶天子, 退諸侯, 討大夫, 以達王事而已矣. …… 撥亂世反之正, 莫近于春秋]."

92) 『춘추』의 저작 동기에 관한 사마천의 이러한 설명은 『사기』 곳곳에서 발견된다. 예를 들어서, 『儒林列傳』에는 다음과 같이 서술되어 있다. "그러므로 공자께서는 '왕의 길[王路]'이 막히고 '사악한 길[邪道]'이 일어나는 것을 가슴 아파 하셔서 이에 『詩經』과 『書經』을 논하여 編次하시고 예와 악을 다듬어 일으키셨다. …… 그러므로 (魯나라의) 역사 기록을 바탕으로 『춘추』를 지어 '왕의 법[王法]'으로 삼으셨으니, 그 文辭는 隱微하나 가리키는 뜻은 광범하여 후세의 학자들이 많이 採錄하게 되었다[故孔子閔王路廢而邪道興, 於是論次詩書, 修起禮樂. …… 故因史記作春秋, 以當王法, 其辭微而指博, 後世學者多錄焉]."(司馬遷 撰, 許東方 校訂, 『史記』, 臺北 : 宏業書局, 民國 72 再版, 3115면)

계승한 것이라면, 사마천 역시 자신의 당대(當代)를 난세로 인식했다는 전제가 필요하다. 그러나 적어도 「자서」에 나타난 한 왕조에 대한 그의 평가는 지극히 긍정적이어서, '하늘의 명[天命]'을 계승한 정통성과 무제(武帝)를 중심으로 온 천하에 위명을 떨친 서한(西漢) 초기의 제왕들에 대한 극도의 찬양을 표시하고 있다.93) 그러므로 우리가 설령 그의 불행한 처지에 대한 울분을 충분히 감안한다 할지라도, 그리고 당시의 왕조에 대한 찬사를 의례적인 수사로 치부한다 할지라도, 최소한 그가 한 왕조가 들어선 천하 자체를 난세로 인식했다는 결론은 쉽게 얻어낼 수 없다. 이런 맥락에서 우리는 사마천이 어지러워졌다고 인식한 대상이 단순한 현실 정치의 '다스려짐[治]'과 관련된 현상은 아니었을 것임을 짐작할 수 있다.

이미 살펴본 바와 같이, '무사'의 혈통을 계승한 그의 잠재의식에 내재된 천관의 속성으로 인해94) 사마천이 현상적 세계 이면에 내재하여 우주의 변화와 인간의 삶을 주관하는 '도' 혹은 '태일(太一)'의 존재를 본능적으로 믿고자 노력했으리라는 것을 우리는 쉽게 추측할 수 있다.95) 또한

---

93) 「自序」. "한나라가 興起한 이래 현명하신 천자에 이르러 하늘이 내린 상서로운 징표를 받으셔서 封禪을 행하시고, 曆法을 개정하시고, 服飾의 색깔을 (검은 색에서 붉은 색으로) 바꾸시어, 높고 맑은 하늘에서 명을 받으사 그 은택이 끝없이 유포되니, 해외의 풍속을 달리하는 자들 가운데 여러 차례 통역을 거쳐 찾아와 변방의 관문을 두드리고 貢物을 바치며 알현을 청하는 경우가 이루 다 말할 수 없을 정도입니다[漢興以來, 至明天子, 獲符瑞, 封禪, 改正朔, 易服色, 受命于穆淸, 流澤罔極, 海外殊俗, 重譯款塞, 請來獻見者, 不可勝道]."

94) 『後漢書』「百官志」의 '太史令'條에 대한 司馬彪의 注에는 太史令이 "天時와 星曆을 관장한다. 무릇 해가 끝날 즈음에 新年曆을 올리고, 국가의 모든 제사와 喪, 娶, 좋은 날이나 절기, 禁忌日을 上奏하고 관장하며, 또한 국가의 瑞應과 災異를 담당하여 기록한다"고 했다. 이것은 사마천의 시대에도 사관은 여전히 천관으로서 기본적인 임무를 수행하고 있었음을 보여주는 또 하나의 예가 될 것이다. 이에 관해서는 李宗侗, 「中國 古代의 史官制度」, 『中國의 歷史認識』上(閔斗基 編), 창작과비평사, 1985, 126~154면에서 특히 140~141면 참조.

95) 袁達에 따르면, 사마천의 관념 속에서 하늘의 '도' 혹은 '태일'의 존재는 플라톤의 이상 세계나 헤겔의 절대 정신에 비유된다고 했다. 이에 관해서는 袁達, 「『史記』的志怪和司馬遷的思想」, 『復印報刊資料 歷史學』, 北京 : 中國人民大學書報資料中心, 1995. 11, 49~54면에서 특히 54면 참조. 또한 陳桐生에 따르면, 중국 사관의 천관으로서 직능은 최소한 두 가지 분야에서 『史記』의 天道觀에 영향을 주었다고 한다. 첫째는 특정

공양학을 비롯한 당시의 인문학적 탐구 성과도 근대 이후 서구의 자연과
학처럼 '객체와 대상으로서 자연'을 상정하기 어려웠다. 이런 맥락에서
사실상 사마천의 지향은 『춘추』가 구현하고자 한 것과 같은 현실적 의미
의 '왕도'를 그대로 계승하는 것이 아니라 그것을 넘어선, 더욱 보편적이
고도 궁극적인 '세계의 원리'를 밝히는 데에 있었다고 할 수 있다. 『사기』
에 대해서 "하늘과 사람의 경계를 탐구하고 고금의 변화를 통달하여 '일
가의 언론'을 이루었다"고 한 사마천의 진술96)은 우리의 이러한 추론에
적절한 근거를 제공한다. 대단한 자부심이 배어 있는 이 구절은 『사기』가
단순한 역사의 기록이나 정리가 아니라, 그 자체로 하나의 '입론서(立論
書)'임을 천명하고 있다.97) 사마천의 설명에 따르면 그것은 서사라는 형식
을 통해 하나의 유기적인 우주를 구성하는 자연과 인간 세계의 궁극적인
원리와 본질을 밝히려는 목적으로 지어졌다. 즉, 그는 역사와 인간에 대
한 당시의 인식론적 고민들을 자신의 사상과 지식의 틀 안에서 집대성하
고 새롭게 해석한 종합적 서사 담론으로서 『사기』의 저술을 기획했던 것
이다. 그리고 이런 점에서 역사가로서 사마천은 역사를 단순히 문서를 해

한 직업적 사유 방식을 배양했다는 것이다. 즉 하늘과 사람, 우주를 연계하여 고찰하고,
해와 달 및 별의 자연적인 천문 현상이나 음양의 재난과 이변, 占卜과 卦象 등의 분야
에서 인간사의 변동을 예측하는 것이었다. 둘째는 사마천으로 하여금 천문과 술수 등
의 전문적 지식에 따라 하늘과 사람 사이의 관계에 대해 논증하도록 했다는 것이다. 이
에 관해서는 陳桐生, 『中國文官文化與史記』, 汕頭出版社, 1993, 13~14면 참조.

96) 「報任安序」. "제가 재주는 미치지 못하지만, 근래에 보잘것없는 문장에 스스로 기탁
하여 세상에 흩어져 없어지고 있는 옛 이야기들과 옛날의 행사들을 망라하고, 그 흥성
과 쇠퇴의 이치를 헤아려서 모두 130편을 만들었으니, 이것으로 하늘과 사람의 경계를
탐구하고 古今의 변화를 통달하여 '일가의 언론'을 이루었습니다[僕竊不遜, 近自托於
無能之辭, 網羅天下放失舊聞, 考之行事, 稽其成敗興壞之理, 凡百三十篇, 亦欲以究
天人之際, 通古今之變, 成一家之言]."(王先謙, 『漢書補注』, 北京 : 中華書局, 1993 初
版 2刷, 1240면) (강조-인용자)

97) 이에 관해서 蔣慶은 『史記』가 "공양학의 정신으로 관통되어 있고 경학의 성격을 지
니고 있기 때문에" 순수하게 사건을 기록하는 후세의 역사학과는 달리 "경전과 역사적
사실에 의거해서 도의를 밝히는[依經據史明義]" 일종의 특수한 학문체계를 이루었다
고 설명했다(蔣慶, 『公羊學引論-儒家的政治知慧與歷史信仰』, 沈陽 : 遼寧教育出版
社, 1995, 81~82면 참조).

석하고 그것의 참 여부를 결정하여 그 표면적 가치를 결정하는 것이 아
니라, 내부로부터 그것을 가공하고 정교하게 조직하는 것을 과업으로 여
기는 대단히 현대적인 역사가의 태도와 동질적인 특성을 보여준다. 즉 그
는 단순한 '기억'으로 보존되는 것이 아니라 집합적이고, 체계적이며, 논
리적으로 필연적인 관계들의 총합이자 서술자 자신의 관점에 의해 능동
적으로 활용될 수 있는 '기념비들(monuments)'로 변환된 문서를 활용할 수
있는 적극적인 해석자였던 셈이다.98)

넓은 안목에서 볼 때, 『사기』는 하늘의 도리가 인간 세상에서 국가 즉
왕조의 형태로 구현된다는 전제 아래, 그 안에서 족적을 남긴 수많은 인
간상을 통찰할 수 있는 대표적인 예들을 망라하여 보여주는 것을 목적으
로 삼고 있는 듯하다. 그러므로 「본기(本紀)」와 「세가(世家)」·「열전(列傳)」
에 포함된 인물들의 부류가 각기 왕조의 성립과 유지에 관한 정통적인
중요도의 차이에 따라 나뉘긴 했지만, 『사기』 편찬의 궁극적 목적에서는
특별히 그것들 사이의 경중을 따지기 어렵고 더욱이 어느 하나라도 빠뜨
릴 수 없다. 가령 『사기』 「열전」에 수록된 인물들의 면면을 살펴보면, 우
리는 그들이 대부분 고난을 극복하고 신념을 이루기 위해 노력하는 주인
공들이지, 천하를 어지럽히거나 혹은 어지러움을 바로잡는 '역사적' 공적
에 특별히 더 주목할 만한 인물들은 아님을 알 수 있다. 오히려 각 인물
의 전기는 현실 역사에 대한 그의 공헌 자체보다는 그의 '사람됨[爲人]'을
중심으로 서술되고 있으며,99) 특히 이 점은 연대기적 서술에서 더욱 자유

---

98) 조금 비약적으로 말하자면, 우리는 사마천이 푸코적 의미의 고고학으로서 역사에 대
한 지향에 접근했다고도 할 수 있겠다. 이에 관해서는 미셸 푸코, 이정우 역, 『지식의
고고학』, 민음사, 1993 3쇄, 23~27면 참조

99) 可永雪은 「『史記』文學性界說—紀念司馬遷誕辰 2, 140周年」, 『復印報刊資料 歷史
學』(北京 : 中國人民大學書報資料中心, 1995.12), 65~72면에서 『사기』는 인물의 '사람
됨(爲人)'을 중심으로 서술되어 있기 때문에 해당 인물의 업적보다는 그의 성격과 개성
을 중시하고 있으며, 역사적 인물과 사건에 대해 평가할 뿐만 아니라 심지어 그것들을
미적 대상으로 간주하고 있다고 했다. 또한 『사기』의 저작 목적에 대해서는 그것이 ①
역사가의 사명감과 문학가의 창작 충동이 결합된 산물이며, ② 단순한 역사만이 아니라

로운 '열전'의 경우에서 한층 두드러진다.

그런 의미에서 '열전'에 첫머리가 「백이열전(伯夷列傳)」이라는 점은 대단히 상징적이다. 즉 사마천은 자연과 인간 세계의 존속과 변화를 규정하는 위대한 도리로서 '천도'에 대해 밝히기 위한 목적에서 출발한 자신의 저술 작업이 바로 '열전'을 구성하는 인물들에 대한 서술에서 중대한 딜레마에 봉착했음을 여기에서 나타내고자 했던 것이다. 그리고 바로 이 부분에서 우리는 '천도'의 절대성에 대한 사마천의 의혹으로 인해 마침내 그가 세계의 중요한 일부분을 설명할 수 있는 새로운 논리로서 이른바 '인도(人道)'라고 할 수 있는 어떤 것을 자각하기 시작했음을 짐작할 수 있다.[100] 달리 말하자면, 그의 인식 체계 속의 세계란 더 이상 원칙과 규범에 의지하는 단순한 '천도'의 반영물이 아니라, 상대적으로 더 복잡하고 상존하는 이율배반의 모순들로 뒤얽힌 곳이다. 그 속에서 사는 인간은 그러므로 '선함'이라는 윤리적 기준 혹은 '천도'에서 요구하는 인간의 궁극적 지향점과는 상당히 다른 차원에서, 자신에게 돌발적으로 닥쳐오는 수많은 고난과 역경에 대해 치열하게 맞서 싸우며 살아가야 한다. 그런 의미에서 '열전'의 주인공들은 바로 그 치열한 인간 세계의 중요한 단면들로 제시된 대표적인 사례들이라고 할 수 있다.[101]

인간의 운명과 심령의 역정을 총괄적으로 보여주고자 한 것이라고 설명했다.

100) 폭넓은 세계관으로서 '천도'와 인간세계에 한정된 역사관으로서 '인도'를 구별하여 표명한 예로 흔히 『漢書』「律歷志上」의 다음 기록을 거론한다. "『주역』과 『춘추』는 하늘과 사람의 길이 담긴 책이다[易與春秋, 天人之道也]."(王先謙, 『漢書補注』, 北京 : 中華書局, 1993 初版 2刷, 407면)

101) 李成珪의 설명에 따르면, 역사를 통일에서 분열, 그리고 다시 통일로 전개되는 정치 과정의 연속으로 파악하는 사마천에게 세계를 움직이는 정치의 축은 제왕이었고, 그렇기 때문에 그는 제왕에 관한 연대기적 서술을 '본기'라고 명명했다. 또한 '세가'는 세계라는 공간과 정치의 축을 연결하는 수레바퀴의 轂에 해당하며, 다시 그 안의 각 사건들을 시간적으로 재배열한 것이 '表'에 해당한다. 그런데 사마천은 문화 전반을 포괄하는 넓은 의미의 정치사라는 확장된 개념을 설정했기 때문에 '書'라는 체제가 필요하게 되었다. 그러나 결국 그가 넓은 의미의 정치 즉 역사를 창조하고 움직이는 주체로 파악한 것은 개개의 인간이었으며, 그렇기 때문에 그는 인간의 행동과 의지를 통한 역사의 이해라는 관점에서 '열전'을 설정할 필요가 있었다. 이에 따라 '열전'에서는 현실적으로

　물론 ‘열전’의 이러한 특징을 곧 사마천이 전체사(global history)의 관점에서 일반사(general history)의 관점으로 역사에 대한 시각의 폭을 넓혀갔다는 징표로 간주하는 것은 지나치게 급진적인 평가일지도 모르겠다. 그러나 적어도 그것이 사마천의 인식 속에서 역사란 세계적 표상(表象)들에 둘러싸인 유일한 중심이자 원리로서 ‘천도’에 의해 통일적으로 설명될 수 있는 어떤 것이 아니라 자잘하고 독립적인 요소들의 상호 관계로 짜여진 하나의 관계망(關係網)이라는, 당시로서는 대단히 혁신적인 하나의 믿음을 지향하고 있다는 점만은 부인할 수 없다.

3) 서사의 객관성에 대한 인식

　‘천도’의 권위에 대해 도전하는 이와 같은 파격적인 사고를 단순히 사마천의 개인적인 시련에 따른 결과물로 단정할 수는 없을 것이다. 그러므로 그의 이러한 사고방식에 내재된 대단히 깊은 역사적·철학적 연원을 파악하기 위해서 먼저 ‘객관성’[102]을 추구하는 사마천의 저술 태도 즉, 최

　부귀를 성취한 개인들보다는 “한 시대의 각 분야나 요소를 상징할 수 있는 개인의 가장 상징적인 행적”이 주로 서술되어 있다. 이상의 정리는 李成珪, 「『史記』의 歷史 敍述과 文史一體」, 『中國의 歷史認識』 上(閔斗基 編), 창작과비평사, 1985, 273~307면에서 특히 275~279면 참조.

102) 한스 프랑켈(Hans Frankel)에 따르면, 서기 220년부터 960년간 여러 왕조들의 正史에 기본적으로 적용된 ‘객관성’이란 오늘날의 역사가들이 생각하는 개념과 상당히 다르다. 즉 현대의 역사가들은 어떤 선입관이 없이 신중하게 사료를 다루면서, 그의 독자적인 언어로 역사적 사실에 대해 비판적으로 평가하는 것을 최후의 과제로 삼고 있지만, 중세 중국의 역사가들에게 역사 서술의 객관성이란 가능한 한 가장 비개성적으로 서술하는 것을 의미한다. 즉 그들은 역사를 ‘새롭게’ 혹은 ‘독자적’으로 기술하기보다는 신중하게 발굴한 원전 자료들을 정리하여 독자들에게 직접 제시하는 것을 목표로 한다. 그러나 그들이 자료를 서술하는 문장 형식은 대개 관련되는 대상과 역사서에서 그의 위치를 고려하여 축소되거나 문구가 변형되어 제시된다. 그러므로 프랑켈은 고대 중국인과 현대 유럽인들의 사실성에 대한 인식에는 근본적인 차이가 있다고 설명한다. 이상은 한스 프랑켈, 「中國의 歷史 敍述에서의 客觀性과 偏頗性」, 『中國의 歷史認識』 上(閔斗基 編), 창작과비평사, 1985, 239~253면)에서 특히 239~241면 참조.

대한 객관적이고 신뢰성 있는 서사로서 '신사(信史)'의 구현을 추구하는 그의 선구적인 저술 태도가 형성된 과정을 고찰할 필요가 있다.

　비록 『사기』의 곳곳에서 '천관'으로서 그의 성격을 드러내는 부분들이 발견되는 것은 사실이지만,103) 전체적으로 볼 때 사마천은 이전의 역사가들에 비해 대단히 객관적인 입장에서 역사를 서술하려 했다. 물론 장학성(章學誠)이 "교수(校讎)를 중심으로 한 고증학의 발전은 유향(劉向) 부자에게서 시작되었다"(『章氏遺書外編』, 「信摭」)고 했던 것처럼, 당시에는 아직 고증학에 대한 인식이 없었으므로, 사마천은 단지 사료를 취사선택했을 뿐 그 진위를 따지려 하지는 않았다.104) 그러나 「백이열전」의 첫머리에서 "무릇 학자들이 써놓은 글은 무척 범위가 넓지만 오히려 '육예' 즉 '육경'을 통해서 신뢰성을 살펴야 한다[夫學者載籍極博, 猶考信于六藝]"고 한 데에서 알 수 있듯이, 사마천은 '민족정신'이라는 문화 전통의 집대성체를 적절히 활용하여 사료나 사실에 대한 객관적인 이해를 추구했다.105) 사실 공자

---

103) 한 연구에 따르면, 『史記』에서 天命이나 神怪와 관련된 구체적 기록은 270여 개나 된다고 한다. 이에 관한 자세한 내용은 袁達, 「『史記』的志怪和司馬遷的思想」, 『復印報刊資料 歷史學』, 北京 : 中國人民大學書報資料中心, 1995.11, 49~54면 참조

104) 朱本源, 「試釋司馬遷'考信于六藝'說的眞諦」, 『復印報刊資料 歷史學』, 北京 : 中國人民大學書報資料中心, 1995.10, 35~43면, 37면 참조

105) 일반적으로 「백이열전」의 이 문장은 '육경'을 표준으로 역사 문헌에 기재된 사건의 진위를 판별한다는 뜻으로 풀이되어 왔다. 예를 들어서, 蜀의 光祿大夫 譙周는 사마천이 周·秦 이전의 역사를 편찬할 때 '육예'에 따라 고증하지 않았다고 생각하고 『古史考』 25편을 지어 바로잡았다. 그러나 朱本源에 따르면, 사마천은 '육경'의 義理를 통해 百家의 잡다한 학설들을 가지런히 정리함으로써 역사 사유(즉 역사의 義理)에 대한 통찰의 인식을 갖게 되며, 따라서 그에게 '육경'은 '민족정신'이라는 문화 전통을 체현한 것이기 때문에 사료나 사실의 이해를 위한 예비 자료로 이해해야 한다고 했다(朱本源, 위의 글, 41~43면 참조). 한편 章學誠은 『文史通義』 「內篇五」 '答客問'에서 이렇게 말했다. "역사의 큰 연원은 『춘추』에 바탕을 두고 있으며, 『춘추』의 뜻은 붓끝에서 밝혀진다. 붓끝에서 나오는 뜻은 단지 사건의 처음과 끝이 잘 갖춰지고 문장이 법도에 맞게 이루어져 있는 데서 그치는 것이 아니다. …… 그러므로 반드시 다른 사람들이 생략한 것을 자세히 설명하고, 다른 사람들이 같다고 여기는 것을 다르게 생각하고, 다른 사람들이 가벼이 여기는 것을 중시하고, 다른 사람들이 신중하게 생각하는 것을 소홀히 여긴다. …… 그런 뒤에야 숨겨져서 애매모호한 자잘한 것에 대해서도 한결같은 마음으로 독자적인 판단을 내리게 되는 것이다[史之大原, 本乎春秋. 春秋之義, 昭乎筆

역시 현대적 의미에서 '역사'에 상응하는 말로 '한 시대의 예[一代之禮]'106)
라는 표현을 사용하면서 사마천과 같은 맥락에서 '육경'을 사료로 간주했
다.107) 또한 '발분(發憤)'이라는 면에서 사마천과 충분히 동질감을 형성할
수 있는 한비자(韓非子)는 법가사상을 집대성하면서 "명분과 실상에 따라
옳고 그름에 대한 판단을 정하고, (형명(刑名) 즉, 명분과 실질의 부합 여
부를) 헤아려 검증함으로써 언사의 타당성을 살핀다"108)는 객관적 사고방
식을 분명히 선언한 바 있다. 이런 태도는 사마천에게 직접적으로 계승되
어서, 그는 철저하게 문헌에 의거하여 "시작에 대한 인식을 바탕으로 끝
을 살핌"으로써 흥망성쇠와 같은 역사의 변천을 통찰하는 안목을 형성하
려 했다.109) 「하본기(夏本紀)」를 서술하면서 사마천이 이야기의 맥락에 문
제가 있더라도 가능하면 자신이 확인할 수 있는 자료에서 발견되는 이설
을 그대로 기록한 것110)도 바로 이런 이유 때문인 것이다.

削. 筆削之義, 不僅事具始末, 文成規矩已也. …… 必有詳人之所略, 異人之所同, 重人
之所輕, 而忽人之所謹. …… 而後微茫秒忽之際, 有以獨斷于一心]."(葉瑛, 『文史通義
校注』上, 北京 : 中華書局, 1994, 470면 참조)
106) '삼대'의 '예' 개념은 그 外延이 매우 넓은 개념으로서, 각종 사회조직의 準則뿐만
아니라 각종 의식 형태—정치적·사법적·도덕적·종교적·교육적 등—의 행위규범
과 가치관념을 가리키는 것이었다. 여기에 대해서는 朱本源, 「孔子史學觀念的現代詮
釋」, 『復印報刊資料 歷史學』, 北京 : 中國人民大學書報資料中心, 1995.2, 31~41면에
서 특히 34면 참조
107) '삼대의 예'는 바로 '삼대의 역사'라고 할 수 있는데, 공자는 "그 서적이 미비된[其經
不具]" 상태에서 『尙書』를 통해 "삼대의 예의 흔적을 쫓고[追跡三代之禮]", 『詩經』
속에서 "예의에 시행할 수 있는[可施于禮義]" 것들을 뽑아 부족한 점을 보충했다. 그
런데 『荀子』의 「禮論」에서 알 수 있듯이, 선진 문헌에서 '예'와 '예의'는 그 뜻이 차이
가 없이 사용되었다. 이 점에 관해서는 朱本源, 「試釋司馬遷'考信于六藝'說的眞諦」,
『復印報刊資料 歷史學』, 北京 : 中國人民大學書報資料中心, 1995.10, 35~43면.
108) 『韓非子』 「姦劫弑臣」. "循名實而定是非, 因參驗而審言辭."(陳奇猷 校注, 『韓非子
集釋』, 上海人民出版社, 1974, 246면) 또 「顯學」에서는, "刑名을 헤아려 검증하지 않고
필연적인 것으로 간주하는 것은 어리석고, 필연적인 것이라고 확신하지도 못하면서 거
기에 의거하는 것은 속이는 것이다[無參驗而必之者, 愚也. 弗能必而據之者, 誣也]"라
고 했다(같은 책, 1080면).
109) 「自序」. "세상에 흩어진 옛날이야기들을 왕 노릇 하는 자가 일어난 흔적에 대해 시
작에 대한 인식을 바탕으로 끝을 살피고, 흥성과 쇠망을 보여준다 …… [罔羅天下放失
舊聞, 王迹所興, 元始察終, 見盛觀衰 ……]"

그런데 믿을 만한 문헌 기록과 경험의 논리에 위배되지 않는 객관성의 추구는 '천도'의 신성한 권위를 박탈해 버린다. 하늘의 위대함과 신비함을 전하는 일체의 전설과 신화는 문자들의 축적으로 이루어진 도서관의 현실적이고 구체적인 힘 앞에 점차 무력해져 버리는 것이다. 마치 초보적인 철학과 자연과학이 형성되던 그리스에서 시문학이 세속화되었던 것처럼,[111] 세계와 그것을 지탱하는 원리를 대표하는 '천도'라는 것도 고대의 낡은 지식을 담은 텍스트 속에서 보존되고 이성적으로 이해되어야 할 어떤 것으로 변해 버린다. 그러므로 이제 사마천에게 '천도'는 무조건적으로 복종해야 할 것이 아니라 학자의 관점에서 충분히 회의하고 검증해볼 만한 어떤 것으로 변해가고 있었다.

이를 위해서는 무엇보다도 한대에 사마천의 객관적 이성을 뒷받침할 만한 토대로서 도서관의 실상은 굳이 진시황의 '분서갱유'를 거론하지 않더라도 대단히 허약한 수준일 수밖에 없었을 것이라는 점을 고려할 필요가 있다. 특히 상고시대까지 거슬러 올라가는 시간적 거리를 감안할 때, 그리고 왕실과 직접적인 관련이 없는 열전의 인물들에 대해 서술하려 했을 때, 사마천이 상당 부분 자기 나름대로 개연성 있는 상상력을 동원하여 사건의 정황을 짜 맞출 수밖에 없었으리라는 것 또한 분명하다. 예를 들어서, 일찍이 더크 보드(Derk Bodde)는 『사기』「이사열전(李斯列傳)」에 대한 분석에서, 거기에 인용된 몇몇 구절들은 사마천이 꾸며낸 것이 분명하

---

110) 여기서 사마천은 먼저 舜이 堯에게 등용되어 천하의 정치를 攝行할 때 羽山에 巡幸을 가서 治水에 효과를 거두지 못한 鯀을 처형하고 鯀의 아들인 禹에게 그 일을 계속하게 했다고 기록한 다음, 다시 堯가 죽은 후 舜이 四嶽에게 자문을 구하여 그들의 薦擧를 통해 禹에게 治水를 하도록 임명했다는 두 가지 이설을 함께 기록하고 있다. 司馬遷 撰, 許東方 校訂, 『史記』, 臺北 : 宏業書局, 民國 72 再版, 50~51면 참조

111) 하인츠 슐라퍼는 신적 영감을 전달하는 도취적 지식으로서 그리스 시인들의 송가(頌歌)가 의학과 같은 자연과학의 발달로 인해 탈마력화(Entzauberung)되고, 다시 문헌학의 발달로 인해 이성(Logos)에 의해 통제되는 지식에 의해 비록 완전하게 교체된 것은 아니지만 굴복하게 되었다고 설명했다. 이에 대한 자세한 내용은 하인츠 슐라퍼, 변학수 역, 『시와 인식―미적 의식과 문헌학적 인식의 기원』, 문학과지성사, 1992, 27~46면 참조

다는 결론을 내리기도 했다.112) 이것은 무엇보다도 기전체 역사 서술이
가지는 본질적인 특성과 관련이 있을 것이다. 일반적으로 알려진 바와 같
이『사기』이래 중국의 역사가들은 해당 사건이나 인물에 관련되어서 자
신들이 확보한 문서 전부를 다양한 형태로 인용하여 전기를 구성한다. 그
러나『후한서』에 대한 빌렌슈타인의 자세한 분석—특히 등장인물들의
입에서 직접 나오는 구화(口話)들에 대한—에서도 명확히 드러나듯이, 전
통 시기 중국의 역사가들은 황제 및 그 주변의 인물들을 제외하면 "대부
분의 경우 개인이 한 말에 대한 생생한 자료를 갖고 있지 못하다."113)

　주지하다시피,『사기』이전의 역사서들에도 오늘날의 관점에서 볼 때,
허구적이거나 비현실적인 내용은 많이 기록되어 있다. 가령『좌전』에는
귀신이 나타나 은혜를 받은 사람이나 원수에게 보응(報應)했다는 여덟 가
지의 사례가 기록되어 있으며, 신의 하강에 관한 기록은 숱하게 많다.114)
『좌전』의 경우 기원전 8~5세기 각 나라의 연대기적 역사서에 근거한 내
용들을 담고 있으나, 사실상 이야기 자체는 기원전 3세기 이후에야 성립
되었음을 보여주는 증거가 많이 나타나고 있다. 특히 그 문장 안에는 기
술하고 있는 인물이나 사건의 해당 연대와는 거리가 먼, 단순한 도덕적
윤색에서부터 우주론적 추론에 이르는 많은 철학적 개념들이 얽혀 있는
것이다. 그러나 기록된 자료에 근거한 정확한 사실과 구전에 의한 세부적
내용의 조합이라는 특징은 서사의 발전에서 특징적인 한 단계를 보여주
고 있다.115) 즉 어느 시기에 누가 썼는가 하는 문제와는 상관없이 그 책
은 저자의 시대로부터 최소한 삼백 년이나 떨어진 옛날을 다루고 있기

---

112) Derk Bodde, *China's First Unifier*, Leiden, 1938, p.38 참조.
113) 여기에 대해서는 한스 빌렌슈타인,「『後漢書』敍述의 分析的 考察」,『中國의 歷史
　　認識』上(閔斗基 編), 창작과비평사, 1985, 218~227면 참조.
114) 李宗侗,「中國 古代의 史官 制度」,『中國의 歷史認識』(閔斗基 編), 창작과비평사,
　　151면 참조.
115) P. van der Loon,「中國 古代 史學 理論의 成長」,『中國의 歷史 認識』上(閔斗基 編),
　　창작과비평사, 1985, 91~100면에서 특히 94면 참조.

때문에,116) 필연적으로 상상적 허구가 개입될 수밖에 없는 것이다. 그러나 그럴 경우에도 사관에게 남은 천관의 흔적으로 인해, 또는 현대적 의미의 자연과학적 지식이 미숙한 연유로 인해, 귀신이나 천도와 관련된 이야기들이 역사 기록에 미칠 수 있는 영향력은 여전히 지대하다.

그러나 상상에 의한 『사기』의 허구는 당연히 오늘날의 대표적인 문학 서사 장르인 소설과 많은 차이가 있지만, 그 이전의 역사서들에 담긴 비현실적 내용들과도 근본적인 차이가 있다. 비록 실제 사료의 끊어진 매듭을 연결하는 사소한 부분들에 한정된 것이긴 하지만, 『사기』의 허구는 일종의 개연성과 가능성, 내적인 진리 등으로 무장되어 신빙성을 추구하고 있다. 그러므로 그것은 스무 살 때부터 최소한 2~3년에 걸쳐 천하를 주유하며 몸소 역사상 주요 유적지를 탐방하며 문헌적 지식을 재확인할 만큼 투철한 탐구와 확인을 통해 다져진 사마천의 학자 정신117)이 창의적으로 승화된 결정체로서, 역사 속을 살아가는 인간의 삶에 내재된 진리 — 즉, 넓은 의미의 '도' — 를 총체적으로 밝혀보려는 그의 원대한 기획에 치밀한 짜임새를 부여하는 불가결한 보조물이었다.

현상적 삶의 이면을 관통하는 진리에 대한 믿음을 가진 정신은 역사적 사건을 단순한 결과물로 취급하는 것을 거부한다. 그러한 정신이 추구하는 것은 단순한 결과로만 나타나는 역사 사건만이 아니라 "인간의 운명과 심령의 역정을 총괄적으로 보여주는"118) 것이다. 그러므로 『사기』의

---

116) 오늘날 우리에게 전하는 『左傳』이란 것은 司馬遷이 참고했던 『左氏春秋』로부터 백 년이 훨씬 지난 뒤에 劉歆에 의해 궁정의 秘庫에서 발견된 것으로서 내용과 작자의 측면 모두에서 적지 않은 의혹이 있는 것이고, 거기에 수록된 이야기의 연대 또한 거의 이백 년에 걸친 것이라는 점을 감안해야 한다. 이에 관해서는 竹內照夫, 「『春秋』와 春秋 筆法」, 『中國의 歷史 認識』 上(閔斗基 編), 창작과비평사, 1985, 155~169면에서 특히 155~161면 참조.

117) 「自序」에 따르면 司馬遷은 그가 스무 살 되던 해인 기원전 126년에 長安을 떠나 洛陽으로 갔다가 거기서부터 南下하여 淮水와 揚子江을 거쳐 會稽山과 九疑山을 들르고, 沅水와 湘水를 건너 다시 北上하여 汶水와 泗水를 건너 齊에 이르고, 다시 魯의 曲阜를 거쳐 泰山에 올랐다. 이어서 그는 鄒縣의 繹山에 올랐다가 다시 鄱縣, 薛縣, 彭城縣을 들르고, 梁과 楚를 거쳐 長安으로 돌아왔다고 한다.

서사는 필연적으로 현상 그 자체, 혹은 기록된 현상의 제한성으로부터 어느 정도 일탈할 수밖에 없으며, 아울러 서사의 대상도 전형화를 통한 대표성을 띨 수밖에 없다.

그런 의미에서 형가(荊軻)가 진시황을 암살하려다 실패하는 장면에 대한 묘사는 『사기』의 허구에 담긴 주요 특징을 잘 보여주고 있는 예 가운데 하나일 것이다. 형가의 암습에 당황하여 허둥대는 진시황과 그 자리에 배석한 진나라 신하들의 생동감 있는 모습은 사실 사마천이 참고했을 이전 시대의 어느 역사서에도 그렇게 자세히 기록되어 있지 않을 터였다. 특히 서적에 관한 통제가 심했던 진 왕조의 역사서에 그런 사건의 세세한 부분, 특히 제왕의 권위와 위엄에 누가 될 만한 사항이 기록되어 있을 리는 만무하다.119) 그러므로 이 장면은 사마천이 당시에 형가의 영웅적 생애와 관련된 민간의 전설을 채용했거나, 아니면 이야기 전개의 극적 효과를 위해 상상적으로 창조해냈거나 민간의 전설을 채용하여 윤색한 것으로 간주할 수 있다.120) 그러나 그의 창조와 윤색은 단지 역사적 사건에 대한 이해를 돕는 차원에 국한된 것이 아니라, 서사 행위가 독자의 감동을 통해 삶의 원리를 스스로 깨닫게 하는 것이라는 새로운 경지를 개척하는 것이었다. 그렇기

---

118) 可永雪, 「『史記』文學性界說－紀念司馬遷誕辰 2, 140周年」, 『復印報刊資料 歷史學』, 北京 : 中國人民大學書報資料中心, 1995.12, 65~72면에서 특히 69면 참조. (강조－인용자)

119) 『史記』「六國年表」. "秦나라가 이미 뜻을 이루자 천하의 『시경』과 『서경』을 불태웠으며, 제후국들의 역사 기록은 (훼손이) 더욱 심했으니 그것들이 (진나라를) 풍자하고 조롱하는 내용을 담고 있다고 여겼기 때문이었다. (후세에) 『시경』과 『서경』이 다시 나타날 수 있었던 것은 백성들의 집안에 소장된 것이 많았기 때문이지만, 역사 기록은 오직 주나라 왕실에만 소장되어 있었던 까닭에 완전히 없어지고 말았으니, 애석하도다! 애석하도다![秦旣得意, 燒天下詩書, 諸侯史記尤甚, 爲其有所刺譏也. 詩書所以復見者, 多藏人家, 而史記獨藏周室, 以故滅. 惜哉, 惜哉!]"(司馬遷 撰, 許東方 校訂, 『史記』, 臺北 : 宏業書局, 民國 72 再版, 686면 참조)

120) 이밖에도 錢鐘書는 『管錐編』에 수록된 「左傳正義」와 「史記會注考證」에서 역사 저작에 이처럼 허구가 개입될 수밖에 없는 상황 즉, "역사 저작에 '시인의 마음'과 '문인의 마음'이 들어 있음을 보여주는 증거[史有詩心文心之證]"를 밝혔다(董乃斌, 『中國古典小說的文體獨立』, 北京 : 中國社會科學出版社, 1994, 90면 참조).

때문에 루쉰[魯迅]은 『사기』를 일컬어 "역사가의 절창이요, 운이 없는 『이소(離騷)』[史家之絶唱, 無韻之離騷]"라고 했던 것이다.121)

4) 사마천 서사론의 의의

이상에서 우리는 은 왕조 이후 한나라에 이르기까지 중요한 서사 담당층이자 서사론의 주체인 사관의 사회적 지위 변천이라는 커다란 흐름의 귀착점이자 의식적 서사론의 새로운 차원을 여는 출발점이라고 의의를 부여할 수 있는 사마천의 위상을 살펴보았다. 즉, 그는 한편으로는 주로 사관을 중심으로 진행되었던 기존의 서사에 대한 인식을 창의적으로 집대성할 만한 역사적 혈통을 이어받았고, 다른 한편으로는 학자적 객관성에 입각한 새로운 서사체를 창조할 만한 충분한 자질을 함께 갖춤으로써, 새로운 시대에 맞는 새로운 서사체 및 서사 개념의 등장을 예고하는 매개자로서 충분한 대표성을 지니고 있었던 것이다.

무엇보다도 필자는 『사기』의 성격 가운데 무엇보다도 세계와 인간 삶을 둘러싼 커다란 원리의 탐구를 추구하는 일종의 '거대 담론'이라는 특징을 강조할 필요가 있다고 생각했다. 다시 말해서, '거대 담론'으로서 『사기』는 상당 부분 사마천이라는 천재적 개인의 창의성을 반영하고 있

---

121) 아울러 자유롭고 창의적인 정신에 입각해서 서술된 『사기』의 여러 '열전'들에 대해 魯迅은 구체적으로 다음과 같이 칭송했다. "(사마천만은) 역사서의 편찬 법칙에 구속되지 않고 문장의 틀에 얽매이지 않은 채, 감정에서 피어나고 마음속의 생각을 자유롭게 펼쳐서 글을 썼다. 그렇기 때문에 마치 茅坤이 말했던 것처럼, 「游俠傳」을 읽으면 생명을 가벼이 여기고 싶고, 「屈原賈誼傳」을 읽으면 눈물을 흘리고 싶어지며, 「莊周」나 「魯仲連傳」을 읽으면 세상을 버리고 은거하고 싶어지고, 「李廣傳」을 읽으면 일어나 싸우고 싶어지고, 「石建傳」을 읽으면 몸을 굽혀 겸손해지고 싶어지며, 「信陵君傳」과 「平原君傳」을 읽으면 선비를 양성하고 싶어지는' 것이다[惟不拘于史法, 不囿于字句, 發于情, 肆于心而爲文, 故能如茅坤所言. '讀游俠傳卽欲輕生, 讀屈原賈誼傳卽欲流涕, 讀莊周 魯仲連傳 卽欲遺世, 讀李廣傳 卽欲立鬪, 讀『石建傳』卽欲俯躬, 讀信陵 平原君傳 卽欲養士'也]."(魯迅, 『魯迅全集』 卷9, 北京 : 人民出版社, 1981, 420면)

지만, 사실상 그런 기획 자체가 험난한 시련을 겪으면서 자신들의 설자리를 줄기차게 모색해온 사관 계층의 오랜 염원을 집대성한 결과물이라는 것이다. 왜냐하면 사마천은 역사 기술이라는 전통적이고 세습적인 사관의 전통을 학자적 탐구 정신과 적절하게 조화시킬 수 있는 중간적 입장에 처한 인물로서 변화된 시대의 요구와 자신의 저술 의지를 창의적으로 통합할 수 있는 특별한 신분이었기 때문이다.

마지막으로, 사마천은 전통 시기 중국의 '원-서사론'을 창의적으로 집대성했을 뿐만 아니라, 그것이 새로운 차원에서 논의될 수 있는 여지를 열어놓았다는 점을 지적할 필요가 있다. 왜냐하면 세습적으로 계승된 사관의 마지막 계보를 장식한 사람으로서 그는 역사에 대한 서술과 해석이 사관의 테두리 밖에서, 즉 일반적인 문인들에 의해 행해질 수 있는 결정적인 동기를 제공했기 때문이다. 이것은 그가 '무사'의 세습적 전통에 내재된 신비성을 탈피하고, 객관성에 입각한 서사의 방법과 그 의의를 탐구한 데에서 비롯된 효과일 것이다. 그러므로 당대의 유지기(劉知幾)가 역사 서사에 관한 이론을 집대성할 때나 명말·청초의 김성탄(金聖歎)이 문학 서사의 하나로서 소설에 관한 이론적 틀을 마련할 때에도, 『사기』는 그 자체로, 그리고 그에 관한 여러 문인들의 논의들을 통해서, 가장 중요한 역할을 수행했다. 예를 들어서, 김성탄이 역사와 소설을 구분할 때 기준으로 사용했던 중심적 개념 즉, 『사기』가 '문장을 이용하여 사건을 운용했던[以文運事]' 것에 비해 『수호전(水滸傳)』과 같은 소설은 '문장을 통해 사건을 만들어내는[因文生事]' 차이가 있다는 설명은 사실상 사마천이 제기한 서사 주체의 적극적 의의를 더 넓은 차원으로 확대한 것에 지나지 않는 것으로 이해될 수도 있다.

3. 과도기의 서사론—동한 · 육조의 서사론과 '지괴(志怪)'의 위상

1) '문인' 계층의 성립

중국 문예사에서 동한과 육조 시기는 '문인'이라는 특별한 계층의 출현으로 인해 특별히 주목을 받고 있다. 그들은 단순히 글자를 읽고 쓸 줄 안다는 기능적 차원을 넘어서, 글쓰기를 통해 자신들의 존엄한 위상을 확보하려 했기 때문이다. 이미 서한 무렵부터 사마천과 같이 저술 작업에 특별한 의의를 부여한 특별한 개인들이 나타나기 시작했으나, 그런 인식을 공유한 집단이 괄목할 만하게 활동하게 되기까지는 거의 한 왕조가 몰락할 만큼의 시간이 필요했다.

주지하다시피, 한 왕조에 이르면 필사(筆寫)를 통한 서면언어가 급속하게 발전함으로써 글에 대한 인식이 크게 변화하게 되었다.[122] 이에 따라 '문인'의 개념에도 큰 변화가 생겨서, 춘추시대 이전에 '문덕(文德)을 갖춘 사람'을 뜻했다가 전국시대에 이르러 '문변(文辯)의 재능을 갖춘 사람'을 가리키는 뜻으로 변했던 이 말이 한대에 이르면 '서면을 통한 글쓰기에 능숙한 사람'이라는 뜻으로 바뀌게 된다.[123] 이에 따라 원래 하늘과 땅과

---

122) 『論衡』「定賢」. "그러므로 '말은 많이 하는 데에 힘쓰지 않고 말한 바를 살피는 데에 힘쓰고, 가는 것은 멀리 가는 데에 힘쓰지 않고 그 과정을 살피는 데에 힘쓴다'고 했다. 이것은 도리를 얻은 마음은 입이 비록 어눌하여 잘 설명하지 못한다 할지라도 참다운 설명은 마음속에 있다는 것을 말한다. 그러므로 사람은 마음으로 설명하고자 하지 입으로 설명하고자 하지는 않는다. 마음으로 설명하면 언어가 추하더라도 뜻이 어긋나지 않지만, 입으로 설명하면 文辭가 아무리 훌륭해도 일이 이루어지지 않는다[故曰. 言不務多, 務審所謂, 行不務遠, 務審所由. 言得道理之心, 口雖訥不辯, 辯在胸臆之內矣. 故人欲心辯, 不欲口辯. 心辯則言醜而不違, 口辯則辭好而無成]."(黃暉, 『論衡校釋』, 北京 : 中華書局, 1996 3刷, 1120면 참조) 이것은 결국 "말은 몸의 무늬[言, 身之文]"(『左傳』「僖公 24년」)라는 선진 시기의 전통적 관념을 부정하는 것이라 하겠다. 나아가 王充은 "그러므로 입으로 말하여 뜻을 밝힌다면 말이 소멸돼 버릴까 걱정스럽기 때문에 그것을 문자로 기록한다[故口言以明志, 言恐滅遺, 故著之文字]"(『論衡』「自紀」)고 함으로써, 입으로 하는 말보다 서면의 문자를 더 중시했다.

사람을 두루 아우르면서 도덕과 정교(政敎)의 이념적 구현을 중심에 두었던 혼합적인 의미의 '문(文)'이라는 지고 무상한 개념도 동한에 이르면 학술 및 문장과 더불어 '글 쓰는 사람' 즉 '문인'의 올바른 자격을 규정하는 하나의 요건으로 의미가 축소되었다. 물론 이런 변화는 경학의 발전 및 정치 환경의 변화와 그 궤를 같이 한다.

무제(武帝) 때에 공손홍(公孫弘)과 동중서의 건의가 받아들여짐으로써 본격적으로 발달하기 시작한 경학124)은 소제(昭帝)의 원시(元始, 기원전 86~기원전 81) 연간에 이르면 크게 성행하게 된다."125) 그러나 서한 말엽에 들어서면서 경학의 지위가 굳건해짐에 따라 유가에 대한 배타적인 추존의 경향도 점차 강화되었다. 그 결과 '오경(五經)'과 위대한 성인 공자는 '도'로 통하는 유일한 수단이요 길이 되었다.126) 동한에 이르면 이런 추세는 상부 지식인 사회에 절대적인 영향력을 행사하게 되었고, 특히 이 무렵부터

---

123) 이런 변화는 이미 西漢 前期에 사용된 '文士'의 용례에서도 확인된다. 예를 들어서 『韓詩外傳』卷7에는 '文士의 붓 끝'이라는 말이 '武士의 창 끝' 및 '辯士의 혀 끝'이라는 말과 竝稱되었다(于迎春, 『漢代文人與文學觀念的演進』, 北京 : 東方出版社, 1997, 139면 참조).

124) 經書를 중심으로 한 경학은 이미 文帝 때부터 韓嬰과 晁錯 등이 重用됨으로써 태동하기 시작하였으나, 경서가 전문적인 연구의 대상으로 주목 받게 된 것은 昭帝 때부터라고 할 수 있다. 이밖에 서한 경학의 형성 과정과 구체적인 학파에 대한 설명은 金槿, 「漢代 經學이 中國 傳統 思想의 形成에 미친 影響(1)」, 『中國學誌』3집, 啓明大 中國學硏究所, 1986, 41~76면에서 특히 46~56면 참조. 또한 경학의 학파와 경학사의 시기 구분에 대해서는 周予同, 『中國經學史講義』, 上海文藝出版社, 1999, 특히 27~47면의 정리 참조.

125) 『漢書』 「儒林傳」 '贊'. "전문적인 수업을 하는 사람이 점차 번성하여 지엽적 학문까지 많이 늘어나서, 하나의 경서에 대한 해설이 백여 만 자나 되고 '큰 스승'이라는 사람도 천여 명이나 되었으니, <그것이> 벼슬을 하는 길이 되었기 때문이다[自武帝立五經博士, …… 訖於元始, 百有餘年, 傳業者寖盛, 支葉蕃滋, 一經說至百餘萬言, 大師衆至千餘人, 蓋祿利之路然也]."(王先謙, 『漢書補注』, 北京 : 東方出版社, 1997, 1525면 참조)

126) 揚雄, 『法言』 「吾子」. "배를 버리고 도랑을 건넌 사람은 없고, '오경'을 버리고 '도'로 건너간 사람은 없다. 항상 먹는 음식을 버리고 특이한 요리를 좋아하는 사람이 어찌 맛을 알 것이며, 위대한 성인 공자를 버리고 제자백가를 좋아하는 사람이 어찌 '도'를 알 것인가?[舍舟航而濟乎瀆者, 末矣, 舍五經而濟乎道者, 末矣. 棄常珍而嗜乎異饌者, 惡覩其識味也? 委大聖而好乎諸子者, 惡覩其識道也?]"(郭紹虞, 『中國歷代文論選』, 上海古籍出版社, 1981 2刷, 92면 참조)

본격적으로 주도권을 장악하기 시작하는 고문경학의 여파로 이른바 '가법(家法)'을 성실히 지키는 것이 학문의 정통성을 보장하는 거의 유일한 방법으로 정착되면서 복고적 풍조가 나날이 만연하게 되었다.

그러나 학문의 발전과 더불어 이러한 시대적 유행에 휩쓸리지 않고 독자적으로 '진리'를 추구하려는 사람들이 나타나기 시작했다. 애초에 새로 설립된 제국의 체제를 정비하고 새로운 국가 이데올로기를 창출하기 위해 시작되었던 경학은 '훈고(訓詁)'로 대표되는 실증적 치학(治學) 방법이 기반을 확보해감에 따라, 황제로서는 미처 예기치 못했던, 개인적 이성의 자각을 촉발하는 결과를 낳았다. 성인 공자가 남긴 — 적어도 당시 지식인들이 믿고 있는 한 — 경서에 대한 탐구는 필연적으로 역사에 대한 통찰력 있는 안목의 필요성을 깨닫게 했고, 그럼으로써 경학가들 가운데 일부는 자신들이 봉사해야 할 대상이 동시대의 한 왕조나 황제가 아니라 불변의 진리로서 '도'이어야 한다는 인식의 전환을 경험하게 되었다.

이러한 인식의 전환을 보여주는 가장 극적인 예는 이른바 '서술과 저작[述作]'에 대한 혁신적인 생각이 생겨나게 된 것을 들 수 있다. 이미 무제 때의 사마천이 '일가의 언론'으로서 『사기』를 저술했는데, "짓는 사람[作者]을 일컬어 성인이라 하고, 서술하는 사람[述者]을 일컬어 현명하다고 한다"는 『예기』 「악기(樂記)」의 천명127)을 고려하면 대단히 파격적이라 할 수 있는 이런 생각은 양웅(揚雄)과 환담(桓譚, 기원전 23~기원후 56. 字는 君山), 그리고 왕충(王充, 27~97?. 字는 仲任)을 거치면서 더욱 적극적이고 구체적으로 표명된다. 성인의 신분도 아니면서 『태현경(太玄經)』을 지은 양웅

---

127) "그러므로 예악의 정서를 아는 사람을 지을 수 있고, 예악의 '문'을 아는 사람은 서술할 수 있다. 짓는 사람을 일컬어 성인이라 하고, 서술하는 사람을 일컬어 현명한 사람이라 한다. 현명함과 성스러움이란 짓고 서술하는 것 즉 '述作'을 일컫는 말이다[故知禮樂之情者能作. 識禮樂之文者能述. 作者之謂聖, 述者之謂明. 明聖者, 述作之謂也]." (孫希旦 撰, 『禮記集解』, 北京 : 中華書局, 1998 3刷, 989~990면 참조) 특히 孔穎達의 疏에 따르면, 여기서 '성인'이란 堯, 舜, 禹, 湯王처럼 사물의 이치에 통달한[通達物理] 사람이고, '현명한 사람'이란 공자의 대표적인 제자인 子游나 子夏처럼 옳고 그름을 변별하여 설명하는[辨說是非] 능력을 가진 사람이다.

은 참람(僭濫)되게 왕을 자칭한 제후처럼 처형되어야 마땅한 죄를 지었다는 비판을 받자,128) 거기에 기록된 "사건(내용－인용자)은 서술한 것이고, 글(文辭－인용자)은 지은 것이다"129)라고 교묘하게 둘러댔다. 또한 환담은 공자가 다시 태어나도 똑같은 『춘추』를 지을 것이라는 생각은 잘못된 것이라고 지적하면서 앞선 시대를 살았던 성인과 후세의 성인이 반드시 답습되는 것이 아니라고 강조하고, "성현이 진술한 것은 모두 도덕과 인의에서 내용을 취해 기이하고 특별한 논의나 탁월한 글로 만들었을 때 그것을 모두 볼 만하다고 칭찬하는 것은 마치, 사람이 먹는 음식이 모두 생선이나 고기, 채소를 가지고 날 것과 익힌 것의 조화를 달리했을 때 그것을 다시 훌륭한 음식으로 간주하는 것과 마찬가지"라고 설명했다.130) 즉, 시대와 상관없이 '성현'의 글이라면 단지 외적인 형식만 다를 뿐 내적인 의의는 같다는 것인데, 이것은 뒤집어 읽으면 공자만이 유일한 '성인'이 아니라는 뜻으로도 풀이될 수 있는 것이다.131) 그리고 왕충에 이르면, 이런 혁신적인 생각은 더욱 분명한 어조로 발휘된다. 그는 "공자가 왕이 되지 못했기 때문에 '소왕(素王)'의 과업을 『춘추』에 실었듯이, 환담 또한 재상 벼슬을 하지 못했기 때문에 '소승상(素丞相)'의 치적을 『신론(新論)』에 남겨 두었다"면서, 나아가 "(세상에) 도움이 된다면, 설령 지었다[作] 한들 무슨 해가 되겠느냐!"고 강조했다.132)

---

128) 『漢書』「揚雄傳」'贊'. "諸儒或譏以爲雄非聖人而作經, 猶春秋吳楚之君僭號稱王, 蓋誅絶之罪也."(王先謙, 『漢書補注』, 北京 : 東方出版社, 1997, 1513면 참조)

129) 『法言』「問神」. "其事則述, 其書則作."(于迎春, 『漢代文人與文學觀念的演進』, 北京 : 中華書局, 1997, 81면 재인용)

130) 『新論』「正經」. "…… 以爲聖賢復起, 當復作春秋也. 自通士若太史公亦以爲然. 余謂之否. 何則, 前聖後聖, 未必相襲. 夫聖賢所陳, 皆同取道德仁義, 以爲奇論異文, 而俱善可觀者, 猶人食皆用魚肉菜茹, 以爲生熟異和, 而復居美者也."(于迎春, 위의 책, 81면 재인용)

131) 桓譚의 혁신적 사상에 대한 좀더 자세한 논의는 蘇誠鑒, 『桓譚』, 安徽 : 黃山書社, 1986, 74~93면 참조

132) 『論衡』「定賢」. "孔子不王, 素王之業, 在於『春秋』. 然則桓君山不相, 素丞相之跡, 存於『新論』者也."(黃暉, 『論衡校釋』, 北京 : 中華書局, 1996 3刷, 1122면 참조)

‘서술과 저작’의 개념에 대한 이와 같은 인식의 전환은 본격적인 ‘문인’ 계층(혹은 개념)에 대한 자각과 위상의 변화를 촉진했다.[133] 이미 서한 때 부터 ‘문학지사(文學之士)’가 단순히 행정적 실무 기능만을 갖춘 ‘도필지리(刀筆之吏)’나 ‘문법리(文法吏)’와는 상당히 엄격하게 구별되고 있었지만,[134] 동한 시기에는 ‘문학지사’ 계층 안에서도 구체적인 분화가 일어나기 시작했던 것이다. 그리고 이와 같은 변화의 징후를 우리는 왕충이 제시한 ‘문인’의 개념을 통해서 일차로 확인할 수 있다. 『논형(論衡)』의 곳곳에서 그는 ‘문인’ ― 또는 ‘문유(文儒)’[135] ― 가 경전을 해설하는 능력을 가진 일반 ‘유생(儒生)’ ― 또는 ‘세유(世儒)’ ― 이나 실무에 필요한 지식을 갖춘 ‘문법리’들에게 필수적인 재능과 학식, 지혜를 겸하고 있으며, 나아가 창조적 논저를 스스로 저술하여 상주(上奏)할 수 있는 자격을 갖춘 사람을 가리킨다고 강조하고 있다.

　　천 편 이상 만 권 이하의 책에 통달하여, 펼쳐진 것은 넓히고 막힌 것은 바르

---

133) 심지어 王充에 따르면, 글을 잘 쓴다는 것은 바로 그의 재능이 뛰어나다는 것을 의미한다. 『論衡』 「超奇」. “그 문장을 보면 특이하면서도 拔群의 뛰어남을 보이니 훌륭한 논의라 할 만하다. 이렇게 말한다면, 많은 글을 쓰는 이는 사람들 가운데 걸출한 존재라 하겠다[觀見其文, 奇偉俶儻, 可謂得論也. 由此言之, 繁文之人, 人之傑也].”(黃暉, 『論衡校釋』, 北京 : 中華書局, 1996 3刷, 609면 참조)

134) 이에 관해서는 金翰奎, 「西漢의 ‘求賢’과 文學之士」, 『歷史學報』 75・76 合輯, 1977, 636면 및 641~642면의 각주 23 참조. 한편 『史記』 「張丞相列傳」에는, “어린 나이에 符璽御史가 될 만큼 뛰어난 능력을 인정받았던 趙堯가 하찮은 ‘도필리’ 출신이라는 이유로 御史大夫에 오르지 못했다”(原文. “趙堯年少, 爲符璽御史. 趙人方與公謂御史大夫周昌曰. 君之史趙堯, 年雖少, 然奇才也, 君必異之, 是且代君之位. 周昌笑曰. 堯年少, 刀筆吏耳, 何能至是乎!”)는 사연이 기록되어 있다(司馬遷 撰, 許東方 校訂, 『史記』, 臺北 : 宏業書局, 民國 72 再版, 2678면 참조).

135) ‘文儒’는 王充 특유의 개념이다. 그것은 유생이 더욱 광박한 학식을 얻게 되어서, 上書나 奏記(＝白記)와 같은 ‘저작’을 할 수 있는 능력을 갖춘 사람을 가리킨다(『論衡』 「效力」. “使儒生博觀覽, 則爲文儒 …… 能上書白記者, 文儒也”). 또한 그렇기 때문에 그는 경전을 해설하는 유생인 ‘世儒’와도 구분된다(『論衡』 「書解」. “著作者爲文儒, 說經者爲世儒”). 특히 章炳麟은 『國故論衡』 下 「原儒」에서, ‘문유’란 九流, 六藝, 大史의 무리를 가리키고, ‘世儒’는 바로 今文家 ― 劉歆과 許愼은 제외 ― 를 가리킨다고 했다(이상은 黃暉, 앞의 책, 581면 및 1150~1151면 참조).

게 하며, 글의 구두(뜻-인용자)를 심사하여 바로잡아 그것을 가르쳐 전수함으로써 다른 사람의 스승이 되는 사람은 '통인(通人)'이다. 그 내용과 뜻을 풀어내고 문구를 빼거나 더해서 상서(上書)와 주기(奏記)를 쓰거나, 논의를 일으키고 학설을 세워 편장(篇章)을 연결하는 사람은 '문인' 또는 '홍유(鴻儒)'이다. …… 무릇 하나의 경서를 해설할 수 있는 사람은 '유생'이고, 고금의 전적을 널리 읽은 사람은 '통인'이며, 다양한 해설서(傳書)들 가운데 가려 뽑은 내용을 엮어 상서나 주기를 쓰는 사람은 '문인'이고, 정밀하게 생각하고 글을 저술하여 편장을 연결할 수 있는 사람은 '홍유'이다. 그러므로 '유생'은 속된 사람보다 낫고, '통인'은 '유생'보다 낫고, '문인'은 '통인'보다 뛰어나며, '홍유'는 '문인'을 초월한다.[136]

문인은 마땅히 '오경'과 '육예', 제자들이 (해설하여) 전하는 글, 각종 논설을 저술하는 것, 상서와 주기, '문덕'을 갖춘 조행(操行)을 따라 글을 지어야 한다. 세상에 이 다섯 가지 글은 세상에 세우면 모두 현명하다고 할 수 있는데, 각종 논설을 저술하는 것은 더욱 힘든 일이라 하겠다. 왜냐? 마음속의 생각을 드러내어 세속의 일을 논의한다는 것은 단순히 옛 경서를 풍자하거나 옛 글을 이어 쓰는 것이 아니기 때문이다. 마음속에서 논의가 피어나고, 손에서 글이 이루어지는 것은 경전과 기예에 대해 해설만 하는 사람('유생-인용자)이 할 수 있는 바가 아니다.[137]

첫 번째 인용문의 후반부에서는 비록 왕충의 개인적 관점에서 행한 구분이긴 하지만, 일견 '문학지사' 내부의 구체적인 분화 양상을 서술하고 있는 듯하다. 여기서 '유생'과 '통인'은 경서에 대한 학식의 넓이 및 깊이에 따라 구분되고 '문인'과 '홍유'는 저작 능력의 우열에 따라 나뉘어 있

---

136) 『論衡』「超奇」. "通書千篇以上, 萬卷以下, 弘暢雅閑, 審定文讀, 而以敎授爲人師者, 通人也. 杼其義旨, 損益其文句, 而以上書奏記, 或興論立說, 結連篇章者, 文人‧鴻儒也. …… 故夫能說一經者爲儒生, 博覽古今者爲通人, 采掇傳書以上書奏記者爲文人, 能精思著文連結篇章者爲鴻儒. 故儒生過俗人, 通人勝儒生, 文人踰通人, 鴻儒超文人."(黃暉, 위의 책, 606~607면 참조)

137) 『論衡』「佚文」. "文人宜遵五經六藝爲文, 諸子傳書爲文, 造論著說爲文, 上書奏記爲文, 文德之操爲文. 立五文在世, 皆當賢也. 造論著說之文, 尤宜勞焉. 何則? 發胸中之思, 論世俗之事, 非徒諷古經‧續故文也."(黃暉, 위의 책, 867면 참조)

음을 알 수 있다. 그러나 실제로 이 글의 전반부에서는 '문인'과 '홍유'를 하나로 묶어서 거론하고 있기 때문에, 이들 사이의 구별은 그다지 중요하지 않다. 그리고 두 번째 인용문에서도 알 수 있듯이, 그는 다양한 이론을 만들어내고 학설을 저술하는 것[造論著說]의 의의를 강조했으며, 그렇기 때문에 양성(陽城)의 자장(子長)·양웅·환담과 같이 저작을 남긴 사람들을 높이 평가했다.138) 또한 왕충은 이런 저작들이 굳이 유가의 틀에 얽매일 필요가 없이 역사와 제자백가에 관한 학문을 망라한 폭넓은 탐구 속에 얻어진 깨달음을 엮은 것이라고 생각했으며,139) 그런 깨달음을 관통하는 유일한 원리는 '허망(虛妄)' 즉 거짓되고 사리에 맞지 않는 논설을 배격한다는 것이었다.140)

　그러나 왕충의 시대는 경학이 극성으로 치달리던 시대였기 때문에, 그의 이와 같은 주장은 오히려 전체적인 시대사조 속에서는 예외적인 소수의 의견에 불과했다고 보는 편이 타당하다. 그의 선구적인 견해들은 그가 죽고 약 70년의 세월이 흐른 후, 이른바 '당고사건(黨錮事件)'141)을 정점으

---

138) 『論衡』「超奇」. "陽成子長은 『樂經』을 지었고 양웅은 『태현경』을 지었는데, 이렇듯 심원한 생각에 이르러 오묘한 도리의 깊은 곳까지 탐구하는 것은 (성인에) 가까운 재능이 없이는 이룰 수 없는 일이다. 공자는 『춘추』를 지었고, 두 사람은 두 개의 경서를 지었으니, 이른바 탁월하게 공자의 발자취를 밟음으로써 성인의 경지에 비견될 만큼 크고 무성한 재능을 가진 이들이라 하겠다[陽成子長作 『樂經』, 楊子雲作 『太玄經』, 造於眇思, 極睿冥之深, 非庶幾之才, 不能成也. 孔子作 『春秋』, 二子作兩經, 所謂卓爾蹈孔子之跡, 鴻茂參貳聖之才者也]."(黃暉, 『論衡校釋』, 北京 : 中華書局, 1996 3刷, 608면 참조)

139) 『論衡』「效力」. "文儒懷先王之道, 含百家之言 ……"(黃暉, 위의 책, 584면 참조)

140) 『論衡』「佚文」. "『論衡』은 수십 편으로 엮어져 있으나 역시 한 마디 말로 요약될 수 있는데, 그것은 바로 '거짓되고 사리에 맞지 않는 것을 비판한다'는 것이다[『論衡』篇以十數, 亦一言也, 曰. 疾虛妄]."(黃暉, 위의 책, 870면 참조) 참고로 필자가 확인한 바에 따르면, 『論衡』 전체에서 '虛妄'에 관한 언급은 모두 33차례나 나타난다.

141) '黨錮事件'은 최초로 東漢 桓帝 延熹 9년(166)에 李膺 일파가 당을 조직했다는 이유로 宦官들이 桓帝를 부추겨 黨人들에 대한 체포령을 내림으로써 시작되었다. 그러나 이것은 반대로 환관에 대한 반대 운동을 부추기는 결과를 낳았고, 얼마 후 靈帝가 12세의 어린 나이로 즉위하고 竇太后가 攝政하면서 外戚인 竇武의 영향력이 커지자 그런 분위기는 더욱 강화되었다. 168년에는 竇武가 환관들을 誅殺하려고 시도했으나, 일이 사전에 미리 누설되는 바람에 오히려 환관들의 역공을 받아 결국 자살하고 말았다.

로 폭발한 동한 후기의 정치적 분열과 혼란 속에서 급속하게 영향력이 증대되어, 중국 역사에서 본격적으로 '문인' 계층이 자신들의 독자적인 자리를 모색하는 튼튼한 기반 가운데 하나를 제공하게 되었다. 특히 환관들의 전횡을 비판하고 저항 운동을 벌였던 이른바 '청류사대부(淸流士大夫)'와 '일민적(逸民的) 인사(人士)',142) 그리고 이런 정치적 혼란으로 인해 가장 큰 수난을 겪었던 가난한 농민 대중은 정치적·사상적으로 혁신적인 자각을 경험했다. 이런 자각은 본질적으로 한 왕조의 국가 이데올로기로서 유가의 권위에 대한 회의를 부추겼고, 그에 따라 지식인들도 자신들의 존재 의의에 대해 심각하게 되물을 수밖에 없는 상황에 처했다. 왜냐하면, 학문을 바탕으로 '세상을 경영[經世]'하는 대업에 참여하여 이른바 '태평성대' 즉, 황제를 중심으로 한 봉건 정치 체제를 안정적으로 유지하며 백성들의 복지와 안녕을 추구하는 것을 자신들에게 맡겨진 소명으로 여기던 그들에게 무능한 황제와 탐욕스러운 환관들에 의해 어지럽혀진 조정의 현실은 자신들의 존재 기반이 상실되었음을 의미했기 때문이다. 그리고 자기 존재에 대한 이런 식의 내적 성찰은 필연적으로 사회 집단보다 개인의 자아에 대한 관심의 증폭으로 연결되었다.143) 그 결과, 당시

이 사건의 여파로 이듬해 10월에 이응 등 100명 이상이 환관들에 의해 살해당했다. 이에 대해서는 『後漢書』「孝靈帝記」의 建寧 1년 및 2년의 記事(范曄 撰, 李賢 注, 『後漢書』, 北京 : 中華書局 影印本, 1998, 99~100면)와 『後漢書』「竇何列傳」(같은 책, 875~877면) 참조.

142) 이것은 벼슬살이의 꿈을 접고 하층의 민중과 접근해서 '隱逸'의 삶을 살았던 지식인들을 가리킨다. 이들은 '현자' 혹은 '덕이 있는 사람'으로 존경받아서, 袁閎과 徐胤 같은 이들은 '黃巾의 亂'과 같은 민중 起義나 도적으로 변한 流氓들의 약탈이 횡행할 때에도 재난을 피할 수 있었다(朴漢濟, 「後漢末·魏晉時代 士大夫의 政治的 指向과 人物評論」, 『歷史學報』 143, 1994, 67~148면에서 특히 99~107면 참조).

143) '黨錮事件' 이후의 이와 같은 변화의 경향은 동한의 인물 평론에서도 뚜렷이 나타났다. 우선 당시의 지식인이 관료로 천거될 수 있는 자격을 부여받는 중요한 통로였던 인물에 관한 담론 즉, '淸議'가 이전까지는 太學 등 선비들이 모이던 곳을 중심으로 진행되다가, 이 시기를 기점으로 점차 지방으로 확산되었다. 또한 담론의 주요 관심도 집단 의식의 이론과 실천을 강조한 것에서 개체적 자아의 문제로 변화했고, 그와 더불어 유교의 영향력이 약화되고 도가사상이 침투했다. 이상은 朴漢濟, 위의 글, 75면 참조

의 지식인들 특히 상당히 의식적으로 민중에 접근하여 '은일(隱逸)'을 추구했던 부류의 인사들은 더 이상 '유술독존(儒術獨尊)'의 경학과 덕행의 수련을 통한 벼슬살이에 얽매이지 않고, 다양한 학문을 섭렵하여 올바른 삶의 이상과 원칙을 제시할 능력을 갖춤으로써 '다른 사람의 스승'이 되거나 혹은 왕충이 제시한 바의 '문인'이나 '홍유'의 경지에 도달하는 것을 새로운 목표로 설정하게 되었다. 심지어 훌륭한 학문과 덕행을 지니고 있으면서도 당시의 현실에서 자신의 의지와 사상을 실현하는 것이 불가능하다고 판단하고, 아울러 벼슬살이를 무의미하다고 생각한 '처사(處士)'들은 이상적인 지식인상으로 여겨지기도 했다.144)

다른 한편에서, '황건의 난' 이후 원소(袁紹)와 함께 동한 말엽의 정치를 주도했던 조조(曹操)가 채용한 '상실(尚實)'의 인재 정책 또한 이런 변혁을 가능하게 한 중요한 배경이 되었다. 조조 정권의 법령과 관리 선발, 고과법(考課法) 등 제도를 마련하는 데에 중추적 역할을 했던, 유명한 『인물지(人物志)』의 저자인 유소(劉劭)를 중심으로 추진된 이 정책은 천거 대상의 도덕적 행위 자체는 완전히 불문에 붙인 채 오로지 구체적이고 효율적인 '재능[才]'만을 기준으로 삼는다는 것이었다. 이와 같은 정책의 방향은 조조가 죽고 위(魏) 문제(文帝, 曹丕)의 황초 원년(黃初 元年, 220)에 이부상서(吏部尚書) 진군(陳羣)의 건의에 따라 '구품관인법(九品官人法)'이 성립되면서 제도로 정착되었고, 239년 명제(明帝, 曹叡)가 죽기 전까지 위나라 조정의 인재 선발에서 기본적인 원칙으로 작용했다. 이런 '중재주의(重才主義)'는 동한 말부터 위나라 초기까지 체계적인 인간학이 출현하고, '청담(淸談)'의 주류로서 명가 학설에 대한 새로운 인식을 바탕으로 한 재성론(才性論)이 대두하고, 개성 존중의 시대가 열리는 데에 큰 영향을 주었다.145)

---

144) 李成珪, 「後漢末의 知識人像―특히 權力參與와 交友秩序를 통하여」, 『文理大學報』 27, 서울대, 1972, 258면 참조.
145) 曹操 정권의 '重才主義'와 그 영향에 대한 이상의 논의는 朴漢濟, 『歷史學報』 143, 1994에서 특히 110~119면을 요약한 것이다.

한편, 중국 역사에서 현대적 의미의 '문학예술'에 대한 중국인들의 관심과 자기 이름을 내건 창작이 활발히 행해지면서 이른바 문단이라는 것이 본격적으로 형성된 최초의 시기가 동한 말의 건안(建安, 196~219) 연간이라는 사실은 거꾸로 개성에 대한 존중과 문학작품의 창작 사이에 밀접한 관계가 있음을 암시한다. 시문과 사부(辭賦)에 모두 뛰어난 재능이 있었던 조조 삼부자와 공융(孔融, 153~208), 왕찬(王粲, 177~217), 유정(劉楨, ?~217) 등 '건안칠자(建安七子)'로 대표되는 많은 '문인' 재사(才士)들은 '악부민가(樂府民歌)'를 바탕으로 이룩된 '오언시'를 이용하여 자신들 스스로 경험한 개인적인 삶의 양태와 거기에서 느낀 감정을 노래했다. 그들은 "나라를 경영하는 위대한 사업이자 영원히 사라지지 않을 성대한 일"로서 '문장'의 가치를 끌어올림과 동시에,146) 이른바 '건안풍골(建安風骨)'이라고 일컬어지는, '강개(慷慨)와 격정'을 담은 작품들을 생산함으로써 글쓰기의 새로운 경지를 개척했다. 이것은 '문인' 집단 내부에, 비록 양자 사이에 '경세'를 지향하는 정치적·학술적 측면에서는 여전히 본질적인 성격들을 적지 않게 공유하고 있긴 했지만, 문예의 창작과 향수라는 독특한 집단이 자신들만의 고유한 영역을 확보하기 시작했다는 것을 의미한다.

2) 동한과 육조의 서사 환경

앞서 우리가 '창조적 집대성'으로 표현한 사마천의 위상은 이미 그 자체로 소위 "앞 시대를 계승하고 후대를 깨우치는[承前啓後]" 성격을 내포한 것이었다. 그리고 동한에 들어서 『한서』가 출현함으로써 사마천이 개척한 기전체 서술은 실질적으로 역사 서술의 모범 가운데 하나로 완성되었고 객관적 역사 서술의 수준 역시 한층 더 끌어올려졌다.147) 『한서』는

---

146) 曹丕, 『典論』 「論文」. "蓋文章, 經國之大業, 不朽之盛事."(郭紹虞, 『中國歷代文論選』, 上海古籍出版社, 1981 2刷, 159면 참조)

『사기』의 내용을 더 상세하게 보충하면서,148) 나아가 『사기』의 '서(書)'를 '지(志)'로 바꾸고 그 기술 영역을 확대하고 성숙시켰다. 특히 『사기』의 '서'를 발전시킨 『한서』「지」에는 「형법지(刑法志)」·「지리지(地理志)」·「예문지(藝文志)」·「오행지(五行志)」가 포함되어 있어서 중국 문화와 학술의 원류 및 변화를 일목요연하게 개괄하고 있다. 그러나 이런 성취는 『한서』 전체에서 뚜렷이 강화된 봉건제도와 유가 윤리에 대한 예찬과 추존으로 인해, 역으로 사마천이 제시한 역사 서사의 풍부한 가능성을 제한해 버리는 결과를 낳았다.

『한서』의 작자들은 그 저술이 한 왕조를 이전 시대의 여러 왕들의 끝에다 붙여 기록한 『사기』에 대한 불만에서 출발하여, "오경을 널리 관통하여 위와 아래가 모두 통해서," 이에 "육경을 결속시켜 '도의 벼리[道綱]'을 엮어내기 위해" 이루어졌다고 밝혔다.149) 이에 따라 그들은 거의 모든

---

147) 『漢書』는 기본적으로 班彪의 『史記後傳』을 토대로 『漢著記』와 같은 漢代의 문헌 자료를 참고하여 저술되었으며, 班固가 和競의 보복으로 獄死한 후, 그의 여동생 班昭와 馬續에 의해 '八表'와 '天文志'가 완성되었다. 그러므로 비록 그 宗旨가 대부분 班彪와 班固의 견해에 기대고 있다 할지라도, 『漢書』는 『史記』에 비해 개인의 저작이라는 성격이 약한 편이다(이에 관한 개략적인 설명은 中國史學史 編輯組, 김동애 역, 『中國史學史』 1, 자작아카데미, 1998, 151~153면과 陳其泰, 『史學與中國文化傳統』, 北京: 書目文獻出版社, 1992, 140~145면 참조). 이에 따라 본서에서는 班固 개인을 지칭하지 않고, '『漢書』의 작자들'이란 표현을 쓸 것이다.
148) 范曄의 『後漢書』「班彪傳」에 附錄된 班固의 傳記에서는 이에 관해, "司馬遷의 『史記』는 문장이 곧고 사건이 覈實하은 데에 비해 班固의 『漢書』는 문장이 풍부하고 사건이 상세하다[遷文直而事覈, 固文瞻而事詳]"고 평가했다(柴德賡, 『史籍擧要』, 北京出版社, 1992, 18면에서 재인용).
149) 『漢書』「敍傳」. "한나라는 堯임금의 운을 이어 제왕의 업을 세웠는데, 제6대에 이르러 역사를 편찬하는 신하(사마천—인용자)가 과거의 공덕을 좇아 서술하여 사사로이 '본기'를 지으면서 (한나라를) 여러 왕들의 끝에다 붙여 기록하고, 진시황이나 項羽의 반열에다 섞어놓았다. 그리고 太初(기원전 104~101) 이후는 빠뜨려놓고 기록하지 않았기 때문에 (내가) 이전의 기록들을 찾아 모으고 들은 것들을 엮어 『한서』를 저술했다. …… [漢紹堯運, 以建帝業, 至於六世, 史臣乃追述功德, 私作本紀, 編於百王之末, 廁於秦項之列. 太初以後, 厥而不錄, 故探纂前記, 綴輯所聞, 以述漢書. …… 旁貫五經, 上下洽通. …… 緯六經綴道綱]."(王先謙, 『漢書補注』, 北京: 中華書局, 1993 初版 2刷, 1737~1748면)

'전(傳)'의 총평 즉, '찬(贊)'에서 항상 '육경'을 내세워 논지를 전개했다. 이러한 생각은 「고금인표(古今人表)」에서 공자를 '최고의 성인[上聖]'으로 추존하고 안회(顔回)와 자사(子思) 등을 '위대한 현자[大賢者]'에 두는 등 공자의 제자 30여 명을 상위에 안배하고, 노자와 묵자, 장자 등 기타 제자를 중위에 안배한 데에서 분명히 드러난다.[150] 이것은 곧 이 저술이 기본적으로 한 왕조의 정통성을 인론과 실천하고 유가 경전의 존엄한 지위를 확보하기 위한 목적으로 편찬되었다는 것을 역설하고 있다. 그러므로『한서』의 저자들은 역사 서술의 기술적 측면에서 사마천의 '실록(實錄)' 정신을 한층 강화했지만, 상대적으로 역사 서술을 대하는 관점을 더 완고하게 유가 윤리의 울타리 안으로 밀어 넣었다고 할 수 있다.[151] 다만, 유협(劉勰)의 경우에서 알 수 있듯이, 역사 서술의 의의에 대한 이러한 제약이 역으로 경학을 통해 치밀한 치학(治學) 태도를 단련한 유가의 학자들로 하여

---

150) '성인'으로 나타낸 '上上'의 인물로는 太昊帝 宓羲氏로부터 帝嚳 高辛氏에 이르는 先祖들과 陶唐氏(堯)에서 문왕·무왕까지 '五帝'에 뒤이어 주공과 宋 弗父何(孔子의 직계 조상으로 알려짐)가 포함되어 있고, 마지막에 공자가 올려져 있다. 그리고 '仁人'으로 나타낸 '上中'의 인물로는 女媧氏와 共工氏, 祝融, 赤松子, 許繇(許由), 巢父와 같이 후세의 도가에서 칭송하는 인물들은 물론 '五帝'의 妃들과 伊尹, 巫咸, 盤庚, 伯夷, 叔齊, 管仲, 蘧伯玉, 吳나라의 季札, 鄭나라의 子産, 左丘明, 顔淵, 閔子騫, 仲弓, 孟子, 屈原 등이 포함되어 있다. 또 '智人'으로 나타낸 '上下'의 인물로는 倉頡과 老彭, 卞隨, 務光, 毛公, 董狐를 비롯하여, 孔子의 門徒인 宰我, 子貢, 冉有, 季路, 子游, 子夏, 曾子, 子張, 曾晳, 公冶長, 有若 등이 포함되어 있다. 그러나 노자는 默翟(墨子), 五子胥(伍子胥), 鄒忌, 孫臏, 商鞅, 韓非子 등과 더불어 '中上'으로 분류되었고, 列子는 鄒衍, 孟嘗君, 呂不韋, 荊軻 등과 함께 '中中'으로 분류되어 있다. 이상에 대해서는 王先謙, 위의 책, 337~372면 참조
151) 제자백가의 학술에 대한 사마천의 관점이 상대적으로『한서』의 작자들보다 포괄적이고 유가사상의 틀에 구속된 정도가 덜했다는 것은 분명하지만, 적어도 班彪가『略論』에서 지적했던 것처럼 "그가 옳고 그름을 판단하면 성인(공자—인용자)에 상당히 어긋나고, 위대한 도리를 논하면 黃老사상을 앞세우고 '육경'을 뒤로하며, 遊俠을 서술하면 處士를 물리치고 奸雄을 내세우고, 貨殖을 기술하면 권세와 이익을 높이고 貧賤을 부끄럽게 생각한[其是非頗繆於聖人, 論大道則先黃老而後六經, 序遊俠則退處士而進奸雄, 述貨殖則崇勢利而羞賤貧]" 것은 아니었다. 오히려 그는 여러 곳에서 공자와 '육경'에 대해 칭송하고 있는 것이다(인용된 글과 유가에 대한 사마천의 태도에 관해서는 陳其泰, 앞의 책, 148~149면 참조).

금 역사 서술의 방법과 의의에 관심을 갖고 그것을 정교한 학문으로 승화시킬 수 있는 계기를 마련해주었다는 점152)에서 반드시 부정적으로 평가할 수만은 없다.

육조시대에는 한대의 업적을 바탕으로, 특히 역사 서술의 효율적 체제를 찾기 위한 왕성한 모색이 이어졌다. 『사통(史通)』「사관건치(史官建置)」에는 위진남북조의 사관들로 화교(華嶠) · 진수(陳壽) · 육기(陸機) · 속석(束晳) · 왕은(王隱) · 우예(虞預) · 간보(干寶) · 손성(孫盛) 등의 위진시대 인물들과, 서애(徐愛) · 소보생(蘇寶生) · 심약(沈約) · 배자야(裴子野) 등 남조의 인물들, 그리고 북조의 인물인 최호(崔浩), 고여(高閭) 북제(北齊)의 위수(魏收), 남주(北周)의 유규(柳虯) 등이 거론되어 있다.153) 이것은 이 시기에도 왕실에 의한 역사 편찬이 꾸준히 진행되고 있었음을 보여준다. 그러나 이 시기의 서사 주체들은 '편년체'와 '기전체'라는 역사 서술의 형식에만 매달렸을 뿐, 서사의 가치와 의의에 대한 탐구에는 그다지 관심을 두지 않았다. 오히려 그들은 『한서』 이래의 유가적 역사관을 한층 강화하고 있었다. 예를 들어서, 동진(東晉)의 원굉(袁宏, 328~376)은 역사 전기의 저술이 시작되게 된 것은 "고금을 통하게 하고 '명교'를 독실하게 하기[通古今而篤名敎]" 위한 목적에서 비롯되었다고 전제한 후, 『한기(漢紀)』를 저술하면서 "'명교'의 본질과 제왕의 드높고 의로움을 감춰둔 채 서술하지 않은" 순열(荀悅, 148~209)의 잘못을 질책하기도 했다.154)

어쩌면 그들은 사마천과 같이 우주와 인간 세상의 중요한 지식들을 모두 포괄할 수 있는 '통재'의 자질을 갖춘 서사 주체가 되기 위한 열망에

---

152) 그뿐만 아니라 남조 梁 · 陳나라 때부터 수 · 당초에 『한서』는 이미 하나의 전문적인 학과로 인정되어 널리 학습되었으나, 『사기』에 관심을 가진 사람은 매우 드물었다. 瞿林東, 『中國古代史學批評縱橫』, 北京 : 中華書局, 1994, 78면.

153) 劉知幾 撰, 趙呂甫 注, 『史通新校注』, 重慶出版社, 1988, 645~655면 참조.

154) 『後漢紀』「序」. "荀悅은 재능과 지혜, 경륜이 훌륭한 역사가가 되기에 충분해서, 서술한 바가 타당함을 가지고 평가하자면 역사 편찬을 수행하는 공로는 크게 얻었다고 하겠다[荀悅才智經綸, 足爲嘉史, 所述當也, 大得治功已矣]."(瞿林東, 앞의 책, 114면 재인용)

사로잡혀 있으면서도 그것을 이루지 못하는 현실에 대한 비통한 감상에 젖어 있었기 때문에, 사마천이 제시한 서사의 범주와 의의에 대해 구체적으로 천착할 여유가 없었을 것이다. 더욱이 문헌의 증가와 학문적 지식의 엄청난 확장이 상당 정도 진행된 시점에서, 사실상 그들의 꿈은 점점 실현 불가능한 이상으로 변해가고 있었다. 실제로 이 시기에 이르러 역사서의 편찬은 대개 단대사(斷代史)를 위주로 진행되었는데, 이것은 사마천에 대한 경외심과 반고의 권위에 대한 순종을 표현한 것이라기보다는 차라리 자신들의 지적 한계에 대한 고백으로 풀이할 수 있을 것이다. 그런 이유로, 그들에게 서사—특히, 역사서를 편찬한다는 의미에서—란 하나의 왕조가 이룩한 제반 문화적 업적을 총괄하는 것으로 한정되는 경향이 있었다.

그러나 문자와 사상의 해방이라는 독특한 시대적 환경은 당시의 지성계에 몇 가지 중요한 변화를 야기했다. 물론 여기에는 동한 이래의 정치적 혼란과 이 시기부터 중국에 본격적으로 유입되기 시작한 불교의 영향도 지대하게 작용했다. 그 가운데 우리는 특히 상류 문벌을 중심으로 한 '문인' 계층의 형성과 그에 따른 미문의식(美文意識)의 발생, 그리고 불교 고사라는 대단히 이질적인 서사체의 자극으로 인한 새로운 서사 양식에 대한 관심 등을 주목할 필요가 있다고 생각한다. 그러나 연회와 오락 문화 속에서 형성된 '문인' 문화의 미문의식은 사실상 서사의 변천과 그다지 긴밀한 관련이 없다. 물론 그것은 짧게 응축된 형식 속에 세련된 언어로 장식된 정감의 표현에 치중함으로써 시가 양식의 발전에는 공헌했겠지만, 서사 개념의 변화나 서사 양식의 변천에 어느 정도 직접적인 관련이 있는가는 말하기 어려운 것이다. 그러나 불교 고사는 환상적 허구라는 새로운 서사 양식의 존재를 알림으로써,155) 다양한 측면에서 새로운 서사

---

155) 물론 종교적 신앙을 배경으로 유입된 불교 고사가 당시 중국인들에게 '허구'로 받아들여졌을 가능성은 그다지 많지 않다. 그러나 적어도 한대 이후 유가적 현실주의에 경도되어 있던 상당수의 상층 지식인들에게 그것은 대단히 낯선 흥미를 불러일으켰을 가

체의 출현 가능성을 촉진했던 것이 분명하다. 특히 같은 시기에 흥성하기 시작한 도교와 관련된 제반 서사체들도 불교의 영향—이질적 종교사상에 대한 반발이건, 아니면 시대적 추이에 편승한 것이건 상관없이—으로 자체의 고유한 서사체를 적극적으로 개발해낼 기회를 갖게 되었을 것이라는 점은 충분히 추론할 수 있다.

루쉰[魯迅]이 중국 초기의 소설사에서 중요한 양식으로 꼽았던 '지괴(志怪)'는 바로 이런 환경 속에서 형성된 것이었다. 그것은 실제로 일어났던 역사적 사실—특히 왕조의 흥망성쇠와 관련된 것들—을 있는 그대로 '직서(直書)'하는 것을 추구했던 기존의 역사 서사체들과는 본질적인 차원에서 대단히 다른 것이었다. 어떤 의미에서 그것은 보편적으로 검증되지 않은 지식을 주장하는 저자(혹은 편찬자)의 주관적 의도가 개입될 여지가 충분한 특별한 서사체였으며, 그런 의미에서 그것은 있는 그대로의 서술이 아니라 '창작'된 서사의 가능성을 열어놓을 수도 있는 서사체였다. 그러나 실제로 당시의 '지괴'는 진정한 의미의 창작과는 거리가 먼 방향으로 존속했던 듯하다. 필자는 이렇게 실패한 '지괴'의 가능성이 곧 육조시대 서사론의 한계를 규정한 주요 원인이라고 생각한다. 그러므로 육조의 서사론을 사마천의 말류(末流)로 간주할 수밖에 없는 우리로서는 먼저 '지괴'를 둘러싼 서사 관념의 실패한 가능성에 대해 검토해보지 않을 수 없다.156)

능성이 충분하다.
156) 다만 여기서 한 가지 강조해둘 사항이 있는데, 그것은 이 글의 맥락에서 우리가 주목하고 있는 부분은 '지괴' 자체의 내용—형식이 아니라는 사실이다. 이미 서론에서 지적했던 것처럼, 우리는 서사체 자체보다는 그것을 둘러싼 철학적, 사회·경제적 환경에 주목하고 있기 때문에, 여기서도 '지괴'에 관한 순수 비평이 아닌 일종의 문예학적 접근방법을 택하고자 한다. 이에 따라 본서에서는 전통 시기 중국 문인들의 글쓰기 가운데 일부인 서사 행위에 나타난 내적 변화, 다시 말해서 서사를 지탱하는 관념과 의식의 측면에서 관찰되는 미세한 진동에 주목하려고 한다. 그러므로 여기에서 본서의 논의는 주로 '지괴'의 서사 주체 즉, 위진남북조 시기 '문인'들의 성격과 그들의 인식론적 테두리 안에서 '지괴'와 같은 서사체를 만들어낸다는 것이 어떤 의미를 가지는 것인가에 집중될 것이다.

3) '지괴'의 성격

비록 현대적 의미의 '소설사'로서는 그 진정한 의의에 대해 올바로 설명할 수 없지만, 위진남북조의 '지괴'는 전통 시기 중국의 서사체와 그 가치를 평가하는 관점 및 논의들의 변천에 중요한 단서를 제공했다. 그것은 기본적으로 '정식 역사'의 기록 또는 서술에서 제외된, 우주 속의 세계와 인간 삶에 관해 오랜 역사를 거쳐 축적된 각종 지식을 서술하는 것을 목적으로 편찬되었다. 이른바 '정식 역사'가 이전 시대 왕조의 뿌리와 변천의 역사를 밝힘으로써 역사가 자신이 속한 왕조의 정통적 위상을 재확인하고 현재와 미래를 위한 올바른 정치 방법을 강구하기 위한 자료라는 의의를 강조하기 위해 저술되어서 그에 합당한 명칭이 부여된 것인 데에 비해, '지괴'는 삶에 대한 인간의 종교적·존재론적 질문들을 포함한 각종 비정치적이고 비유가적인 사안에 대한 집대성과 탐구를 목적으로 한 것이었다.[157] 그런데 이처럼 처음부터 '정식 역사'와 지향을 달리한 까닭에 '지괴'는 그 이후 '정식 역사'를 중심으로 한 역사 서사와는 상당히 다른 차원의 서사체를 형성하는 데에 중요한 출발점이 되는 것이다.

이것은 먼저 '지괴'의 서사 주체들이 갖고 있던 '객관성'에 대한 태도가 역사 서사의 주체들이 갖고 있던 태도와는 상당히 달랐다는 데에서도 알 수 있다. 내실이야 어떻든 간에 적어도 외형적으로는 '직서'와 객관성이 갈수록 강조되는 '정식 역사'의 서술에서 문헌의 기록이 절대적인 근거로 대두되는 것과는 달리, '지괴'의 서사는 처음부터 문헌 기록의 한계를 분명하게 인정하고 있다. 예를 들어서, 사마천은 『사기』의 저술 과정에서 특히 상고시대에 관한 믿을 만한 문헌 기록이 없는 까닭으로 그 부

---

157) 葛洪(서기 281?~341)의 『神仙傳』「自序」는 이 책이 신선의 존재가 분명한 역사적 사실임을 증명하기 위한 의도로 편찬된 것임을 암시하고 있으며, 干寶의 『搜神記』「序」 역시 그것이 "귀신의 도리가 거짓이 아님을 밝히기 위해" 편찬되었다고 밝히고 있다. 위 두 문장의 원문은 黃霖·韓同文, 『中國歷代小說論著選』, 南昌 : 江西人民出版社, 1982, 14~22면 참조

분을 소략하게 기술할 수밖에 없었다.[158] 그에 비해 간보는 『수신기』에 붙인 서문의 첫머리에서, "비록 문헌에 담긴 옛날의 기록을 살피고 오늘날 흩어져 없어진 옛 문헌의 기록을 모은다 할지라도, 대개 일일이 눈으로 보고 귀로 들은 것들이 아니기 때문에 또한 어찌 그 가운데 실질을 잃은 것이 없다고 감히 말할 수 있겠는가!"[159]라고 의문을 제기한다. 그러므로 '지괴'는 기본적으로 문헌 기록뿐만 아니라 그 사실 여부를 증명할 방도가 없는 돌아가신 스승과 원로 학자들의 말까지 광범하게 채용한다.[160]

이처럼 '지괴'의 서사가 문헌적 객관성의 틀을 벗어날 수밖에 없었던 이유는 무엇보다도 그것이 서술하고자 하는 내용, '지괴'의 작자(혹은 편찬자)들이 밝혀 전하고자 하는 '진리'의 내용이 세속의 일반적인 사고방식으로는 파악할 수 없는 것이기 때문이다. 그들이 추구하는 진리는 현상 이면에 숨겨진 어떤 것으로, 작자(혹은 편찬자) 자신은 신념을 가지고 믿지만 현실의 논리로는 설명하기 어려운, 그래서 어쩔 수 없이 다양한 일화와 전설을 통해 간접적으로 증명할 수밖에 없는 성격을 지닌 것이다. 또한 '정식 역사'가 밝혀 서술하고자 하는 왕조의 정통성은 가능한 한 모든 백성들 — 실제로는 왕실과 지식인 계층이 주가 되겠지만 — 에게 수긍 받을 만한 타당성을 갖춰야 한다는 전제 조건이 필요하지만, '지괴'의 서술은

---

158) 『史記』「五帝本紀」. "나는 이렇게 생각한다. 학자들이 '五帝'에 대해 이야기하는 경우가 많은 것은 오래된 일이다. 그러나 『상서』에서는 다만 堯 임금 이래의 일만을 기록하였다. 그러다가 제자백가들이 黃帝에 대해 이야기했는데, 그 문장이 바르고 순조롭지 않았기 때문에 관직에 있는 사대부들이 그것에 대해 말하기 어려워했다[太史公曰. 學者多稱五帝, 尙矣. 然尙書獨載堯以來, 而百家言黃帝, 其文不雅馴, 荐紳先生難言之]."(司馬遷 撰, 許東方 校訂, 『史記』, 臺北 : 宏業書局, 民國 72 再版, 46면 참조)

159) 『搜神記』「序」. "雖考先志于載籍, 收遺逸于當時, 蓋非一耳一目之所親聞睹也, 亦安敢謂無失實者哉."(黃霖·韓同文, 『中國歷代小說論著選』, 南昌 : 江西人民出版社, 1982, 20면 참조)

160) 『神仙傳』「自序」. "…… 그리고 여러 학파들의 책과 先師께서 하신 말씀, 원로 학자들의 논의를 모아 열 권의 책으로 만들어 진정하고 원대한 도리를 아는 선비에게 전한다[…… 及百家之書, 先師所說, 耆儒所論, 以爲十卷, 以傳知眞識遠之士]."(黃霖·韓同文, 위의 책, 14면 참조)

그것을 알아줄 만한 사람만을 대상으로 한 것임을 처음부터 분명히 선언한다.[161] 아마도 그런 이유로 인해 '지괴'의 서사는 '정식 역사'의 서사에 비해 상대적으로 많은 암묵적인 자유 의지를 내포하고 있었다고 할 수 있다.

예를 들어서, 『목천자전(穆天子傳)』의 작자(혹은 편찬자)인 곽박(郭璞, 276~324)은 이런 문제점을 매우 절실하게 인식하고 있었던 듯하다. 그는 「주산해경서(注山海經敍)」에서 이렇게 지적했다.

세상에서 이상하다고 하는 것을 (나는) 그것이 이상한 까닭을 모르겠고, 세상에서 이상하지 않다고 하는 것을 (나는) 그것이 이상하지 않은 까닭을 모르겠다. 왜 그런가? 사물은 그 스스로 이상한 것이 아니라 (인식 주체인) 나를 대하고 나서야 이상하게 여겨지는 것이다. 이상하다는 것은 결국 (사물을 인식하는) 나에게 달린 것이지, 사물이 (그 자체로) 이상한 것이 아니다. 그러므로 북방의 이민족[胡人]들은 면화로 만든 베[布]를 보면 삼베[氈]가 아닐까 의심하고, 남방의 이민족[越人]들은 담요[罽]를 보면 짐승의 솜털[毳]이 아닌가 하고 놀란다. 무릇 익히 보아온 것은 익숙하게 생각하고, 드물게 들은 것은 이상하게 생각하는 것이 사람의 정서가 일상적으로 가지고 있는 병폐이다.[162]

"설명과 이성의 세계는 실존의 세계가 아니다"라는 사르트르(Jan-Paul Sartre)의 명제를 연상케 하는 위 인용문은 새로운 형태의 서사를 위한 일종의 인식론적 기반을 설정하려는 시도로 해석될 수도 있다. 보편적인 설득을 목적으로 하는 서사는 세상의 일상적인 논리에 충실하거나, 적어도 거기에서 크게 벗어나지 않는 것을 전제 조건으로 서술된다. 그러나 이른

---

161) 위에서 인용한 구절에 뒤이어 葛洪은 다음과 같이 선언한다. "속세에 얽매인 무리와 생각이 미묘한 것을 다루는 데에 미치지 못하는 사람에게는 또한 억지로 보여주려 하지 않겠다[其繫俗之徒, 思不經微者, 亦不强以示之]."

162) 「注山海經敍」. "世之所謂異, 未知其所以異, 世之所謂不異, 未知其所以不異. 何者? 物不自異, 待我而後異, 異果在我, 非物異也. 故胡人見布而疑氎, 越人見罽而駭毳. 夫玩所習見, 而其所希聞, 此人情之常蔽也."(黃霖・韓同文, 앞의 책, 7면 참조)

바 '지음자(知音者)'만을 대상으로 한 서사는 논리의 이면을 캐는 새로운 영역을 자유롭게 개척할 여지가 있다. 이러한 서사에서는 일상적인 논리의 관점에서 볼 때 우연적이고 신비한 것이 자연스러운 연결의 논리로 등장할 수 있다. 그것은 마치 오늘날 이른바 마술적 리얼리즘(fantastic realism)을 바탕으로 의식적으로 꾸며진 허구처럼, 자체의 화법으로 무장할 채비가 되어 있는 것이다.

더욱이 전자의 경우 서사 주체의 정체성(indentity)이 중요한 의미가 있는 데에 비해, 후자의 경우 그것은 그다지 문제시되지 않는다. 왕조의 정통성이나 역사적 인물에 대한 평가는 대개 서사 주체의 정치적·사상적 입장에 의해 달라질 수 있지만, 신선이나 귀신의 존재를 간접적으로 확인시켜 주는 일화나 전설은 이미 그 자체로 익명성을 띠는 경우가 많기 때문에, 그것들을 수집하여 책으로 엮은 사람의 개인적 특성에 대해서는 상대적으로 독자의 관심이 약할 수밖에 없다. 물론 '지괴'의 경우도 편찬자의 사회적 지위나 명성이 저작의 권위에 상당한 영향력을 행사했을 것임은 분명하나, 원천적으로 그것은 서술된 이야기 자체에서 한 걸음 떨어진 이차적인 관심사일 뿐이다. 그러므로 '지괴'의 작자(혹은 편찬자)들이 희미하게 느끼기 시작했던 이 독특한 서사의 기법과 의의가 좀더 정교하게 다듬어졌다면, 전통 시기 중국의 서사는 바로 위진남북조의 시점에서 대단히 혁신적인 한 방향을 설정할 수 있었을 것이다.

그러나 '지괴'의 서사에 관여했던 사람들은 대부분 간보와 같은 역사가이거나 곽박과 같은 박물학자였다. 또한 갈홍의 경우는 신선사상에 지나치게 몰두해 있던 사상가였기 때문에, 서사 자체에 대해 관심을 기울일 만한 여력이 없었다. 그가 『산해경』에 대해 주석을 붙인 목적은, 적어도 표면적으로는, 특별하고도 뛰어난 이 '기록'이 후세에 전해지지 않을지도 모른다는 단순한 염려 때문이었던 것이다.163) 그리고 간보와 같은 역사가

---

163) 앞에서 인용한 「注山海經敍」의 뒷부분에서 갈홍은 다음과 같이 진술했다. "…… 뛰어난 문장이 세상에서 없어지지 않고 기특한 말이 오늘날에도 끊어지지 않게 하며, 夏

들은 '지괴'와 같은 비정통적 서사보다는 '정식 역사'의 권위에 압도당해서 그것에 대해 당당히 맞설 만한 사상적·이론적 토대를 아직 갖추지 못하고 있었다. 다시 말해서 간보에게서도 '지괴'를 서술한다는 것은 아직 적극적 서사 행위였다기보다는 박물학적 호기심의 충족을 위한 방편에 지나지 않았다는 것이다.

이것은 적어도 그 시대까지만 하더라도 서사는 역사 기술을 위주로 이루어질 수밖에 없다는 생각이 강력한 힘을 갖고 있었기 때문일 것으로 생각된다. 이른바 심미적 효용을 통한 윤리적 효과라든가, 이성적이고 논리적인 언어로 감당할 수 없는 주제에 관한 서사를 위한 이론 즉, 현대적 의미의 서사에 관련된 문예론의 성립은 무엇보다도 그런 특수한 서사를 직업으로 삼는 전문적인 작가와 출판사를 통한 서적의 유통 구조가 확립되기 전까지는 나타날 수 없기 때문이다. 그러나 '지괴'의 작자(편찬자)들은 대부분 어떤 형태로든 왕실의 관료로서 정치에 관여하거나, 최소한 왕실에서 공인하는 역사서의 편찬에 관여하는 인물들이었다. 사실상 육조와 같이 열악한 저작 환경에서 그들이 저작 활동에 참여할 수 있었고, 그 산물을 서적의 형태로 만들어 남길 수 있었다는 사실 또한 그들의 신분이 그 시대에서도 상당한 상류층에 해당했음을 우회적으로 암시한다. 그러므로 원천적으로 그들에게는 '지괴'라는 새로운 서사체의 가치와 의의를 개발해낼 적극적인 동기가 결여되어 있었고, 그 결과 그들의 관심사는 정치적으로도 경제적으로도 사회의 상층부에 속하는 좁고 안정된 집단의 테두리 안으로 제한될 수밖에 없다. 그리고 그런 상층부 안에서 주도적인 서사체의 권위는 당연히 왕조의 정통성과 통치의 올바른 방법을 보존하고 계발하는 신뢰성을 확보한 유일한 서사 양식인 역사 서술에 대해서만 제한적으로 부여되고 있었다. 왜냐하면 예와 충효의 정신에 입각한 올바

候氏와 같이 먼 옛날의 사적들이 장래에도 없어지지 않고, 세상 끝에서 일어난 일들에 대해 후손들이 들을 수 있게 되기를 바란다[…… 庶幾令逸文不墮于世, 奇言不絶于今, 夏候之迹靡刊于將來, 八荒之事有聞于後裔]."

른 다스림과 교화를 추구하는 유가적 지식인으로서 그들에게 일체의 글쓰기는 그 자체를 넘어선 부차적 효용을 중시하는 목적 지향의 속성을 지니고 있었기 때문이다. 특히 동한 이후 유교는 현실 정치의 중심부에 있던 대부분의 지식인들에게 정신적인 지주로서 점차 그 자리를 굳히고 있는 추세였다. 그리고 종이와 한자(漢字)를 사용하는 글쓰기의 물리적 환경은 이 시기까지만 해도 아직 열악한 상태였기 때문에, 필연적으로 그 행위에 참여할 수 있는 여력을 가진 사람들의 사회적 신분을 제한해 버린다. 다시 말해서, 당시까지만 하더라도 글─그것이 서사이건 시 창작이건, 아니면 일반적인 실용성을 가진 글이건 상관없이─을 활용하여 의사를 표현하고 교환할 수 있는 계층은 특히 육조 이후로 점차 그 핵심적 형태를 구체적으로 형성하기 시작하는 유가적 '문장' 개념의 권위적 틀 안으로 스스로 안주하려던 사람들로 구성되어 있었던 것이다. 그러므로 이와 같은 상황 속에서 그들이 '지괴'와 같은 서사체를 특별한 취미쯤으로 간주할 수밖에 없었던 것이다.

또한, 바로 이런 이유로, '지괴' 서사에 참여했던 주체들은 기본적으로 사마천 이래 강조되어 온 역사가의 가장 중요한 자질 가운데 하나인 '통재'에 대한 특별한 동경의식을 가질 수밖에 없었고, 이에 따라 '지괴' 서사는 박물학적 호기심의 충족 수단으로 치우치게 되었을 것이다.[164] 특히 육조 시기 전반에 걸쳐 하나의 학파를 형성한 『사기』와 『한서』에 대한 추앙의 열풍은 그러한 '거대 담론'을 서사라는 정교한 양식으로 승화시킨

---

164) 전통 시기 중국인들에게 역사는 褒貶의 자료이고, 윤리적 교훈의 서적이지만 또한 동시에 관리 또는 그 후보자들에게 최고의 참고서로 생각되었다. 유교 경전이나 문학을 위주로 선발된 관리들은 실제 행정에 필요한 지식이나 기술, 그리고 각종 교양 지식을 보충해야 할 현실적 필요에서 역사서를 필요로 할 수밖에 없었기 때문이다(高柄翊, 「中國人의 歷史觀」, 『中國의 歷史認識』 上(閔斗基 編), 창작과비평사, 1985, 47면 참조). 여기서 교양 지식이란 당연히 세계와 인간의 삶에 관한 다양한 지식을 기반으로 한 체계적인 이해를 가리킨다고 할 수 있다. 따라서 특히, 역사서가 국가 기관에 소속된 관리들의 집단 저작의 형태가 아니라 주로 개인의 능력을 기반으로 저술되던 육조 시기까지 역사가에게 박학다식은 필수적인 요건이었던 것이다.

탁월한 개인의 능력에 대한 숭배와 동경으로 쉽게 전이될 수 있는 여건을 조성해주었다. 그러므로 '지괴'의 서사 주체들은 자신들의 행위를 오직 역사 서술과 연계된 범주 안에서만 이해함으로써, 자신들의 위상을 사관과 유사한 존재로 나타내 보이고자 의식적인 노력을 기울이게 되었을 것이라는 추측이 가능한 것이다.

결국 '지괴'는 후대의 시각에서 평가하자면, 오늘날의 문학 서사와도 유사할 수 있는 대단히 새로운 어떤 서사체로 발전할 가능성을 충분히 갖춘 서사체였지만, 거기에 관여한 서사 주체들의 서사에 대한 인식이 역사 서술의 권위에서 벗어나지 못했고, 새롭게 글쓰기의 의의를 발견하고 있던 당시의 '문인' 계층이 모든 글쓰기를 유가적 문장관의 틀 안으로 귀결시켜 버리려 했던 관계로, '한부'와 비슷한 운명에 처하게 되었다고 할 수 있다.165)

4) 문인으로서 유협(劉勰)의 서사론

서기 550년 무렵에 출현한 유협의 『문심조룡(文心雕龍)』은 체계적이고 비평적인 논술로 문학 행위의 의의와 문체 형식의 기법에 관해 광범하고 심원한 논의를 전개함으로써, 명실상부하게 전통 시기 중국의 문학 이론서 가운데 최고의 권위를 누렸다. 그러나 서사론에 관한 한 유협의 인식은 그다지 두드러진 바가 없다. 오히려 냉정하게 평가하자면, 그는 역사

---

165) 다만 '志怪'는 漢賦와는 달리 지식을 전달하는 '이야기'로서 형식과 소재 면에서 풍부한 장점을 내포하고 있었기 때문에, 전통 시기가 끝나는 시점까지도 상류 지식인 사회의 일각에서 지속적인 생명력을 가질 수 있었다. 대개 그 생명력은 여전히 干寶와 유사한 서사 개념의 체계 속에서 제한적으로만 유지되는 정도에 지나지 않았으나, 명·청대에 들어서 『聊齋志異』라는 특출한 저작이 출현함과 동시에 '志怪'類의 서사에 대한 인식은 본격적인 문학 서사로서 새로운 국면을 맞게 된다. 이에 관해서는 제5장에서 다시 논의될 것이다.

서술의 의의를 유가적 문장관의 틀 안으로 더욱 완강하게 묶어버림으로써 결과적으로 사마천이 열어놓은 수많은 가능성을 제한해 버렸다고 할 수 있다. 그러나 이와 같은 본질적인 한계에도 불구하고, 우리는 『문심조룡』 「사전(史傳)」이 전통 시기 중국에서 최초로 사관—혹은 역사가—이 아닌 '문인'의 입장에서 역사 서술로 대표되는 서사에 관해 논의한 저작이라는 점에 대해서는 충분히 가치를 부여해야 할 필요가 있다.

문인으로서 유협이 가지고 있던 역사서의 의의에 대한 생각은 기본적으로 여타의 다른 '문' 즉 문장들과 마찬가지로 '권선징악'과 윤리적 '포폄(褒貶)'의 효용을 주축으로 설명되어 있다.

> 무릇 기록의 저작물(역사서—인용자)을 쓸 때에는 반드시 제자백가의 사상을 관통하여 그것을 영원히 후세에 전하고, 성쇠를 나타내 징험(徵驗)하여 흥성과 패망에 관해 귀감이 되게 함으로써 한 시대의 제도가 해와 달과 더불어 길이 보존되고, 왕자(王者)와 패자(覇者)의 흔적이 하늘과 땅과 더불어 오래도록 칭송되게 해야 한다. 그래서 한나라 초에 역사를 쓰는 직책이 번성하여 군(郡)과 제후국의 문서 및 장부들을 먼저 태사(太史)의 관청에서 수집했으니, 나라를 다스리는 일에 대해 자세히 알게 하고자 했기 때문이다. 석실(石室)의 책들을 열람하고, 금궤(金匱)를 열어 보존된 문서들을 보고, 찢겨 흩어진 백서(帛書)들을 모아 편집하고, 훼손된 죽간(竹簡)들을 검사한 것은 옛것을 헤아리는 일을 두루 연마하고자 했기 때문이다.166)

여기서 유협은 역사서를 쓴다는 것은 '나라를 다스리는 일[體國]'에 대한 자세한 이해와 '옛것을 헤아리는 일[稽古]'에 대한 연마를 바탕으로 제자백가의 사상과 왕조의 흥망성쇠에 대한 사실을 체계적으로 전함으로써 후세의 귀감이 될 수 있게 해주는 일이라고 설명하고 있다. 또 그런 의미

---

166) 『文心雕龍』「史傳」. "原夫載籍之作也, 必貫乎百氏, 被之千載, 表徵盛衰, 殷鑑興廢, 使一代之制, 共日月而長存, 王霸之跡, 並天地而久大. 是以在漢之初, 史職爲盛, 郡國文計, 先集太史之府, 欲其詳悉於體國也. 閱石室, 啓金匱, 抽裂帛, 檢殘竹, 欲其博練於稽古也."(詹鍈, 『文心雕龍義證』 中, 上海古籍出版社, 1996, 602면 참조)

에서 그는 『한서』의 작자들과 마찬가지로 객관적 사료에 입각한 역사 서술의 정신 즉, '실록'의 정신을 강조했다. 본질적으로 이것은 사실상 역사서를 저작하는 사람의 기본 바탕이 튼튼한 사상적 토대와 치밀한 탐구의 자세로 다져져 있어야 한다는 것을 의미한다. 왜냐하면 역사가란 "한 시대를 두루 다루기 때문에 온 천하의 질책을 떠안게 되고 시비를 따지는 재앙을 받을 수 있는" 사람으로서, 엄청나게 부담이 큰 글쓰기에 종사하기 때문이다.167)

그런데 이처럼 역사가의 기본적 자질을 강조한 것은 시대의 변천에 따른 역사서 체제의 변화에 대한 그의 탁월한 이해에서 비롯된 것이었다. 그는 이미 『전국책』과 『좌전』을 비롯한 이전의 역사들이 '기록은 하되 서술을 하지 않는[錄而弗敍]' 것인 데에 비해 사마천에서 시작된 한대의 기전체 역사서들은 '사건의 서차[事序]'에 따라 해당 사건의 전말과 그에 관련된 인물에 대해 자세하고 집중적으로 보여줌으로써 독자의 이해를 편하게 해주는 것이라는 선구적인 인식을 갖고 있었다. 그리고 바로 이런 의미에서 그는 사마천의 '열전'을 '서술하는 것의 조종[述者之宗]'이라고 했다.

결국 이런 진술들은 유협이 역사를 서술하는 행위는 넓은 의미의 '문장'을 짓는 행위 가운데 하나로 간주하려는 묵시적 의도를 갖고 있었음을 보여준다. 그러나 그는 서사 주체의 적극적인 역할―역사에 대한 능동적 해석과 현상적 사건들을 관통하는 원리에 대한 탐색과 같은―에 대해서는 그다지 주목하지 않았다. 이미 『문심조룡』의 편목(篇目) 가운데 서사와 관련된 것이 「사전(史傳)」 하나에 그친 데에서도 알 수 있듯이, 유협은 서사의 범위와 그 특성을 '실록'의 울타리 안에서만 이해하고자 했음이 분명하다. 그렇기 때문에 그는 당시의 역사 편찬자들이 역사의 실용적인 가치를 무시하고 상이한 견해와 자료의 인용에 치중함으로써 독자의 호기

---

167) 『文心雕龍』「史傳」. "然史之爲任, 乃彌綸一代, 負海內之責, 嬴是非之尤. 秉筆荷擔, 莫此之勞."(詹鍈, 위의 책, 618면 참조)

심만 충족시키려 하거나,168) 역사 편찬자의 선조 또는 남의 조상들을 좋게 서술하기 위해 자료를 날조하거나 사실을 외면하는 것도 불사하는169) 풍조에 대해 통렬히 비판했다. 그러나 역사 서사의 객관성에 대한 지나친 집착은 유협 스스로 역사가가 아닌 문인의 입장에서 서사의 다양성을 더 넓게 수용할 수 있는 여지를 제한해 버렸다. 특히 반고 이래 '소설'에 대해 규정했던 완고한 유가적 입장을 고수함으로써, 육조시대가 남긴 풍성한 유산 가운데 하나인 '지괴'에 대해 동시대를 살았던 유협 자신은 그다지 주목하지 않았다.170)

사실 당시 역사 편찬자들에게서 발견되는 병폐에 대한 그의 지적은 사마천의 여러 논술에서 이미 당위성이 충분히 제시된 원칙들을 재확인하

---

168) 『文心雕龍』 「史傳」. "무릇 문장은 의심스러운 것이 있으면 곧 빼버려야 하는데, 이것은 진실한 역사 기술을 중시하기 때문이다. 그러나 세속에서는 모두 기이한 것을 좋아하여 실제의 이치를 돌아보지 않는다. 자신이 들은 바를 전하는 데에는 그 사건을 과장하려 하고, 오랜 옛날의 일을 기록하는 데에는 그 흔적을 상세히 기록하려 한다. 이에 사실과 같은 것은 버리고 다른 것을 취하게 되며, 이설들에 천착하게 된다. 이것은 옛날의 역사서에는 그런 일이 없는데 자신의 저서에서는 그걸 남긴다는 욕심 때문이다. 그러나 이것이야말로 거짓됨의 근원이요, 먼 옛날의 일을 서술하는 일을 망치는 큰 좀 벌레인 것이다[蓋文疑則闕, 貴信史也. 然俗皆愛奇, 莫顧實理, 傳聞而欲偉其事, 錄遠而欲詳其跡, 於是棄同卽異, 穿鑿傍說, 舊史所無, 我書則傳, 此訛濫之本源, 而述遠之巨蠹也]."(詹鍈, 『文心雕龍義證』 中, 上海古籍出版社, 1996, 591면 참조)

169) 『文心雕龍』 「史傳」. "(반고가) 부친의 이름을 빼버리고 스스로 공적을 미화한 죄와 뇌물을 받고 역사서에 좋게 기록해준 허물에 대해서는 仲長統이 『昌言』에서 밝힌 바 있다[遺親揚美之罪, 徵賄鬻筆之愆, 公理辨之究矣]." 사마천은 『사기』에서 부친인 司馬談의 말을 인용할 때 반드시 '太史公'을 거론하며 그 출처를 밝혔지만, 반고는 太初 이전의 일은 대체로 『사기』를 따르고 그 이후의 일은 기본적으로 자신의 부친 班彪가 지은 『後傳』을 따르고 있음에도 그 사실을 밝히지 않았다. 그리고 반고가 뇌물을 받고 역사서의 기록을 좋게 해준 일은 오늘날 『창언』이 전해지지 않고 있기 때문에 확인할 수 없다. 다만, 劉知幾가 『史通』에서 이 일을 언급하고 있는 것으로 보건대, 唐代까지는 『창언』이 전해지고 있었던 것으로 보인다. 이상에 대해서는 詹鍈, 위의 책, 580~583면을 참조

170) 『文心雕龍』 「諸子」에서 그는 "『靑史子』는 길거리의 이야기를 상세히 모아놓았다[靑史曲綴以街談]"고 했고, 『文心雕龍』 「諧讔」에서는 "문장에 '諧讔'의 성분이 들어 있는 것은 마치 『漢書』 「藝文志」의 '아홉 유파[九流]' 가운데 '소설가'가 들어 있는 것과 같으니, 대개 稗官이 採錄한 것들은 견문을 넓히기 위한 것[文辭之有諧讔, 譬九流之有小說, 蓋稗官所採, 以廣視聽]"이라고 했다(詹鍈, 위의 책, 625~556면 참조).

는 정도에 지나지 않는다. 그러므로 유협의 인식 체계 속에서는 능동적이고 주체적인 세계관과 역사관을 구현할 수 있는 매체로 작용하는 서사에 대한 인식이 사마천보다 오히려 뒤떨어지는 듯한 인상을 풍기는 것이다. 『문심조룡』 전체에서 서사론은 여타의 문장론 속에 흡수되어 버려서, 거기에 대한 개별적이고 세부적인 논의의 비중은 상대적으로 미미하다. 결국 유협이 『문심조룡』에서 서사의 양식으로서 '지괴'를 배제한 채 '사전'만을 거론한 것도, 그리고 「사전」의 내용이 『문심조룡』의 다른 편들에서 정교하게 정리된 유가적 문장관의 정화들과도 그다지 긴밀하게 연관되지 않은 것처럼 보이는 까닭도 이런 맥락에서 이해해야 할 것이다.

중요한 것은 서사에 관한 『문심조룡』의 이런 인식적 결함이 실은 유협이라는 개인에게만 국한된 것이 아니라, 육조 시기를 거치면서 점차 하나의 구체적인 계층으로서 자리를 굳혀가던 상류 '문인' 집단의 문장에 대한 인식을 대표하는 것이라는 점이다. 그러므로 우리는 '문장'과 '문학'의 개념과 가치에 대한 육조 시기의 비약적인 성과에도 불구하고, 그 시기의 서사에 대한 인식을 사마천 서사론의 말류에 포함시킬 수밖에 없는 것이다. 그러나 이미 『한서』에 대한 언급에서 내비쳤듯이, 이러한 움츠림은 유가적 '문장' 관념을 구현하는 새로운 서사 개념의 분화를 예고하는 것이기도 했다.

그러므로 우리는 『문심조룡』 「사전」이 그 자체의 의의보다는 당 왕조에 들어서 유지기가 『사통』이라는 체계적인 역사서사론을 저술하는 토대를 제공했다는 데에서 중요성을 찾을 수 있다고 생각한다. 유지기는 『사통』을 저술한 동기를 열거하면서 다섯 종류의 다른 저서와 함께 『문심조룡』을 언급했다.[171] 이런 의미에서 혹자는 문학과 역사의 비평에서 각기 선구적인 업적으로 평가받는 이 두 저서의 형식과 문체, 심지어 서술의 입장까지 서

---

171) 『史通』 「自敍」에 따르면, 다섯 종류의 책이란 바로 劉安의 『淮南子』와 揚雄의 『法言』, 應劭의 『風俗通』, 劉劭의 『人物志』, 陸景의 『典語』를 가리킨다(趙呂甫, 『史通新校注』, 重慶出版社, 1988, 613~614면 참조).

로 비슷한 것은 우연이 아니라고 설명하기도 한다. 하이타워(J. R. Hightower)에 의하면 『문심조룡』의 "전반부는 문체 형식의 기원에, 후반부는 작품 구성의 심리적 기초에 관련된 것"이며, 『사통』은 "「내편」이 역사 편찬의 형식적 구성을, 「외편」은 역사서의 기원과 전승에 관해 기술했다"고 한다.172) 그리고 상·중·하로 나뉜 「잡설(雜說)」을 한편으로 본다면 『사통』 역시 『문심조룡』과 같이 50편으로 구성되었다고 볼 수 있다. 이처럼 유지기가 유협의 선례를 모범으로 삼았을 가능성은 『사통』 「자서(自敍)」의 다음과 같은 언급에서 좀더 구체적으로 확인할 수 있다.

> 『사통』이라는 책이 지어진 것은 대개 당시에 역사를 기술하는 사람들의 뜻이 순수하지 않은 것을 가슴 아파했기 때문이다. 그래서 그 (역사적 사건에 대한) 많은 사람들의 관심사를 변별하고 그 체계와 계통을 완전하게 나타내려고 생각했다. 비록 이 책이 역사를 위주로 하고 있지만 그 여파가 미치는 바는 위로 왕노릇을 하는 이의 도리를 궁구하고, 아래로 인간 세상의 윤리를 널리 퍼지게 하여 온갖 차이들을 모두 포괄하고 여러 가지 존재하는 것들을 끌어 담는다. 『법언(法言)』 이래 『문심조룡』 이후에 이르기까지 모든 것을 가슴에 받아들여도 아무런 지장이 없었다.173)

이것은 "시작을 바탕으로 시대를 드러내고, 명칭을 분석하여 뜻을 드러내고, 문장을 가려 뽑아 작품을 평가하여 위상을 정하고, 이치를 설명하여 계통을 세운다"174)는 유협의 문론(文論) 구조와 기본적으로 유사하다.

---

172) 여기에 대해서는 J. R. Hightower, *Topics in Chinese Literature*, Cambridge Mass, 1953, p.43 및 p.138 참조

173) 『史通』 「自敍」. "若史通之爲書也, 蓋傷當時載筆之事, 其義不純. 思欲辨其指歸, 殫其體統. 夫其書雖以史爲主, 而餘波所及, 上窮王道, 下揆人倫, 總括萬殊, 包呑千有, 自法言已降, 迄於文心而往, 固以納諸胸中, 曾不蔕芥者矣."(趙呂甫, 『史通新校注』, 重慶出版社, 1988, 614~615면 참조)

174) 『文心雕龍』 「序志」. "原始以表末, 釋名以章義, 選文以定篇, 敷理以擧統."(詹鍈, 『文心雕龍義證』, 上海古籍出版社, 1996, 1924면 참조)
　　*詹鍈의 『注釋』(9)에 따르면, '表末'에 대해 楊明照는 『文心雕龍校注』에서 '末'이 본래 '時'를 뜻한다고 설명했다.

여기서 우리는 역사 서사에 관해 '순수한' 체계와 계통을 정립하려 한 유지기의 시도가 본질적으로 유협이 유가적 사유 체계를 바탕으로 한 문장관을 정립하려 했던 것과 유사한 출발점을 가질 수 있다는 사실을 추론할 수 있다. 바꿔 말하자면, 우리는 유협의 문론과 유지기의 역사서사론을 한대 이후 문벌 귀족과는 약간 다른 차원에서, 상층 지향적인 유가의 지식인으로서 문인들의 사상에 기본적인 토대로 되어가고 있던 유가사상의 구체적 구현물로 간주할 수 있을 것이다.

4. 소결

지금까지 우리는 전통 시기 중국에서 최초로 서사에 관해 논의할 수 있는 요건을 갖춘 계층의 형성 과정과 그들의 경험이 하나의 개념적 틀로 집대성되기까지의 과정, 그리고 다시 서사에 대한 논의가 유가의 확장된 문장관 속으로 편입되기 시작하는 시점에 관해 개략적으로 고찰해보았다.

요약하자면, 전통 시기 중국에서 서사 행위는 문자에 대한 지식을 장악한 최초의 계층이자 상고시대의 학술과 문화를 총괄적으로 관장하는 주체였던 '무사'에 의해 시작되었으며, 그들의 세습적 전통은 왕조시대의 '사관'으로 이어졌다. 아울러 이들 '무사' 계층은 춘추전국시대에 '사림'이라는 지식인 집단이 형성되는 데에 중요한 역할을 수행했으며, 역으로 이들의 학술적 탐구 성과는 한대 이후 사관들이 서사 행위의 의의에 대한 개념적 정의를 내리는 데에 중요한 공헌을 했다.

특히 사마천은 단순히 문자를 알고 기록하는 기능인이 아닌, 역사를 통찰하고 해석하는 적극적인 행위자로서 서사 주체의 역할을 집대성하여 정립하고, 나아가 '도'가 어지러워진 현실에 대한 인식을 바탕으로 '하늘'과 인간 삶의 궁극적 원리에 접근하는 중요한 수단으로서 서사 행위의 의의를 설파했다. 앞에서 검토한 바에 따르면, 그의 이러한 집대성과 창의적 사상의 계발은 주로 다음과 같은 두 가지 배경 위에서 이룩된 것으로 보인다. 첫째는 사마천이 자신의 시대에 이르러 초라하게 몰락한 '사관'의 혈통에 대해 각성함으로써, 역사가의 위상에 대한 새로운 의의를 개발해낼 계기를 얻었다는 것이다. 둘째는 사마천이 공자의 『춘추』에 대해 그 이상과 정신을 적극적으로 계승하고, 나아가 그것을 넘어서고자 했다는 사실이다. 그는 『춘추』가 저작된 직접적인 동기는 '난세'에 대한 인식이라고 생각했으며, 아울러 자신 또한 표면적으로 통일된 국가의 이면에 감춰진 채 어지러워진 '도리[道]'의 진실을 규명하기 위해 『사기』의 저술을 기획했다. 바로 이런 의미에서 필자는 『사기』를 단순한 역사서가 아니라 일종의 '입론서'로도 볼 수 있다고 생각했다. 그리고 이렇게 저작된 『사기』에서 사마천은 『춘추』에 담긴 '다스림의 원리'를 넘어서, 하늘과 인간 사이의 관계로 엮어진 세계의 구성 원리를 향해 관심을 돌린다. 특히 「백이열전」은 역사의 변천 원인을 파악하는 그의 시선이 '하늘'에서 '인간'으로 이동하게 되는 것을 보여주는 상징적 장치라고 설명했다. 아울러 '열전'의 허구와 전형성에 대해서도 필자는 그것이 역사 기술의 객관성을 추구하는 사마천의 서사 정신이 낳은 필연적인 결과물이라고 설명했다. 그러므로 『사기』는 그 이전 시대의 모든 서사의 기법들을 집대성하고 새로운 서사 체제로 승화시킴과 동시에, 이전의 '무사'와 '사관'들이 도달하지 못했던 의식적인 역사 서술 개념의 정립으로까지 나아갈 수 있었다고 평가할 수 있다.

동한에 이르면 사마천의 업적은 『한서』를 통해 기술적 완성이 이룩되었고, 다시 육조시대에는 많은 역사가들의 저술을 통해 계승되어 역사 서술의 효율적 체제를 찾기 위한 왕성한 모색이 진행되었다. 특히 문자와 사상의 해방으로 특징지을 수 있는 이 시기부터 이른바 '문인' 집단을 통해 '문장'의 중요한 가치에 대한 인식과 '미문'의식이 형성되면서, 서사 행위를 '문장'의 저술 행위와 관련시키려는 경향이 생겨나게 된다. 그러나 유가의 공용적(功用的) 문장관에 점차 깊이 빠져들고 있던 이들 '문인'들의 논의에서는 서사 자체의 독자적 가치가 소홀히 취급되는 경향을 보인다. 필자는 유협의『문심조룡』「사전」을 이러한 시대적 분위기를 반영하는 대표적 논저로 꼽아 설명했다. 다만 유협은 서사에 대한 논의의 폭을 '문인' 계층까지 확대함으로써, 당 왕조에 들어서 '사대부－문인' 계층을 대표하는 유지기와 같은 논자들에 의해 '문인적'이라고 말할 수 있는 새로운 서사 개념이 모색될 수 있는 단서를 마련해주었다는 점에서 중요한 의의가 있다.

제 4 장

역사서사론

당대 초기의 유지기(劉知幾)를 중심으로

청대까지 중국의 학자들은 일반적으로 『사통』을 주로 역사학과 경학의 관점에서 평가해왔다. 그러나 이 책은 세상에 나온 직후부터 "망령되게 성현과 철인(哲人)들에 대해 무고한다[妄誣聖哲]"는 이유로 학자들로부터 거센 비난을 받았다. 또한 그런 이유로 이 책은 그다지 널리 읽혀지지 않아서, 심지어 주희(朱熹)조차도 평생토록 이 책을 쳐다보지도 않았다고 한다.1) 이른바 '정통'의 지식인들 사이에서 이처럼 평가 절하된 결과 『사통』은 몇몇 비판적 지식인들 사이에서만 제한적으로 읽혀지다가, 청대 이후 주로 역사 비평의 관점에서 점차 중시되기 시작했다.2) 그리고 5·4 이래 『사통』에 관

---

1) 彭雅玲, 『史通的歷史敍述理論』, 臺北 : 文史哲出版社, 1993, 4면 참조 이 책의 注에 따르면, 唐代의 柳璨은 『史通析微』에서 劉知幾가 '妄誣聖哲'의 잘못을 저질렀다고 비판했으며, 宋代의 孫何도 비슷한 의도에서 『駁史通』을 지었다고 했다. 아울러 『사통』에 관한 역대 학자들의 비평에 대해서는 林時民, 『劉知幾史通之研究』, 臺北 : 文史哲出版社, 1987의 緒論 부분(2~7면) 참조

2) 현존하는 『사통』의 가장 오래된 판본은 明代의 陸深本과 張之象本이며, 明代 陳繼

한 학자들의 관심이 점차 늘어나서 유지기의 연보와 『사통』의 서술에서 빠진 부분에 대한 보충 및 잘못된 부분에 대한 해명, 판본과 전파 과정에 대한 규명, 주석과 평론 등의 분야에서 많은 연구들이 이뤄졌다. 또한 『사통』에 나타난 역사학의 방법론 외에, 푸전룬[傅振倫]·진위푸[金毓黻]·후와이루[侯外廬]·바이소우이[白壽彝]·양이랑[楊翼讓] 등이 유지기의 사상 — 특히, ‘실록직서(實錄直書)’와 ‘징실거위(徵實去僞)’의 정신 — 을 분석한 적이 있다. 한편, 주로 대륙의 학자들 가운데 몇몇은 『사통』에 담긴 ‘문론(文論)’의 가치에 주목하여 문학적 측면에서 그 의의를 설명하려고 노력하기도 했다. 일찍이 궁팅장(宮廷璋)의 「유지기의 『사통』에 나타난 문학개론[劉知幾史通之文學槪論]」을 시작으로, 뒤이어 궈사오위[郭紹虞]와 뤄건저[羅根澤]가 각기 『중국문학비평사(中國文學批評史)』에서 유지기의 문학이론에 관해 따로 장을 설정하여 기술하기도 했다. 이런 영향으로 우원즈[吳文治]의 「유지기 『사통』의 사전 문학이론[劉知幾史通的史傳文學理論]」을 비롯하여 짱쭈이[藏祖怡]의 「유지기의 『사통』과 유협의 『문심조룡』[劉知幾史通與劉勰文心雕龍]」에 이르기까지 비교적 다양한 단편 논문들이 나오게 되었다.[3]

　그러나 이제까지 전통 시기 중국의 서사에 관한 논의는 대개 편의적으로 경계선을 설정한 분과 학문에 의해 다분히 편협한 시각에서 고찰되어 왔다. 현대의 연구자들은 거의가 현대적 의미의 문학이나 ‘역사학’과 관련된 점에 한해서 개별적으로 연구 주제를 설정하여 그 테두리 안에서 내린 관견(管見)에 안주하는 경향이 있었다. 물론 문학과 역사학 가운데 어느 분과의 입장에 있는 학자일지라도 대부분 자신들의 연구가 다른 분과의 시각에서 달리 해석될 수 있는 여지가 있음은 인정하는 듯했지만, 더욱 적극적인 자세로 그 분과의 경계를 벗어나려는 노력은 거의 기울이

儒의 『史通訂註』와 王惟儉의 『史通訓故』를 비롯하여 淸代 黃叔琳의 『史通訓故補』와 浦起龍의 『史通通釋』과 같은 주석본들이 있다. 이 가운데 오늘날 유행하는, 비교적 자세하고 뛰어난 해설을 갖춘 자료는 浦氏의 것이다. 어쨌든 이러한 판본 상황은 청대까지 『사통』에 대한 연구가 그다지 보편적이지 않았다는 것을 우회적으로 보여준다.
3) 彭雅玲, 『史通的歷史敍述理論』, 臺北 : 文史哲出版社, 1993, 4~8면 참조

지 않았다. 이러한 현상은 『사통』에 대한 연구에서도 예외가 아니었다.

여기서 필자는 특별히 『사통』에 국한된 논의를 목적으로 하기보다는 당 왕조 초기에 본격적으로 형성되기 시작한 역사 서사의 차별적 개념에 대해 주목하면서, 그런 현상을 집중적으로 조명할 수 있는 방증 자료로서 『사통』을 활용하고자 한다. 이미 밝혔듯이, 필자는 한대까지 사마천을 정점으로 다져진 '원－서사'에 대한 종합적이고 미분화된 개념들이 육조 시기에 비약적으로 증폭된 역사 서사에 대한 관심을 바탕으로 당 왕조에 이르러 특별히 분화된 양태로 구체적인 경계선을 확정하게 된다고 생각하고 있다. 이에 따라 필자가 보는 『사통』의 실제적인 의의는 바로 이러한 경계 짓기의 구체적인 내용들을 천명하는 데에 있다고 할 수 있다. 유지기는 사마천에게서 강화된 서사 주체의 능동적 역할에 한층 더 권위를 부여하기 위해 서사의 범주와 방법에 대한 이론적 탐색을 시도했다. 그는 미분화된 '원－서사론'의 내부에 자기 나름대로 설정한 기준에 근거하여 일정한 질서를 부여하려 했고, 그 결과 이전 시기에 비해 상대적으로 엄격한 개념적 테두리를 명시한 역사 서사의 개념을 정립하게 되었다.

그러나 역사 서사의 개념을 위한 좀더 엄격하고 구체적인 경계선에 대한 탐구는 다양한 서사의 양식들 가운데 '순수하게' 역사 서사의 성격을 띤 것과 그렇지 않은 것들을 차별화하기 위한 기준을 마련하는 방향으로 집중되게 된다. 그러므로 이러한 노력은 한편으로는 역사 서사의 성격을 좀더 분명하게 확정짓게 되지만, 다른 한편에서는 상대적으로 이러한 '순수성'을 부여받지 못한 서사체들의 소외된 집단을 형성하게 만든다. 필자는 전통 시기 중국에서 이렇게 소외된 서사체들의 집단이 능동적으로 자신들의 '동류의식'을 갖게 되는 순간 이른바 문학 서사라고 할 수 있는 어떤 개념이 배태하게 된다고 생각하고 있다. 그런 의미에서 『사통』은 하나의 중요한 분기점이 되는 것이다.

이런 맥락에서 이 장에서는 먼저 역사 서사의 독립적 지위가 형성되는 과정과 그에 관련된 『사통』의 공헌을 정리하고,[4] 이어서 역사 서사에서 소외된 서사체들의 집단이 이후에 명말·청초에 이르러 문학 서사로서 자기 가치를 확보하게 되는 것과 관련된 주요 실마리들을 규명해볼 것이다.

1. '역사 서사' 개념의 성립—『사통』의 주변

1) 당대 '사관'의 성격과 서사 환경

당 태종(太宗, 627~649년 재위)은 중원을 평정하고 북방 이민족을 복종시킴으로써 '세상이 한 집안[天下一家]'이라는 개념을 확립했다. 이러한 대통합의 추세는 사상적 측면에도 작용하여 당대에는 현학(玄學)이 새롭게 일어나고 유가·불가·도가의 '삼가(三家)'가 합류되는 특징이 나타났다. 그러나 다양성을 통합하는 거대한 사업에는 강력하고 정통성을 확보한 하나의 구심점이 필요했을 것이다. 이에 따라 당 왕실은 자연스럽게 역사의 편찬에 주목했고, 서기 629년(貞觀 3)에 궁중에 역사 편찬을 전담하는 기구인 '사관(史館)'이 정식으로 설립되어 양(梁)·진(陳)·제(齊)·주(周)·수(隋) 등 '오대사기전(五代史紀傳)'과 『진서(晉書)』가 완성되었다. 이것은 곧 이 시기에 이르러 역사 편찬이 국가의 공식적 사업으로 변했다는 것을 의미한다.

물론 중국의 역사 서술은 그 기원에서부터 일종의 공무 행위로 여겨졌으며, 또한 원칙적으로 '사관(史官)'이 아니면 역사를 서술할 수 없다는 일

---

4) 그러나 역사 서술과 역사 비평의 구체적인 방법과 내용에 대해서는 이미 현대 역사학계에서 많은 연구가 이루어져 왔기 때문에, 굳이 여기서 중복할 필요가 없다고 생각한다. 아마도 이 주제에 관해 가장 개략적으로 정리된 논문은 高柄翊, 「劉知幾의 『史通』과 史評 理論」, 『中國의 歷史認識』 上(閔斗基 編), 창작과비평사, 1985, 541~576면·555~576면일 것이다. 그러나 좀더 자세히 정리된 것으로 彭雅玲, 『史通的歷史敍述理論』, 臺北: 文史哲出版社, 1993년의 3~6장을 들 수 있다.

종의 암묵적 관행이 있었던 듯하다. 예를 들어서 반고는 그의 부친 반표(班彪)가 시작했던 『한서』의 편찬을 완성하려다가 "사사로이 나라의 역사를 고쳐 쓴다[私改作國史]"는 이유로 감옥에 갇히게 되었다. 그 후 그는 난대령사(蘭臺令史)에 임명되어 정식으로 황제의 명을 받아 『세조본기(世祖本紀)』와 열전, 재기(載記) 등을 편찬하여 '황제에게 바쳤'는데, 바로 이것이 나중에 『동관한기(東觀漢記)』를 편찬하는 토대가 되었다. 그리고 위(魏)나라 명제(明帝) 태화(太和, 227~232) 연간에 '저작(著作)'이라는 관직 이름이 나타났고, 북제(北齊) 때에는 정식으로 사관(史館)을 두고 재상으로 하여금 이를 총괄하게 하면서 '감수국사(監修國史)'라는 호칭이 생겨나기도 했다.[5] 그러나 실질적으로 최초의 왕실의 주도로 편찬된 역사는 수(隋)나라 문제(文帝)가 집권하던 서기 593년(開皇 13)에 "민간에서 나라의 역사를 편찬하거나 인물에 대해 품평하는 것을 금한다"는 조서를 내리면서 시작되어,[6] 본격적으로 왕실의 주도하에 이전 왕조의 역사를 수찬(修撰)한 것은 당 왕조에 이르러서야 시작된다고 보는 것이 일반적이다. 아마도 이것은 국가로부터 공인을 받은 '정식 역사'의 개념이 당대부터 점차적으로 확립되기 시작한다는 사실과도 관련이 있을 것이다.

이처럼 역사 편찬이 국가의 주요 시책 가운데 하나가 됨으로써 당대의 역사학은 수량과 품질 면에서 모두 비약적인 발전을 이루었다. 1세기 말엽에 나온 『한서』 「예문지」의 '『춘추』류'에 수록된 서한 시기의 역사 저작이 모두 6종 343편이었던 데에 비해, 그로부터 92년 후에 나온 『수서』 「경적지」(서기 656)의 '사부(史部)'에는 이미 없어진 책을 포함해서 874부 16,558권이 수록되어 있다.[7] 이것은 '사부' 전체에 수록된 서적 종류의 약 오분

---

5) 全海宗, 「中國人의 傳統的 歷史觀」, 『史觀이란 무엇인가』, 청람문화사, 1995 증보 10쇄, 199~231면에서 특히 224면 참조.

6) 『隋書』 卷2 「紀」 第1 「高祖」 下. "五月癸亥, 詔人間有撰集國史, 臧否人物者, 皆令禁絶."(魏徵 等, 『隋書』, 北京 : 中華書局, 1991 초판, 38면)

7) 高柄翊, 「劉知幾의 『史通』과 史評 理論」, 『中國의 歷史認識』 下(閔斗基 編), 창작과비평사, 1985, 541~576면에서 542면 참조 이전까지 줄곧 經書와 같은 범주로 취급

의 일에 해당하며, 권수로는 삼분의 일이 넘는다. 그런데 『신당서(新唐書)』 「예문지」에 따르면, "책을 소장하는 일은 개원(開元, 713~741) 연간에 가장 성행해서 기록된 것만 해도 53,915권이나 되며, 그 가운데 당대의 학자들이 지은 것은 28,469권"이라고 했다.8) 다른 것은 논외로 치더라도 오늘날 남아 있는 『이십사사(二十四史)』 가운데 삼분의 일이 당대에 완성된 것이라는 점만 보더라도 이 시기 관찬(官撰) 역사학의 발달 정도를 알 수 있다.9) 물론 이 무렵에도 이연수(李延壽)의 『남사(南史)』와 『북사(北史)』, 유지기의 『사통』, 두우(杜佑)의 『통전(通典)』, 이길보(李吉甫)의 『원화군현도지(元和郡縣圖志)』와 같이 개인에 의해 저작된 것들이 있긴 하지만,10) 이것들 역시 모두 사관(史館)이나 그 밖의 관청에서 저작 여건을 제공함으로써 나올 수 있었던 책들이다.

서사론의 전개와 관련시켜 생각할 때, 당대의 사관(史官)은 사마천과 같은 세습적 관직이 아니라 대부분 과거제도11)를 통해 선발된 일종의 전문

되었던 史書는 『隋書』 이후 비로소 독립적인 하나의 '部'로 분류되어 經·子·集과 나란히 거명된다.

8) 『唐會要』 卷36 「修撰」의 기록에 따르면, 開元 9년(서기 727)에 元行冲이 황제에게 『群書四部錄』 200권을 바쳤는데, 거기에는 모두 2,655部 48,169卷으로 되어 있다고 한다. 여기에 관해서는 瞿林東, 「論魏晉南北朝隋唐時期的歷史發展與史學特點」, 『復印報刊資料·歷史學』, 北京：中國人民大學書報資料中心, 1995.12, 23~31면, 27면과 31면의 주 15번 참조.

9) 明代까지 황제의 裁可를 통해 '정식 역사'로 승인된 역사서 가운데 이 시기에 나온 것으로는 『史記』와 『漢書』 외에 『後漢書』·『三國志』·『晉書』·『宋書』·『南齊書』·『梁書』·『陳書』·『魏書』·『北齊書』·『周書』·『隋書』·『南史』·『北史』 등 15부가 있다.

10) 이 가운데 '정식 역사'에 포함된 것은 李延壽의 『南史』와 『北史』이며, 이밖에 宋代의 歐陽修가 편찬한 『新唐書』 역시 '정식 역사'에 포함되었지만 사실상 私撰에 해당하는 역사서이다.

11) 사실 '科擧'라는 용어는 宋代 이후에 사용된 것이고, 唐代의 과거는 '貢擧'이다. 唐代 '貢擧'의 인재 선발의 과목은 漢代의 이른바 孝廉科·賢良方正科·茂才科 등 도덕적 규범을 기준으로 하는 방식에서 明經科·秀才科·進士科 등의 능력 평가 위주로 바뀌게 된다. 대개 府와 州에서 천거된 일정 수의 鄕貢明經과 鄕貢進士 가운데 관료 예비자를 최종적으로 선발했다. 여기에 관해서는 柳元迪, 「唐 前期의 支配層―구 귀족과 관료기반의 확대」, 『講座 中國史』 II(서울대 동양사학연구실 편), 지식산업사,

인들이라는 점에서 대단히 특별한 성격을 지닌 존재들이다.[12] 즉, 종래의 문벌(門閥)과는 다른 신분에서 입신양명한 신흥 지식인 계층의 일원이며 또한 왕실에 부속된 세습적 사관과도 전혀 다른 존재로서 그들은 한 왕조까지의 사관들과는 본질적으로 다른 사고방식이나 가치관을 바탕으로 역사 편찬에 임하고, 그에 따른 새로운 논리를 개발하려 했다.

당 왕조는 수 왕조의 잇단 정치 개혁의 정신을 계승하여 중앙 집권을 강화하고 이를 율령법식(律令法式)으로 법제화(法制化)함으로써 사관을 포함한 모든 관료들은 황제의 절대적 지위 아래 복속되는 '신료(臣僚)'로 전환되고 있었다.[13] 특히 고종(高宗, 650~683년 재위) 이후 균전제(均田制), 조용조제(租庸調制), 부병제(府兵制), 향촌제(鄕村制)의 상호 의존적 관계가 붕괴함과 동시에 관중(關中) 지역의 귀족을 주축으로 한 관료 귀족의 고정화 현상이 붕괴되기 시작하면서[14] 신흥 서민층의 관료 진출이 두드러졌다. 또한 성공한 상인들은 축적된 부를 바탕으로 권세자와 사적인 결합을 통해 관계로 진출함으로써 당대의 기본적인 양(良)·천(賤) 신분제마저 기반이 흔들리고 있었다.[15] 이에 따라 개원 연간 현종(玄宗)의 개혁 조치들은 주로 과

1989 初版, 219~254면에서 237~238면 참조.

12) 예를 들어서, 『新唐書』「劉知幾傳」에 따르면 劉知幾는 高宗 永隆 원년(서기 680), 그의 나이 스무 살 때 進士시험에 합격했다. 그리고 그는 여러 차례 鳳閣 즉 中書省 舍人에 천거되어 나라의 역사를 편수하였고(則天武后 長安 4년, 44세), 中宗 때에는 太子率更令에 발탁되었다(神龍 元年, 45세). 이상은 趙呂甫, 『史通新校注』, 重慶出版社, 1988, 1114~1121면 참조.

13) 太宗 때까지 문벌의 세력을 약화시키고 官人 優位의 臣僚化를 확립하기 위한 정책 가운데 대표적인 것은 이른바 『氏族志』와 『姓氏志』의 편찬이라고 할 수 있다. 이것을 포함한 일련의 논의는 柳元迪, 앞의 책, 219~254에서 221~236면 참조.

14) 均田體制에 관한 자세한 내용은 金裕哲, 「均田制와 均田體制」, 『講座 中國史』 II (서울대 동양사학연구실 편), 지식산업사, 1989, 133~218면 참조.

15) 물론 이렇게 변칙적인 방법으로 관직에 오른 사람들은 대개 文筆職인 流外나 雜任職인 胥吏로 임용되어 '官'과는 엄격히 구분된 '吏'로 통칭되며, 실질적인 영향력은 크지 않았다. 그러나 그들 가운데 적지 않은 수가 '流內官'으로 유입했고 또 일부는 정식으로 과거를 통해 관료 세력으로 편입했다. 이 가운데 특히 후자의 방법으로 관직에 오른 사람들은 재상으로까지 승진하며 당대의 관계에 중요한 영향력을 발휘했다.

거를 통해 진출한 이들 신흥 관료들을 중심으로 이루어지게 되었다.[16]

이와 마찬가지로 당 왕조의 사관들 가운데 상당수는 기본적으로 새로운 제국 질서의 정립을 위한 문벌 견제를 목적으로 선발된 관료의 일원이었다. 특히 고종과 측천무후(則天武后) 이래 사관은 세습적으로 익힌 역사에 대한 지식을 바탕으로 임명된 것이 아니라, 과거시험을 통해 문장 능력이 검증된 신진 지식인으로 충원되는 경향이 강해지고 있었다.[17] 그렇기 때문에 그들은 지난날의 문벌 귀족들에 대해 좀더 객관적이고 냉엄한 태도로 평가할 수 있는 준비가 되어 있었다. 그러한 그들의 자부심은 문벌 귀족들에 비해 상대적으로 전문적이고 깊은 지적 소양을 바탕으로한 것이었다. 그들은 시문과 경학을 위주로 선발되었기 때문에, 치열한 경쟁 속에서 다져진 그들의 지식과 문장 재능은 지난날의 문벌 귀족들이 특권의식과 품위 유지를 위해 익힌 기본 소양들과는 질적으로 다를 수밖에 없었던 것이다. 또한 사상의 대통합이라는 추세는 그들로 하여금 좀더 다원적이고 광범한 사고의 틀을 형성할 수 있게 만들어주었다. 이미 선진(先秦) 시기의 사관들이 그러했듯이, 당대(唐代)의 사관들도 당연히 종합적인 지식인으로서 활동할 수 있는 자질을 필요로 했다. 그러나 역사와 지식의 산물로서 서적이 폭발적으로 증가하면서 그들은 선배들에 비해 상대적으로 더 많은 노력을 쏟아야 했고, 그 결과 그들은 더욱 체계적이면서 심원한 지적 역량을 갖출 수 있었다. 그러므로 그들은 사마천이나 반고와 같이 자각적 의식을 가진 선구자들의 전통을 더욱 창의적으로 계승하여 올바른 역사 기술의 방향에 관해 고민하고, 역사 서술의 범위와 합리적인 서술 방식을 개발함으로써 궁극적으로 전통 시기 중국의 과학적인 역사 서사의 토대를 확고히 마련할 수 있었다.

---

16) 이에 대해서는 柳元迪, 「唐 前期의 支配層―구귀족과 관료기반의 확대」, 『講座 中國史』 II(서울대 동양사학연구실 편), 지식산업사, 1989 초판, 219~225면에서 243~249면 참조

17) 彭雅玲, 『史通的歷史敍述理論』, 臺北 : 文史哲出版社, 1993, 57면 참조

혹자는 당대 역사학의 홍성이 위진남북조 이래 지속적으로 진행된 역사학과 경학의 분리에 따른 결과라고 설명하기도 한다. 예를 들어서, 루야오동[逯耀東]은『한서』「육예략(六藝略)」에서 알 수 있듯이, 원래 경학의 부속물이었던 역사학이 위진남북조에 이르러서는 점차 독립되기 시작하며, 그런 사실을 가장 잘 입증하는 것이 배송지(裵松之)의『삼국지주(三國志注)』라고 설명했다.[18] 그러나 사실상 역사학의 독립적인 지위는 이미 살펴본 것처럼 사마천의 시대부터 형성되기 시작되었다고 할 수 있기 때문에, 이러한 논의는 근본적으로 착안점에 문제가 있다고 할 수 있다.[19] 또한 전통 시기 중국의 학문 체계에서 특정한 분과 학문의 존재를 생각한다는 것 자체가 원천적으로 불가능한 일이기도 하다. 다시 말해서 우리가 전통 시기 중국의 맥락에서 당대에 성립된 역사학이라는 특정한 분과 학문을 운위할 때에는 현대적 의미의 분과 학문과는 다른 차원에서 그 한계를 분명히 해둘 필요가 있다는 것이다.[20] 그런 의미에서 우리는 이미 앞에서 밝힌 것처럼, 당대의 역사학이란 경학을 바탕으로 한 유가의 문장관 내에 포함되는 특정한 하부 구조 가운데 하나라고 생각한다. 그것은 마치 인간의 신체와 경락(經絡) 사이의 관계처럼 떨어질 수 없는 상호 보완적 관계를 맺고 있는 것이다.[21] 다만 모든 문장을 개괄적이고 종합적인

---

18) 逯耀東,「從隋書經籍志史部的形成論魏晉史學轉變的歷程」,『食貨月刊』第10卷 4期, 1982.8, 14~25면 참조.

19) 雷家驥,「兩漢至唐初的歷史觀念與意義―兼論其與史學成立的關係(1)」,『華學月刊』第136期, 1983.4, 17~22면 참조.

20) 이와 관련해서 閔斗基의 견해를 참고할 만하다. 그는 史部가 經部에서 독립되었다기보다는 그 자체로 분량이 비대해졌기 때문이라고 보는 편이 나을 듯하다고 하면서, "史 그 자체와 아울러 역사서 편찬의 재료가 되는 것까지를 전부 역사서에 포함시킨 것은 史가 역사서 이상의 포괄적인 것으로 인식되었기 때문"이라고 했다. 즉 전통 시기 중국에서 역사는 全能은 아닐지라도 多能的인 것으로 생각되었다는 설명이다. 여기에 대해서는 閔斗基,「中國에서의 歷史 認識의 展開」,『中國의 歷史認識』上(閔斗基 編), 창작비평사, 1985, 61면 참조.

21) 胡宏,『皇王大紀』「自序」. "史之有經, 猶身之肢體有脈絡也. …… 經之有史, 猶身之脈絡有肢體也."(楊翼驤・喬治忠,「論中國古代史學理論的思想體系」,『復印報刊資料 歷史學』, 北京 : 中國人民大學書報資料中心, 1995.11, 23~32면의 25면에서 재인용)

시각에서 논하던 이전의 관행에서 벗어나 역사라는 구체적인 분야와 관련된 문장을 좀더 치밀하고 체계적으로 설명하려는 것이 바로 역사학인 셈이다.

이처럼 유가적 문장관 내의 한 부분으로서 당대 역사학의 위상은 사마천으로 대표되는 '원-서사론'과 본질적인 측면에서 차이점을 보이고 있다. 이미 고찰한 것처럼, 사마천의 서사론은 잃어버린 사관의 권위를 회복하기 위한 일종의 선험적 사명감을 바탕으로 성립되었다. 현실 역사의 변천과 '하늘의 도' 사이에 얽힌 복잡한 상관관계를 규명하려는 그의 시도는 애초에 몰락한 자신의 혈통에 대한 자각과 반성을 계기로 시작되었던 것이다. 그러나 당대 초기의 역사가들22)은 이미 혈통적으로 세습된 사관이 아니었기 때문에, 그들이 역사 편찬에 참여하게 된 동기나 그 행위에 대해 부여한 의의는 사마천과 질적으로 다를 수밖에 없었다. 과거시험을 통해 검증 받은 문장 능력을 바탕으로 역사 편찬의 임무를 맡게 된 이들은 역사서의 편찬에 관련된 기술적 능력과 지적 소양이 갖춰지기 전까지는 주로 육조 이래의 화려하기만 하고 내용이 없는 문장 기풍을 바로잡는 데에 치중할 수밖에 없었다. 당대 초기에 『진서(晉書)』를 비롯한 육조 각국의 역사를 다시 쓴 것은 사실상 예전 역사서의 체례를 거의 그대로 차용하면서 단지 몇 가지 내용상의 보완을 하고 문장의 표현을 다듬은 것에 지나지 않는 일이었다고 할 수 있다. 왜냐하면 『춘추』와 『사기』가 나온 이후로 전통 시기 중국의 역사 서술은 편년체와 기전체의 틀에서 크게 벗어나지 못했고, 단지 시대와 역사가 개인의 생각 차이에 따른 우열 논쟁만이 지속되었기 때문이다.

---

22) 대표적인 인물로 『周書』와 『晉書』의 편찬에 중심적 역할을 수행했던 令狐德棻(583~666), 『隋書』를 편찬한 魏徵(580~643)과 孔穎達(574~648), 『北齊書』를 편찬한 李百藥(565~648), 『南史』와 『北史』를 편찬한 李延壽(唐 相州人, 주로 貞觀 연간에 활동), 그리고 『梁書』와 『陳書』를 편찬한 姚思廉(557~637) 등을 들 수 있다. 이들의 역사서는 唐代에 이른바 정식 역사로 간주되어 5·4 이전까지 官方 지식인들에 의해 줄곧 그 정통성을 인정받아 왔다.

그런데 역사서를 포함한 모든 문장이 화려한 수식보다는 소박하되 내실이 튼튼해야 한다는 당대 초기 역사가들의 문장관23)은 다른 한편에서 역사 서술의 '실록' 정신을 강화하는 결과를 낳았다. 즉 역사란 외적인 문체의 화려함보다는 사실 그대로의 기록을 명확하게, 그리고 객관적으로 기록해야 한다는 정신이 바로 그것이다. 물론 역사 기술의 객관성은 사마천의 시점에서 이미 충분히 강조되고 있었지만, 당대 초기의 역사가를 포함한 지식인 집단은 대단히 체계화된 유가적 가치관 위에 다져진 '실사구시(實事求是)'의 정신으로 무장하고 있었다. 비록 당대 초기의 과거제도는 여전히 문벌 귀족 중심의 출사(出仕) 통로였지만,24) 그 여파로 문벌 귀족뿐만 아니라 중당 이후 본격적으로 대두하게 되는 하층의 신진 사대부들이 육조 이전의 문인들에 비해 유가사상에 더욱 주목하게 되었기 때문이다. 특히 당대의 유학은 한대 고문경학파의 전통을 계승했기 때문에,25)

---

23) 예를 들어서 魏徵(서기 580~643, 字는 玄成)은 『隋書』 卷76 「列傳」 第41 「文學」에서 이렇게 썼다. "梁나라 大同 연간(梁 武帝의 연호, 서기 535~536) 이후로 올바른 도리가 침체되어 없어지면서 점차 경전의 법칙에서 어긋나게 되고 다투어 새로운 기교만을 추구하게 되었다. 簡文帝와 湘東王(宋 明帝 劉彧)이 음란하고 방탕한 기풍을 열자 徐陵과 庾信이 길을 나누어 치달렸다. 그 뜻은 천박하고 번잡했고, 그 문장은 진실을 숨기고 화려하기만 했으며, 단어들은 가볍고 어려운 것만 숭상했고, 정서는 대부분 애절하고 수심에 차 있었다. 그러니 吳나라 季札이 감상했던 『시경』의 노래들에 비하면 대개 또한 망국의 음률이라 하겠다![梁自大同之後, 雅道淪缺, 漸乖典則, 爭馳新巧.. 簡文湘東啓其淫放, 徐陵庾信分路揚鑣. 其意淺而繁, 其文匿而彩, 詞尙輕險, 情多哀思, 格以延陵之聽, 蓋亦亡國之音乎!]"(魏徵 等, 『隋書』, 北京 : 中華書局, 1991 4刷, 1730면) 당대 초기의 역사가들은 당연히 철학가이자 정치가로서의 역할도 수행했기 때문에, 문장에 관한 그들의 논의에는 물론 문장과 性情의 관계를 언급한 것도 없진 않으나, 주로 '經邦緯俗' 또는 '匡主和民'이라는 일종의 功用論이 주류를 이루고 있다. 이에 관해서는 成復旺 外, 『中國文學理論史』, 北京出版社, 1987, 36~38면 참조.

24) 毛漢光의 통계에 따르면 당대의 통치 계층 가운데 士族 출신이 66.2%, 소규모 귀족 가문 출신이 12.3%, 출신이 하층 백성인 사람은 21.5%를 차지하고 있었다고 한다. 또한 과거제도를 통해 벼슬길에 들어선 사람들 가운데 69%가 사족 출신이고, 소규모 귀족 가문 출신은 13%, 그리고 원래 출신이 하층 백성인 사람은 18%에 지나지 않았다고 한다(彭雅玲, 『史通的歷史敍述理論』, 臺北 : 文史哲出版社, 1993, 63면 각주 27 참조).

25) 예를 들어서 『춘추』에 대한 경학의 경우, 『수서』 「경적지」에 따르면 晉나라 때에는 '삼전'이 모두 國學으로 세워져 있었으나 隋나라에 이르면 『좌전』의 杜預 注만이 남아 있게 되었다고 설명하고 있다(魏徵 等, 앞의 책, 932~933면 참조).

당대 초기 지식인들이 실질을 숭상하는 기풍은 사마천에 비해 유가적 현실주의의 측면에서 한층 강화되어 있었다고 할 수 있다.

결국 당대 초기에 실제 사실에 입각한 객관적 역사 서술이라는 새로운 개념 즉, 구체적인 역사 서사의 개념이 생겨나게 된 것은 바로 이러한 '실록' 정신이 적극적으로 작용한 산물이라고 할 수 있다. 그리고 이미 현대의 많은 역사학 연구자들이 밝힌 것처럼, 유지기의 『사통』을 관철하는 핵심 주제 역시 역사 서술이 "사실을 있는 그대로 정직하게 쓰는 것[實錄直書]"이었다. 다시 말해서, 사마천의 『사기』가 "사물의 이치를 잘 서술했으며, 변별력이 있으되 지나치게 화려하지 않고, 거칠고 소박하지만 비천하지는 않고, 문장이 올곧고 사실에 핵심이 있으며, 공허한 찬미가 없을 뿐만 아니라 악을 은폐하지도 않았"기 때문에 "그것을 일컬어 실록이라 한다"는 『한서』 「사마천전(司馬遷傳)」 "찬(贊)"의 진술26)이 유지기에게는 '역사 서사'가 추구해야 할 이상으로 간주되었던 것이다.

2) '역사 서사'의 의미와 범주

어느 역사학자의 세밀한 분석에 따르면, 유지기는 역사를 좋아하는 개인적 취향뿐만 아니라 『측천무후실록(則天武后實錄)』(706년 간행)의 편찬 과정에서 드러난 역사 서술에 관한 견해차로 인해서 『사통』을 저술했으며, 그 시기는 705년 내지 706년에서 710년 2월 사이로 압축될 수 있는 듯하다.27) 또한 유지기의 생애와 『사통』의 저술 과정을 함께 정리하고, 특히 후자의 경우는 유지기가 '사관(史館)'에 들어가기 전후의 정황을 나누어서

---

26) "然自劉向揚雄博極群書, 皆稱遷有良史之材, 服其善序事理, 辨而不華, 質而不俚, 其文直, 其事核, 不虛美, 不隱惡, 故謂之實錄."(司馬遷 撰, 許東方 校訂, 『史記』, 臺北 : 宏業書局, 民國 72 再版, 1241면)

27) 高柄翊, 「劉知幾의 『史通』과 史評 理論」, 『中國의 歷史認識』 上(閔斗基 編), 창작과비평사, 1985, 547~551면 참조.

상당히 깔끔하게 정리해놓은 연구 업적도 있다.[28] 그러나 우리는『사통』
을 단순히 유지기의 개인적 취향이나 시대적 상황으로 인해 뛰어난 능력
을 인정받지 못한 불만과 같은 한정된 시각에서 파악하는 것은 이 특출
한 저작의 진정한 의의를 제대로 밝히는 방법이 아니라고 생각한다.

　물론『사통』의 저작 배경은 보는 각도에 따라 다양하게 설명될 수 있
겠지만, 당 왕조 초기 역사 서사의 정리와 관련된 우리의 입장에서는 당
시의 ‘사관 수사(史館修史)’제도[29]에 대한 유지기의 불만에 가장 중요한 의
의를 부여하고 싶다. 이와 관련된 유지기의 생각은『사통』「오시(忤時)」에
잘 나타나 있는데, 여기서 그는 자신이 두 번이나 ‘사관’에 들어가 일하면
서도 끝내 역사서를 완성하지 못한 이유를 다음과 같이 다섯 가지로 요
약하고 있다. 첫째, 좌구명(左丘明)이나 사마천의 경우처럼 옛날의 위대한
역사 저작은 개인의 손에 의해 이룩되었는데, 사관제도는 저술의 주체를
없앰으로써 역사서의 체제에 조리가 없게 만들고, 특히 책임감을 느끼지
못하는 관리들의 태만함과 눈치 보기로 인해 저술 작업이 원활하게 진행
되지 않는다. 둘째, 한나라의 경우는 국가의 모든 문서와 저작들이 일단
사관(史官)에게 모아짐으로써 역사 서술을 위한 풍부한 자료를 제공했지
만, 육조 이래로 그런 제도가 없어짐으로써 올바른 역사 서술이 어려워졌
다. 셋째, ‘사관’이 궁중에 설치되었고 그곳에 근무하는 관리의 수가 지나
치게 많아짐으로써 기밀 유지와 외부 간섭의 배제가 원천적으로 어려워
졌다. 넷째, 옛날의 역사서는 각 체례별(體例別)로 고유한 장단점을 갖추고
있었으나 당 왕조 때에는 역사 저술을 ‘감수(監修)’하는 대신들의 통제가
지나치게 많고 또한 서로 어긋나기 때문에 집필에 임하는 관리들을 혼란
스럽게 만들고 있다. 다섯째, 역사 저술을 감수하는 관리들이 총지휘의

<hr>

28) 彭雅玲,『史通的歷史敍述理論』, 臺北 : 文史哲出版社, 1993, 23～68면 참조.
29) 이에 관해서는 雷家驥,「唐前期國史官修體制的演變―兼論館院學派的史學批評及
　　其影響」,『文史學報』7호, 臺灣 : 東吳大, 1989.3, 1～36면과 邱添生,「唐代設館修史制
　　度探微」,『歷史學報』第14기, 臺灣 : 師範大, 1986, 1～33면 참조.

역할을 제대로 수행하지 못하고 하릴없이 세월만 보내고 있다.[30] 이상 다섯 가지 요인들은 사실상 여러 명의 사관들로 하여금 집단으로 역사서를 저술하게 하는 제도와 사관들의 자질 부족 및 그들의 저술을 감수하는 관리의 직무 태만 등 세 가지로 압축되며, 또한 그 모든 문제는 궁극적으로 '사관 수사'라는 제도의 모순에 대한 비평으로 귀결된다고 할 수 있다. 그 가운데 우리는 특히 유지기가 역사 저술이란 한 사람에 의해 일관성 있게 진행되어야 한다고 주장한 점에 주목할 필요가 있다. 사실상 이것은 저술의 외적인 짜임새를 결정하는 데에도 중요한 요건이며, 나아가 이런 지적을 통해 서사 주체의 능동성을 중시하는 역사 서사의 궁극적인 성격에 관한 유지기의 생각을 추론할 수 있기 때문이다.

어쩌면 유지기도 사마천의 뒤를 이어, 역사 서사란 구체적이고 객관적인 사료를 바탕으로 진행하는 서사 주체의 역사에 대한 적극적 해석 행위로 생각했을지도 모른다. 이것은 그가 과거의 위대한 역사 서술의 체제는 각기 독자적인 특성과 장점을 지니고 있다고 밝히면서,[31] 그런 식의 저작을 위해서는 역사가 개인의 잘 다듬어진 재능이 중요하다고 이론과 실천한 데에서도 우회적으로 증명된다. 『구당서(舊唐書)』 권101 「유자현전(劉子玄傳)」에 따르면, 유지기는 역사가가 갖추어야 할 재능으로 이른바 '재능[才]'과 '학문[學]', 그리고 '식견[識]' 등 세 가지를 꼽았다. 여기서 '재능'이란 사료를 선별하고 체계적으로 정리하여 역사서의 문장으로 쓰는 재능을 가리키며, '학문'이란 역사 지식 및 관련 학문에 대한 지식의

---

30) 이 글의 원문은 趙呂甫 注, 『史通新校注』, 重慶出版社, 1988, 1096~1098면 참조.
31) 『史通』 「忤時」. "무릇 『상서』의 가르침은 널리 통달하여 먼 시대의 일을 알게 하는 것을 위주로 하고, 『춘추』의 뜻은 악을 징벌하고 선을 勸勉하는 것을 우선으로 여긴다. 『사기』는 처사를 물리치고 간웅을 내세웠으며, 『한서』는 충신을 억누르고 군주의 잘못을 꾸며 가렸다. 이것들은 모두 지난 날 역사 서술의 성공과 실패를 보여주는 사례들이며, 훌륭한 역사가가 옳고 그름을 판단하는 기준으로서, 작자들은 그것에 대해 상세히 말했다[夫尙書之敎也, 以疏通知遠爲主, 春秋之義也, 以懲惡勸善爲先. 史記則退處士而進奸雄, 漢書則抑忠臣而飾主闕. 斯並囊時得失之列, 良史是非之準, 作者言之詳矣]."(趙呂甫 注, 위의 책, 1098면 참조)

깊이를, 그리고 '식견'이란 인품의 정직함과 옳고 그름을 판별하는 눈을 바탕으로 선악을 그대로 기록하는 과감한 정신을 가리킨다.[32] 물론 이것은 사마천에 대한 반표(班彪)의 칭찬[33]에서 『수서』 「경적지」에 나타난 역사가의 조건[34]에 이르기까지 이미 많은 사람들이 관심을 가졌던 문제이다. 그러나 유지기의 이러한 지적은 그가 역사 서술이란 일정한 자격을 갖춘 역사가가 나름대로 사료를 평가하고 해석하는 행위임을 더욱 분명하게 밝히고 있다는 점에 중요한 의미를 부여할 수 있다. 역사 저술이 단순히 지나간 시대의 사료를 연대별로 재배열하는 일만은 아니라는 것은 이미 『춘추』에 대한 해석에서부터 시작된 전통 시기 중국인들의 기본적인 관점이었지만, 그것이 서사 주체로서 역사가 개인의 적극적인 활동으로 인식된 것은 사마천에게서 비롯된다고 할 수 있다. 그리고 유지기는 바로 사마천의 그런 생각을 한층 심도 깊게 논의함으로써 이론적 정당화를 꾀했던 것이다.

유지기가 생각한 역사 서사란 바로 양심적이고 탁월한 재능을 지닌 지식인의 하나로서 서사 주체가 행하는, 지나간 시대의 인간 역사를 통해 행하는 삶에 대한 적극적인 해석 행위라고 설명할 수 있다. 특히 유지기가 역사 서술에서 무엇보다도 '곡필(曲筆)'을 경계한 태도는 아래의 인용

---

32) 楊翼驤・喬治忠, 「論中國古代史學理論的思想體系」, 『復印報刊資料 歷史學』, 北京 : 中國人民大學書報資料中心, 995.11, 23~32면에서 특히 28면 참조.

33) 『後漢書』卷40 上에서 반표는 사마천의 '훌륭한 역사가의 재능[良史之才]'을 갖췄다고 칭송하면서, 그가 "사물의 이치를 잘 서술하여 능숙한 말솜씨를 보이면서도 화려하지만은 않고, 質朴하면서도 천박하지는 않아서, 문채와 바탕이 훌륭하게 균형을 이루고 있다[善述序事理, 辯而不華, 質而不俚, 文質相稱]"고 했다(鄒賢俊 外編, 『中國古代史學理論・要錄』, 湖北人民出版社, 1990, 38면 재인용).

34) 『隋書』卷33 「志」第28 「經籍」二. "무릇 사관이란 반드시 두루 들어 식견이 풍부하고 널리 통달하여 먼 일을 아는 사람을 구하여 그 자리에 있게 하고, 모든 관리들이 그를 돕게 해야 한다. 그렇기 때문에 사관은 지난날의 언행을 모르는 것이 없고, 천문과 지리를 살피지 않는 것이 없으며, 인간사의 법칙에 대해 통달하지 않는 것이 없다[夫史官者, 必求博聞强識, 疏通知遠之士, 使居其位, 百官衆職, 咸所貳焉. 是故前言往行, 無不識也, 天文地理, 無不察也, 人事之紀, 無不達也]."(魏徵 等, 『隋書』, 北京 : 中華書局, 1991 초판, 992면 참조)

문에 잘 나타나 있다.

    채용하고 버리는 것이 제멋대로 추측한 데에서 비롯되고 형벌을 내리고 상을 주는 권위가 붓끝에서 행해진다면, 이것은 글을 쓰는 사람의 추악한 행위로서 인륜에 의해 똑같이 비난을 받을 것이다. …… 조정의 신분 높은 신하들의 경우는 반드시 부친과 조부의 전기를 기록하는데, 그들이 행했다는 일을 살펴보면 모두 자손들이 거짓으로 꾸며낸 것들이다. 그래서 세상 사람들에게 찾아가 확인해보고 나이 많은 원로들에게 물어보면 기록된 행사와는 다른 데가 있고 기록된 말도 대부분 실제와 어긋난다. …… 대개 역사 서술의 쓰임새는 공적을 기록하고 허물을 엿보아 선함을 밝게 드러내고 악함을 미워하며, 한 왕조의 잘잘못을 평가하여 영원토록 길이 영광과 치욕을 남기는 것이다. 만약 이 법을 어긴다면 어찌 훌륭한 사관이라고 할 수 있겠는가?[35]

본래 '하늘'과 관련된 '무사(巫史)'의 소관이었던 세계와 사람의 원리를 밝혀 서술하는 임무를 대신 담당하게 된 지식인으로서 역사가에게 가장 중요한 관건은 사실상 그의 문장 재능이나 학식보다는 진실성을 보증할 수 있는 양심일 것이다. 그리고 종교적 권위로 진실성을 보증할 수 없는 처지에 놓인 '인간'으로서 역사가는 오로지 기탄 없는 양심에 바탕을 둔 진실한 서술 곧 '직서(直書)'를 통해서만 새로운 권위를 확보할 수 있다. 그렇기 때문에 유지기는 "역사가의 임무는 역사 서술을 통해 선함을 권면(勸勉)하고 악함을 경계하며 아름다운 교화의 뜻을 세우는 것"이므로, "나라에 해를 끼치고 반역을 꾀하는 무리나 음란한 군주가 있을 경우 그 일을 올곧게 기록하여 그들의 허물을 가리지 않는다면, 그들의 추악한 행적이 한 왕조에서 밝게 드러나게 되고 그들의 악명이 길이 세상에 전해질 것"이라고 강조했다.[36] "백성을 잘 살게 하기 위한 긴급한 일이요, 나

---

35) 『史通』「曲筆」. "用舍由乎臆說, 威福行乎筆端, 斯乃作者之醜行, 人倫所同疾也. …… 至如朝廷貴臣, 必父祖有傳, 考其行事, 皆子孫所爲, 而訪彼流俗, 詢諸故老, 事有不同, 言多爽實. …… 蓋史之爲用也, 記功司過, 彰善癉惡, 得失一朝, 榮辱千載. 苟違斯法, 豈曰能官."(浦起龍 釋, 『史通通釋』, 臺北 : 里仁書局, 1993, 196~199면 참조)

라를 다스리는 중요한 길”37)로서 역사 서술의 진정한 의의는 바로 이와 같은 지식인의 올곧은 자기 성찰과 믿음성 있는 서술을 통해서만 실현될 수 있다는 것이다.38)

한 가지 흥미로운 것은 역사 서술의 의의에 대한 유지기의 생각이 “문장은 나라를 경영하는 큰 사업이요 영원히 썩지 않는 성대한 일”이라는 조비(曹丕)의 정언(定言)과 유사하다는 점이다. 이것을 거슬러 추론해보면, 당 왕조 때에 형성된 역사 서사의 개념은 육조 이래 확장 추세에 있던 ‘문장’의 범주에 역사 서술 분야를 포함시킨 것이라고 할 수도 있다. 물론 육조의 문장관은 문벌 귀족을 중심으로 형성되기 시작한 ‘문인’ 계층의 개념이라고 할 수 있기 때문에, 어떤 방식으로든 과거제도와 관련이 깊은 당대 ‘사대부―문인’들의 그것과는 토대가 다르다. 당대 ‘사대부―문인’들의 문장관은 유가적 ‘경세’의 신념과 ‘실사구시’의 정신으로 굳건히 무장되어, 육조에 비해 그 범주가 크게 확장된 것이기 때문이다.

과거제도는 벼슬에 나아가기를 지향하는 모든 지식인들에게 문자를 읽고 쓰는 능력을 기본적으로 요구하면서, 나아가 더욱 세련된 문장 형식 속에 심원한 학식과 철학, 정치적 소견 등을 담을 수 있도록 독려했다.39)

---

36) 『史通』「直書」. “史之爲務, 申以勸誡, 樹之風聲, 其有賊臣逆子淫君亂主, 苟直書其事, 不掩其瑕, 則穢迹彰于一朝, 惡名被于千載.”(浦起龍 釋, 위의 책, 192면 참조)

37) 『史通』「史官建置」. 『춘추』가 이루어지자 반역을 꾀하는 무리들이 두려워했고, 南史가 이르자 나라에 해악을 끼치는 신하들이 역사서에 기록되었다. 역사 서술이 사건과 언행을 기록함이 저와 같고 권선징악함이 이와 같다. 이것을 통해 보건대 역사 서술의 쓰임새는 그 이로움이 무척 넓어서, 백성을 잘 살게 하기 위한 긴급한 일이요 나라를 다스리는 중요한 길인 것이다[若乃『春秋』成而逆子懼, 南史至而賊臣書, 其記事載言也則如彼, 其勸善懲惡也又如此. 由斯而言, 則史之爲用, 其利甚博, 乃生人之急務, 爲國家之要道].”(浦起龍 釋, 위의 책, 303~304면 참조)

38) 彭雅玲은 『사통』에서 분석된 거짓된 역사 서술의 원인으로 ① 왜곡된 문장으로 내용을 조작하는 것[曲筆僞說], ② 근거 없이 미화하거나 도에 지나치게 폄하하는 것[虛美厚誣], ③ 사료 선택의 부적당함[取材不當], 그리고 ④ 非事實的인 내용을 지어내서 함부로 논하는 것[虛構妄論]을 지적했다고 정리했다(彭雅玲, 『史通的歷史敍述理論』, 臺北 : 文史哲出版社, 1993, 198면 참조).

39) 피상적으로 볼 때, 문자를 읽고 쓰는 기본적 능력이 예전에 비해 훨씬 복잡하고 체계

그 결과 그들은 『문선(文選)』에 포함된 모든 종류의 문장들을 이러한 신념과 정신에 입각하여 더욱 정교하고 세련되게 활용하고자 노력했으며, 단순한 오락이나 개인적 정서의 토로를 위주로 창작되던 시가를 세련된 형식 위에 작가의 정치적·철학적 사상을 함께 담을 수 있는 적극적이고 성숙한 문학 양식으로 변모시켰다. 물론 그들은 문장을 단순히 '도를 싣는 그릇[載道之器]'이나 '도를 밝히는[明道]' 수단으로 간주하지도 않았고, 그렇다고 문장을 순수하게 나라를 경영하고 백성을 다스리는 수단으로도 간주하지 않았다. 그러나 벼슬살이를 지향하는 지식인들로서 그들의 문장에는 거의 선험적으로 정치성이 어떤 식으로든 배여 있을 수밖에 없었다는 것 또한 분명하다.40) 그렇기 때문에 그들은 문장이란 "크게는 하늘과 땅의 날줄과 씨줄이 되어 훈계와 규범을 만들어 드리우고, 다음으로는 풍자와 교화의 노래를 통해 군주를 바르게 인도하고 백성을 화합하게 하는"41) 데에 그 쓸모가 있다고 강조했다. 이것은 이미 유협에게서 초석이 정립된 유가적 문장관42)을 가장 적극적으로 수용할 만한 지식인 계층이

화된 국가 조직의 행정을 원활히 유지하고자 하는 필요성 때문에 요구된 것이라면, 그 형식과 내용의 세련화는 出仕 지망생들 사이의 경쟁이 빚어낸 결과라고 할 수 있을 것이다.

40) 成復旺 外, 『中國文學理論史』, 北京出版社, 1987, 37~38면 참조.

41) 위 인용문은 『隋書』 卷76 「列傳」 第41 「文學」에서, "문장의 쓰임새는 정말 크도다! 위에서는 그것을 통해 아래에 덕을 바탕으로 한 교화를 펼치는 것이요, 아래에서는 그것을 통해 정서와 뜻을 전달하는 것이다[文之爲用其大矣哉! 上所以敷德教于下, 下所以達情志于上]"라는 진술 다음에 이어지는 것으로, 해당 원문은 다음과 같다. "大則經緯天地, 作訓垂範, 次則風謠歌頌, 匡主和民."(魏徵 等, 『隋書』, 北京 : 中華書局, 1991 4刷, 1729면 참조)

42) 일반적으로 문장이란 '성인의 도리에 근본을 두고[原道]', '성인의 행적과 사상을 徵驗하며[徵聖]', '경전을 존중해야[崇經]' 한다는 것이 『문심조룡』의 핵심적 내용으로 이야기된다. 유협의 이러한 생각은 구체적으로 '문장이란 사실을 기록해야 한다'는 방법으로 귀착되는데, 그것은 그가 屈原의 『離騷』에 대해서 ① 이상야릇한 문장[詭異之辭]과 ② 괴상한 이야기[譎怪之談], 그리고 ③ 편협하고 성급한 뜻[狷狹之志]과 ④ 무례하고 음탕한 마음[荒淫之意]과 같이 경전에 담긴 내용과 다른 것을 담고 있다고 비판한 데에서 확인된다. 이와 관련된 『문심조룡』 「辨騷」의 해당 원문은 詹鍈, 『文心雕龍義證』, 上海古籍出版社, 1996, 148면 참조.

당대에 이르러 과거제도를 매개로 점차 확고하게 형성되고 있었기 때문이다. 그리고 주나라 이래의 역사 서사는 최소한 통치자의 입장에서는 무엇보다도 올바른 다스림을 위한 자료로 활용되었기 때문에, '경세'의 이상을 품고 치열하게 과거시험에 응시하던 당대의 지식인들에게 그것이 넓은 의미의 문장 가운데 하나로 인식된 것은 당연한 일이었다고 할 수 있다.[43]

한대와 육조를 거치면서 비약적으로 축적된 엄청난 문장들은 이미 공자 시대의 한우충동(汗牛充棟)과는 질적으로 다른 차원에 이르러 있었다. 그러므로 아무리 박학을 지향하는 지식인이라 할지라도 한대 초기의 사마천과 같은 '통재(通才)'의 꿈은 그야말로 실현 불가능한 것으로 남을 수밖에 없었다. 유지기가 역사가의 자질로서 '핵재(覈才)'를 언급한 것은 그것이 객관적 역사 서술에 절대적으로 필요한 것이라는 이유도 있겠지만, 다른 한편으로는 '통재'를 실현할 수 있는 개인의 출현이 사실상 불가능한 현실적 상황에 의해 어쩔 수 없이 택한 최소한의 조건이라고 할 수도 있는 것이다. 그런 의미에서 유지기에게 당대의 새로운 문장 개념 속에서 문학과 역사를 구분해야 하는 것은 시대 변천의 필연적인 결과로 인식되고 있었다. 즉 그는 당대 신진 지식인 계층의 유가적 현실주의사상을 토대로 시대와 문장 체제의 변천을 객관적으로 통찰함으로써 자신과 동시대성(contemporaniety)을 지닌 문체 개념을 정립할 필요성을 느끼고, 보편적인 '문장'의 개념 아래 문학적 문장과 역사 서사의 문장을 구별했던 것이다.

옛날에 공자께서는 "문채가 바탕보다 많으면 사(史)이다"라고 하셨다. 대개

---

43) 어쩌면 넓은 의미의 문장에 속하는 한 부분으로서 역사 서사에 대한 인식을 설명하는 우리의 논리가 자칫 당대의 지식인들이 문학과 역사를 같은 범주에서 이해하려 했다고 주장하는 것으로 잘못 읽힐 염려가 있다. 그러나 우리는 이 글에서 '문장'과 '문학'을 서로 구별되는 개념으로 사용하고 있음을 강조하고자 한다. 즉 우리의 '문장' 개념은 그 안에 심미적 글쓰기로서 '문학'과 그보다는 학술적이고 이성적인 글쓰기로서 역사 서사, 그리고 그 밖의 다양한 운문과 산문을 모두 포괄하는 보편적 범주로서 '글쓰기'를 뜻하는 것이다.

여기서 말하는 '사'란 당시의 문장이다. 그러나 순박함이 점차 사라지고 시대가 달라짐에 따라 문학적 문장[文]과 역사 서사의 문장[史]은 상당히 다른 길을 가게 되었다. 그러므로 장형(張衡, 78~139)의 문장은 역사에 정통한 바가 없었고, 진수(陳壽)의 역사서는 문학적 문장에 익숙하지 못했다. 각기 『양도부(兩都賦)』를 짓고 '팔영(八詠)'44)의 시를 읊었던 반고와 심약(沈約)은 『한서』를 편찬하고 『송서(宋書)』를 지었다. 그러나 이런 사람이 얼마나 전해지는가?45) (강조― 인용자)

대개 듣건대, '삼왕'의 시대에는 각기 예가 달랐고 '오제'의 시기에도 음악이 달랐다고 한다. 그렇기 때문에 『사기』 「제태공세가」에서는 풍속에 따라 정치를 했다고 했고, 『역경』에서는 시대의 변화에 따르는 것을 귀중하게 여겼다. 하물며 역사서란 사건을 기록하는 말일 따름이다. 무릇 사건이 변천하는데 언어가 변혁되지 않는다면, 이것은 이른바 기러기발을 아교로 붙여놓고 거문고를 타는 것이요, 움직이는 배에 표식을 해놓고 빠뜨린 검을 찾는 것과 같이 어리석은 일이다.46)

유가적 현실주의를 적극적으로 반영하는 이런 역사관으로 인해 그의 사상은 결국 완고한 의고주의(擬古主義)에 대한 반대로 치달린다. 이런 맥락에서 그는 시대의 변화를 고려하지 않고 모든 기록 언어를 '오경'과 '삼사(三史)'47)의 틀에 맞춰 써야 한다는 교조적 선입견에 대해 강력하게 비판했고,48) 육조 이래의 거짓된 문장들의 잘못을 꼬집을 수 있었다.49) 그

---

44) 여덟 편의 작품은 다음과 같다. 『登臺望秋月』, 『會圃臨春風』, 『歲暮愍衰草』, 『霜來悲落桐』, 『夕行聞夜鶴』, 『晨征聽曉鴻』, 『解珮去朝市』, 『被褐守山東』.

45) 『史通』 「覈才」. "昔尼父有言. 文勝質則史. 蓋史者當時之文也, 然樸散淳銷, 時移世異, 文之與史, 較然異轍. 故以張衡之文, 而不閑於史, 以陳壽之史, 而不習於文. 其有賦述兩都, 詩裁八詠, 而能編次漢冊, 勒成宋典. 若斯人者, 其流幾何?"(浦起龍, 『史通通釋』, 臺北 : 里仁書局, 1993, 250면 참조)

46) 『史通』 「因習」. "蓋聞三王各異禮, 五帝不同樂, 故傳稱因俗, 易貴隨時. 況史書者, 記事之言耳. 夫事有貿遷, 而言無變革, 此所謂膠柱而調瑟, 刻船而求劍也."(浦起龍, 위의 책, 136면 참조)

47) 육조시대에는 『사기』·『한서』·『東觀漢記』를 가리키는 말이었으나, 당대에 들어서 『동관한기』가 失傳되면서 『사기』·『한서』·『후한서』를 가리키는 말이 되었다.

의 이러한 생각은 비록 완고한 정통 유학자들로 하여금 유지기가 성인에
대해 부경을 저질렀다는 인식을 심어주어 반발을 사긴 했지만, 그가 폭넓
은 '문장'의 개념 아래 역사 서사라는 새로운 개념을 논하는 데에 대단히
중요한 토대가 되었음은 분명하다.

『사통』에는 비록 '역사 서사'를 제외한 여타의 문장에 대해서 어떤 구체
적인 개념 정의를 하지 않았지만, 위에서 지적한 내용을 고려해서 유지기
의 전체적인 '문장' 개념을 도표로 정리해보면 〈표 1〉과 같이 될 것이다.

다만 여기서 한 가지 주의해야 할 점이 있는데, 그것은 사실상 『사통』
에서 문학적 문장에 대한 개념 정의는 명확한 단서를 찾기 어려우며 단
지 '순수한' 역사 서사의 문장이란 어떠해야 하는가에 대한 논의만이 대
부분을 차지하고 있다는 점이다. 일반적으로 그의 문맥에서 '문(文)'이라
는 단어는 상위 범주로서 '문장'을 가리키는 경우가 많으며, 미학적 수사

---

48) 『史通』「言語」. "대개 楚나라와 漢나라는 세대가 지금과 떨어져 있어서 당시의 사건
   은 이미 옛날 일이 되어 버렸고, 魏나라와 晉나라는 시대가 가깝기 때문에 당시의 말
   이 지금과 유사하다. 그런데 (사람들은) 이미 옛것이 되어 버린 것에 대해서는 그것이
   文雅하다고 여기고, 지금과 유사한 것에 대해서는 그것이 質朴하다고 놀란다. 무릇 천
   지는 유구하지만 풍속은 항상된 것이 없으니, 훗날 사람들이 지금 이 시대를 보는 것
   또한 지금 우리가 옛날을 보는 것과 같다. 그런데 작자들은 모두 지금의 말을 기록하는
   것을 두려워하고 용감하게 옛날 말을 본뜨니, 참으로 이상한 일이 아닌가? 만약 언어를
   기록함에 반드시 '오경'에 부합해야 하고 '三史'에 의거해야 한다면 이것은 춘추전국시
   대의 풍속이 천지에 걸쳐 함께 남아 천 년의 세월이 흘러도 한결같다고 여기는 것이니,
   어찌 시대의 변천에 따라 질박함과 문아함이 자주 변한다는 것을 징험할 수 있겠는가?
   [蓋楚漢世隔, 事已成古, 魏晉近年, 語猶類今. 已古者卽謂其文, 猶今者乃驚其質. 夫
   天地長久, 風俗無恒, 後之視今, 亦猶今之視昔. 而作者皆怯書今語, 勇效昔言, 不其惑
   乎! 苟記言則約附五經, 載語則依憑三史, 是春秋之俗, 戰國之風, 亘兩儀而并存, 經千
   載其如一, 奚驗以今來古往, 質文之屢變者哉?]"(趙呂甫 注, 『史通新校注』, 重慶出版
   社, 1988, 364면 참조)
   * 다른 판본에서는 마지막 구절에 '驗'자가 빠져 있으나, 趙呂甫는 向宗魯의 견해에
   따라 이 글자를 넣어야 문맥이 통한다고 했다.
49) 『史通』「載文」에 따르면, 그 잘못은 ①虛設, ②厚顔, ③假手, ④自戾, ⑤一槪의
   다섯 가지를 가리킨다. 이것들은 대개 문장과 실제 정황이 부합하지 않는 상황을 비판
   한 것인데, 그렇게 된 이유는 작자의 자질 부족이나 고의적인 왜곡과 꾸밈이 개입하여
   공평함과 실질을 잃었기 때문이다. 해당 부분의 원문은 趙呂甫 注, 위의 책, 305~306
   면 참조

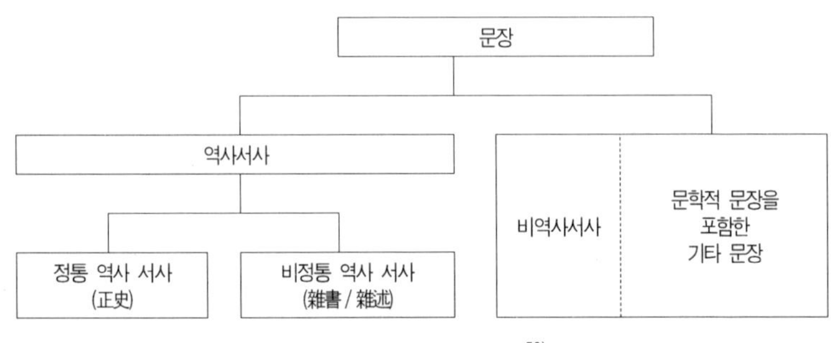

〈표 1〉 유지기의 문장 개념[50]

를 통해 정감을 표출하는 형식으로서 현대의 문학과 유사한 어떤 것을 가리키는 경우─앞에서 인용했던 『사통』「핵재」의 논의처럼, 이 경우조차도 행간의 논리를 올바로 파악하지 않으면 발견하기 어렵다─는 설령 있더라도 매우 드물다. 그러므로 우리는 유지기가 폭넓은 '문장'의 개념 아래 '문학적 문장'과 '역사 서사의 문장'이라는 하위 범주를 나누었다고 말하기보다는, 그가 '문장' 속의 특수한 한 분야로서 '역사 서사'의 개념 적 범주만을 구체화하려 했다고 말하는 편이 더 적절할지도 모르겠다.

한편, 『사통』「육가(六家)」에서 유지기는 모든 역사가를 『상서』로 대표 되는 기언가(記言家), 『춘추』로 대표되는 기사가(記事家), 『좌전』으로 대표 되는 편년가(編年家), 『국어』로 대표되는 국별가(國別家), 『사기』로 대표되 는 통고기전가(通古紀傳家), 『한서』로 대표되는 단대기전가(斷代記傳家)의 여섯 종류로 나누었다.[51] 이처럼 하나의 모범적인 저술 아래 그 유래에

---

50) 도표의 내용 가운데 '기타 문장'과 '비역사 서사' 사이의 관계를 밝힐 만한 설명을 『사통』에서 찾아보기는 어렵다. 다만 이후의 논의에서 우리는 '비정통'이라는 단서를 붙인 역사 서사에서도 배제된 일부 서사체들에 주목하고 있기 때문에, 그것들의 존재 를 강조하기 위해 임의적으로 '비역사 서사'라는 항목을 만들어 넣었다. 특히 그것과 '기타 문장' 사이에 점선을 넣은 것은, 유지기의 관념 속에서 '비역사 서사'가 심지어 '문장'으로서 가져야 할 자격조차 결여되어 있다고 간주하려는 듯한 경향이 보이기 때 문이다.

51) 원래 유지기는 '左傳家'·'國語家' 등의 표현을 썼으나 우리는 그 개괄적 의미를 풀 이한 浦起龍의 용어를 따라 '編年家'·'國別家' 등으로 나타냈다. 『史通』「六家」의 원

따라 저술을 분류하는 방법은 적어도 경서에 관한 한 이미 한나라 때부터 유지된 관행이었으니, 유흠(劉歆)의 『칠략(七略)』이 그 대표적인 예이다. 다만 유지기의 이 분류가 단순한 부류를 나누는 것에 그치지 않고, 시대의 변천에 따라 문체가 바뀔 수밖에 없다는 그의 역사적 관점에 의거해서 『상서』에서 『한서』까지 순차적으로 나열되고 있다는 점에 주목할 필요가 있다.[52] 그리고 그보다 더 중요한 점은 역사가의 연원에 대한 그의 이와 같은 정리는 그가 생각하는 역사 서사의 내용적 범주를 아울러 규정하고 있다는 사실이다.

조금만 주의를 기울인다면 우리는 유지기가 거론한 대표적인 역사 서사체들 즉, 『상서』에서 『한서』에 이르는 저작들이 대부분 국가 혹은 왕조와 관련된 중요한 인물들의 언행과 역사적 사건들을 기록한 것으로 제한되어 있음을 간파할 수 있다. 이것은 고대의 '무사' 계급이 왕실의 신하로 종속되는 순간부터 형성되기 시작한 역사 서술의 기본적 목적의식이 유지기에게도 거의 그대로 계승되고 있음을 말해준다. 다만 그는 여기에 좀 더 강화된 유가사상을 반영함으로써, 당대의 새로운 역사 서사 개념의 내용을 구체화시킨 것이다. 그러므로 우리는 이제 앞서 정의한 역사 서사의 개념에 구체적 내용을 더하여, 다음과 같이 다시 정의할 수 있겠다. 유지기를 통해 대변되는 당대의 역사 서사는 "유가의 사상 체계 속에서 우주 속에 깃든 인간 삶의 원리 가운데 가장 중요한 것으로서 왕조의 존망과 계승 관계를 밝혀 현재와 미래에 '다스림'의 바탕으로 삼을 만한 내용을 객관성과 실제에 기초하여 서술하는 것"이다.

문은 浦起龍, 『史通通釋』, 臺北 : 里仁書局, 1993, 1면 참조.
52) 『史通』 「六家」. "옛날이 가고 오늘날이 오면서 질박함과 문아함이 차례로 바뀌었으니, 여러 역사 저작들도 그 체제가 항상 일정한 것은 아니었다[古往今來, 質文遞變, 諸史之作, 不恒厥體]."(趙呂甫 注, 『史通新校注』, 重慶出版社, 1988, 3면 참조)

3) '비정통 역사 서사'의 의의

앞에서 우리는 유지기가 유가적 현실주의를 토대로 '경세'의 목적의식을 담은 진지한 글쓰기로서 '문장'의 개념 속에 포함되는 특수한 분야로서 '역사 서사의 문장'을 구분하려 했다는 것을 고찰했다. 그러나 사실 『상서』에서 『한서』에 이르는 역사 서사체의 계보는 주로 '정식 역사'에 한정된 것임을 지적해둘 필요가 있다. 이 말은 결국 유지기의 '역사 서사'라는 개념 아래 또 다른 하위 개념들이 들어 있음을 의미하는데, 『사통』에서는 거기에 '잡(雜)'이라는 수식어를 붙여 구별하고 있다. 예를 들어서 『사통』「잡술(雜述)」에 분류된 역사 서사의 열 가지 지류들을 유지기는 '역사에 관한 잡다한 명칭[史之雜名]'이라고 통칭했고, 『사통』「채찬(採撰)」에서는 진대(晉代)의 『어림(語林)』이나 『세설신어(世說新語)』・『수신기(搜神記)』 등의 서사체들을 '잡서(雜書)'라고 아울렀다. 이것은 그가 이것들을 '역사 서사'로 끌어들이되, 그 안에서도 '순수한' 것과 '잡스러운' 것을 구분하려 했다는 사실을 보여준다.

이와 관련해서 우리는 위징(魏徵)과 영호덕분(令狐德棻)의 주도로 편찬된 『수서』의 '사부'에 포함된 저작들의 성격을 『사통』의 분류와 비교하여 살펴볼 필요가 있다. 위에 인용된 〈표 2〉는 『수서』「경적지」와 『사통』의 역사서 분류 체계에 나타난 계승 관계 및 창의성을 일목요연하게 보여주고 있다. 도표를 분석해보면, 적어도 다음과 같은 두 가지 중요한 변화를 발견할 수 있다. 첫째, 『수서』에서 '자부'로 취급했던 '소설가'를 유지기는 '비정통 역사 서사'의 한 부분으로 끌어들여 설명했고, 둘째, 『수서』의 '사부' 가운데 상당수가 『사통』의 분류에서는 제외되거나 직접적인 계승 관계를 설명하기 어려운 부분으로 남아 있다. 우리는 『사통』의 이러한 특징들이 '사건의 서술[敍事]'을 중시하는 유지기의 기본적 태도에서 비롯되었다고 생각한다.

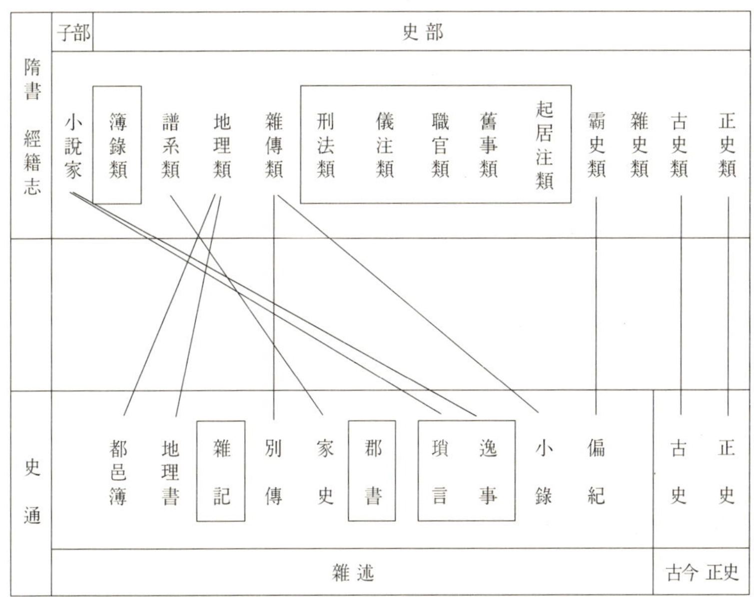

〈표 2〉『수서』「경적지」와 『사통』「잡술」의 역사 서적 분류 대조표[53]

그러나 그의 이런 구분은 종종 현대의 무분별한 연구자들로 하여금 유지기를 일종의 선구적인 '소설 이론가'로 간주하게 만드는 빌미를 제공했다. 예를 들어서, 「잡술」의 항목 구분에 대한 유지기의 설명을 보자.

…… 이에 '편기소설'이 스스로 일가를 이루어 정식 역사와 더불어 진행될 수 있었으니, 그 유래가 오래되었음을 알겠다. 근고시대에 이르러 이 길이 점차 복잡하게 변해서, 역사가의 유파들이 나뉘어 길을 달리하며 나란히 치달렸다. 헤아려 논하자면, 그 유파는 열 개가 있다. 첫째가 편기(偏記), 둘째가 소록(小錄), 셋째가 일사(逸事), 넷째가 쇄언(瑣言), 다섯째가 군서(郡書), 여섯째가 가사(家史), 일곱째가 별전(別傳), 여덟째가 잡기(雜記), 아홉째가 지리서(地理書), 열째가 도읍부(都邑簿)이다.[54]

---

53) 이 도표는 彭雅玲, 『史通的歷史敍述理論』, 臺北 : 文史哲出版社, 1993, 207면에서 인용한 것이다.

위 구절은 이른바 중국 '소설사'에서 유지기의 『사통』에 중요한 의의를
부여하고자 하는 많은 논자들이 가장 즐겨 인용하는 부분이다. 그러나 그
들은 종종 문학적 의미의 '소설' 개념에 지나치게 집착함으로써 이 글의 의
의에 대해 대단히 자의적인 평가를 내려버린다. 예를 들어서 팡정야오[方正
耀]는 『중국소설비평사략(中國小說批評史略)』에서 이렇게 기술했다.

> 물론 유지기는 역사학적 관점에서 소설의 효용을 논했기 때문에 분명한 한계
> 가 드러난다. 그는 단지 소설의 인식적 효과만을 파악했을 뿐, 소설에 미적 효
> 과와 교육적 효과가 있음은 알지 못했다. 그리고 인식적 효과에 대한 해석에서
> 도 인물과 사건 및 사물에 대한 사실적 기록이라는 측면에 대해서만 주의를 기
> 울였을 뿐, 허구적 묘사와 환상적 묘사의 인위적 효과에 대해서는 정확한 인식
> 이 부족했다.[55]

그러나 사실 이런 평가에서는 지나간 역사를 현재와 미래를 위한 시행
착오의 연속으로 보는 편협한 발전론적 역사관의 폐해를 엿볼 수 있다.
이런 식의 평가는 무엇보다도 당대 초기라는 시대적 상황에서 유지기의
진술이 지닐 수 있는 의의를 현대적 선입견으로 농단해 버린다.[56]
한편, 청푸왕[成復旺] 등은 팡정야오보다는 상대적으로 더 객관적인 시
각에서, 유지기가 역사가의 시각에서 바라보는 문학에 대한 견해를 『사
통』에 담아놓았다고 설명했다.[57] 『중국문학이론사(中國文學理論史)』에서 그

---

54) 『史通』 「雜述」. "…… 是知偏記小說, 自成一家, 而能與正史參行, 其所由來尙矣. 爰
及近古, 斯道漸煩. 史氏流別, 殊道幷騖. 椎而爲論, 其流有十焉. 一曰偏記, 二曰小錄,
三曰逸事, 四曰瑣言, 五曰郡書, 六曰家史, 七曰別傳, 八曰雜記, 九曰地理書, 十曰都
邑簿."(浦起龍 釋, 『史通通釋』, 臺北 : 里仁書局, 1993, 273면 참조)

55) 方正耀, 홍상훈 역, 『中國小說批評史略』, 을유문화사, 1994, 136면 참조.

56) 필자는 이미 다른 글을 통해, 중국에서 서사에 대해 본격적으로 미학적 혹은 문학적
의미를 부여하기 시작하는 것이 명말·청초에 이르러서야 가능했다는 사실을 살펴본
바 있다. 이에 관해서는 홍상훈, 「中國 文學에서 虛構에 관한 認識論的 轉換」, 『中國
小說論叢』 2집, 中國小說硏究會, 1993, 13~54면 참조.

57) 成復旺 등은 유지기에 대해 따로 장을 설정하여 논하면서 그의 '문학이론'을 ① 역사
학을 본체로 한 문학관, ② 역사학을 본체로 한 진실론, ③ 역사학을 본체로 한 言文說

들은 유지기가 '편기소설'이라는 명칭을 거론한 것은 현대적 의미의 '소설'이 역사의 지류에서 독립하여 하나의 체제를 이룰 수 있음을 암시한다고 하면서, 열 개의 항목으로 분류된 역사의 지류 가운데 '일사'와 '쇄언', '잡기'는 나머지 일곱 개와는 약간 구별되는 특성이 있다고 강조했다. 즉 이들 셋 가운데 '잡기'는 육조의 '지괴 소설'과 비슷한 것이며, 나머지 두 개는 '지인(志人) 소설'과 비슷하다는 것이다.58) 이러한 서술은 팡정야오의 극단적인 평가보다는 약간 공평하게 평가한 면이 있어 보인다. 그들은 유지기를 일단 역사학자로 간주하면서, 『사통』은 역사가의 관점에서 본 문학에 관한 논의를 담고 있다고 생각했기 때문이다. 그러나 이들 역시 현대의 문학으로서 '소설' 개념에 집착하여, 유지기가 '역사의 지류'로 파악한 열 가지 가운데 현대의 문학으로서 '소설'과 관련된 세 가지만을 중시한 점은 비판적으로 재검토되어야 마땅하다.

앞에서 제시한 〈표 1〉에도 밝혀져 있듯이, 필자는 『사통』「잡술」에 제시된 열 가지 역사 서사의 지류들을 현대적 의미의 문학과 직접적으로 관련이 없는, '비정통 역사 서사'의 개념에 포함시켜 설명해야 한다고 생각하고 있다. 엄밀하게 말하자면, 유지기의 이 논술은 기존의 비정통 역사 서사체들이 범하고 있는 착오들을 지적함으로써 그것들이 역사 서사의 하위 범주 가운데 하나로 정당하게 포함될 수 있는 '순수성'의 회복을 강조하려는 것을 목적으로 삼고 있다. 이러한 그의 의도는 역사의 지류로 분류된 열 가지 항목의 개별적 특성에 대한 서술이 상당히 긍정적인 어조를 유지하고 있는 데에서 확인할 수 있다. 예를 들어서 '쇄언'에 대한 설명에서 그는 이렇게 진술하고 있다.

'쇄언'이란 것은 대부분 당시의 논쟁과 세속에 떠도는 우스갯소리를 기록한

등으로 나누어 고찰하고 있다(成復旺 外, 『中國文學理論史』, 北京出版社, 1987, 47~60면 참조).

58) 成復旺 外, 위의 책, 51~52면 참조.

것으로서, 변론하는 사람이 입담의 자료로 삼고 이야기를 늘어놓는 사람이 근거로 삼게 하는 것이다. 그런데 사리에 어두운 사람이 그것을 하게 되면 장난 삼아 서로 헐뜯는 이야기들을 조상에게 늘어놓게 되고, 버릇없고 외설적인 천박한 말들이 침상에서 나오게 된다. 그런데 그것들을 모두 기록하여 고상하고 올바른 언어로 여긴다면, 진실로 풍속의 규범과 가정의 가르침에 이로움이 없고 명교(名敎)를 해치는 일이 생길 것이다.[59]

위 진술을 뒤집어 풀이하자면, 비록 '쇄언'이 논변과 이야기꾼의 밑천이 되는 우스갯소리에 지나지 않지만, 사리를 아는 사람이 그것을 짓게 되면 풍속의 규범과 가정의 가르침에 도움이 될 수 있고 '명교'를 해치는 일도 없을 것이라는 뜻이 된다. 그렇기 때문에 그는 '쇄언'이라는 서사체 자체는 "자잘하고 사람에 따라 달라지는 말"이지만 그래도 "없애는 것보다는 낫다"고 했다.[60] 또한 표현은 다르지만 이와 유사한 논조가 역사의 열 가지 지류 가운데 나머지 아홉 가지에도 거의 그대로 적용되고 있다. 그러므로 우리는 유지기가 그것들이 '비정통'이기 때문에 역사 서사가 될 수 없다고 주장하는 것은 결코 아니며, 오히려 자신의 문장관 속에서 발견되는 결점들을 지적하여 바로잡음으로써 그것들을 적극적으로 역사 서사의 개념 안에 수용하려 하고 있다는 것을 확인할 수 있다. 다만 그는 이것들의 가치를 '정통' 역사 서사에 비해 낮은 것으로 차별하고 있기 때문에 '비정통' 즉, '잡'이라는 수식어를 붙여놓았을 뿐이다.

사회의 상부 구조에 속한 지식인으로서 유지기가 지나간 왕조의 운명과 계승 관계에 대한 서술을 위주로 하는 정식 역사에 가치를 부여한 것은 당연한 일일 것이다. 그러나 사실 그의 이러한 차등적 가치 부여는 서사 방식의 엄밀성과 객관성에 대한 고려의 결과라는 점도 간과해서는 안

---

59) 『史通』「雜述」. "瑣言者, 多載當時辨對, 流俗嘲謔, 俾夫樞機者藉爲舌端, 談話者將爲口實. 及蔽者爲之, 則有詆訐相戲, 施諸祖宗, 褻狎鄙言, 出自牀第, 莫不昇之紀錄, 用爲雅言, 固以無益風規, 有傷名教者矣."(劉知幾 撰, 浦起龍 釋, 『史通通釋』, 臺北 : 里仁書局, 1993, 275면 참조)
60) 同上. "小說庀言, 猶賢於已."(劉知幾 撰, 浦起龍 釋, 위의 책, 274면 참조)

된다. 앞서 살펴본 바와 같이, 그는 훌륭한 역사 서사란 중대한 주제를 선택하는 일도 필요하지만 무엇보다도 객관성과 실제에 입각한 서술이 중요하다는 점을 강조했다. 이런 맥락에서 그가 일련의 비정통 역사 서사체들을 낮게 평가한 것은 어떤 경우에 이것들이 서사의 과정에서 허구를 이용할 수밖에 없는 한계가 있기 때문이었다고도 할 수 있다.[61] 아마도 '잡기'에 관한 유지기의 평가는 이에 관련된 적절한 예가 될 것이다.

> '잡기'라는 것은 가령 신선의 길을 논하면 단약을 먹고 기를 단련하는 법에 대해 이야기함으로써 수명을 연장하는 데에 도움을 줄 수 있고, 도깨비의 길에 대해 이야기하면 선한 자에게 복을 주고 음란한 자에게 재앙을 내리는 이야기를 함으로써 악을 징벌하고 선을 권면할 수 있을 것이다. 이렇게 된다면 괜찮다.[62]

서사의 구체적인 방법에서 이른바 '실록'의 원칙을 완전히 내던져 버린 듯한 이 진술에는 나름대로 교묘한 포용의 논리가 숨어 있다. 즉 방법적인 차원에서 비록 황당무계한 이야기를 서술한다 하더라도 그것이 모든 '문장'이 지향하는 올바른 사회적 효과를 추구한다면 충분히 '역사 서사'로 인정될 수 있다는 것이다. 팡정야오는 이 부분에 대해서, 유지기가 문장의 사상적 의의와 사회적 효용을 이용하여 '실록'을 내세우는 자신의

---

61) 『史通』「採撰」. "晉나라 때의 잡다한 책들은 참으로 한 부류가 아니다. 예를 들어서 『語林』·『世說新語』·『幽明錄』·『搜神記』 등은 거기에 기록된 것이 자잘한 우스갯소리이거나 귀신과 괴물에 관한 것이다. 그 사건은 성인과 관련된 것이 아니어서 揚雄은 쳐다보지도 않은 것들이며, 그 말은 윤리 강상을 어지럽히거나 귀신에 관한 것이라서 공자께서도 말씀하시지 않은 것들이었다. 그런데 당 왕조가 새로 일어나 『晉書』를 편찬하면서 (그런 책의 내용들을) 많이 채용하여 역사서를 썼다. 干寶와 鄧粲이 쓰레기로 간주해 내버렸고, 王隱과 虞預가 겨나 쭉정이로 간주했던 것을 '逸史'로 간주하여 지난날의 전기를 보충하는 데 사용하는 것이다[晉世雜書, 諒非一族. 若語林, 世說, 幽明錄, 搜神記之徒, 其所載或詼諧小辯, 或神鬼怪物, 揚雄所不觀, 其言亂神, 宣尼所不語. 皇朝新, 撰晉史, 多採以爲書. 夫以干鄧之所糞除, 王虞之所糠秕, 持爲逸史, 用補前傳]."(劉知幾 撰, 浦起龍 釋, 위의 책, 116~117면)

62) 同上. "雜記者, 若論神仙之道, 則服食錬氣, 可以益壽延年, 語魍魅之途, 則福善禍淫, 可以懲惡勸善, 斯則可矣."(劉知幾 撰, 浦起龍 釋, 위의 책, 276면 참조)

이론적 주제에서 사실과 허구 사이의 모순을 '통일'하는 원칙으로 삼았다고 설명했다.[63] 그러나 미분화된 상태의 문장관에 본원적으로 내재된 혼돈과 융합의 성격은 분화된 개념의 통일과는 전혀 다르다. 필자는 유지기의 개념 체계 속에서 '잡기'의 비사실적 서사는 그 자체로 독립적 가치를 지니는 문학적 허구와는 본질적으로 다르며, 오히려 제자백가의 '우언(寓言)'을 염두에 둔 개념으로 보는 편이 타당하다고 생각한다. 권선징악과 같은 교훈적 주제를 설파하기 위한 효율적 수단으로서 목적의식이 강조된 허구는 사실상 『한비자』에서 효과적인 설득을 위해 다양한 우언과 일화를 이용했던 것과 본질적으로 동등한 가치를 가지기 때문이다. 바로 이런 맥락에서 필자는 『사통』 「잡술」의 이 논의에 대해 역사학과 소설의 구별을 위한 분석으로 보는 단순한 이해[64]는 마땅히 지양(止揚)되어야 한다고 생각한다. 앞에서 살펴본 것처럼, 유지기는 보편적인 '문장'의 개념 속에서 '역사 서사'의 개념적 정의를 시도하면서, 그 속에서 다시 '정통 역사 서사'와 '비정통 역사 서사'의 가치를 차별적으로 부여하려 했다. 그러므로 현대의 연구자들이 이른바 문학으로서 '소설' 개념의 분화가 시작된 단서로서 중요한 가치를 부여하고자 하는 『사통』 「잡술」의 논의는 사실 전혀 다른 차원에서 이해되어야 한다.

  '소설'이라는 것에 대한 유지기의 이해는 자신과 거의 동시대를 살았던 다른 역사 편찬자들과 기본적으로 큰 차이가 없는 것으로 보인다. 위징을 비롯한 『수서』의 편찬자들은 '소설'이 "길거리에서 주고받는 이야기[街談巷語之說]"라는 『한서』 「예문지」 이래의 관점을 거의 그대로 이어받아, 자하(子夏)의 말처럼 "비록 작은 도리라도 반드시 볼 만한 것이 담겨 있지만, 너무 깊이 파고들면 구차한 데에 얽매일 염려가 있다[雖小道, 必有可觀者焉,

---

63) 方正耀, 홍상훈 역, 『中國小說批評史略』, 을유문화사, 1994, 127면 참조.
64) 예를 들어서 彭雅玲은 이 문장이 열 가지 역사의 지류 가운데 '偏紀'·'小錄'·'郡書'·'家史'·'別傳'·'地理書'·'都邑簿' 등 일곱 개만 사료로 취급할 수 있고, 나머지는 역사학과 관련 없는 '소설'로 취급되어야 한다는 주장을 담고 있다고 설명했다(彭雅玲, 『史通的歷史敍述理論』, 臺北 : 文史哲出版社, 1993, 200면 참조).

致遠恐泥]"고 생각했다.65) 그러나 그 가치와 효용의 측면에서는 전통적인 관점을 그대로 계승하면서도, 유지기는 '소설'이 '서사'를 위주로 하고 있기 때문에 '자부(子部)'의 다른 책들과는 성격이 다르다고 생각한 듯하다. 다만 미학적 측면에서 독립적인 가치를 지니는 현대의 '문학 서사'와 같은 종류의 서사체에 대한 개념이 아직 분화되지 않았던 제한된 시대 환경 속에서, 그가 선택할 수 있는 최선의 길은 그것을 '역사 서사'에 포함시키는 것이었다. 비록 궁극적인 목적은 다를지라도 사건의 서술에 치중하는 문장이란 측면에서 확실히 양자는 비슷한 면이 있기 때문이다. 이것은 그가 "무릇 역사 서사 가운데 뛰어난 것은 서사를 내세운다"66)고 한 데에서도 간접적으로 확인된다.

『사통』「서사(敍事)」에서 유지기는 '역사 서사'의 체제를 네 가지로 나누어 정리했다. 즉, ① 재능과 행적을 직접 기록하는 것[直紀其才行者], ② 사적만을 기록하는 것[唯書其事迹者], ③ 언어를 통해 (전하고자 하는 내용을) 알 수 있게 하는 것[因言語而可知者], ④ 논찬을 빌어 서술자의 견해를 드러내는 것[假贊論而自見者] 등이 그것이다.67) 그러나 이것들은 결국 "쓸데 없는 말을 공연히 덧붙이거나 한가로운 이야기를 광범하게 보태는[虛益散辭, 廣加閑說]" 방식에 대한 세부적인 구분일 따름이며, 그 궁극적 요지는 유가의 이념이 집약된 한 마디 말이나 하나의 구절로 집약될 따름이다. 이처럼 목적 지향적 문장관에 의존하는 그에게 '서사'란 실제 사실에 대한 '간단하고 요약적인[簡要]' 기록이 가장 이상적인 형태이지만, 윤편(輪扁)이나 이윤(伊尹)의 경우처럼 그 묘리를 언어로 표현하는 데에 한계가 있기 때문에 어쩔 수 없이 번잡한 서사가 필요하게 된다는 것이다. 이런 맥락에서, '소설'의 허구적 결함을 '역사 서사' 안에 포용하는 유지기

---

65) 魏徵 等, 『隋書』, 北京 : 中華書局, 1991 초판, 1012면 참조.

66) 『史通』「敍事」. "夫史之稱美者, 以敍事爲先."(劉知幾 撰, 趙呂甫 注, 『史通新校注』, 重慶出版社, 1988, 391면 참조)

67) 劉知幾 撰, 趙呂甫 注, 위의 책, 400면 참조.

의 논리가 그러므로 현대적 의미의 문학이 아닌 당대 초기의 '문장'이라
는 개념 안에서 능동적으로 설명될 수 있음은 더욱 분명해졌다.

위에 인용된 〈표 2〉는 또한 유지기의 '역사 서사' 개념이 형식적 차원
에서 '서사'를 중심으로 삼고 있다는 것을 방증하고 있다. 『수서』의 '사
부' 가운데 '잡사(雜史)'를 비롯해서 '기거주(起居注)'·'구사(舊史)'·'직관(職
官)'·'의주(儀注)'·'형법(刑法)'·'부록(簿錄)' 등이 『사통』에서 정통 역사 서
사와 비정통 역사 서사로 분류된 12개의 항목 가운데 어느 것과도 직접적
인 관련을 찾기 어려운 점은 무엇보다도 그것들이 본래 사건이나 인물의
행적에 관한 서술보다는 거기에 필요한 부수적인 지식을 보존하는 것을
주요 목적으로 삼고 있기 때문일 것이다. 다시 말해서, 그는 '잡사'에서
'부록'까지가 그 자체로 역사 서사체라기보다는 실제에 의거한 정확한
서술을 위해 필요한 '자료'로 간주했던 듯하다. 『사통』의 첫머리에 올려
진 「육가(六家)」와 「이체(二體)」 역시 서술의 방식에 의한 분류라는 점은
유지기의 이 논저가 사료 자체보다 그것을 활용하고 해석하는 방안에 중
점을 두고 있다는 인상을 더욱 강화시켜준다.

2. '역사 서사'의 주변

1) '역사 서사' 경계선 밖의 서사체

유지기의 『사통』은 역사 서사의 주체로서 서사 행위의 범주와 그것이
가질 수 있는 의의를 탐구한 것이다. 그는 유가적 현실주의에 입각한 당
대 초기 신진 사대부들의 문장관 속에서 역사 서사란 넓은 의미에서 '경
세'의 목적에 활용될 수 있는 보조 수단이며, 그를 위한 올바른 역할을

수행하기 위해서 역사 서사의 주체는 반드시 '사실'에 입각한 객관적 서술에 힘써야 한다고 강조했다. 이것은 한편으로, 사마천으로부터 시작된, 지식인의 진지한 서사 행위에 대한 이론화 작업의 집대성이라 할 수 있다. 그리고 다른 한편으로, 이것은 유가적 문장관의 구체적이고 기술적인 한 분야를 정리한 것으로서, 유협의『문심조룡』과 더불어 한 시대를 획할 만한 중요한 업적이기도 했다.

그런데 현대의 문예학적 관점에서는 역사 서사에 대한 유지기의 개념 정의 자체보다 그것을 위해 그가 개념적 경계선을 설정하면서 그 바깥으로 밀어 내버린 다양한 서사체들의 성격에 더 주목할 필요가 있다. 사실상 객관성과 실질을 담보로 한 서사 행위는 현대적 의미에서 엄격한 학문(science)의 개념에 가까운 것이다. 그러므로 유지기가 역사 서사의 범주에서 제외시킨 서사체들 가운데 적지 않은 것들이 현대적 의미의 문학 서사와 적지 않은 관계를 맺을 수 있으리라는 추측이 가능해진다.68) 이런 맥락에서 이제 우리는『사통』에서 시도된 역사 서사의 경계짓기의 부산물로 그 경계선 밖으로 밀려난 서사체들의 성격을 바로 이러한 포괄적인 '문장'의 개념 속에서 규명해보고자 한다. 우리는 특히 어떤 특정한 정의를 부여받지 못한 다양한 서사체들 가운데, 이후의 '소설사'에서 주목받

---

68) 바르트(R. Barthes)에 따르면, 객관적 역사 서술의 의의에 대한 자각은 '재현'이라는 묘사의 새로운 분야에 대한 중요성을 각성시킨다. 즉 역사를 객관적으로 서술하는 일이 중시되면서 어떤 사건이 실제로 '거기에서 벌어졌다'는 사실만으로도 그것들에 관해 말할 충분한 이유가 될 수 있다는 것이다(손영주,「문학적 재현(representation)의 문제에 관하여」,『현대 비평과 이론』13호, 한신문화사, 1997년 봄·여름, 175~198면에서 특히 180~183면 참조). 문학 서사라는 것이 결국 담론(discourse)의 차원에서 이야기(story)를 전개하는 과정에서 소위 '현실 효과(The Reality Effect)'를 얼마나 유효적절하게 운용하느냐에 따라 성패가 결정되는 특수한 서사 양식이라면, 어떤 의미에서 그것은 실제의 사건을 객관적으로 서술하는 행위에 대한 경험을 전제로 한 부차적 개념일 수 있다. 그리고 순수하게 미적인 가치 속에서 정당화될 수 있는 어떤 것으로서 서사의 가치를 전혀 고려할 수 없는 상황 속에서 전통 시기 중국의 논자들이 하나의 '담론'으로서 서사에 매달릴 수밖에 없었다면, 객관적인 역사 서사에 관한 인식의 확립은 그들의 개념 체계가 '현실 효과'의 자각을 향해 도약할 수 있는 훌륭한 기반이 되었으리라는 추측도 가능해진다.

게 되는 서사체들과 또 다른 의미의 문학 서사의 관점에서 새롭게 이해해야 할 서사체들에 일정한 의의를 부여하고자 한다.

사실상 『사통』은 '서사'의 성격을 담은 거의 모든 글들을 '역사 서사'의 범주 안으로 끌어들이려 했기 때문에, 거기에서 배제된 서사체들을 거론하기란 쉽지 않다. 예를 들어서, 『사통』「잡술」의 마지막 단락은 다음과 같이 마무리되어 있다.

> 대개 "뭇별의 밝음은 달 하나의 빛보다 못하다"는 말이 있다. 옛날부터 시대를 두루 살펴보면 작자들의 저술은 많기도 하다. 그러나 천, 만을 헤아리는 문파가 파도처럼 구름처럼 모여 있다 할지라도 그들의 말은 모두 자잘하고 그들이 서술한 사건들은 예외 없이 잔결된 자잘한 것들을 모아놓은 것에 지나지 않기 때문에, '『춘추』오전'[69]의 찬란한 업적을 이어받고, '삼사'와 나란히 빛나기는 어렵다. 이러니 옛사람들이 그것을 책 상자에 가득 찬 '화려하지만 내용이 없는 글[玉屑]'에 비유한 것은 참으로 깊은 뜻이 있다! 그러므로 나무꾼의 말일지라도 현명한 왕이라면 반드시 채택하고, 줄기만 먹을 수 있는 순무처럼 쓸모가 적은 구절이라도 『시경』의 작자들은 버리지 않았듯이, 학자들이 옛 일을 두루 듣고 사물에 대해 많이 알고자 하면서 비정통의 다른 기록을 보지 않고 이단의 책을 연구하지 않은 채 오로지 주공과 공자의 글만 공부하고 사마천과 반고의 역사서만 고수한다면, 또한 어떻게 스스로 이런 경지에 이르겠는가? 또한 공자께서도(『論語』「述而」에서), "많이 듣고 그 가운데 선한 것을 선택하여 따르는 것"이 "아는 것의 다음"이라고 하셨다. 진실로 이와 같다면, 책에는 성인의 말이 아닌 것이 들어 있을 수 있고 말에는 경전에 맞지 않는 것이 많으니, 학자들이 널리 듣는 것은 대개 그 가운데 (좋은 것을) 선택하는 데에 (성패가) 달려 있을 따름이다.[70] (강조―인용자)

---

69) 『좌전』·『공양전』·『곡량전』과 鄒氏, 夾氏의 주석을 가리킨다.

70) 『史通』「雜述」. "蓋語曰. 衆星之明, 不如一月之光. 歷觀自古, 作者著述多矣. 雖復門千戶萬. 波委雲集, 而言皆瑣碎, 事必叢殘. 固難以接光塵於五傳, 並輝烈於三史. 古人以比玉屑滿篋, 良有旨哉! 然則蒭蕘之言, 明王必擇, 苟菲之體, 詩人不棄. 故學者有博聞舊事, 多識其物, 若不窺別錄, 不討異書, 專治周孔之章句, 直守遷固之紀傳, 亦何能自致於此乎? 且夫子有云. 多聞, 擇其善者而從之, 知之次也. 苟如是, 則書有非聖, 言多不經, 學者博聞, 蓋在擇之而已."(劉知幾 撰, 趙呂甫 注, 『史通新校注』, 重慶出版

　위 인용문에서 우리는 유지기가 그토록 광범한 포용의 논리를 전개하기 위해 동원한 것은 전통 시기 역사가들이 이른바 '통재(通才)'의 이상을 위해 몰두했던 '널리 듣고 많이 알기[博聞多識]'라는 상투적 구호에 지나지 않음을 알 수 있다. 그리고 피상적으로 보면, 비정통의 '잡다한 서술들'을 박학이란 명분 아래 포용하면서 그저 독자의 올바른 선택만을 제한 조건으로 두는 이런 논리에서 제외될 수 있는 서사체를 생각하기란 대단히 어려운 일로 보인다.

　그러나 이미 살펴보았듯이, 유지기는 그러한 포용의 논리 속에서도 나름대로 엄격한 단서를 붙임으로써 그것들이 '역사 서사'로서 최소한의 자격을 갖출 것을 요구했다. 앞서 인용했던 '쇄언'에 대한 설명을 다시 거론하자면, 유지기는 만약 "사리에 어두운 사람이 그것을 하게 되면, 장난삼아 서로 헐뜯는 이야기들을 조상에게 늘어놓게 되고 버릇없고 외설적인 천박한 말들이 침상에서 나오게" 되기 때문에 "진실로 풍속의 규범과 가정의 가르침에 이로움이 없고 명교를 해치게" 된다고 했다. 이것은 결국 그런 폐단이 분명한 것들은 '역사 서사'의 범주에 정당하게 포함시킬 수 없다는 뜻으로도 풀이할 수 있을 것이다. 그리고 비정통 역사 서사에 포함되는 나머지 아홉 부류에 대한 유지기의 평가에서도 우리는 이와 유사한 제한 조건들을 발견할 수 있다. 분량이 약간 길긴 하지만, 논의의 편의를 위해서, 먼저 유지기가 이들 아홉 부류에 부여한 제한 조건들 가운데 일부를 뽑아 일괄적으로 살펴보도록 하겠다.

　　무릇 '편기'나 '소록'의 책은…… 그러나 말이 대부분 천박하고 사건이 자세히 서술된 것이 드물기 때문에, 끝내 함부로 손댈 수 없는 완성작으로 후대까지 길이 전해지지 못하고, 공연히 후대의 작자들에게 초고의 본래 모습을 훼손하게 하는 바탕이 될 따름이다.
　　'일사'라는 것은…… 허망한 사람이 그것을 하게 되면 전해들은 것만 구차하

社, 1988, 77면 참조)

게 기록할 뿐 헤아려 선택하는 일이 없게 된다. (그럴 경우) 사건은 진위가 구별되지 않고 옳고 그름이 뒤섞이게 된다. 예를 들어서 곽헌(郭憲)의 『한무동명기(漢武洞冥記)』나 왕가(王嘉)의 『습유기(拾遺記)』는 전체적으로 허황된 말로 구성되어 어리석은 속인들을 놀라게 한다. 이것은 그 폐단 가운데 심한 것이다.
 …… '별전'이라는 것은 자연스러운 마음에서 우러나온 것도 아니고 순수한 창작의 산물도 아니며 그저 이전의 역사에서 널리 채집하여 책으로 엮은 것이다. 그 가운데 새로운 말이라고 할 만한 것과 특별한 설명을 붙인 것은 대개 열 가운데 하나에 지나지 않는다. 만약 학식이 얕은 무리라면 무척 칭송하고 숭상하겠지만, 그윽하게 숨겨진 것을 탐구하는 선비에게는 재료로 취할 만한 것이 없다.
 '잡기'라는 것은…… 그릇된 사람이 그것을 한다면, 구차하게 괴상한 것만 이야기하고 요사한 것을 서술하는 데에 힘쓸 것이니, 거기에서 널리 사람을 이롭게 하는 것을 추구한다면 취할 만한 뜻이 없다.[71] (강조-인용자)

 이상의 인용문을 토대로 추측컨대, 유지기는 '역사 서사'에 포함될 수 있는 일체의 서사체는 기본적으로 '진위'와 '옳고 그름'을 분명하게 구별할 수 있도록 서술되어야 한다는 확고한 믿음을 가지고 있는 듯하다. 그에 따르면, 결국 '새로운 말'이나 '특별한 설명'도 그 테두리 안에서 진행되어야 하며, 그런 서사체라야만 비로소 "널리 사람을 이롭게 하는" 데에 일정한 공헌을 할 수가 있게 되는 것이다. 그런 의미에서 그가 '잡다한' 서사체들에 '비정통'의 이름을 붙이며 그것들을 '역사 서사'에 포함시키려 한 궁극적인 이유는 바로 "널리 사람을 이롭게 하는" 데에 있다고 할 수 있을 것이다. 아울러 위 인용문은 이른바 '실록'의 원칙이 유가적 경세

---

71) 『史通』「雜述」. "大抵偏紀小錄之書, …… 然皆言多鄙樸, 事罕圓備, 終不能成其不刊, 永播來葉, 徒爲後生作者削稿之資焉. 逸事者, …… 及妄者爲之, 則苟載傳聞, 而無銓擇. 由是眞僞不別, 是非相亂. 如郭子橫之洞冥, 王子年之拾遺, 全構虛辭, 用驚愚俗. 此其弊之甚者也. …… 別傳者, 不出胸臆, 非由機杼, 徒以博採前史, 聚而成書. 其有足以新言加之別說者, 蓋不過十一而已. 如寡聞末學之流, 則深所嘉尙, 至於探幽索隱之士, 則無所取材. …… 雜記者, …… 及謬者爲之, 則苟談怪異, 務述妖邪, 求諸弘益, 其義無取."(浦起龍, 『史通通釋』, 臺北 : 里仁書局, 1993, 275~276면 참조)

관이 투영된 목적 지향적 서사 행위에 가장 중요한 관건임을 강조하고 있다. 그리고 이것은 그가 "전체적으로 허황된 말로 구성되어 어리석은 속인들을 놀라게 한다"는 이유로『한무동명기』나『습유기』와 같은 서사체를 배척한 데에서 분명히 드러난다. 결국 유지기의 논지는 '교화'를 위한 효용이나 '실록'의 원칙에 입각한 서술이라는 조건 가운데 어느 한 가지라도 제대로 만족시키지 못하는 것은 아예 '문장'으로 간주될 수 없기 때문에, 모든 '잡다한' 서사체들이 '비정통'의 범주 안에서나마 입지를 확보하려면 그 조건에 충실해야 한다는 것이다.

이미 지적했듯이, 실질을 숭상하는 이러한 문장관은 비단 유지기에게서만 특징적인 것이 아니라, 과거제도를 통해 새롭게 관료 사회로 진입한 사대부 집단 내에서 문벌과의 차별성을 강조하기 위해 다져온 개혁 의지의 산물이었다. 그런 맥락에서 당대 중엽까지 이른바 정통 사대부 집단에서 그런 식의 문장관이 완강한 권위를 유지한 것도 전혀 이상한 일이 아니다. 한유(韓愈, 768~824)가 "사실성 없는 잡다한 이야기[駁雜無實之說]"를 좋아한 것에 대한 장적(張籍, 765?~830?)의 비판은 그런 식의 엄격한 규범에 익숙해져 있는 당시의 지식인으로서 어쩌면 당연하게 제기해야 할 것이기도 했다.72) 그리고 한유의『모영전(毛穎傳)』에 대한 유종원(柳宗元, 773~819)의 변

---

72) 張籍은「籍遺愈第二書」에서 이렇게 말했다. "군자의 발언과 행실은 모두 도리에서 멀리 떨어져 있어서는 안 되니, 저는 사실성이 없고 잡다한 이야기로 글 장난을 한다는 것이 올바른 일이라는 것에 대해 들어본 적이 없습니다. 그대가 항상 그런 이야기를 하고 또 박수를 치며 웃는 것은 정신의 기를 흔들고 성정을 해치는 것이므로 정당화될 수 없습니다[君子發言擧足, 不遠於理. 未嘗聞以駁雜無實之說爲戲也. 執事每見其說, 亦拊抃呼笑, 是撓氣害性, 不得其正矣]."(方正耀, 홍상훈 역,『中國小說批評史略』, 을유문화사, 1994, 128면 각주 54 참조)
   * 장적의 이 글은 한유의『毛穎傳』에 대한 비판으로 간주되는 경우가 많았다. 그러나 羅聯添의 고찰에 따르면, 이 편지는 貞元 14년(서기 798) 가을과 겨울 무렵에 쓰여진 것이고『毛穎傳』은 元和 원년에서 4년 사이(서기 806~809)에 지어진 것이기 때문에 양자 사이에는 아무 관련이 없고, 장적의 편지에서 '사실성이 없고 잡다한 이야기[駁雜無實之說]'가 가리키는 것은 바로 '傳奇'類의 글이라고 했다. 이와 더불어 그는 裵度가「寄李翺書」에서 한유가 "문장을 가지고 장난을 한다[以文爲戲]"고 비판했을 때에도 그 비판의 대상이 한유가 좋아했던 '전기'류의 글들이나『모영전』과는 상관없이,

호 역시 자잘한 소일거리로 행하는 글쓰기에 대해 최소한의 가치를 인정
한다는 점 외에는 본질적으로 '혁신적'이라고 말할 정도는 아니었다.73) 다
시 말해서 당대 초기의 거의 모든 지식인들에게 서사의 허구성은 교화와
윤리적 목적론이 허용하는 범위 내에서 최소한도로만 허용되었을 따름이
며, 허구적 서사 자체의 재미와 미적 의의는 그들의 주된 관심사가 아니었
다. 다만, 비록 유가의 목적 지향적 문장관에 지배를 받고 있긴 했지만,
'사실성 없는 잡다한 이야기'에 대해 그들이 제기했던 다양한 변론들은 훗
날 '문학 서사'를 옹호하고 그를 위한 이론을 만들어나가게 되는 사람들에
게 중요한 논거를 제시해주었으리라는 점에서 적지 않은 의의를 부여할
수 있을 것이다.74)

한유가 즐겨 쓰는 문장에서 자주 발견되는 章句가 어지럽고 聲韻이 무시된 기괴한 언
어와 문자를 가리킨다고 설명했다. 이상의 설명에 대해서는 羅聯添, 「張籍上韓昌黎書
的幾個問題」, 『唐代文學論集』 下, 臺北 : 學生書局, 1989, 453~496면에서 특히 455~
474면을 참조. 아울러 필자에게 이 논문의 존재를 일깨워주신 서울대의 오수형 선생님
께 특별히 감사하는 바이다.

73) 유종원은 「讀韓愈所著毛穎傳後題」에서, '사실성 없고 잡다한' 이야기들에 대해 ①
공자와 같은 성인도 그것을 버리지 않았고, ② 그것이 세상에 도움이 되며[有益於世],
③ 공부하는 도중에 잠시 쉬게 해주고[息焉游焉], 또한 ④ '온 세상의 맛을 입에 충족
시키는[盡天下之味, 以足於口]' 것이 독서의 바람직한 태도라는 점에서 그것을 소홀
히 여겨서는 안 된다고 변호했다. 이 글의 원문은 郭紹虞 主編, 『中國歷代文論選』 第
2冊(上海古籍出版社, 1981 2刷), 141~142면을, 그리고 이에 관한 자세한 설명은 方正
耀, 홍상훈 역, 『中國小說批評史略』, 을유문화사, 1994, 128~131면 참조.

74) 이런 의미에서 당대 이래의 '古文運動'은 문학 서사의 형성과 발전에 적지 않은 영
향을 끼쳤다고 할 수 있다. 이것은 피상적으로, 당 '전기'의 주요 작품들은 주로 貞元
(785~805), 元和(806~820) 시기를 전후로 나타났으며, 그 주요 작가들 또한 한유나 유
종원의 경우보다는 못하지만 어쨌든 그 운동에서 적극적인 역할을 수행한 사람들이었
다는 사실에서도 확인할 수 있다. 그러나 좀더 내면적인 차원에서 그들은 『모영전』과
같은 '문장을 통한 유희[以文爲戱]'가 "마음속에 쌓인 무언가를 드러냄으로써 학자(즉
독자)들이 고무될 수 있기 때문에 세상에 유익하다[以發其鬱積, 而學者得之勵, 其有
益於世歟]"(柳宗元, 「讀韓愈所著毛穎傳後題」)는 논리를 개발해냄으로써, 다분히 '개
인적' 관심을 표출할 수 있는 새로운 방식의 서사에 대한 가능성을 열어놓았다고 할 수
있다. 다만 이렇게 개인적 차원에서 출발한 글쓰기의 가치는 당대까지만 하더라도 일
부 진보적 지식인들에게만 인식되었을 뿐이며, 그에 대한 공감대가 일정한 힘을 가지
려면 '중간층'이라고 부를 수 있는 특별한 성격을 가진 계층의 등장을 기다려야 했다.
여기에 관해서는 다음 장에서 구체적으로 논의될 것이다.

2) 당 '전기(傳奇)'의 성격

어떤 의미에서, 당대에 일시적으로 흥성한 '전기'[75]의 경우는 어쩌면 이상과 같은 우리의 생각에 대한 반증으로 제시될 수도 있을 것이다. 이미 다른 논문에서 밝혀진 것처럼, 당대의 '전기'는 충분히 현대적 (또는 서구적) 의미의 소설로 발전할 수 있는 '가능성'들을 보여주고 있었기 때문이다.[76] 예를 들어서, 『이와전(李娃傳)』이나 『앵앵전(鶯鶯傳)』은 출세와 부귀를 지향하는 나름대로 충분히 '개인적'이고 '세속적'인 세계관을 가진 당대 도시 속의 삶의 풍경을 상당히 치밀하고 성공적으로 묘사하고 있다. 셸던의 지적처럼, 이러한 글들은 독자의 기대 지평에서 재구성해볼 때, 역사

---

75) 필자는 사실상 당 '전기'는 장르를 구분하는 적절한 명칭은 아니라고 생각한다. 왜냐하면 설령 그것이 근대 서구적 의미의 문학 장르 가운데 하나인 소설과 유사한 것이라고 인정하더라도, '전기'와 같이 제재의 측면에 국한된 명칭은 장르 분류의 일반적 기준들, 특히 작품의 편폭과 시대성을 최대한 포괄할 수 있는 명칭이 아니기 때문이다. 즉 필자는 '전기'라는 명칭만을 가지고선 그것이 어느 정도의 길이로 구성된, 어느 시대의 어떤 독자들이 읽었던 작품들을 가리키는지 쉽게 판단할 수 없다. 그러나 오늘날 이른바 중국 소설사에서 '전기'라고 부르는 것들은 단순히 당대에 나왔다는 사실을 제외하면, 그 이전의 '지괴'와 특별한 차이를 발견할 수 없는 많은 기록들을 포함하는 경우가 많다. 따라서 이 글에서 필자는 '전기'라는 명칭을 보편적인 장르 개념이 아니라, 당대에 나온 많은 문인들의 글 가운데 현대적 (또는 근대 서구적) 의미의 소설로 전화할 수 있는 가능성을 가짐으로 인해서 현대 연구자들의 주목을 받는 몇몇 대표적인 작품들을 가리키는 고유 명사로 사용하고자 한다.

76) 지괴에 관해서 徐敬浩는 「志怪의 小說的 可能性에 關한 檢討」, 『中國學報』 30집, 1990, 31~50면에서 당대 및 그 이전 시기의 몇몇 글들에 대해 '소설적 경험의 단계'에 들어서 있었다고 평가하기도 했다. 또한 홍상훈, 「志怪와 傳奇 사이의 敍事學的 世界觀」에서 필자는 당대의 '열린 세계관' 속에서 '지괴' 형태의 글들이 '전기'의 세속적이고 인간적인 이야기로 전환될 수 있는 내재 요인으로서 '鬼'에 관한 인식의 변화를 분석한 바 있다.

한편, 현대 중국의 일부 논자들은 육조 '지괴'와 당 '전기'에 사용된 '기이한 것[異]'의 개념에 차별성을 부여하여 서사 제재의 '현실화' 혹은 '인간화'를 설명하기도 한다. 즉, 육조의 『神異記』나 『述異記』 등에서는 '기이한 것'이 신선이나 귀신, 괴물과 같이 황당무계한 것들을 가리키는 말이었으나, 중당 이후의 『卓異記』나 『撫異記』, 『博異記』 등에서는 현실의 인간 세계에서 발견되는 특이한 사건이나 인물을 가리킨다는 것이다. 이에 관해서는 王運熙・顧易生 主編, 『中國文學批評通史』, 上海古籍出版社, 1996, 706~707면 참조

적 양식이라기보다는 이미 알레고리(allegory) 양식이나 '환상적인 것(fantastie)'으로 읽힐 수 있는 가능성을 상당히 확보하고 있었다.[77] 그것은 더 이상 문자적 진실과 역사적 사실을 추구하지 않으며, 오히려 그것을 넘어서서 도덕적·철학적 수준에서 진실과 유용한 교훈을 추구한다. 그렇기 때문에 그것은 유교적 정통 윤리 관념과 현실의 계급 질서를 일탈하여 초자연적이고 비현실적인 다양한 종교적 세계와 착란(錯亂)의 시간을 묘사한다.

그러나 사실상 중요한 점은 오히려 당 '전기'는 전통 시기 중국의 오랜 역사 속에서 일시적으로 나타난 '가능성'이었다는 사실이다. 즉 당 '전기'는 지속적이고 영향력 있는 하나의 사회제도적 관습으로서 문학 장르가 되지 못한 채 '일시적인 현상'에 머물고 말았다는 점에서,[78] 그 자체로 주목할 만한 가치는 있지만 총체적 시각에서 역사적 가치는 급격히 떨어진다는 뜻이다. 그리고 주지하다시피, 당대의 문학 서사가 처한 이 특수한 상황으로 인해 스스로 존재 논리를 확보하지 못한 '전기'는 북송(北宋) 초기까지 잠깐 동안의 번영을 누린 뒤로는 실질적으로 그 맥이 끊어져 버린다.[79]

---

77) Sheldon Hsiao-peng Lu, *From Historicity to Fictionality*, Stanford Univ., 1994, p.7 참조.

78) 필자는 적극적인 의미에서 문학 장르라는 개념이 성립하기 위해서는 어떤 제도적 양식의 성격과 가치에 대해 사회적으로 공인된 정의를 바탕으로, 예를 들어서 어떤 특정한 글쓰기 양식이 그 정의에 상당히 부합한다는 것을 분명히 자각하고 있는 작가의 존재를 필요로 한다고 생각한다. 또한 문학작품의 창작이란 기본적으로 그 장르에 대한 인식을 전제로, 작가의 주체적이고 능동적인 개입이 이루어짐으로써 새로운 내용과 형식을 생산해내는 행위일 것이다. 이런 관점에서 판단할 때, 당 '전기'는 문학 장르로 인정될 수 있는 두 가지 중요한 요건, 즉 장르에 대한 사회적 공인과 거기에 익숙한 능동적 작가라는 요건을 갖추지 못하고 있었다고 할 수 있다. 무엇보다도, 당대의 이 특별한 서사 양식에 대해 '傳奇體'라는 포괄적인 명칭이 사용된 것은 송대 이후이며, 그것이 일반화된 것은 명대부터라는 사실은 '전기'를 당대라는 역사 시기의 문학 장르로 취급할 수 없는 중요한 근거라고 할 수 있다.

79) 물론 명대의 『剪燈新話』와 『剪燈餘話』, 그리고 『聊齋志異』를 넓은 의미에서 당 '전기'와 같은 맥락에 포함시켜 설명할 수는 있을 것이다. 그러나 필자가 보기에, 사실상 이것들은 명·청대에 거의 확립된 특별한 문장관을 토대로 이루어진 것이기 때문에, 본질적으로 송대를 포함한 이전 시기의 '지괴'나 '전기'류의 글들과는 전혀 다른 토대 위에서 논의되어야 한다(이에 관해서는 제5장에서 좀더 구체적으로 다시 논의될 것이다). 확실한 것은 '전기' 자체의 문학적 가능성에 대한 당대 문인들의 인식은 현실적 차원에서 이용되던 육조의 심미의식과 명분적 차원에서 강조되던 功用性 사이에 매몰되어서

이 점에 관해서 우리는 어떤 면에서 그것이 민간 문학의 경우와는 달리 '문인'이라는 전통 시기 중국의 독특한 지식인 계층에서 생성된 양식이었기 때문에 그처럼 일시적인 현상에 그치고 말았을지도 모른다는 생각을 갖고 있다.80) 이것은 특별한 소수의 예외적 인물들을 제외하면 전통 시기 중국의 지식인들은 일반적으로 '출사(出仕)'를 통한 입신양명을 지향하는 인물들이었다는 사실과, 당 '전기'가 이른바 '행권(行卷)' ― 또는 '온권(溫卷)' ― 의 수단으로 사용되었다는 기록들81)을 바탕으로 추론한 것이다. 또한 '전기' 가운데 뛰어난 작품들이 대부분 문학적 서사의 가치에 대한 인식을 바탕으로 한 것이 아니라 "시인들이 지니고 있던 유협(遊俠)의 풍조로 역사 전기의 문장을 모방해서 쓴 것"이라는 설명82)과 뛰어난 '전기' 작가

주목할 만한 성취를 이루지 못했다는 것이다. 이에 관해서는 陳長義, 「在復古文學觀影響下的唐代小說理論」, 『唐代文學硏究』 4집, 廣西師範大學出版部, 1993, 269~282면 참조.

80) 물론 당 '전기'에는 『李娃傳』과 같이 기본적으로 민간의 이야기를 기초로 다듬어졌음이 분명한 작품들이 있다. 그러나 그 이야기의 연원이 민간에서 비롯되었다는 사실이 그것을 민간 문학으로 규정할 만한 요소는 되지 못한다. 어쨌든 그것은 문인의 손에 의해 (표현과 구조의 측면에서) '세련되게' 다듬어져서 문자로 정착되었기 때문이다. 그러므로 이 현상은 오히려 『시경』 이래 중국 문학사에서 보편적으로 행해져온 '문인화' 또는 '雅化' 현상과 관련시켜, 좀더 심층적인 차원에서 논해야 할 것이다. 이것은 어쩌면 '한부'의 기원이 민간의 楚歌까지 거슬러 올라갈 수 있다고 해서 그것을 민간 문학으로 규정할 수 없는 것과 마찬가지의 상황일 것이다.

81) 이 가운데 대표적인 것으로 南宋 趙彦衛(字는 景安)의 『雲麓漫鈔』에 기록된 다음 구절일 것이다. "당대의 擧人들은 먼저 당시의 높은 관직에 있는 명망가의 힘을 빌려 먼저 主司에게 자신의 성명을 알린 다음, 자신이 공부하여 지은 글을 바치고, 며칠이 지나서 다시 바치곤 했는데, 이것을 '온권'이라 했다. 牛僧孺(779~847, 字는 思黯)의 『幽怪錄』이나 裴鉶의 『傳奇』 같은 것들이 모두 이것이다. 대개 이런 글들은 여러 문체를 두루 갖추고 있어서 작자의 역사 재능이나 시문 및 의론의 능력을 알 수 있다[唐之擧人, 先藉當世顯人, 以姓名達之主司, 然後以所業投獻, 逾數日又投, 謂之溫卷, 如幽怪錄傳奇等皆是也. 蓋此等文備衆體, 可見史才, 詩筆, 議論].".(黃霖·韓同文, 『中國歷代小說論著選』, 南昌 : 江西人民出版社, 1982, 65면 재인용)

82) 浦江淸은 "당대 사람들이 가장 중시하던 문학은 시였고 당대의 문인들 가운데 시를 지을 줄 모르는 사람은 없었기 때문에, 시인이 지니고 있던 유협의 풍조로 역사 전기의 문장을 모방해서 지음으로 인해 당대의 '전기'가 나오게 되었다"고 했다. 이에 관해서는 浦江淸, 「論小說」, 『文學遺産增刊』 第6輯, 204~217면에서 특히 209면 참조.

에 대해 '훌륭한 역사가의 재능'을 갖고 있다고 한 당시의 평가83)에서 알 수 있듯이, 당시 사람들의 개념 체계 속에서 당 '전기'는 역사 서사의 능력을 포함하는 일종의 변형된 시문(詩文)이었다고도 할 수 있기 때문이다.84)

그러나 당대 후기부터 관리 후보자들의 수가 기하급수적으로 누적되면서 과거제도가 타락하여 실질적으로 뇌물이나 인맥을 통하지 않고서는 관직에 오르기가 어려워지고,85) 송대에 들어서 성리학의 형성과 더불어 지식인들이 형이상학적 취향이 증대되는 등 여러 가지 측면에서 지식인들의 성향에 많은 변화가 생겨난다. 물론 그렇다고 해서 벼슬살이를 지향하는 그들의 기본 성향이 바뀌는 것은 아니지만, 현실적으로 벼슬길에 오르는 것이 극히 어렵다는 사실을 자각함으로써 적지 않은 문인들의 인생관에 큰 변화가 생기기 시작하는 것이다. 여기에 덧붙여서, 중당 이후 지속적으로 발전하여 송대부터 본격적으로 발전하기 시작하는 백화 문학의 역할도 지적해둘 필요가 있다. 예를 들어서, 우리는 남송 시기에 벼슬살이의 꿈이 좌절된, 이른바 낙백한 지식인들이 일차적으로 생계유지를 위해 '소설'과 같은 민간 기예의 창작에 관여하기 시작했으리라는 추측에 일반적으로 공감하고 있다.86) 그리고 이와 관련해서 우리는 당 '전기'와 남송의 백화 소설이 형식적으로 뿐만 아니라 그 효용성의 측면에서 중대

---

83) 李肇, 『唐國史補』. "沈旣濟는 『枕中記』를 지었는데, 『장자』의 우언과 같은 부류이고, 韓愈는 『毛穎傳』을 지었는데 그 문장이 더욱 뛰어나서 司馬遷보다 뒤지지 않는다. 이 두 작품은 진정 '훌륭한 역사가의 재능'이 발휘된 것들이다[沈旣濟撰枕中記, 莊生寓言之類, 韓愈撰毛穎傳, 其文尤高, 不下史遷. 二篇眞良史之才也]."(董乃斌, 『中國古典小說的文體獨立』, 北京 : 中國社會科學出版社, 1994, 93면에서 재인용)

84) 唐代의 시가와 '전기' 사이의 밀접한 관계에 대해서는 王運熙・楊明, 「唐代詩歌與小說的關系」, 『文學遺産』, 1983.1, 30~40면 참조.

85) 『太平廣記』 卷348 「牛生」에는 主司의 아들에게 뇌물을 주어서 과거에 합격하는 이야기가 실려 있으니, 이 시기 과거제도의 광범한 타락상을 보여주는 한 예라 하겠다(李昉 等編, 『太平廣記』 第4冊, 臺北 : 文史哲出版社, 1978, 2758~2759면 참조).

86) 일례로 駱雪倫은 이 점에 관해서, "넓은 의미에서 백화 소설은 한편에서는 구연 예술가 및 공연 예술가들의 집단적인 노력을 대표하며, 다른 한편에서는 교육받은 작가와 소설가, 그리고 극작가들의 개인적인 공헌을 대표한다"고 썼다(Shelly Hsueh-lun Chang, *History and Legend*, Ann Arbor : The Univ. of Michigan Press, 1993, p.16 참조).

한 차이가 있다는 점에 주목할 필요가 있다. 즉 전자를 쓰고 감상했던 당대의 지식인들은 '행권(行卷)'과 같은 방식으로 어쨌든 벼슬살이라는 그들의 기본적인 열망과 연관시킬 수 있었지만, 후자를 선택한 남송의 지식인들은 그런 기본적 열망 자체를 거의 포기한 형편이라는 것이다.[87] 이것은 적어도 남송 이후로는 '전기'와 같은 글을 쓰고 감상할 수 있는 주요 계층이 사라졌다는 것을 의미한다. 결국 현대적 의미의 문학 장르로서 존재 논리를 확보하지 못하고, 시대의 변화에 따라 향유 계층을 상실함으로써 당 '전기'는 역사의 뒤안으로 묻혀버린 것이다.

이런 맥락에서 우리는 당 '전기'의 '창의성'을 강조하는 기존의 '소설사'들은 주로 중국적인 것의 우월성을 강조하려는 왜곡된 민족주의의 영향으로 그 가치가 과대 포장되어 있다고 생각한다.[88] 사실 이런 경향은 명대

---

87) 馮夢龍이 綠天館主人이라는 이름으로 쓴 것으로 여겨지는 『古今小說』 「序」에는 다음과 같은 구절이 있다. "宋 高宗 趙構가 황제의 자리를 넘겨준 후에 太上으로서 천하가 잘 다스려지고 있는 것을 감상하려 했다. 그는 仁壽宮에서 한가한 나날을 보내며 '화본'을 즐겨 읽었는데, 환관들에게 매일 한 권씩 진상하게 하여 마음에 드는 것이 있으면 많은 돈을 하사했다. 그러자 환관들이 선대의 기이한 행적이나 백성들 사이에 떠도는 새로운 소문을 구하여 이야기를 잘하는 사람으로 하여금 태상황제에게 설명하게 함으로써 존엄하신 분의 안색을 기쁘게 했다[泥馬倦勤, 以太上享天下之養. 仁壽清暇, 喜閱話本, 命內璫日進一帙, 當意, 即以金錢厚酬. 於是內璫輩廣求先代奇迹及閭里新聞, 倩人敷演進御, 以怡天顔]."(黃霖・韓同文, 『中國歷代小說論著選』, 南昌 : 江西人民出版社, 1982, 217면 재인용) 그러나 여기서 태상황제가 좋아한 것은 순수한 민간 기예일 따름이기 때문에, 설령 '倩人' — 혹은 이야기꾼이라는 뜻에서 '說話人' — 이 태상황제의 마음에 들어 벼슬을 하사 받는 일이 있다 하더라도 지식인이 과거에 급제하는 것과는 전혀 차원이 다르다. 또한 당시에 이야기를 구연하는 일 자체가 일종의 徒弟 형태로 전승되는 일이었기 때문에, 과거시험을 준비하던 지식인에게는 사실상 불가능한 직업이라 하겠다. 그러므로 당시에 낙백한 지식인이 민간 문학 활동에 참여한다는 것은 '書會'와 같은 단체에서 이야기꾼들이 구연할 수 있는 소재를 개발하고 세련되게 다듬는 정도를 의미할 것이다.

88) 예를 들어서, 侯忠義는 "이전 시기에 소설은 줄곧 '특이한 것의 기록[記異]'이나 '사건의 기록[記事]' 즉 귀신이나 인간 세상의 일에 대한 충실한 '기록'으로 간주되었으나, 당대에는 사정이 달라져서 소설이 고급한 단계로 발전하여 작가가 자각적이고 의식적으로 소설의 창작을 진행했다. 소설은 더 이상 '실제 사건의 기록[記實]'이 아니라 '허구'를 필요로 하게 되었던 것이다"라고 진술했다(侯忠義, 『中國文言小說史稿』 上, 北京大學出版社, 1994 초판 2刷, 197면 참조).

에 '소설가'에 대한 탁월한 분류와 설명을 가한 호응린(胡應麟, 1551~1602)의 진술에 대한 루쉰(魯迅)의 의도적인 오해에서부터 비롯되었다고 할 수 있다.89) 이른바 "작의호기(作意好奇)"라는 유명한 구절에 대한 해석이 그것인데, 일반적으로 당 '전기'의 '뛰어난 성취'로 창의성을 내세우려는 사람들은 흔히 '작의'라는 말을 '창작 의도'라고 풀이하고 싶어 한다. 그러나 우리는 이것이 전형적인 '단장취의(斷章取義)' 식의 해석이라고 생각한다. 논의의 편의를 위해 해당 부분의 원문을 다시 검토해보기로 하자.

무릇 '기이한 현상에 관한 이야기'90)는 육조시대에 성행했으나 대부분 기록하여 전하는 과정에서 잘못된 것으로서, 모두가 '허구적으로 설정한 이야기[幻設語]'는 아니다. 당대에 이르러 비로소 '저술하는 뜻[作意]'이 기이한 것을 좋아하여 '자잘한 이야기[小說]'를 빌어 그런 뜻을 붓끝에 기탁했다. [한유의] 『모

---

89) 엄밀히 말하자면, 그것은 루쉰 본인의 오해가 아니라 그의 『중국소설사략(中國小說史略)』을 읽는 현대 중국인들의 오해라고 할 수 있다. 이런 오해는 루쉰이 당 '전기'에 관한 언급의 첫 부분에서 "소설 또한 시와 마찬가지로 당대에 이르러 한 차례 변혁을 이루어서, 비록 기이한 이야기를 수집하고 逸事를 기록하는 것에서 벗어나지 못했으나, 서술에 변화가 많고 문장과 단어가 매우 아름답다. 그러므로 육조의 조악하고 진부하며 딱딱한 체제와 비교해볼 때 변천과 발전의 흔적이 분명하며, 더욱 두드러진 점은 이 때에 이르러 비로소 작가가 의식적으로 소설을 창작했다는 것이다. 호응린은 (『筆叢』 卷36에서) '……'라고 말했는데, 그가 '作意'니 '幻設'이니 하는 말을 언급한 것은 바로 의식적인 창조를 뜻한다"(魯迅, 『中國小說史略』, 北京 : 北新書局, 1930, 50면)라고 설명한 데에서 비롯된 것이다. 그러나 그에 뒤이어 루쉰은 "'전기'라는 부류는 그 연원이 대개 '지괴'에서 비롯되었다. 그러나 거기에 수사적 꾸밈을 베풀고 그 (줄거리의) 변화를 확장했기 때문에 성취가 특별히 달랐다. 그 사이에 비록 寄託과 풍자를 통해 (저술자의) 근심을 풀고 재앙과 복에 관해 이야기함으로써 권선징악의 뜻을 담았지만, 큰 귀결점은 바로 文彩와 意想을 탐구하는 데에 있다. (그러므로) 옛날의 '지괴'가 귀신의 일을 전하고 인과응보의 진실을 밝히는 것 외에 다른 뜻이 없었던 것에 비하면 그 **취향[趣]**이 무척 다르다"(魯迅, 같은 책, 50~51면)라고 진술함으로써, 어느 정도 유보적인 입장을 택하고 있다. (강조―인용자)
　＊위의 인용에서 생략된 부분과 그 뒤에 이어지는 胡應麟의 원문은 다음에 이어지는 각주 92 참조
90) 여기서 '變異'라는 것은 각각 '雅正'과 '平常'에 대한 상대적 개념으로 이해해야 할 것이다. 즉 당시 '정통' 지식인들의 일반적인 관념 체계 속에서는 쉽게 받아들이기 어려운 이야기나 개념을 가리킨다고 하겠다.

영전』이나 [이공좌(李公佐)의] 『남가태수전』 같은 부류는 그래도 괜찮은 편이
나 [무명씨의] 『동양야괴록』에서 '성자허(成自虛)'라는 인물을 거론한 것이나
『현괴록』에 들어 있는 「원무유(元無有)」[91]와 같은 작품들은 모두 그저 한번 웃
음거리로 치부할 수 있을 뿐이며, 그 문장의 기품 또한 비천하고 낮아서 논할
만한 가치가 없다.[92] (강조—인용자)

　여기서 '저술하는 뜻'이라는 말은 관점에 따라서 다양하게 해석될 수
있는 여지가 있다. 먼저 필자는 당대 초기의 '정통적인' 지식인 계층이 '전
(傳)'을 비롯한 서사적 문체를 쓸 때 '창작'이라는 의도를 과연 얼마나 지
니고 있었는지 의심스럽다. 오늘날 소위 '가전체(假傳體)'라고 부르는 당대
의 문체는 대개 '기록하여 전한다'는 역사 열전의 체제를 기반으로 한 것
이다. 그리고 거기에서 이야기의 사실성을 굳이 따질 필요가 없는 '자잘한
이야기'를 빌어 저술자의 뜻을 우회적으로 나타내는 행위는 오히려 제자
백가가 우언을 활용하여 진행하는 글쓰기 행위와 본질적으로 같은 맥락에
있는 발상이라고 보는 편이 타당하다. 그러므로 여기서 '작(作)'은 사실상
전통 시기 중국의 유가적 지식인들의 개념 체계 속의 '문장을 쓰는 행위'
를 가리킨다고 할 수 있다. 그리고 그 경우 글쓰기는 창작이 아니라, 반드
시 "서술은 하되 지어내지는 않는다[述而不作]"는 원칙에 충실한 행위이
다.[93] 또한 이런 맥락에서 필자는 굳이 '뜻[意]'을 '의도'라고 풀이할 필요

---

91) 『玄怪錄』은 『幽怪錄』이라고도 하며, 奇章公 牛僧孺(779~847)가 편찬한 것이다. 이
　　책은 모두 열권으로 되어 있다 하나 이미 원본은 없어져 버렸고, 『太平廣記』에 30여
　　편이 採錄되어 있다. 「원무유」라는 작품은 그 제목에서부터 그것이 원래 없었던 이야
　　기임을 암시하고 있다.
92) 『二酉綴遺』 中. "凡變異之談, 盛於六朝, 然多是傳錄舛訛, 未必盡幻設語. 至唐人乃
　　作意好奇, 假小說以寄筆端, 如毛穎南柯之類尙可, 若東陽夜怪錄稱成自虛, 玄怪錄元
　　無有, 皆但加付之一笑, 其文氣亦卑下亡足論."(胡應麟, 『筆叢』, 少室山房, 明 萬曆,
　　서울대 도서관 소장본)
93) 넓은 의미에서 말하자면, 이야기의 곡절이나 묘사의 생동감을 더해주기 위한 장치들
　　의 성격을 장착이라고 규정할 수도 있을 것이다. 그러나 본질적으로 그런 장치는 모든
　　종류의 글쓰기에서 발휘될 수 있는 서술의 기교에 지나지 않으며, 그것이 곧 능동적인
　　작가에 의한 문학작품의 창작이 되는 것은 아니다.

도 없다. 우리는 오히려 그것이 저술자의 마음속에 담긴 일종의 '취향'을 가리키는 표현이라고 생각한다. 사실상 "기이한 것을 좋아했다"는 서술구를 고려하면, "작의호기"는 "창작 의도가 기이한 것을 좋아했다"거나 "창작할 때 의식적으로 기이한 소재를 좋아했다"94)는 것보다 "저술의 취향이 기이한 소재를 좋아했다"고 해석하는 편이 훨씬 자연스럽다.95)

좀더 근본적으로 호응린이 『필총(筆叢)』에서 논의한 '소설'이 현대적 의미의 문학적으로 '창작'된 서사체와는 거리가 멀다는 점도 간과해서는 안 된다. 그는 기본적으로 '소설'을 '자부'와 연관시켜 설명하고 있으며,96) 다만 그 범주가 문인들의 글장난이나 박식한 지식을 가진 특이한 지식인에 의해 수집 — 창작이 아니라 — 된 '우주 밖의 꿈같은 이야기들'일 뿐이라고 했다.97) 그렇기 때문에 그는 『세설신어』는 사실성을 확인하기 어려운

---

94) '奇'는 그 자체로는 '기이한 수법'이라는 뜻을 가리킬 수도 있을 것이다. 그러나 우리는 여기서 쟁점이 되고 있는 문제는 서술을 전개하는 '기법'이라기보다는 '소재'의 측면에 초점이 두어져 있다고 생각하기 때문에 일단 논의에서 배제하기로 한다.

95) 당 '전기'가 비록 '창작'은 아니지만, 많은 부분에서 그것을 저술한 의도를 무시한다는 것은 물론 지나친 발상일 것이다. 우리는 그 가운데 상당수의 저작에서 작가의 심경이 토로되거나 권선징악의 교훈이 들어 있는 경우를 발견할 수 있으며, 심지어 해석하기에 따라서는 혼인과 남녀 관계에 대한 당시의 완고한 윤리적 억압에 대한 비판의식을 발견할 수 있는 경우도 있다. 그러므로 이 글에서 필자가 강조하는 바는 '意'를 '의도'로 해석해서는 안 된다는 것이 아니라, 그것을 '의도'라고 풀이할 수도 있고 '취향'으로 풀이할 수도 있되, 굳이 그것을 '문학적 창작'이라는 특수한 행위에 관련시키려 해서는 안 된다는 점이다.

96) 『筆叢』「九流緖論」中. "『漢書』「藝文志」에서 말한 바의 '소설'은 비록 길거리에서 주고받는 이야기라 하지만 실제로 후세의 『博物志』나 『志怪』 등의 책과는 전혀 다르다. 그것은 대개 '잡가'(『한서』「예문지」의 '잡가'와 명가, 법가를 포함)의 부류에 해당하는 것으로 약간의 '사건'이 뒤섞여 있을 따름이다[漢藝文志所謂小說, 雖曰街談巷語, 實與後世博物志怪等書迥別. 蓋亦雜家者流, 稍錯以事耳]."
『筆叢』「九流緖論」下. "'소설'은 '자부'에 속하는 책의 부류이다. 그러나 도리를 이야기할 때는 경전과 유사하기도 하고, 또 경전의 해설서[注疏]와 유사한 데도 있다. 그리고 사건의 흔적을 기술할 때에는 역사 서술과 통하기도 하고, 또 역사서의 '志'나 '傳'이라는 체제와 유사한 데도 있다[小說, 子書流也. 然談說理道, 或近於經, 又有類注疏者. 紀述事迹, 或通於史, 又有類志傳者]."

97) 『筆叢』「九流緖論」下. "'소설'이라는 것의 부류는 시인이나 문장가들이 장난삼아 쓴 글이기도 하고, 특별한 취향을 가진 선비나 박학다식한 것을 추구하는 사람들이 우

사건의 기록보다는 그 안에 담긴 '현묘한 운치[玄韻]'에 초점을 맞춰서 읽어야 하며, 당대까지의 '소설'들도 이야기 기술 자체보다는 '문장의 꾸밈새[藻繪]'가 볼 만하다고 평했던 것이다.98) 그러므로 필자는 오히려 위 인용문을 통해 당 '전기' 가운데 일부가 허구성 즉, '허구적으로 설정한 이야기[幻設語]'를 담고 있었다는 점을 굳이 강조하려면 호응린이 비판 대상으로 거론한 『동양야괴록』이나 『현괴록』 「원무유」를 주목하는 편이 효과적일 것이라고 생각한다. 다만 이것들은 여러 면에서 육조의 '지괴'와 유사하여 현대적 의미의 '문학 서사'로서 특별한 가치를 부여하기 어려운 점이 있기 때문에, 민족주의에 경도된 중국의 논자들도 거론하지 않고 있는 듯하다. 이것은 어쩌면 그들이 '허구적으로 설정한 이야기'라는 어구에 담긴 호응린의 부정적 어감을 무시할 수 없기 때문이기도 할 것이다.

다만 여기서 한 가지 분명히 해둘 사항이 있다. 즉, 이미 육조의 '지괴'에 관한 논의에서 강조했던 것과 마찬가지로, 당 '전기'에 대한 필자의 이

주 밖의 꿈같은 일들을 수집한 것이다[小說者流, 或騷人墨客, 游戲筆端, 或奇士洽人, 蒐夢宇外]."

어쩌면 호응린이 '소설'을 '자부'에 포함시켰다는 점이 바로 그것의 창작성을 인정한 증거가 아니겠느냐는 반론이 제기될지도 모르겠다. 그러나 필자는 '자부'가 '우언'과 같은 형식이 자연스럽게 활용될 여지가 있는 글들을 가리키는 분류 개념이었다 할지라도, 거기에서 인정하는 창작성이란 지극히 미미하거나 잠재적인 것에 지나지 않는다고 생각한다. 궁극적으로 유가사상에 충실할 수밖에 없는 전통 시기의 문인들에게 모든 글쓰기란 '述而不作'의 범위 안에서만 이루어질 수 있다는 암묵적인 제약이 따랐다고 할 수 있기 때문이다. 그리고 '자부'에 포함된 글들은 대개 당시 문헌 분류를 담당했던 사람의 관점에서 유가의 경전이나 '紀事'가 아닌 '立論'에 가깝다고 판단되는 것들이 주종을 이룬다고 할 수 있다. 이것은 『四庫全書總目提要』 「子部總敍」에서, "육경 이외에 논설을 세운 것은 모두 '子書'이다[自六經以外, 立說者皆子書也]"(『中文大辭典』 第3冊, 248면)라고 한 데에서도 확인된다. 여기에 덧붙여서, 유가의 문인들에게 '입론' 행위는 기본적으로 '성인의 말씀'을 바탕으로 진행되는 '해석'에 가까운 것이지 결코 없던 것을 '창조'하는 행위는 아니라는 점도 고려되어야 한다.

98) 『筆叢』 「九流緖論」 下. "'소설'은 당대 이전에는 기술한 것들이 대부분 허구였으나 문장의 꾸밈새만은 볼만했다. ……『세설신어』는 현묘한 운치를 위주로 하는 것이라서 (실제 사건의) 기술과 비교할 수 있는 것이 아니기 때문에, 유지기가 (그것을) 사실의 기록이 아니라고 했지만 (그것을) 병폐로 여길 수는 없다[小說, 唐人以前, 紀述多虛, 而藻繪可觀. …… 世說, 以玄韻爲宗, 非紀事比. 劉知幾謂非實錄, 不足病也]."

런 논의가 그 서사체 자체가 어떤 식으로든 후세의 '문학 서사'와 관련될 수 있는 잠재적 가능성을 부정하는 것은 아니라는 점이다. 그것이 저술되고 유행하던 시기의 당 '전기'는 당시의 논자들에게 '문학 서사'로 간주되지는 않았지만, 명말·청초나 오늘날과 같이 독립적이고 특별한 의의를 갖는 '문학 서사'의 개념이 성숙해진 시기에 이르러 그러한 서사체의 창작과 감상, 나아가 그것들의 특성과 의의에 관한 합리적 이론을 건립하려는 사람들이 '문학 서사'의 연원과 성립 과정을 설명하려는 목적으로 과거의 역사를 소급하여 살펴볼 경우, 당 '전기'는 충분히 현대적 의미의 '문학 서사'와 관련지을 수 있는 특성(혹은 '가능성')을 자체 내에 포함하고 있기 때문이다.99) 오히려 이것은 『사기』의 '열전'과 같이 역사 서사에 가까운 서사체들도 어떤 식으로든 현대의 '문학 서사'가 성립하는 데에 적지 않게 기여했음을 부정할 수 없다는 것과 같은 맥락에서 이해되어야 한다.

3. 소결

지금까지 필자는 당대 초기까지 중국의 지식인들이 '서사'라고 부를 만한 다양한 글을, 특히 역사 서사를 중심으로, 지속적으로 써오면서 아울러 줄기차게 그런 행위가 가질 수 있는 의의에 대해 탐구해왔다는 사실을 고찰했다. 그러면서도 필자는 당대 초기까지 중국의 서사는 그 주체의 독특한 성격으로 인해 그 자체로 독립적으로 분화된 가치를 지니지 못하고 목적론적 문장관에 편입되어 버리는 경향이 강했다는 점을 강조했다.

---

99) 李昭妏의 표현을 빌자면, 이것은 이른바 '만들어지는 소설사'에 의한 결과일 것이다 (李昭妏, 「中國 小說史에 대한 단상」, 『中國小說論叢』 제Ⅶ집(韓國中國小說學會 編), 1998.8, 17~34면에서 특히 17~18면 참조).

다시 말해서, 벼슬살이와 '경세'의 염원으로 가득 찬 그들로서는 현실적 차원에서 효용성을 강조하는 글쓰기에 상대적으로 많은 무게를 두었기 때문에, 허구적이고, 적어도 표면적으로는 이야기 자체의 재미에 좀더 치중한 서사에는 소홀할 수밖에 없었다는 것이다.

유지기로 대표되는 당대 초기 지식인들의 '역사 서사'에 관한 개념은 왕조의 정통성을 확인하고 올바른 통치 방법을 제시할 수 있는 서사 행위라는 것은 실제 사실에 의거한 서술과 유가적 윤리관을 바탕으로 진행되어야 하다는 믿음 아래, 그를 위한 구체적 방법들을 모색하는 과정에서 형성된 것이다. 이에 따라, 그들의 개념 속에서 허구적이거나 현실적 효용성이 그다지 분명하지 않은 다양한 서사체들은 '문장'이라고 말할 가치조차 확보하지 못했다.[100) 그렇기 때문에 한유는 '전기'류의 글들을 좋아하고 심지어 『모영전』과 같은 비정통의 문장을 쓴 자신의 행위를 궁색하게 변명해야 했고, 이른바 자잘한 도리를 기술한 글이라는 의미에서 '소설'에 대해 그보다 좀더 관대한 이조(李肇)[101)와 같은 사람도 그것이 "사실을 기록하고, 사물의 이치를 탐구하고, 의혹을 변별하고, 권선징악에 대한 경계를 보여주고, 풍속을 채집하고, 담소를 나누는 데에 도움을 주는" 한도 안에서만 가치를 인정했다.[102) 또한 심기제(沈旣濟, 750?~800)나 이공

---

100) 이런 경향은 송대의 정통 사대부들에게도 거의 그대로 계승되고 있다. 예를 들어서, 趙令畤는 『鶯鶯傳』의 주인공 '張生'이 일반적으로 알려진 것처럼 張籍을 가리키는 것이 아니라 元稹 자신을 가리킨다는 점을 세밀하게 고증하고 있다(이에 관한 자세한 내용은 陳洪, 『中國小說理論史』, 安徽文藝出版社, 1992, 39~40면 참조). 그러나 이것은 곧 그가 '소설'을 현대적 의미의 문학이 아니라 역사 서사의 한 부류로서, 비록 왕조의 흥망과 관련된 중요한 일이 아니라 이른바 '야사'일지라도 최소한 '실록'의 원칙 아래 서술된 것이라는 생각을 견지하고 있었음을 보여준다.

101) 李肇의 생애에 대해선 알려진 사항이 별로 없다. 다만 『新唐書』 「藝文志」에 따르면 그는 翰林學士를 지냈고 『翰林志』라는 한 권의 저서를 남겼다고 했고, 王定保의 『摭言』에는 그가 元和 연간(806~820)에 中書舍人을 지냈다고 했다. 오늘날 우리에게 그의 이름이 알려진 것은 『唐國史補』라는 저서 때문인데, 이것은 그가 尙書左司郞으로 있을 때 지은 것이라고 한다. 이상은 黃霖·韓同文, 『中國歷代小說論著選』, 南昌 : 江西人民出版社, 1982, 53면의 注釋 ① 참조.

102) 「唐國史報」 「序」. "나는 開元(713~741)에서 長慶(821~824) 연간까지 『國史報』를 편

좌(李公佐, 770?~850)와 같은 '전기'의 작자들도 자신들의 글이 유가적 윤리의 측면에서 일정한 효용이 있음을 강조하는 차원에서 그치고 말았다.[103]

이러한 고찰을 역으로 해석하면, 우리가 전통 시기 중국에서 역사 서사와는 다른 어떤 서사 행위에 대한 새로운 인식의 형성 과정을 고찰하려면 무엇보다도 먼저 한대부터 당대 초기까지 지식인들의 개념 체계를 지배했던 몇 가지 억압들로부터 어느 정도 자유로워진 지식인들이 등장하게 된 시대사조의 변화를 파악해야 한다는 것을 깨닫게 된다. 좀더 구체적인 측면에서, 이것은 결국 한대부터 당대 초기까지 지식인들의 '문장' 개념을 지배하던 유가적 현실주의가 본질적인 차원에서 상당 정도 흔들리거나 혹은 전면적으로 변혁되는 시점을 파악하는 것이 급선무라는 뜻이다. 그리고 이와 관련해서 우리는 전통 시기 중국에서 역사 서사와는 여러 면에 이질적인 형태의 서사 행위—명말·청초에 이르러 이것은 오늘날의 문학 서사와 비슷한 종류의 이론적 토대를 가진 서사 행위로서 독립된 가치를 확보하게 된다—를 발견하고 거기에 특별한 의의를 부여하게 되는 것은 늦어도 당대 중엽부터 '문장'에 대해 기존의 지식인들과는 매우 다른 의식을 가진 새로운 지식인 계층이 등장하게 됨으로써 가능해졌다고 생각한다.

찬하면서, …… 인과응보를 말하고, 귀신에 대해 서술하고, 꿈이나 占卜을 징험하고, 규방에서나 나눌 이야기에 가까운 것들은 모두 제거했다. 그러나 사실을 기록하고, 사물의 이치를 탐구하고, 의혹을 변별하고, 권선징악에 대한 경계를 보여주고, 풍속을 채집하고, 담소를 나누는 데에 도움을 주는 것들이라면 곧 기록했다[予自開元至長慶撰國史報, …… 言報應, 敍鬼神, 徵夢卜, 近帷箔, 悉去之, 紀事實, 探物理, 辨疑惑, 示勸戒, 採風俗, 助談笑, 則書之]."(黃霖·韓同文, 『中國歷代小說論著選』, 南昌 : 江西人民出版社, 1982, 53면 참조)

103) 黃霖·韓同文, 위의 책, 49~52면 참조.

문학서사론

언표란 이동되고 보존되는, 하나의 가치를 지니는 그리고 사람들의 전유(專有)의 대상이 되는 존재, 사람들에 의해 반복되고, 재생산되고, 변환되는 존재, 미리 수립된 회로를 부여받는 그리고 제도 속에서의 어떤 지위를 부여받는 존재이다. 또 언표란 복사나 번역에 의해서 뿐만이 아니라 주석이나 주해, 의미의 내적인 증식에 의해서도 중복되는 존재인 것이다. 언표들은 희박하기 때문에, 사람들은 그들을 (그들을 통일하는) 총체성들 속에 모으고, 그들 각자 안에 거주하고 있는 의미들을 복수화시키는 것이다.

—미셸 푸코, 『지식의 고고학』에서1)

지금까지 우리는 육조시대까지의 '원—서사론'과 당대 초기의 '역사서사론'이 어떤 환경 속에서, 그리고 어떤 주체에 의해 형성되었으며, 그 내용과 역사적 의의는 무엇이었는가에 대해 고찰해보았다. 그 과정에서 특히 필자는 포괄적이고 미분화된 서사 행위의 가치와 의의에 대한 정의로

---

1) 미셸 푸코, 이정우 역, 『지식의 고고학』, 민음사, 1993 초판 3쇄, 174면 참조

서 '원―서사론'을 기초로, 육조 이후 당 왕조에 이르러 본격적으로 확립된 유가적 문장관의 영향 속에서 '실록'의 정신을 중심으로 한 객관적이고 엄격한 사실의 기록 행위로서 '역사 서사'의 개념이 분화되어 나오는 과정에 주목했다.

앞에서 언급했던 것처럼, 전통 시기 중국에서 구체적이고 엄격한 역사 서사 개념의 테두리를 규정하는 조건은 기존의 제반 서사체들을 선별하여 역사 서사로 명명할 수 있는 하나의 기준으로 작용하게 되었고, 그 결과 그 범주에서 배제당한 서사체들의 집단이 형성되게 되었다. 당대 초기의 유지기는 그것들을 자신이 설정한 올바른 문장의 하나로서 역사 서사의 범주에 포함시키기 위해 나름대로 '비정통'이라는 단서 조건을 활용하기도 했지만, 그 경우에도 도저히 포용할 수 없는 서사체들의 존재가 부각되었다. 필자는 바로 이렇게 소외된 서사체들의 서사 주체 혹은 그것을 옹호할 수 있는 새로운 인식 기반을 지닌 계층의 출현이 오늘날 우리가 문학 서사라고 명명하는 특수한 서사 행위에 대한 존재의 논리를 만들게 되는 주요 원인들 가운데 하나가 될 수 있으리라고 설명했다. 그러나 사실 전통 시기 중국에서 문학 서사의 개념을 만들어낸 주체적 계층을 상류 지식인 계층 즉, '사대부―문인' 계층의 내부적 분화 현상만으로 설명할 수는 없다. 왜냐하면 인류의 역사가 시작된 시점으로부터 줄기차게 민간에서 구두로 전승되었을 여러 이야기들을 체계적으로 조직하고 그 나름대로 세련된 형식의 문자로 기록되게 만든 데에 적극적인 역할을 수행했을 것으로 추측할 수 있는 새로운 식자층의 존재가 중당 이후 급격히 일어난 사회·경제적 변동 및 언어 환경의 변동과 더불어 뚜렷하게 부각되기 때문이다.

그러므로 이제 이 장에서는 먼저 전통 시기 중국에서 이와 같은 새로운 서사 행위에 관해 논의할 수 있는 계층이 형성되는 과정을 간략하게 고찰해보고, 나아가 그들의 입론이 추구했던 서사 행위의 성격을 규명해 볼 것이다. 이 과정에서 필자는 그들의 이론적 정당화 작업이 결국 서구에서 문학 서사의 가치가 이론적 합리성을 획득하게 되는 과정과 유사함을 지적함으로써, 결국 그들이 옹호하고자 했던 새로운 서사 행위가 오늘날 우리가 '문학 서사'라고 부를 만한 일정한 특징을 내포한 것이었음을 밝힐 것이다. 그러나 앞으로 진행될 고찰은 단순히 양자 사이의 유사성을 밝히는 데에만 치중되는 것이 아니라, 피상적인 유사성 너머로 전통 시기 중국의 문학 서사라는 개념은 근대 서구의 대표적인 문학 서사로 거론할 수 있는 소설에 대한 생각과는 많은 부분에서 이질적인, 고유한 문화적 특성을 지닌 것이었음을 분명히 드러내게 될 것이다.

1. 논의 주체들의 계층적 연원─'특별한 중간층'의 형성과 그 특징

1) 계층적 연원

아마도 구두 전승의 형태로 이어지며 개발되어 온 이야기의 근원은 인류 역사에서 언어가 시작되는 시점까지 거슬러 올라갈 수 있을 것이다. 그런데 민간의 이야기들은 최초에 이야기의 부수적 효용이나 그것을 통한 부차적 목적을 강조하기보다는 그 자체의 재미를 강조하는 경향이 강했을 것으로 생각된다. 물론 뚠황[敦煌]에서 발견된 '변문(變文)' 가운데 상당수는 불교의 전파를 목적으로 승려들이 창안해낸 것이었음이 분명하지만, 무릎에 앉힌 손자에게 들려주는 할머니 할아버지의 옛날이야기와 같은 종류의 민간 이야기의 성격을 반드시 목적론적으로 규정할 수만은 없다.[2] 그런데 막상 그런 이야기를 문자의 형태로 기록하려는 (혹은 만들어

---

2) 이런 의미에서 필자는 민간에서 전승되던 이야기에 내재된 오락적 성격, 혹은 이야기 자체가 갖는 재미의 비중이 아무리 적게 잡아도 절반 이하로 떨어지지는 않았을 것이

내려는) 사람이 나타났을 때, 특히 전통 시기 중국의 독특한 상황에서는 예기치 못했던 문제가 그들을 기다리고 있었을 것이다. 백화와 문언, 혹은 구두 언어와 문자 언어 사이의 본질적인 차이는 일단 논외로 치더라도, 문자를 통한 글쓰기에 대한 기존의 선입견—적어도 당대 초기까지 문자와 그것을 통한 글쓰기를 전유했던 상층 지향적 '사대부—문인' 계층이 고수하고 있던 목적 지향적 유가의 문장관—이 그 새로운 글쓰기 행위에 대해 직·간접적으로 제약을 가했을 것이기 때문이다. 여기서 우리가 여러 각도에서 다양하게 추론할 수 있는 그 제약의 제반 양상을 굳이 자세히 따질 필요는 없겠지만, 적어도 민간의 이야기를 기록하려던 사람들이 그런 제약으로부터 자신들의 행위에 대해 변호할 수 있는 논리를 개발할 필요성을 느꼈으리라는 것은 충분히 추측할 수 있다. 그러므로 역사 서사와는 다른 차원에서 특수한 서사 행위를 인식하고,3) 나아가 그것을 위한 논리를 개발하려 했던 사람들이야말로 어떤 의미에서는 우리가 문학서사론자라고 부를 만한 계층을 형성하는 데에 중심적 역할을 수행했다고도 할 수 있을 것이다.

이런 의미에서 우리는 새로운 서사 행위로서 문학 서사의 가치를 인정하게 되는 '인식의 변화' 혹은 전환이라는 표현을 사용할 때, 될 수 있는

라고 생각한다. 물론 이 이야기들은 대개 자연과 인간의 삶에 대한 소박한 지혜의 보고이며, 종종 그것들은 다시 '속담'이나 '격언'의 형태로 응축되기도 한다. 결국 엄밀한 의미에서 모든 서사 행위는 지식의 전달이라는 목적의식과 불가분의 관계를 맺고 있는 셈이다. 그러나 서사 주체가 그 목적의 내용에 대해 천착하는 정도는 구전되는 민간의 이야기와 문자의 형태로 진술되는 지식인 집단의 서사 사이에 현격한 차이를 드러낸다. 더욱이 서사 행위의 목적 자체에 매달려 그것을 이론적으로 규명하거나 규정하려는 시도는 거의 전적으로 지식인 집단에 한정되어 진행되기 마련이다. 이에 비해 민간의 서사 행위는 일상적으로 오락의 표피를 쓴 관습의 형태로 전승되고 개발되는 경향이 강하다.

3) 어떤 의미에서 '문학 서사'와 관련된 중국인들의 개념은 역사 기술과의 차별성에 대한 인식에서 출발한다고 할 수 있다. 綠天館主人이란 필명을 사용한 명대의 한 인물은 『古今小說』의 「序」에서, 그것을 "역사의 전통이 흩어지자 '소설'이 흥기했다[史統散而小說興]"는 말로 개괄했다(黃霖·韓同文, 『中國歷代小說論著選』, 南昌 : 江西人民出版社, 1982, 217면).

대로 그 의미를 폭넓은 차원에서 적용할 수밖에 없다. 왜냐하면 그것은 당대 초기까지 과거시험에 몰두하던 지식인 계층 안에서뿐만 아니라, 다양한 이유에서 벼슬살이의 희망을 포기한 많은 식자층과 처음부터 벼슬살이의 꿈과는 상관없이 문자 문화와 친숙해진 '시민' 계층[4]에서 아주 느린 속도로 진행되고 있던 사고의 변화를 총괄적으로 지칭하는 말이 될 수밖에 없을 듯하기 때문이다. 이처럼 전통적인 '사대부―문인' 계층에 속하는 지식인의 일원이라고도 말하기 어렵고, 그렇다고 문자에 대한 지식이 거의 전무하던 이전 시기까지의 하층 민중과 같은 성격을 부여하기도 어려운 이 새로운 계층을 우리는 잠정적으로 '특별한 중간층'[5]이라고 부르고자 한다. 다만 아직 명확한 테두리를 규정하기는 어렵기 때문에, 여기서는 현재의 시점에서 추론 가능한 계층적 연원을 내부적으로 크게 두 종류로 나누어 설명해보고자 한다.

'특별한 중간층'을 구성하는 첫 번째 성원은 전통적인 지식인 계층에서 분화된 사람들이다. 이 분화는 주로 벼슬살이의 꿈을 실현하기 위해 노력하는 후보자들, 혹은 과거제도의 학위 소지자들의 수가 관료의 충원이라는 제도적 수요를 훨씬 초과할 정도로 누적됨으로써 야기되었다. 이러한 수요의 초과는 중당, 남송, 명대 중엽과 같이 왕조의 행정력이 노쇠해지는 틈을 타서 창궐한 관료제도의 부패와 맞물려 수많은 지식인들을 낙백하게 만들었고, 이들 가운데 상당수는 공허한 자존심이나 명예보다 훨씬 절실

---

4) 여기서 '시민'은 중당 이후 도시 경제의 발전과 더불어 급속도로 확장된 도시 거주민, 특히 고급 관료들의 저택에 포함된 유한계층과 상인들을 아우르는 명칭이다.
5) 넓은 의미에서 필자가 설정한 '특별한 중간층'은 전통 시기 중국에서 '소설', 희곡과 같은 민간 문예의 창작과 향유에 관여한 모든 계층을 포괄할 수 있다. 즉 오락과 연예가 '생산―소비'의 유기적 관계를 맺을 수 있는 환경을 제공한 송대의 발달한 도시 환경 속으로 모여든 不在地主와 군인(이들은 순수한 소비 계층에 해당한다), 수공업자, 상인, 민간과 관방의 기예인, 과거시험을 통한 관계 진출의 꿈을 잃고 경제적 기반을 상실한 채 전전하는 이른바 '낙백 문사'들이 모두 여기에 해당하는 것이다. 그러나 이 글에서는 그들 가운데 주로 문학서사론의 개발에 적극적으로 참여할 수 있었던 사람들에 한정시켜 논의를 진행하고자 한다.

한 현실적 요구 ― 생계유지라는 ― 와 타협할 수밖에 없었을 것이다.[6] 천루헝[陳汝衡]이 지적했듯이, 남송의 '이야기꾼[說話人]'들 가운데 '연사(演史)' 양식에 참여한 사람들 가운데는 '서생'·'공사(貢士)'·'진사'·'낭중(郎中)'·'관인(官人)' 등을 예명(藝名)으로 사용한 사람들이 많이 눈에 띄는데, 그들은 바로 생계유지를 위해 직업적인 예인(藝人)의 길을 택한 낙백한 지식인의 예일 것이다.[7]

한편, 이와는 좀 다른 맥락에서 만당 시기부터 송대 전반에 걸쳐서 황제의 노골적인 우대를 빙자하여 크게 유행한 '은사의 기풍[隱風]' 또한 '특별한 중간층'의 대두에 적지 않은 공헌을 했다. 주지하다시피, 송대에는 거의 모든 선비들이 자신의 명호(名號)에 무슨 '거사(居士)'니 '어은(漁隱)'이니 하는 따위의 단어를 집어넣는 것이 유행하고 있었고, 정자나 집을 짓더라도 마찬가지였다. 관리들은 벼슬에서 은퇴하는 것을 가리켜 기꺼이 '퇴은(退隱)'이라고 불렀고, 심지어 죄를 저질러 관직이 박탈된 경우에도 은거를 택했다는 명분을 내세워 둘러대는 경우가 많았다.[8] 그러나 요순(堯舜)시대의 은사들과는 달리 송대의 은사들 가운데는 어려운 과거제도를 피해서 '천거(薦擧)'를 통해 벼슬을 얻기 위한 수단으로서 일부러 은사의 길을 택하는 이들도 적지 않았다.[9] 그렇기 때문에 송대의 은사들

---

6) 李昌淑은 이런 예로 송대의 이른바 '閑人' 계층을 거론했다. 그에 따르면, 송대의 '한인'은 재상의 집안에서 '堂吏'를 지내며 『福華編』과 같은 '講史書'를 지을 수 있을 정도로 "문자·문학에 능하고 음악도 잘하는[能文知書寫字善音樂]" 독서인 부류와 '다양한 연예[學像生, 動樂器, 雜手藝, 唱叫白詞, 相席打令, 傳言送語, 弄水使拳之類]'의 재능을 가져 '기예인으로 활동[雜扮]'하는 부류를 통칭하는 용어로 쓰였다고 했다. 그리고 "이 두 부류의 공통점은 '閑', 아마도 토지와 같은 경제적 기반을 갖추지 못한 점일 것"이라고 했다(李昌淑, 「宋元明 俗文學 作家」, 3~4면. 이 글은 中國敍事文學硏究會 ― 나중에 '중국문학사연구회'로 명칭을 바꿈 ― 의 주최로 1999년 2월 5일에 대우재단 회의실에서 진행된 제1차 硏討會에서 발표되었다).

7) 陳汝衡, 『說書史話』, 北京 : 作家出版社, 1958, 86~89면 참조.

8) 송대 '隱風'의 개략적인 상황과 은사에 대한 예우에 대해서는 劉文剛, 『宋代的隱士與文學』, 成都 : 四川大學出版社, 1992, 특히 1~32면 참조.

9) 이에 대해서는 劉文剛, 위의 책, 158~172면 참조.

가운데 중·상등급의 여유로운 생활을 즐기던 사람들의 비중이 80%나 되었고, 풀뿌리를 캐먹거나 걸식으로 비참하게 목숨을 이어간 사람들의 수는 상대적으로 많지 않았다.10)

그러나 '은사 기풍'의 이와 같은 유행은 적어도 두 가지 측면에서 '특별한 중간층'의 형성에 바탕을 제공했다. 그 첫째는 심지어 황제에게조차 머리를 숙이지 않는 자존심과 세속의 기성 권위에 대한 반항을 정당화하는 기제가 마련됨으로써 글쓰기에 대한 새로운 의미 부여의 계기가 마련되었다는 것이다. 소식(蘇軾)의 경우처럼, 송대부터 문인의 문집에 이른바 '필기(筆記)'와 같이 기존의 정통 문단에서 경시당하던 문체들이 적지 않은 비중으로 포함되기 시작한 것도 이런 풍조와 결코 무관하지 않은 것이다. 둘째, 이와 같은 분위기의 변화에 힘입어 도시에서 관상을 봐주거나 글공부를 가르치며 생계를 이어가던 가난한 은사들 가운데 일부는 좀더 편안한 마음으로 글을 팔아서 생계를 꾸리는 일에 뛰어들 수 있게 되었다. 그 결과, 기본적으로 벼슬살이를 위한 학문 연구 모임이었던 '서회(書會)'의 성원들 가운데 남송 이후로 '교방(敎坊)'이나 '구란(勾欄)', '와사(瓦肆)'에서 공연되는 각종 민간 문예작품의 창작과 편찬에 관여하는 경우가 점차 늘어나는 추세에 있었다.11)

중요한 점은 이처럼 직·간접적으로 민간 문예의 창작과 편찬에 관여한 사람들을 포함한 낙백한 지식인 집단이, 특히 '서회'의 성원들 및 벼슬살이를 위해 은거를 가장한 '가짜 은사들[假隱]'에게서 쉽게 짐작할 수 있듯이, 대개 전통 시기 중국의 지식인들에게 본질적으로 내재된 '경세'의 열망까지 포기한 것은 아니었다는 사실이다. 그러나 그 열망을 실현하는 구체적 방법에서 그들은 기존의 권위적이고 명분론적인 유학 체계에 얽매

---

10) 이에 대해서는 劉文剛, 위의 책, 33~41면 참조.

11) 陳汝衡, 앞의 책, 89~94면 참조. 여기서 陳氏는 '書會'의 성원들이 민간 문예의 창작에 관여한 증거를 보여주는 『淸平山堂話本』의 「簡帖和尙」과 『水滸傳』 제46회 및 제94회의 대목들을 인용하고, 나아가 각종 문헌을 통해 검증할 수 있는 다섯 가지의 다른 이름을 가진 '서회'들을 제시했다.

인 채 벼슬살이만을 지향하는 지식인들과는 상당히 다른 방식으로, 즉 실제의 삶에 유익한 효용성을 중시하는 사상을 바탕으로 한 새로운 세상을 경영할 꿈을 실현하고자 했음이 분명하다. 가령, 명대에 민간 문학의 발전에 결정적인 기여를 했던 양명학 좌파(陽明學左派) 즉, '태주학파(泰州學派)'의 인물들은 바로 이런 부류에 속하는 대표적인 인물들이라 할 수 있다. 그들은 비록 욕망의 절제를 통한 인격의 수련을 바탕으로 한 학문의 정진과 '경세제민(經世濟民)'을 추구하는 성리학의 교조적 틀을 부정하고 '동심(童心)'을 중시했지만, 그렇다고 현실의 변혁을 유도하는 '경세'의 대업에 참여하려는 열망 자체를 포기하지는 않았다. 그들의 인식 체계에 내재된 이러한 특수성은 사실상 명대 중엽부터 전통적인 역사 서사와는 많은 부분에서 구별되는 특수한 서사체들의 존립 근거에 대한 이론적 탐색이 일종의 변형된 공용론(功用論)으로 치우치게 되는 원인이 된다고 할 수 있다.

둘째는 처음부터 벼슬살이나 '경세'의 포부와는 거리를 둔 상태에서, 즉 전통적인 '사대부─문인' 계층의 테두리 밖에서 다양한 경로로 지식인의 반열에 끼어든 사람들이다. 이들은 경학과 같은 '정통적'이고 권위 있는 학문에는 그다지 조예가 깊지 않았으나, 백화를 포용함으로써 읽고 쓰기가 좀더 쉬워진 새로운 문자 체제를 어느 정도까지 자연스럽게 활용할 수 있는 능력을 갖추고 있었다. 그리고 무엇보다도 이들은 처음부터 그러한 지식을 '경세'의 목적이 아니라 생계와 관련된 실용적 차원에서 활용할 수 있는 수단으로 간주했다. 어쩌면 최초의 통속 문학의 작자들, 이를테면 '소설'을 포함한 송대 '강창류(講唱類) 작품들의 창작 및 연행자(演行者)들이 이런 예에 속할 것이다. 그러나 명대 이후 증가한 문학 서사의 작자층은 단순한 창작과 공연의 관행에 젖은 '기예인'에서 벗어나 상대적으로 상류 문화의 산물인 태주학파의 사상을 적극적으로 수용하면서 점차 자신들의 행위에 대해 적극적인 의의를 모색함과 동시에 창작과 공연의 예술적 가치를 탐구하는 '문예인(文藝人)'으로 대체되게 된다.[12]

이처럼 전혀 다른 방향에서 출발한 성원들을 하나의 관념적 동질체로 묶어놓은 것은 무엇보다도 그들의 처지와 가치관에 적절히 부합하는 새로운 언어의 장(場)이었다. 사실 이들은 전통적으로 전혀 이질적이고 평행한 경로로 병존해왔던 문자 언어[文言]와 구두 언어[白話]의 특별한 '접점'을 축으로 형성된 계층이었기 때문이다.[13] 그리고 중간층 성원의 계층적 연원에 대한 위의 분석에서도 알 수 있듯이 그런 '언어의 접점'을 형성한 가장 중요한 동인은 새로운 시대적 요구에 의해 점차 강화되고 있던, 실용성을 중시하는 가치관이었다. 이것은 특히 이들이 성리학과 같은 정통 유가사상보다 양명학 좌파와 같은 급진적 사상을 선호했던 데에서도 확인된다.[14] 그리고 이와 같은 가치관에 입각해서 그들은 전적으로 공적이고 진지한 도리의 전달 매체로 간주되는 '문장'보다는 어느 정도 사

---

12) 단순히 신분만 가지고 말한다면, 이런 변신은 이미 원대 후기부터 시작된다고 할 수 있다. 예를 들어서, 『錄鬼簿』에 수록된 '雜劇' 작가 111명 가운데는 비록 '名公'이라 할 만한 중앙 정부의 고위 관직을 지낸 사람들은 드물지만, 縣丞, 縣尹, 府判, 知州와 같이 지방의 관직을 확보한 사람들의 이름이 많이 보이며, 명대에 가까워질수록 고위 관직을 지낸 사람들의 수가 늘어난다. 특히 명대 중엽부터 康海, 王九思와 같이 '前七子'의 일원이나 李開先, 汪道昆, 徐渭와 같이 『明史』「文苑傳」에 오른 사람들이 희곡 작가로 활동한다(李昌淑, 「宋元明 俗文學 作家」, 중국문학사연구회 硏討會 발표문, 1999, 5~6면 참조). 이처럼 鄉紳 계층이자 '정통' 지식인들로서 이들이 문학 서사의 창작과 이론 구축에 참여함으로써 단순한 오락을 위한 상품이 아니라 철학과 문예 지식을 바탕으로 한 본격적인 작품들이 생산되기 때문에, 우리는 특별히 이들을 '문예인'이라고 구별해서 칭한 것이다. '태주학파'는 그들의 기본적인 철학적·이론적 기반에 주요한 변화를 촉발했다.

13) '아직 검증되지 않은 가설'이라는 전제하에, 서경호 교수는 이 문제와 관련된 흥미로운 생각을 필자에게 들려준 적이 있다. 즉 전통 시기 중국의 언어 체계는 처음부터 '문언'과 '백화'가 전혀 별개의 것으로 평행하게 존속하다가, 중당 이후 남송에 이르러 두드러진 사회·경제적 변화—특히 도시 경제의 발전—로 인해 두 개의 축이 점차적으로 합일되는 경향을 보인다는 것이다. 이런 현상이 어느 시점부터 전면적으로 전개되고 그런 변화를 추동하는 근원적 관념과 사회적 관계의 복잡한 구조에 대해서 우리로서는 아직 올바로 파악할 역량이 갖춰지지 않은 상태이지만, 적어도 필자가 설정한 '중간층'의 경우에는 그러한 '언어의 접점'이 중요한 입지 조건으로 설명될 수 있을 듯하다.

14) 어떤 의미에서 남송 성리학이 형성된 것은 그 사회의 전반적 분위기가 관념적이고 보수적이었기 때문이었다기보다는, 그 시대에 이르러 점차 영향력을 확대해가고 있던 중간층의 실용주의적 사상에 대한 기득권 계층의 반발 때문이었다고도 할 수 있을 것이다.

적이고 상업적으로 활용될 수 있는 표현 매체로 작용하는 문자 언어의 가치에 대해 자각하기 시작했다. 이에 따라 그들은 이전까지 백화와 문언이라는 별개의 영역에서 차별적으로 존속하던 많은 문학 양식들을 실용주의에 입각한 새로운 언어로 '재생산'하기 시작했으며,15) 그로 인해 나타난 가장 극적인 결과가 이른바 '사대기서(四大奇書)'를 중심으로 한 문학 서사체들이었다.

필자는 대단히 복합적으로 형성된 이 새로운 계층이 글쓰기를 '경세'의 한 방편으로만 간주하는 경향이 강했던 기존의 문장관에 덧붙여서 또 다른 가능성, 즉 좀더 내면적으로 세계와 자아를 표현하는 통로로 활용되는 글쓰기의 가능성을 인식하기 시작한다는 점에서 서사에 대한 인식의 전환에 중요한 역할을 수행했다고 생각한다.16) 비교적 주류에 속하는 사상사의 흐름을 살펴볼 때, '수신(修身)'과 '격물치지(格物致知)'를 중시하는 송대 이후 유학의 특성은 지식인들로 하여금 세계와 자아의 본원적 진실에

---

15) 전통 시기 중국에서 문학 양식의 '재생산'은 이미 한대의 '樂府'에서부터 시작되어, 송대의 '詞'와 명대의 '傳奇' 등 많은 부분에서 일종의 관례가 되어 있는 듯하다. 특히 이러한 재생산은 대부분 상층의 지식인 집단에서 민간 차원의 문학 양식을 좀더 세련된 형태로 변형시켜서 수용하는 방식으로 진행되었는데, 그것은 문학 서사로서 '소설'의 경우에도 예외가 아니었다. 다만 기존의 시나 사에서 이루어진 '재생산'의 경우와는 달리, '소설'의 경우는 '사대부─문인'에 의해 세련되게 다듬어진 작품들이 다시 민간에 수용되어 유행하는 '회귀'의 현상을 보인다는 점에서 독특한 양상을 보인다. 이런 방식의 '회귀'에 대해서는 李福淸, 「中國文學與民間文學之關係」, 1998년도 國際學術大會 發表論文集 『中國文學史 研究의 諸問題』, 中國語文研究會, 1998.12, 77~88면 참조

16) 梁啓超는 清末 중국에서 서구와 같은 '문예 부흥'이 일어나지 않은 이유에 대해 이렇게 설명했다. "따라서 고전을 연구하는 학자들이 고금의 문자·언어에 구애되지 않았으므로, 학문의 실질은 변화하였어도 학문을 전술하는 문체·어체는 변하지 않았던 것이다. 이것이 청대에 문학이 발달하지 않았던 중요한 원인이다."(梁啓超, 李基東·崔一凡 譯, 『清代學術概論』, 驪江出版社, 1987, 113면) 이 진술은 문학의 주체와 학문의 주체를 동일시한다는 점에서 전제 자체에 문제가 있긴 하지만, 적어도 전통 시기 중국의 '정통' 지식인들의 사고에서 변화를 제한하는 중요한 요소로서 언어의 성격을 드러내고 있다는 점만은 분명하다. 달리 말하자면, 이것은 전통 시기 중국의 문화 속에서 문학에 대한 관념의 변혁은 언어의 변화와 밀접하게 관련되어 있을 것이라는 것을 의미한다.

대한 사변적(思辨的) 관심을 증폭시켰고,[17] 명대의 양명학은 '양지(良知)'와 '욕망'이라는 내면적인 자아에 대한 성찰의 길을 좀더 넓혀주었다. 주류 사상의 이러한 변천은 벼슬살이의 열망에 좌절을 겪고 있던 첫 번째 부류의 잉여 지식인들에게 새로운 차원의 철학적 사고를 모색하게 만들어주었고, 처음부터 벼슬살이에 무관심했던 두 번째 부류의 계층에게는 문장을 통한 새로운 지적 탐구와 감성의 표현에 관심을 갖게 만들어주었을 것이다. 그러므로 그들은 비록 사회적으로도, 그리고 이론화된 사상적 측면으로도 분명한 입지를 확보하지 못한 채 하나의 막연한 인식론적 구심점을 향해 산발적으로 모여들고 있던 상태였지만, 외관상 개별적이고 돌출적인 형태로 표출된 그들의 입론에는 대단히 강렬한 동질성이 내면 깊숙이 흐르고 있었다고 할 수 있다.

한편, 중당 이후 점차 지식인들에게 많은 영향을 끼치기 시작한 이른바 '백화' 언어는 그들 '특별한 중간층'에게 사변과 성찰을 통해 얻은 제반 지식과 정서를 적어도 '문언'에 비해 좀더 자유롭고 직접적으로 표현할 수 있는 길을 열어주었을 것이다. 중국 문학의 발생 과정에 대해 고찰한 근래의 한 논문은 춘추 시기까지 형성된 '문학적 규범'의 구성 요소로 ① 절제된 문자 언어 ② 형식화된 문자 언어 ③ 우회적 표현의 세 가지를 지적하면서, 그 이후 중국의 전통 문학이 꾸준히 '시적 속성으로 회귀'하는 현상이 나타난다고 밝혔다.[18] 나아가 이 논문은 이러한 규범이 전통 시기 중국의 문인들로 하여금 '직접적으로 서술하거나 묘사'하는 행위에 관한 상당한 제약으로 작용하고, 아울러 "문자 언어의 사용은 언제나 진실을

---

17) 金學主에 따르면, 종래의 현실주의적 유학은 "사물은 존재함으로써 가치가 있다"고 생각했던 데에 비해, 남송의 성리학은 "사물은 그것을 존재케 하는 근원이 있기 때문에 사물로서의 가치를 지니게 된다"고 생각하게 됨으로써 실제 사회로부터 유리된 관념적 학문으로 변했다고 한다. 이에 관해서는 金學主, 「中國文學史에 있어서의 〈古代〉와 〈近代〉」, 1998년도 國際學術大會 發表論文集 및 『中國文學史 硏究의 諸問題』, 中國語文硏究會, 1998.12, 25~42면에서 특히 40~41면 참조

18) 이에 관해서는 徐敬浩, 「中國文學의 발생과정에 대한 관찰」, 『中國文學』 22집, 韓國中國語文學會, 1994, 1~32면에서 특히 14~17면 및 23~27면 참조

다루어야 한다"는 고정 관념을 심어주었다고 지적했다.19) 사실상 이것은 문언 중심의 사고와 글쓰기라는 이른바 정통 문인들의 문장관에 나타난 외적 특성들에 대한 정리라고 할 수 있다.

그러나 비록 '완전히'라고는 말할 수 없지만 어느 정도 기존의 정통 지식인들과 차별성을 부여할 수 있는, 중당 이래 새로운 계층의 '언어적 접점'에서 형성된 문장관은 무엇보다도 문언의 절대적 권위에 대한 믿음이 상당 정도 약화되어 있다는 데에 특징이 있다. 백거이(白居易) 등의 '신악부(新樂府) 운동'과 만당에서 송대까지 급속도로 진행된 '사(詞)'의 성립 과정, 그리고 『주자어류(朱子語類)』로 대표되는 남송 성리학자들의 백화체 문장들은 전통적인 문장관의 점진적인 변화를 보여주는 뚜렷한 증거들이다. 달리 말하자면, 이러한 현상은 곧 중당 이후부터는 전통적인 '문학적 규범'들이 서서히 약화됨과 동시에, 그 이전과는 전혀 다른 차원에서 일정한 가치와 의의를 담보한 새로운 문장이 출현할 수 있는 기반이 형성되는 과정이라고 할 수 있을 것이다. 즉 굳이 절제된 형식에 얽매인 채 우회적인 표현을 사용하지 않고도 하나의 훌륭한 문장이 이루어질 수 있다는 새로운 개념 체계가 만들어지기 시작하는 것이다. 바로 이런 맥락에서 이 시기는 그 이전까지 '위대한 도리[大道]'와는 거리가 먼 '자잘한 학설[小說]'로 간주되었던 일련의 문언 서사체들과, 문학이나 문장이라기보다는 하나의 통속적 기예에 지나지 않는 것으로 여겨지던, 그렇기 때문에 아직 글쓰기의 형태로 정착하지 못하고 있던 백화 서사체들이 새로운 차원의 가치, 즉 현대적 의미에서 문예학적 가치를 획득할 수 있는 가능성이 확대되기 시작하는 시기라고 할 수 있다.20)

---

19) 徐敬浩, 「中國文學의 발생과정에 대한 관찰」, 『中國文學』 22집, 韓國中國語文學會, 1994, 1~32면에서 특히 29~30면 참조. 한편 최근에 집필중인 『우리 시각으로 본 중국문학사』(가제)에서 서경호 교수는 송대의 도시화에 따른 문학적 생산과 유통 관계의 변화에 주목하면서, 이 시기에 특별히 전통적인 '문인'과는 달리 서면화된 '백화'에 대한 기능적 지식을 이용하여 새로운 직업인으로 등장한 '文工'에 대해 자세히 서술하고 있다.

20) 胡士瑩에 따르면, 이른바 '說話'라는 기예의 직접적인 연원은 『周禮』 「天官」 '宗伯

2) 초기의 주요 논자들

북송 말에서 남송 초까지 살면서 단명전 학사(端明殿學士)라는 상당히 명예로운 관직을 지내기도 했던 홍매(洪邁, 1123~1202)는 비록 그 자신이 낙백한 지식인이라고는 할 수 없지만, 그러한 변화의 시기를 방증하는 사람 가운데 하나로 꼽힐 수 있을 것이다. 그는 흔히 '필기(筆記)'로 알려진 문언 서사체을 모아 모두 200권 분량의 『이견지(夷堅志)』라는 제목으로 편찬하고, 그 서문에서 다음과 같은 주장했다.

> 제해(齊諧)[21]가 괴이한 이야기를 기록한 것이나 장주(莊周)가 하늘에 관해 이야기한 것들은 허무맹랑한 환상이지만 그것들을 비판할 수는 없다. 그리고 간보의 『수신기』나 우승유(牛僧, 779~847)의 『현괴록』, 곡신자[22]의 『박이기』, 그리고 당대 설어사(薛漁思)가 편찬한 『하동기』와 당대 장독(張讀)의 『선실지』, 송대 서현(徐鉉)의 『계신록』 등은 모두 그 사이에 깃들인 (작자의) 말이 없다고 할 수 없다, 나의 이 책(『이견지』-인용자)은 시대가 멀리 떨어졌다 해도 60년을 넘어서지 않아서 직접 보고 들은 것과 가깝기 때문에 모두가 분명하게 근거가 있는 것들이다. 나를 믿지 못하겠거든 '오유선생(烏有先生)'에게 찾아가 물어보라.[23] (강조-인용자)

下'에 나타난 '瞽者'들의 활동으로까지 거슬러 올라갈 수 있다고 한다(胡士瑩, 『話本小說槪論』, 北京 : 中華書局, 1980, 1~11면 참조). 그러나 그 연원을 어디에서 찾건 상관없이 그것들을 행하는 주체들에 의해 '설화'라는 기예가, 혹은 그 대본이 되는 서사체의 창작 및 서술이 하나의 적극적이고 독립적인 의의를 지닌 행위라는 인식을 구체적으로 설명하여 이론화하려는 시도가 실제적으로 행해진 것은 빨라도 송대 이후라는 사실은 분명하다.

21) 『莊子』「逍遙游」에 "齊諧者, 志怪者也"라는 구절이 있는데, 唐代 成玄英의 疏에 따르면 齊諧는 사람의 성명이기도 하고, 전국시대 齊나라의 俳諧書 가운데 하나에 붙은 서명이라고도 했다. 결국 이 가운데 어느 것을 가리키는 것인지는 분명하지 않지만, 본문의 대구를 고려하면 洪邁는 이것을 사람의 성명으로 간주하고 있는 듯하다.

22) 만당의 시인 鄭還古 또는 馮廓으로 여겨지나, 정확한 것인지는 알 수 없다.

23) 「夷堅乙志序」. "夫齊諧之志怪, 莊周之談天, 虛無幻茫, 不可致詰, 逮干寶之搜神, 奇章公之玄怪, 谷神子之博異, 河東之記, 宣室之志, 稽神之錄, 皆不能無寓言于其間. 若予是書, 遠不過一甲子, 耳目相接, 皆表表有據依者. 謂予不信, 其往見烏有先生而問之."(黃霖·韓同文, 『中國歷代小說論著選』, 南昌 : 江西人民出版社, 1982, 62면 참조)

여기서 홍매는 기존의 '정통' 사대부들이 배척했던 근거 없는 이야기의 서술도 그 안에 어느 정도 작자의 뜻이 담겨 있다는 점을 들어 나름대로 존재의 의의가 있다고 변호한다. 특히 그는 이런 종류의 서사체들을 역사 서사와 같은 '실록'의 서사체와 전혀 다른 차원에서 생각해야 한다는 생각을 갖고 있었던 듯한데, 이것은 그가 자신이 편찬한 이야기들의 신빙성을 따지려거든 '오유선생'에게 찾아가 물어보라고 쏘아붙인 데에서 분명하게 드러난다. 아울러 또 다른 글에서 그는 당대의 '소설'과 희극은 "귀신의 이야기를 빌어 작가의 뜻을 기탁한 경우라 해도 이야기의 전개 과정에 작가의 사상과 뜻이 담겨 있기" 때문에, "율시와 더불어 한 시대를 대표하는 특별한 것으로 칭할 만하다"고 강조했다.24) 여기서 그가 의미하는 작가의 '사상과 뜻[思致]'이라는 것이 구체적으로 어떤 것인지는 분명하지 않지만, 우리는 적어도 홍매가 허구적 서사체를 시와 같은 일종의 문학 형식으로 간주하고자 했던 희미한 흔적을 발견할 수는 있다. 서사체를 평가하는 데에 중요한 것은 서술된 이야기의 근거에 담긴 사실성의 비중이 아니라 그 안에 깃들여진 작가의 '사상과 뜻'이라는 발상은 유지기의 역사 서사에 관한 생각과는 본질적으로 다른 방향을, 즉 우리가 '문학'이라고 말하는 것과 유사한 어떤 것을 지향하고 있는 것이다.

어쩌면 엄격한 의미에서 '사대부-문인' 계층에서 분화된 '특별한 중간층'의 지식인을 대표하는 인물로는 홍매보다 유효표(劉孝標)의 『세설신어』

---

24) 『容齋隨筆』 卷15. "대체로 당대 사람들은 대부분 시에 뛰어났으며, 비록 소설이나 희곡의 경우처럼 귀신의 이야기를 빌어 작가의 뜻을 기탁한 경우라 해도 이야기의 전개 과정에 작가의 사상과 뜻이 담겨 있기 때문에, 반드시 전문적이고 유명한 작가의 글이라야 훌륭했던 것은 아니다[大率唐人多工詩, 雖小說戲劇, 鬼物假托, 莫不宛轉有思致, 不必顓門名家而後可稱也]." 『唐人說薈』 「例言」. "당대의 소설은 자잘한 애정 이야기라도 매우 처량하고 슬프게 묘사하여 진실로 작자가 자신도 모르게 정신으로 만나서 절실하게 창작해 놓은 듯한 부분이 있으니, 율시와 더불어 한 시대를 대표하는 특별한 것으로 칭할 만하다[唐人小說, 小小情事, 凄惋欲絶, 洵有神遇而不自知者, 與詩律可稱一代之奇]."(이상 인용된 원문은 黃霖・韓同文, 『中國歷代小說論著選』, 南昌: 江西人民出版社, 1982, 64면 참조. 또한 이 책의 주석에 따르면, 오늘날 남아 전하는 『容齋隨筆』에는 『唐人說薈』 「例言」이 빠져 있다고 한다)

에 '미비(眉批)'를 썼던 유진옹(劉辰翁, 1231~1294)이 더 적절할는지도 모르겠다. 왜냐하면 그는 태학생(太學生)의 신분이었고 염계서원(濂溪書院)의 산장(山長)을 지낸 적이 있긴 하지만, 송나라가 망한 후로 관직에 나아가지 않았기 때문이다. 이런 전제 아래, 우리는 특히 유진옹이 『사기』와 『한서』에 실린 여러 인물들의 전기 즉 '사전문(史傳文)'에 대해 기존의 실증적 관점과는 전혀 다른 차원에서 새로운 가치를 강조한 점에 주목할 필요가 있다고 생각한다. 그의 「반마이동평(班馬異同評)」은 그 이전까지 실증성과 객관성이라는 기준에서 『한서』보다 뒤떨어진다는 평가가 우세했던 『사기』의 인물 전기들에 대해 전혀 다른 차원에서 그 가치를 강조하고 있기 때문이다. 예를 들어서 『사기』 「사마상여열전」에 대한 평가의 한 부분을 살펴보자.

> 사마천은 기묘한 방법으로 저술하여 (사마상여의 형상을 독자가) 직접 보고 듣는 듯해서, 그 정신과 의기, (사건의) 은밀한 곡절까지도 완전히 구현해냈다. 아마 (이런 서술이)너무 속되고 외설적이기도 하지만, 그래서 더욱 볼 만하다. (그러나) 만약 후세 사람이 그런 묘사를 했다면 추잡한 문장이 되었을 것이다.[25]

여기서 유진옹은 사료의 객관성이라든가 인물 평가의 유가 윤리적 기준과는 별개로 인물 묘사의 생동감이라는 새로운 기준을 통해 사마천의 서사 재능을 칭송하고 있다. 그는 유협과 유지기 이래 철저히 외면당했던 『사기』의 또 다른 가치 즉, 오늘날 우리가 '예술성'이라고 규정하는 어떤 가치를 발견해서 강조하고 있는 것이다. 이것은 후대의 문학서사론에서 가장 중요한 바탕이 되는 기준을 제시한 것이라는 점에서 역사적 중요성을 갖는다. 그리고 이처럼 변화된 인식을 바탕으로 그는 중국 최초의 소설 '평점(評點)'[26]으로서 중요한 역사적 의의를 지니는 업적으로서 『세설

---

25) 『須溪集』 卷26. "子長以奇著之, 如聞如見, 乃幷與其精神意氣, 隱微曲折盡就, 蓋至俚褻, 而尤可觀. 使後人爲之, 則穢矣."(王運熙・顧易生, 『中國文學批評通史』, 上海古籍出版社, 1996, 733면 재인용)

신어』에 대한 '미비'에 착수할 수 있었다. 특히 대륙의 학자들에게 『세설신어』의 언어와 인물 묘사에 대한 그의 평가는 유가 윤리를 기준으로 교조적 논단이 성행했던 명대 중엽 이후의 '평점'들에 비해 좋은 평가를 받고 있는 듯하다.27) 그러나 지나치게 짧은 그의 평론 문장은 '소설'의 개념에 대한 편견과 선입견에 젖은 현대의 독자들에게 아전인수나 단장취의에 따른 오해와 비약을 불러일으키기 쉽다.28)

한편, 송말·원초 혹은 원대의 인물로 여겨지는 나엽(羅燁)은 『몽량록(夢粱錄)』을 저술한 오자목(吳自牧, ?~?) 등과 함께 그 변화의 시기를 대표하는 중요한 인물로 꼽힐 수 있다. 우선, 그의 자세한 생애가 알려져 있지 않다는 것은 그가 홍매와는 달리 '정식 역사'에 수록될 만한 벼슬살이를 하지 못했을 것이라는 점을 우회적으로 증명해주고 있다. 그리고 '전기'류의 작품들을 포함한 '잡다한 기록물[雜俎]'인 그의 『취옹담록(醉翁談錄)』에는 그가 당시의 '설화' 예술 가운데 하나인 '소설'에 대해 상당히 자세한 지식과 우호적인 태도를 지니고 있었음을 보여주는 예가 뚜렷하게 나타나 있다. 그의 『취옹담록』 「설경서인(舌耕叙引)」에는 「소설인자(小說引子)」와 「소설개벽(小說開闢)」이라는 주목할 만한 글이 실려 있는데, 여기서 그는 이른바 '소설가'들의 자질과 경력, '소설'의 분류에 관한 생각, 그리고 '소설'의 다양한 효용을 긍정적으로 논하고 있다. 그에 따르면, 소설이란 비록 '말단의 학문[末學]'이지만 그것은 "평범하고 얕은 부류의 지식이 아니라, 사물을 두루 살펴 통달한 이치를 담은" 것이다. 이것은 '소설가'라는 인물

---

26) '評點'의 기원과 의의에 대해서는 홍상훈, 「金聖歎의 서사론」과 王運熙·顧易生, 『中國文學批評通史』, 上海古籍出版社, 1996, 725~729면 참조. 또 서구에서 이에 관한 대표적인 논의로는 David L. Rolston, *Traditional Chinese Fiction and Fiction Commentary-Reading and Writing Between the Lines*, Stanford : Stanford Univ. Press, 1997, pp.25~102 참조.

27) 黃霖·韓同文, 『中國歷代小說論著選』, 南昌 : 江西人民出版社, 1982, 78~79면 참조

28) 이 '眉批'의 내용과 의의에 대한 현대 중국의 학자들의 평가에 대해서는 王運熙·顧易生, 『中國文學批評通史』, 上海古籍出版社, 1996, 734~746면 참조. 여기에서는 주로 인물 형상 묘사와 줄거리의 구조라는 두 분야를 중심으로 유진옹의 '업적'을 설명하고 있다.

들이 기본적으로 "어려서는 『태평광기(太平廣記)』를 읽고, 자라서는 역대
의 역사서를 두루 공부함"으로써 박학다식한 자질을 갖추었고,[29] 또한 이
백(李白)·두보(杜甫)·한유·구양수(歐陽修)·소식(蘇軾) 등 여러 시문 대가
들의 재능을 두루 익혀 '독자-청자'들에게 유창하게 들려주기 때문이다.
이를 통해서 그는 비록 표면적으로는 '소설'의 서사가 이야기꾼이 "마음
내키는 대로 어떤 사건에 의거해서 쉽게 풀어 들려주는[隨意據事演說]" 허
구적 이야기지만, 그 이면에는 고금의 역사와 다양한 세태에 대한 깊은
통찰이 깔려 있음을 강조하려 한 듯하다. 그렇기 때문에 그는 이러한 서
사 행위가 역사적 사건 및 그에 관련된 인물의 감정과 언행을 생동적으
로 묘사함으로써 감동을 통한 교육 효과를 나타낼 수 있다고 강조했다.[30]
특히 그가 언급한 서사의 내적 규율들[31]은 비록 소략하긴 하지만 '독자-
청자'의 흥미를 끌어들이고 주제의 전달을 효율적으로 만들기 위한 중요
한 기법에 관한 언급으로 평가할 수 있다. 결국 그는 유진옹에게서 발견
되는 문학 서사의 예술성에 대한 인식을 좀더 구체적으로 설명하면서, 아
울러 전통적인 '사대부-문인'의 관념 체계 속에서 멸시 당하고 있던 특
수한 서사 행위와 그것을 행하는 서사 주체의 위상을 끌어올리려는 노력
을 동시에 진행했던 것이다. 물론 그의 이런 논의들은 문자 언어를 통한
서사가 아닌 공연의 한 형태로서 '소설'을 대상으로 한 것이지만, 그가 제
시한 관점들은 가장 본질적인 차원에서 후대의 문학서사론자들에게 그대

---

29) 「小說開闢」. "夫小說者, 雖謂末學, 尤務多聞. 非庸常淺識之流, 有博覽該通之理.
　　幼習太平廣記, 長攻歷代史書."(黃霖·韓同文, 앞의 책, 88면 참조)
30) 이에 관한 자세한 논의는 方正耀, 홍상훈 역, 『中國小說批評史略』, 을유문화사, 1994,
　　154~157면과 홍상훈, 「明末·淸初의 小說觀에 대한 試論」, 서울대 석사논문, 1991,
　　41~42면 참조.
31) 「小說開闢」. "강론을 하는 곳에서는 막힘이 없고 번잡하지 않으며, 풀어 설명하는 곳
　　에서는 틀이 갖춰져 있고 잘 정돈되어 있다. 줄거리의 분위기가 가라앉은 부분에서는
　　아주 솜씨 좋게 요점만 간추려 제시하고, 분위기가 고조된 곳에서는 훨씬 길게 오랫동안
　　설명한다. 시사를 적절히 인용하고, 이야기와 몸짓을 적절히 혼합하여 구사한다[講論處
　　不滯搭, 不絮煩, 敷演處有規模, 有收拾. 冷淡處提掇得有家數, 熱鬧處敷演得越久長.
　　曰得詞, 念得詩, 說得話, 使得砌]."(黃霖·韓同文, 앞의 책, 89면)

로 계승되었다.

그러나 남송·원대를 거치면서 수적인 면에서 비약적으로 증가하는 이들 '특별한 중간층' 가운데 우리가 주목할 만한 서사론을 제기한 사람은 위에서 거론한 몇몇을 제외하고는 거의 없다고 해도 과언이 아니다.[32] 그것은 무엇보다도 이 시기까지 직접적으로 문학 서사의 창작에 관여한 '특별한 중간층'을 구성하는 성원이 대부분 '사대부-문인' 계층에서 분화되어 나온 사람들보다는 상대적으로 하층 민중 속에서 진입한 사람들 쪽으로 수적인 면에서 치우쳐 있었을 것으로 생각되기 때문이다. 유가적 문장관의 제약과는 상관없이 민간의 기예라는 차원에서 필요한 만큼의 문자 지식과 문헌 지식을 갖춘 이들 '예인'들은 처음부터 자신들이 관여하고 있는 서사체의 성격에 관해 굳이 이론적 정당화를 필요로 하지 않았을 것이 분명하다. 오히려 그들의 관심은 더 많은 '독자-청중'을 끌어들이는 데에 필요한 현실적 문제에 집중돼 있었을 것이다. 심지어 그들 가운데 자신들이 개발한 새로운 서사체를 문자의 형식으로 기록할 생각을 가진 사람도 극소수에 지나지 않았던 듯하다. 오히려 그들은 다양한 방식으로 이야기의 흥미를 높이고, 그것을 효율적으로 전달할 수 있는 방법을 탐색하는 데에만 치중한 것으로 보인다. 이것은 오늘날 우리에게 전해지는 당시 서사체들의 모습이 대개 그런 직업과 직접적인 관련은 없어 보이는 여행자의 기록에 단편적으로 실려 전하거나, 혹은 후대의 몇몇 편찬자들에 의해 수집되고 다듬어진 형태로 전해오는 데에서도 알 수 있다.[33] 결국 훗날 '백화 소설'이라고 부르게 된 다양한 이야기 양식이라든가 '잡

---

32) 이외에 원대의 문학서사론 가운데 꼽을 만한 것은 宋无의 「續夷堅志跋」, 楊維楨의 「說郛序」와 「山居新語序」, 虞裕의 「談撰」 등이 있으며, '講史'에 대한 언급으로는 楊維楨의 「送朱女士桂英演史序」 정도가 있을 뿐이다. 이에 관해서는 王運熙·顧易生 主編, 『中國文學批評通史』, 上海古籍出版社, 1996, 1108~1112면 참조

33) 전자의 예로는 앞서 거론한 나엽의 『취옹담록』과 오자목의 『몽량록』, 그리고 周密의 『武林舊事』, 陶宗儀의 『輟耕錄』 등을 들 수 있을 것이다. 한편 그 진위에 대한 논란이 아직 해결되지 않은 상태이긴 하지만 洪楩의 『淸平山堂話本』과 같은 경우는, 만약 그것이 전적으로 僞書가 아니라면, 후자에 해당하는 기록에 가깝다고 할 수 있을 것이다.

극(雜劇)'－또는 '원본(院本)', '희문(戱文)' 등 조직화된 공연 양식들이 번성하게 된 데에는 단순히 당시의 도시 문화가 필요로 했던 오락적 문화에 대한 요구뿐만 아니라, 문자와 이론화를 그다지 중시할 필요가 없었던 이 시기 '중간층'의 본질적 성격과도 밀접한 관련이 있다고 할 수 있을 것이다. 그러므로 다시 우리가 서사론이라고 부를 수 있는 이론적 논의들은 송·원대의 '중간층'과도 다른 집단이 등장하고 나서야 비로소 등장하게 되는데, 우리는 그 집단이 바로 명대 중엽 이래 성장하여 명말·청초의 선구적 서사론을 형성하는 주체가 된 양명학 좌파라고 생각한다.

플락스(A. Plaks)에 따르면, 서기 1500년을 정점으로 한 명대 후기의 100년은 근본적으로 통치 체제의 붕괴에서 비롯된 각 분야의 중요한 변화가 일어난 시기였으며, 결과적으로 그것은 16·17세기 중국 문화의 새로운 물결을 추동했다.34) 즉 그것은 한편으로는 사회의 혼란과 풍속의 문란을 야기했지만, 다른 한편으로는 그 동안 봉건적 윤리관과 정치 체제에 억압 당하고 있던 개인들이 발의의 권리를 내세울 수 있는 기회를 제공했다는 것이다. 구체적으로 관료 사회 내부에서는 부조리에 대한 비판에 따른 논쟁이 제기되었고, 이것은 다시 '동림서원(東林書院)'과 '복사(復社)'로 대표되는 문인결사(文人結社)의 동기를 부여했다. 또한 균전제(均田制)의 파탄과 더불어 시행된 '일조편법(一條鞭法)'은 화폐를 기준으로 한 새로운 경제 질서를 발흥시킴과 동시에 몰락한 농촌 인구의 대이동을 초래했다. 이런 상황 속에서 사학의 흥성과 잉여 지식인의 증가는 새로운 문학 양식으로 대두한 '소설'35)의 흥성에 중요한 토대를 제공했다. 특히 플락스는 과거 시험용 문체이자 중요한 산문 양식의 하나로서 '팔고문(八股文)'의 권위와 그 영향이 명대 '소설'의 형식과 이론을 형성하는 데에 밀접한 관련이 있

---

34) A. H. Plaks, *Ssu ta ch'i-shu* 四大奇書 : *The Four Masterworks of the Ming Novel*, Prinston, New Jersey : Prinston Univ. Press, 1987. 특히 이하의 설명은 Chapter 1 "The Literati Novel : Historical Background"(pp.3~52) 참조.

35) 여기서 플락스가 의미하는 '소설'은 문자의 형태로 출판된 산문체의 서사 양식을 가리키는데, 이것을 그는 특별히 '문인 소설(Literati Novel)'이라고 부르고 있다.

다고 주장함으로써,[36] 그것을 대중문화의 전통과 관련시켜 설명하던 종래의 관점을 논박했다. 그가 보기에 명대의 '소설'은 16세기 중국 문인 사회의 독특한 분위기가 낳은 산물이라는 것이다. 구체적으로 그는 당시의 문인들에게 문학적·도덕적 역량을 반영하는 중요한 양식으로 간주되었던 팔고문을 통해 그들은 "성인을 대신해서 언론을 세운다[代聖立言]"는 명분 아래 자신의 주장을 표현할 수 있었고, 더욱이 회화적인 세부 묘사와 색다른 주제에 대한 특별한 관심, 언어유희, 사물을 보는 비틀린 시각 등을 혼합한 특별한 양식으로서 '소품문(小品文)'은 '도'의 권위에 구속되지 않은 사적인 글쓰기의 전망을 열어놓았다고 설명했다. 무엇보다도 명대의 희곡인 '전기(傳奇)'는 ① 장편 서사 구조의 양식을 발생시켰고, ② 회화 언어의 복잡한 대위법(counterpoint), 오페라 풍의 진행, 행위의 모방과 같은 수사학적 혼합물로서 뛰어난 성취를 이루었고, ③ 독서용으로 출판되었으며, ④ 어느 정도 지적 진지성을 획득했다는 점에서 장편의 '문인 소설'이 나올 수 있는 결정적인 환경을 제시해주었다는 것이다.

명대 문학 서사의 성취에 대해 문인 사회의 환경 변화에서 원인을 찾는 설명은 특히 플락스와 같이 풍유(allegory)라는 대단히 지적이고 미학적인 개념을 선호하는 서구적 입장에서 중국의 문학 서사를 설명하는 데에는 유리한 점이 많겠지만, 그렇다고 명대의 문학 서사에 담긴 구어의 흔적을 모두 '문인'적 시각에서 변용된 것으로 간주할 수는 없을 것이다. 다만 서사작품이 아니라 그와 관련된 이론적 논의를 생각할 경우에는 문인 사회의 이러한 변화가 중요한 의미를 가질 수 있다. 우리가 설정한 '중간층'에서 서사에 관해 이론적으로 논의할 수 있는 사람들이란 결국 몰락한 문인 출신의 인물들이 대다수를 차지할 수밖에 없고, 이 경우 그들의 관

---

36) 플락스는 문학 서사의 이론적 측면에 대해서는 구체적인 언급을 하지 않았지만, 명말·청초의 李漁나 金聖歎과 같은 이론가들이 작품의 짜임새 ─ 이들은 각기 '結構'와 '文法'이라는 용어를 사용했다 ─ 에 대해 많은 관심을 기울이게 된 것은 무엇보다도 이와 같은 '팔고문'의 창작에서 축적된 경험으로부터 영향을 받았기 때문이라고 할 수 있을 것이다.

넘 체계 속에서 문인이라는 자의식이 여전히 강력한 힘을 발휘하고 있었을 것이 분명하기 때문이다. 비록 영향력 있는 사상의 대가도 아니고 가문의 배경도 없는 자수성가형의 인물들이지만,37) 이 시대의 문단을 주도한 사람들은 양명학의 발흥과 이른바 유·불·도 '삼교'의 합일이라는 당시 사상계의 흐름 속에서 '사서(四書)'에 대한 새로운 해석을 통해 인간의 욕망을 긍정하고 도덕적 행위의 중요성을 재평가할 수 있는 사고방식을 가지고 있었다. 특히 이지(李贄, 1527~1602)를 기점으로 소설과 희곡에 적극적인 관심을 갖고 창작과 비평에 참여했던 주요 인물들은 그들의 신분적·사상적 특성으로 인해, 대단히 독특한 문학 서사의 이론을 구체적으로 정립시키고 있었던 것으로 보인다.

예를 들어서 이지는 '문체'(문학 형식)의 좋고 나쁨은 시대가 앞서거나 뒤지는 것만으로는 판단할 수 없으며 오히려 시대가 변화함에 따라 각 시대에 알맞은 문학형식이 창출되게 마련이므로, 『서상기(西廂記)』나 『수호전』과 같이 정통 문인들로부터 천대받는 희곡 및 '소설'이야말로 명대를 대표하는 문학 양식이 된다는 진보적 문학사관을 갖고 있었다.38) 이러

---

37) 이와 관련해서 플락스는 明代의 '前後七子' 가운데 주요 인물로 꼽히는 李夢陽 (1472~1529), 何景明(1483~1521), 王廷相, 李攀龍(1514~1570), 徐中行 등을 비롯해서 唐順之(1507~1560)와 같은 주요 문인들이 무인 집안의 후손이거나 농부 혹은 지주의 후손임을 거론했다(Andrew H. Plaks, *Ssu ta ch'i-shu* 四大奇書: *The Four Masterworks of the Ming Novel*, Prinston, New Jersey: Prinston Univ. Press, 1987, p.29의 각주 90 참조). 물론 이들은 우리가 주로 관심을 가지는 '특별한 중간층'과는 다른 상층의 권위를 누리던 사람들이지만, 명대 관료 계층과 상부 지식인 계층의 출신 성분에 나타난 이와 같은 특성들은 중·하층의 지식인들에게도 많은 영향을 주었을 것이 분명하다. 특히 출신 성분에 상관없는 '입신양명'의 가능성이라는 긍정적 측면의 영향과 그런 가능성에도 불구하고 절망할 수밖에 없는 자신에 대한 자괴감은 '중간층'에 포함될 수 있는 몰락한 문인들에게서 모순적 갈등을 일으키며 교차적으로 표출되는데, 그것은 문학 서사에 대한 논의에서도 예외가 아니다.

38) 『焚書』「續焚書」「童心說」. "시가 왜 반드시 옛날의 선집을 표준으로 삼아야 하고, 문장이 왜 반드시 선진시대의 것을 표준으로 삼아야 한단 말인가? 시대가 흐름에 따라 (그 시대의 표준문체는) 六朝의 文體가 되었고, 그것이 변하여 近體로 되었다가, 다시 변하여 傳奇가 되었으며, 院本으로 雜劇으로, 『서상기』라는 희곡으로, 『수호전』이라는 '소설'로 되었고, (그것들이) 오늘날 과거시험의 교과목이 되기도 하고, 고금의 지극

한 문학사관을 바탕으로 그는 환담(桓譚)과 사마천, 한유, 구양수 등 정통 문인들이 시문의 창작을 논하면서 제시했던 '발분저서(發憤著書)' 혹은 '불평즉명(不平則鳴)'의 논의를 '소설'에 적용시켰다.

> 태사공(사마천－인용자)은, "(『한비자』의) 「세난」, 「고분」은 성현의 분한 마음이 발휘되어서 지어진 것이다"고 말했다. 이로 보건대, 옛 성현들은 분한 마음이 생기지 않으면 글을 짓지 않았음을 알 수 있다. 분한 마음이 없으면서도 글을 짓는 것은 마치 춥지도 않은데 몸을 떨고, 병에 걸리지 않았으면서도 신음을 하는 것과 같으니 비록 글을 지었다 할지라도 어디 볼 만한 데가 있겠는가? 『수호전』은 '분한 마음'이 발휘되어서 지어진 것이다. (…중략…) 이제 무릇 작은 덕을 가진 사람이 큰 덕을 가진 사람을 위해 노역하고, 별로 현명하지 못한 사람이 매우 현명한 사람을 위해 노역한다면, 이것은 이치에 맞는 일이다. 그러나 만약 별로 현명하지 못한 사람이 다른 사람을 부리고, 매우 현명한 사람이 다른 사람의 부림을 받는다면, 그 현명한 사람이 기꺼이 복종하여 노역을 하면서 부끄럽게 여기지 않을 수 있겠는가? 이것은 마치 힘이 약한 사람이 남을 속박하고, 힘이 센 사람이 남에게 속박을 당하는 것과 마찬가지인데, 과연 그 힘이 센 사람이 순순히 속박을 당하면서 반항하지 않고 있겠는가? 시세가 그렇게 전도되어 있다면, 온 세상의 매우 힘세고 매우 현명한 사람들은 어쩔 수 없이 내몰려서 『수호전』의 의적들처럼 될 수밖에 없을 것이다.[39]

이것은 「충의수호전서(忠義水滸傳序)」라는 글의 일부인데, 여기서 이지

히 뛰어난 글로 인정받게 되었던 것이다. (그러므로 이들 문체의 선악을) 다만 시세의 앞서고 뒤짐으로만 가지고 논할 수는 없는 일이다[詩何必古選, 文何必先秦? 降而爲六朝, 變而爲近體, 又變而爲傳奇, 變而爲院本, 爲雜劇, 爲西廂曲, 爲水滸傳, 爲今之擧子業, 爲古今至文, 不可得而時勢先後論也].”(郭紹虞・王文生 編, 『中國歷代文論選』第3冊, 上海古籍出版社, 1982 第3판, 118면 재인용)

39) 「忠義水滸傳序」. “太史公曰. 說難孤憤. 賢聖發憤之所作也. 由此觀之, 古之賢聖, 不憤卽不作矣. 不憤而作, 譬如不寒而顫, 不炳而呻吟也, 雖作何觀乎! 水滸傳者, 發憤之所作也, (…中略…) 今夫小德役大德, 小賢役大賢, 理也. 若以小賢役人, 而以大賢役于人, 其肯甘心服役而不恥乎? 是猶以小力縛人, 而使大力縛于人, 其肯束手就縛而不辭乎? 其勢必至驅天下大力大賢而盡納之水滸矣.”(曾祖蔭 外, 『中國歷代小說序跋選注』, 長江文藝出版社, 1982, 37면 재인용)

는 진정으로 의미 있는 문장 곧 문학은 그것이 창작될 수밖에 없는 필연적인 동기가 있어야 하며, 그렇지 않을 때는 병에도 걸리지 않았는데 신음하는 것처럼 의미 없고 거짓된 일이라는 점을 강조한다. 이지의 생각에 따르면, 그러한 문학창작의 동기 가운데 가장 중요한 것은 작가의 '분한 마음'인데, 그것은 현실의 삶이 당연한 하늘의 이치에 어긋나 있음으로써 생기는 갖가지 모순에서 비롯되는 것이다. 그리고 『수호전』은 바로 이러한 필연적인 조건을 전제로 창작된 것이다. 그러므로 이지의 개념 속에서는, 비록 직접 그러한 언급을 하지는 않았지만, 『수호전』과 같은 '소설'도 정당한 문학으로서 갖추어야 할 조건을 만족하고 있는 셈이다. 이러한 이지의 논의는 정통 문학의 이론을 '소설'에 적용시킴으로써 그 지위를 향상시켰다는 점 외에도, 허구적 서사란 역사 기술과는 달리 단순한 사건이나 사실을 기록하는 것이 아니라 특정한 시대와 사회적 삶에 대한 적극적 작가의식을 반영하는 독자적이고 진보적 형태의 '문학'이라는 점을 강조했다는 데에 큰 의의가 있다고 하겠다.

그러나 전통 시기 중국의 문학서사론자들이 근대 서구의 문예 이론가들처럼, 이들의 경우도 실제적인 전문 이론가들은 작가의 출현 시기가 늦게 등장하지만, 문학작품의 비평과 그를 위한 이론 체계의 건립에 대해 직업적으로 전념할 수 있는 충분한 여건을 갖춘 사람들은 아니었다는 점은 지적해둘 필요가 있다. 이것은 전통 시기 중국에서 직업으로서 문학서사의 창작을 근본적으로 제한하는 봉건주의적 환경 때문에 나타난 현상인데, 이로 인해 그 시기의 문학서사론은 고유한 장점과 더불어 상대적인 결점을 함께 내포한 독특한 성격을 띠게 된다. 아울러 형이상학적 가치의 필요성을 느끼지 못한 채 오로지 현실적인 실용성만을 중시하여 작품들을 창작했던 서사 주체들과는 달리, 문학 서사에 관한 이론적 논의의 주체들은 자신들의 가치관을 모색하는 과정에서 오히려 다시 상층의 사상—양명학 좌파의 사상은 비록 '정통'은 아니었지만 본질적으로 상층 지식인 집단에서 유래한 것이라는 의미에서—에 기대는 '회귀'의 성향을 드러내기조차 했다.[40] 더욱이 16세기가 지나면서 주류 철학계에서 양명학 좌파가 쇠락하고 명말이 되면 오히려 인간 생활의 지주(支柱) 혹은 윤리가 다름 아닌 정숙한 마음[心], 주재하는 마음, 또는 일상생활에서 독실한 '실사실수(實事實修)'에 의해 유지된다는 보수적 사조가 되살아나면서 이러한 '회귀'의 경향을 더욱 부채질했다.[41] 그렇기 때문에, 문학 서사에 대한 그들의 논의 역시 근대 초기의 서구와 같이 학문—전통 시기 중국에서 그것은 '역사 서사'나 경학으로 대체될 수 있다—으로부터 완전하게 독립된 체제를 지향하기보다는 전통적인 '문장'의 그늘 아래 함께 포용되어 공존할 수 있는 또 하나의 체제로서 '문학 서사'의 가치를 확립하는 방향으로 진행되었다.

대체적으로 초기의 논자들은 먼저 문학 서사가 서술하는 이야기와 정식 역사의 기술 사이에 어느 정도의 차이가 있는가를 따지고, 그 다음으로 작품의 내용이 유가의 윤리관에 비추어 볼 때 무지한 백성들을 교화하는 데에 얼마만큼 도움이 될 수 있는가 하는 것을 따지는 데에 노력을 집중하는 경향을 보였다. 이지와 함께 '소설'의 지위향상과 문학적 의의를 끌어올리는 데에 공로가 컸던 풍몽룡(馮夢龍, 1574~1646)[42]의 글들은 그러한 사실을 잘 보여 준다. 풍몽룡의 가명이라고 여겨지는 가일거사(可一居士)의

---

40) 이러한 '회귀'는 주로 여기서 논의의 주요 대상으로 삼고 있는 문학 서사에 관한 이론적 논의 주체들과 특히 청대에 들어서 상류 '사대부—문인' 사회의 요구에 충실하면서 나름대로 입지를 확보하게 되는 몇몇 창작 주체들에게서 발견되는 현상이다. 그러나 적어도 청대 중엽까지 그들의 논의와 창작의 산물이 전통 시기 중국의 문학 서사의 역사에서 주류의 자리를 차지하고 있는 것은 분명한 사실이기 때문에, 이 '회귀'의 문제는 중요한 의미를 지닌다고 할 수 있다.

41) 權重達, 「明末·淸初의 經世思想」, 『明末·淸初 社會의 照明』(吳金成 外), 한울아카데미, 1990, 165~213에서 특히 169면 참조.

42) 字는 猶龍 또는 耳猶, 子猶이고, 綠天館主人, 龍子猶, 顧曲散人, 墨憨齋主人 등의 필명을 사용한 것으로 밝혀져 있다. 이 밖의 생애와 저작에 대해서는 黃霖·韓同文, 『中國歷代小說論著選』, 南昌 : 江西人民出版社, 1982, 218면의 注釋 ① 참조. 또한 陸樹侖의 『馮夢龍散論』, 上海古籍出版社, 1993 역시 馮夢龍에 관한 일반적인 관심사를 잘 정리해놓고 있다.

이름으로 된 「성세항언서(醒世恒言序)」에는 다음과 같은 구절이 들어 있다.

> '육경'과 정식 역사서 이외의 모든 저술은 다 '소설'이다. (…중략…) '명(明)'
> 이란 어리석은 사람들을 깨우쳐 인도할 수 있다는 뜻에서 택한 말이고, '통(通)'
> 이란 속인들이 이해하기에 알맞다는 뜻에서 택한 말이다. '항(恒)'은 그것을 익
> 히는 데에 싫증을 느끼지 않고 오래 전할 수 있다는 뜻이다. 이 세 가지 판본은
> 각기 이름은 다르지만, 그 의미는 한결같을 따름이다. (…중략…) 유가를 숭상
> 하던 시대에도 (불교와 도교라는) 두 가르침을 폐하지 않은 것은 또한 어리석고
> 속된 사람들을 인도하는 데에 혹시 어떤 도움이 될 수 있었기 때문일 것이다.
> 이렇게 두 가르침으로 유가를 보충할 수 있었다면, 『유세명언(喩世明言)』과
> 『경세통언(警世通言)』, 『성세항언(醒世恒言)』으로 '육경'과 정식 역사서의 내
> 용을 보충하는 일도 역시 가능하지 않겠는가!43)

이 글의 저자는 '소설'의 가치를 강조하기 위해 '소설'의 범주를 의도적
으로 확장하고 있다. 즉 유가의 기본 경전인 '육경'과 정통 학문인 나라의
정식 역사를 제외한 모든 글들을 다 '소설'이라는 범주에 포함시킴으로서,
허구적 통속문학의 색채가 강한 문학작품으로서 '소설'의 의미를 그 밖의
잡문 및 이른바 정통 시문들과 희석해 버리고 있다. 이것은 '소설'이 단순
한 허구적 통속문학이 아니라 다른 것들처럼 유가의 학문을 보충할 수 있
다는 내용을 강조하기 위한, 일종의 고육책이라고 할 수 있다. 즉 문학 양
식에 대한 고유명사의 의미로서 '소설'을 스스로 포기하고 가치판단의 개
념인 일반명사로서 '소설'을 택함으로써, 정통 시문들과 상대적 문학 양식
으로 천대를 받아 오던 '소설'을 그것들과 동등한 가치 속에 포함시켜 버
린 것이다. 그리고 이러한 새로운 분류의 기준은 바로 '교화'와 같은, 유가

---

43) 『醒世恒言序』. "六經國史以外, 凡著述皆小說也. (…中略…) 明者, 取其可以導愚也;
　　通者, 取其可以適俗也; 恒卽習之而不厭, 傳之而可久. 三刻殊名, 其義一耳. (…中
　　略…) 崇儒之代, 不廢二敎, 亦謂導愚適俗或有借焉. 以二敎爲儒之補可也, 以明言通
　　言恒言爲六經國史之補, 不亦可乎!"(曾祖蔭 外, 『中國歷代小說序跋選注』, 長江文藝
　　出版社, 1982, 101~102면 재인용)

의 정통 학문인 '육경'과 나라의 정식 역사에 대한 보충 역할이다. 이와 같은 새로운 분류를 통해서 이 글의 저자는 자연스럽게 정통 시문의 이론을 '소설'에까지 확장해서 적용할 수 있는 근거를 마련하였다. 다시 말하면, 애초에 정통 시문을 위해 마련되었던 '교화'와 같은 「시대서(詩大序)」의 이론이나 '문이재도(文以載道)'의 정통 문장관을 '소설'의 존재론으로 활용할 수 있게 만든 것이다. 따라서 '소설'의 허구적·통속적 특성은 그것이 지향하는 독자의 특수성을 고려한 표현 방법론의 차이일 뿐이며, 그것이 추구하는 근본 목적은 정통 시문과 다를 바가 없다는 정당화가 성립할 수 있게 되었던 것이다.

'교화'의 목적을 이루는 데에 대해 '소설'이 가지는 이러한 통속적·허구적 특성 외에, 그들은 또한 이야기 속에 담긴 정감의 논리를 통한 감화의 효용을 강조하기도 했다. 이런 방법으로 교화하는 것을 그들은 '정교(情敎)'라고 불렀는데, 여기서 '정'이란 단순한 '감정'만을 가리키는 것이 아니라, 좀더 포괄적으로 '삶의 필연적인 이치'라는 의미를 담은 표현이다. 역시 명대의 첨첨외사(詹詹外史)라는 사람은 『정사론략(情史論略)』「서(序)」에서 이러한 '정교'의 논리에 대해 다음과 같이 설명하고 있다.

> '육경'은 모두 정으로 교화하는 것이다. 『역경』은 부부의 관계를 존중하고 있으며, 『시경』은 「관저(關雎)」를 맨 앞에 두었다. 그리고 『서경』은 빈우(嬪虞)의 일에 대한 글로 이루어져 있으며, 『예기』는 정식결혼과 축첩(蓄妾)의 구별을 엄격히 하고 있고, 『춘추』는 희씨(姬氏)와 강씨(姜氏)의 사이에 대하여 상세히 말하고 있다. 이 모두가 남녀의 관계에서 시작하고 있는 것이 아닌가? 무릇 백성에게 반드시 쉽게 먹혀들어갈 곳이 있으면, 성인도 또한 그것을 통해 백성을 인도하였지, 처음부터 심오한 것을 말하는 데서 출발하지 않았다. 그런 뒤에 군신, 부자, 형제, 붕우 사이의 관계에 대해서 이야기함으로써 점차 넓고 깊은 경지까지 넉넉하게 이를 수 있었던 것이다![44]

---

44) 「情史論略序」. "六經皆以情教也. 易尊夫婦, 詩首關雎, 書序嬪虞之文, 禮謹聘奔之別, 春秋于姬姜之際詳然言之, 豈非以情始于男女? 凡民之所必開者, 聖人亦因而導之,

사실 '소설'의 '정교'에 대한 이와 같은 강조는 '소설'의 교화 원리에 대한 신선한 이론의 토대를 마련해주면서, 동시에 통속소설에 퍼부어지던 정통문인들의 비판 즉 '소설'의 음란성 시비에 대해 우회적으로 해명한 것이라고도 하겠다. 결국 명대 중엽부터 일부 진보적 문인들에 의해 문학 서사에 대한 적극적인 옹호의 분위기가 형성되기는 했으나, 그들의 관점은 기본적으로 여전히 유가의 보수주의에 의해 지배당하고 있었다고 할 수 있다. 문학 서사로서 '소설'의 개념에 대한 이러한 상황은 만청 시기에 이른바 '소설계혁명(小說界革命)'이 일어나기 전까지 별다른 변화 없이 거의 그대로 유지되었던 듯하다.

2. 문학서사론의 주요 내용과 특징

1) 허구적 상상력의 논리

비록 본질적인 한계가 뚜렷하긴 했지만, 명대 중엽 이후로 사조제(謝肇淛)[45]나 풍몽룡, 그리고 김성탄(金聖歎, 1601~1661)[46]과 같은 특출한 비평가

俾勿作于凉, 于是流于君臣, 父子・兄弟・朋友之間, 而汪然有餘乎!"(成復旺 外, 『中國文學理論史』三, 北京出版社, 1987, 361면 재인용)

45) 字는 在杭이고 明代 長樂(지금의 福建省에 속함) 사람이다. 일찍이 『北河紀略』을 지었으며, 필기로 『五雜組』16卷을 남겼다.

46) 본명은 采이고, 字는 若采인데, 明나라가 망한 뒤에 이름을 人瑞로 고쳤다. 널리 알려진 聖歎은 그의 法名이다. 김성탄의 사적에 대해서는 특별히 역사서에 전하는 전기가 없기 때문에 여러 가지 이설들이 있다. 여기서는 陳萬益의 연구에 따라 잠정적으로 이름과 생졸 연대를 밝힌다. 자세한 이설들에 대해서는, 陳萬益, 『金聖歎文學批評考述』, 臺北 : 國立臺灣大學 文學院, 1976의 1~15면을, 그리고 기타 김성탄의 생애에 관련된 문헌 및 논문에 관해서는 118~121면의 〈주요참고서목〉 참조. 또한 '抗糧哭廟案'에 대해서는 李錫浩, 「金聖歎의 생애」, 이화여대 『新像』, 1972, 77~85면 참조.

들이 등장하면서 전통 시기 중국의 서사론은 또 하나의 획기적인 전환을 이룬다. 대개 명대에 이르기까지 서사 논자들은 서사에서 역사적 사실성이라는 문제에 가장 많은 관심을 가지고, 주로 허구적 서사를 의미하는 소설이 정식 역사를 이해하는 보조 수단으로 활용될 수 있다는 점을 부각시키는 데에 주력했다.[47] 그러나 명말·청초에는 대중적인 문학 서사체들이 널리 유행하면서 비평가들은 마침내 '소설'이라는 특별한 서사 양식의 '허구성'이 지닐 수 있는 가치에 대해 탐구하기 시작했다. 그리하여 그들은 더 이상 '실증성'과 관련된 경멸적인 편견에 구속되지 않고서 문학 서사로 특화된 '소설'의 허구성을 인정하게 되었던 것이다. 그리고 바로 이런 분위기 속에서 사조제와 풍몽룡, 김성탄을 비롯하여 이지, 섭주(葉晝), 모종강(毛宗崗), 이어(李漁, 1611~1679), 장죽파(張竹坡), 지연재(脂硯齋)[48]와 같은 유명한 비평가들이 나타나서 그것의 형식적·미학적 특성을 연구했다.

그 가운데 문학 서사로서 소설이 역사 서사와 구별되는 주요 특징인 허구에 대한 인식의 변화는 적어도 기존의 '사대부-문인' 계층 내에서

---

47) 여기에 관해서는 홍상훈, 「明末·淸初의 小說觀에 대한 試論」, 87~91면 및 方正耀, 홍상훈 역, 『中國小說批評史略』, 을유문화사, 1994, 103~185면 참조. 아울러 이 시기 문학서사론의 개별적 내용에 대해서는 이미 李騰淵을 중심으로 적지 않은 선행 연구들 — 예를 들어서, 李騰淵의 「古典小說批評 중의 '虛實論' 小考」, 『中國小說論叢』第1輯, 中國小說硏究會, 1992; 「晩明小說理論 硏究」, 外國語大 博士論文, 1991; 「淸代 小說理論 중의 '本質論' 硏究」, 『中國小說論叢』第3輯, 中國小說硏究會, 1994 등을 꼽을 수 있다 — 과 중국의 학자들이 정리한 다양한 '이론사'들 — 대표적인 것으로는 앞에서 언급한 方正耀의 저작과 王先霈와 周偉民이 共著한 『明淸小說理論批評史』, 廣州 : 花城出版社, 1988 그리고 陳洪의 『中國小說理論史』, 安徽文藝出版社, 1992 등을 들 수 있다 — 이 있기 때문에, 이제 우리는 그들이 제기한 주요 문제를 중심으로 역사적 맥락에서 그 특징적 성격을 규명하는 쪽으로 제한해서 논의를 진행하고자 한다.

48) 脂硯齋는 1927년 이후 중국 내외에서 발견된 『石頭記』 필사본의 제목에 붙은 "脂硯齋評"이라는 말에서 따온 것이다. 그러나 그 이름으로 미뤄보건대 '脂硯'이라는 벼루를 소장한 사람의 서재에 붙은 명칭인 듯하나, 그것이 실제 어떤 인물을 가리키는 것인지는 불확실하다. 오늘날에는 대개 "脂硯齋評"이라는 수식어가 붙은 판본에 들어 있는 다양한 비평가들 —畸笏叟·棠村·梅溪·松齋·鑒堂 등의 필명을 사용하고 있는 칠팔 명—을 통칭하는 말로 사용되고 있다.

다져진 문장관이 '정통'의 권위를 누리고 있던 전통 시기 중국 사회에서 특별히 주목할 만한 가치가 있다.

중국에서 경험적으로 검증 가능한 '사실'에 대해 중시하는 경향은 이미 공자 때부터 발견된다. 그러나 공자는 이른바 '중용(中庸)'을 강조하여, '괴이한 이야기나 무력이 횡행하는 이야기, 혼란을 조장하는 이야기, 그리고 귀신에 관한 이야기[怪力亂神]'에 대하여 말하지 않았고, 제자들을 가르칠 때에 인간사를 중시하면서도 '괴력난신'에 대해 적극적으로 반대하지는 않았다. 계로(季路)가 귀신 섬기는 일에 대하여 물었을 때, "사람도 제대로 섬기지 못하는데 어찌 귀신을 섬길 수 있겠느냐?"라고 대답하고, 죽음에 대하여 묻자, "삶도 잘 알지 못하는데 어찌 죽음을 알겠느냐?"라고 대답한 것들49)이 그 증거이다. 다시 말하자면, 공자는 귀신에 대해서 엄격하게 과학적인 인식을 가지고 부정한 것이 아니라, 다만 상대적으로 현실적인 인간관계를 중시함으로써 귀신의 존재를 무시해 버린 것에 지나지 않았던 것이다. 그런데 한대 이후의 유가들은 왕왕 "공자께서는 '괴력난신'에 대해서는 이야기하지 않으셨다"는 자하(子夏)의 말을 '전가의 보도'처럼 이용하여 소설의 허구에 대해 비판하는 데에 사용해 왔던 것이다.

그런데 한 가지 중요한 점은 한대 이후 유가들이 지니고 있던 '사실'의 개념 자체도 오늘날의 과학적 상식과는 상당히 다른 관점에서 이해해야 한다는 것이다. 한대에 들어서 유가는 이른바 금문학파와 고문학파로 나뉘면서, 특히 금문학파를 중심으로 크게 변질되기 시작했다. 동중서와 같은 이들은 유가적 통치 질서의 확립을 위해 전대(前代)의 모든 서적들을 재해석하고 특히 유가 경전들의 권위를 합리화하려고 노력했는데, 그 결과 『춘추』 등에 기록된 허무맹랑한 이야기들이 모두 '사실'인 것처럼 인식되었다. 여기서 한 걸음 더 나아가 금문학파는 모든 자연적 이변조차 통치 질서의 안위와 관련된 중요한 하늘의 계시라고 풀이하는 '참위학(讖

---

49) 『論語』 「先進」. "季路問事鬼神. 子曰. 未能事人, 焉能事鬼? 敢問死. 曰. 未知生, 焉知死?"

緯學)'을 성립시켰다. 이러한 '참위학'과 한대부터 기록에 나타나는 '유심적(唯心的)' 성격의 불교, 그리고 위진남북조시대에 유행한 현학(玄學)과 도교의 영향으로 당시 지식인들의 관념 속에서 경험적 사실과 공상적 허구 사이의 구별이 뒤섞여 버리게 되었다. 이것은 사마천이 황제(黃帝)나 대우(大禹)에 관한 전설을 『사기』에 기록한 것만 보아도 증명된다. 그리고 이와 같은 사상적·문화적 분위기는 많은 신선이나 귀신의 전설을 발생시켰고, 비정통의 서사물을 저술하는 작자들에게도 영향을 미쳐서 환상적이고 기이한 소설적 산문, 즉 '지괴'를 탄생시켰다. 앞에서도 인용한 바 있는 간보의 『수신기』 서문에는 문학론에 나타난 사실과 허구에 대한 당시의 혼란스러운 관념이 잘 반영되어 있다.

비록 책에 기록된 내용에서 옛사람들의 뜻을 고찰하고 당시의 서적들 가운데 없어져 버린 것들을 수집하긴 했지만, 대개 눈과 귀로 직접 보고 들은 것이 아니기 때문에, 또한 어찌 사실성을 잃은 부분이 없다고 장담할 수 있겠는가! 춘추시대 위(衛)나라의 혜공(惠公)이 군주의 자리에서 쫓겨난 일에 대해서는 『좌전』과 『공양전』, 『곡량전』의 내용이 서로 다르고, 태공망(太公望) 여상(呂尙)이 주나라를 섬긴 일에 대해서는 사마천도 두 가지 전설을 기록해두고 있다.50) 이런 일은 왕왕 있는 일이다. 이로 보건대, 보고들은 일이 한결같지 않음은 그 유래가 오래되었음을 알 수 있다. 무릇 부고를 글로 남기고, 나라의 역사를 죽간에 기록하는 것도 이러한데, 하물며 천년 전의 일을 돌이켜 서술하고, 특이한 풍속을 기록하며, 자잘한 조각으로 남은 말들을 엮어 편집하고, 나이 많은 사람에게 당시에 일어난 이야기들을 물어 적으면서, 이설이 없어야 비로소 사실로 여기는 것은 진실로 이전 시대 역사가들의 병폐가 아니겠는가! 그러나 나라에서 중요한 역사적 사실이나 군주의 언행을 기록하는 관리를 없애지 않고, 학자들이 책을 읽는 일을 끊어 버리지 않는 한, 어찌 역사 가운데 기록에서 빠뜨리는 것을 최소화하여 거의 모든 것을 기록해둘 수 있겠는가!51)

---

50) 『史記』 「齊太公世家」를 참조.
51) "雖考先志於載籍, 收遺逸於當時, 蓋非一耳一目之所親聞睹也, 亦安敢謂無失實者
　　哉! 衛朔失國, 二傳互其所聞; 呂望事周, 子長存其兩說, 若此比類, 往往有焉. 從此觀

소설이 사실의 기록이어야 한다는 데에 대한 간보의 주장은 두 가지로 정리할 수 있는데, 첫째는 이전 시대의 서적에 의거한 것이고, 둘째는 눈과 귀로 보고 들은 것이다.52) 그런데 『수신기』에서 기록하고 있는 내용이 실제로는 이전 시대의 기록에는 없는 것들이 대부분이다. 그는 『공양전』과 『곡량전』, 그리고 『사기』의 기록에 차이가 있거나 이설들을 함께 기록해 놓은 점을 예로 들면서, 역사서들이 이설을 함께 채용하고 있는 것처럼 소설에서도 그것이 불가능할 까닭이 없다고 설명했다. 한 걸음 더 나아가서 그는 소설이 "귀신의 도리가 결코 거짓이 아님"을 밝혀 준다고 말했다. 그러나 '귀신의 도리'라는 것은 결코 객관적 사실이 아니므로 그것을 밝히는 것과 눈과 귀로 보고 들은 경험적 사실을 기록하는 것은 분명히 다른 일이다. 그러므로 결국 그의 주장은 허구와 사실의 경계를 뒤섞어 버린 셈이다. 그리고 직접 눈으로 본 것은 믿을 만한 것이라 하더라도, 전해들은 이야기라는 것은 반드시 사실이라 할 수 없다. 다른 사람의 말을 듣고 기록하는 것은 비록 그 '다른 사람'을 근거로 내세울 수 있을지 모르지만, 그 '다른 사람'이 이야기한 것 자체가 전설이거나 혹은 지어낸 이야기일 수 있기 때문이다.

그러나 시대가 발전함에 따라 우주와 자연 및 사회발전에 대한 인식이 변화하여 사실과 허구에 대한 과거와 같은 혼란이 사라지게 되었고, 이에 따라 사람들은 '지괴'의 기이하고 환상적인 내용에 대해서도 새롭게 인식하게 되었다. 그리하여 상당수 비평가들이 더 이상 '진실의 기록'이라는 말로 '지괴'의 허구성을 변호하려 하지 않았으며, 황당무계한 신화나 전

之, 聞見之難一, 由來尚矣. 夫書赴告之定辭, 據國史之方策, 猶尚若茲, 況仰述千載之前, 記殊俗之表, 綴片言於殘缺, 訪行事於故老, 將使事不二迹, 言無異途, 然後爲信者, 固亦前史之所病. 然而國家不廢注記之官, 學士不絶誦覽之業, 豈不以其所失者小, 所存者大乎! 今之所集, 設有承於前載者, 卽非余之罪也. 若使采訪近世之事, 苟有虛錯, 願與先賢前儒分其譏謗. 及其著述, 亦足以明神道之不誣也."(黃霖·韓同文, 『中國歷代小說論著選』, 南昌 : 江西人民出版社, 1982, 20면 재인용)

52) 둘째 부분에 해당하는 원문은 제3장의 각주 70 참조.

설을 사실이라고 우기지도 않았다. 그 대신 그들은 '지괴'의 환상적이고 기이한 이야기를 '허구(虛)'라든지 '괴이함(怪)'의 개념 속에 포함시켜 설명했으며, 더 이상 허구나 괴이함을 이유로 '지괴'류의 작품을 배척하거나 부정하지도 않았다. 오히려 단순한 긍정을 넘어서서 그들은 '지괴'의 허구성이 지니는 독자적이고 문학적인 의의를 찾아 설명하려고 노력했던 것이다. 이런 맥락에서 보면, 앞에서 설명했던 당대 이조(李肇)의 견해, 즉 '지괴'나 당 '전기'와 같은 허구적인 글들 — 실제로는 반(半)허구라고 해야 하겠지만 — 이 역사 기술을 보충하는 것이라는 주장은 어떤 의미에서는 문학적 허구에 대한 논의가 사실 혹은 그것을 기록하는 역사 기술에 대한 논의로부터 독립하기 위한 일종의 과도기적 의의를 지니는 것이었다고 할 수 있다.

명대 중엽의 사조제는 '허(虛)—실(實)'의 대립 개념을 사용하여 허구 서사가 지향해야 할 바를 구체적으로 설명하고자 했다. 그는 허구적 서사물에서 사실 또는 사실(史實)과 허구가 적당한 조화를 이루며 뒤섞여 생활의 정리와 풍경에 바탕을 둔 새로운 세계를 창조해 내는 과정으로서 '허실상반(虛實相半)'의 중요성을 강조했다.53) 그러므로 그의 관점에서 보면, 『삼국연의(三國演義)』나 『선화유사(宣和遺事)』는 지나치게 역사적 사실에 충실한 내용이 많으므로 오히려 진부한 느낌을 주고, 나아가 무미건조하기까지 하다.54) 실증성이 결여된 비공식적인 역사서와 허구적인 자료들의 유용성에 대한 이러한 공개적인 옹호는 역사 서사 개념과는 다른 별개의 서사 개념으로 향한 분리가 막연하게나마 시작되고 있었음을 나타낸다.

---

53) 『五雜俎』 卷15. "무릇 소설 및 잡극·희곡의 문장은 모름지기 허구와 사실이 반반씩 섞여 있어야 비로소 읽어서 재미있게 빠져 들 수 있는 글이 된다. 또한 글 속에 나타난 생활의 정리나 풍경은 극도로 치밀하게 조작되어 있으면 되는 것이지, 그것이 실제로 있었던 것인가 하는 여부는 따질 필요가 없다[凡爲小說及雜劇戱文, 須是虛實相半, 方爲游戱三昧之筆. 亦要情景造極而止, 不必問其有無也]."(黃霖·韓同文, 『中國歷代小說論著選』, 南昌 : 江西人民出版社, 1982, 166면 재인용)

54) 上同. "惟『三國演義』與 『錢唐記』·『宣和遺事』·『楊六郎』 等書, 俚而無味矣. 何者? 事太實卽近腐, 可以悅里巷小兒, 而不足爲士君子道也."

즉 그것이 구체적으로 무엇이라는 명확한 정의는 내리지 못했지만, 적어도 사조제는 객관적 지식이 아닌 '재미'라는 특별한 방식을 통한 입론이라는 기준에 부합하는 새로운 서사체의 가치를 인식하기 시작했다는 것이다.

한편, 1610년(萬曆 38)에 간행된 『용여당본수호전(容與堂本水滸傳)』에는 회림(懷林)55)의 이름으로 된 쓴 「『수호전』일백회문자우열(水滸傳一百回文字優劣)」이라는 일종의 논평이 들어 있는데, 여기에는 소설적 허구의 구성논리에 대한 구체적인 언급이 있어서 특히 주목할 만하다.

> 세상에 먼저 『수호전』이라는 한 권의 책이 존재하고 나서야 비로소 시내암(施耐庵)이나 나관중(羅貫中) 같은 사람들이 글로 써낼 수 있는 것이다. 주인공들의 성이 뭐니 이름이 뭐니 하는 것은 상상적으로 지어내서 그 사건을 실제화한 것일 따름이다. 예를 들면, 세상에 우선 음란한 아낙네가 있어야 나중에 양웅의 아내나 무송의 형수 같은 소설적 주인공을 통해 그 사실을 실제화하는 것이다. (…중략…) 세상에 우선 이런 일이 없다면, 문인으로 하여금 구 년 동안 면벽을 하여 피를 열 석이나 토해내도록 수련시킨다 한들 어떻게 이러한 사건을 만들어낼 수 있겠는가? 이러한 이유 때문에 『수호전』이 온 세상과 더불어 시작과 끝을 함께 할 수 있는 것이다.56)

---

55) 懷林은 李贄의 侍從으로, 『焚書』「三大士象議」와 「哭懷林」에 그에 대한 언급이 보인다. 그러나 그는 일찍이 萬曆 25년(1597)에 세상을 떠났고, 이지의 이름으로 된 「批評水滸傳述語」의 내용이 실제의 사실과 다르므로, '容與堂本'의 앞에 실린 글은 모두 다른 사람이 托名해서 쓴 글로 여겨진다. 오늘날 연구가들의 잠정적인 결론에 따르면, 이지의 이름으로 批點을 한 『四書』「第一評」 및 「第二評」, 그리고 『수호전』·『삼국지』·『서유기』·『皇明英列傳』·『琵琶記』·『拜月亭』·『紅佛記』·『明珠記』·『玉合記』 등은 모두 葉晝라는 사람이 쓴 것이라고 생각되고 있다. 葉晝는 無錫人으로, 자가 文通인데, 錦翁·不夜·陽開·葉五葉·梁無知 등의 自號를 썼다(黃霖·韓同文, 앞의 책, 183~184면 참조).

56) 『水滸傳一百回文字優劣』. "世上先有『水滸傳』一部, 然後施耐庵, 羅貫中借筆墨拈出. 若夫姓某名某, 不過劈空捏造, 以實其事耳, 如世上先有淫婦人, 然後以楊雄之妻, 武松之嫂實之 (……) 非世上先有是事, 即令文人面壁九年, 吐血十石, 亦何能至此哉? 此『水滸傳』之所以與天地相終始也."(黃霖·韓同文, 위의 책, 186면 재인용)

이러한 설명은 앞에서 살펴 본 바 있는 사조제의 '허실상반'의 논리를 좀더 구체적으로 재구성한 것이라 할 수 있다. 회림의 설명에 따르면, 모든 허구란 궁극적으로 과거의 역사나 현실의 경험을 바탕으로 재구성되는 것이며, 역사와 현실에서 유리되어 있는 작가의 공허한 관념적 상상만으로는 이룰 수 없는 것이다. 따라서 사건의 줄거리에 대한 인위적이고 무리한 조작은 오히려 그 이야기의 실제성을 깎아내릴 뿐이다. 물론 작가가 구상하는 이야기가 역사에 없던 일이라 할지라도 오히려 실제 사건보다 더 실감 있게 묘사된다면, 그야말로 문학의 오묘한 진수를 나타낸 것이라 할 수 있으며, 그런 의미에서 시내암과 나관중은 진정으로 위대한 작가라고 할 수 있다.[57]

이처럼 전통 시기 중국에서 문학 서사의 허구와 관련된 논의는 대개 '진(眞)과 가(假)'나 '진과 환(幻)', '허(虛)와 실(實)', '기(奇)와 상(常)' 또는 '기와 정(正)' 등의 대립적 개념에 대한 비교를 통해 진행되었다. 사실 이들 대립개념들 가운데 '기와 상' 또는 '기와 정'의 개념은 엄밀히 말하자면, 문학적 허구에 관한 개념이라고 할 수 없다. 그러나 그런 개념들에 대한 구체적 논의들은 '소설'이라는 문학 양식이 성립할 수 있는 근본적인 요소 가운데 하나, 즉 신기하고 보기 드문 것에 대한 세인들의 관심에 중대한 변화가 진행되고 있었음을 보여 준다. 즉, 이런 논의에 참여한 논자들은 '기이함[奇]'이라는 특성을 당 '전기'류의 작품들이 추구하는 귀신이나 영혼, 신선과 같은 공상적 세계에 대한 박물학적 탐구로부터 현세적 일상 생활을 묘사하고 있는 통속소설로 전향해서 적용하려고 노력했다.[58] 그

---

57) 『容與堂本水滸傳』 第1回 「會末總評」. "『水滸傳』事節都是假的, 說來却似逼眞, 所以爲妙. 常見近來文集乃有眞事說做假者, 眞鈍漢也, 何堪與施耐庵,羅貫中作奴!"(王先霈·周偉民, 『明淸小說理論批評史』, 廣州 : 花城出版社, 1988, 175면 재인용)

58) 唐代의 傳奇 가운데서도 '기이함'의 개념이 현실의 일부를 가리키는 경우도 있긴 했다. 가령 『卓異記』나 『撫異記』, 『博異記』 등에서는 '奇' 대신에 '異'라는 표현을 쓰고 있는데, 이것은 李浚의 「撫異記序」에서 설명하고 있는 것처럼, '세상사 가운데 특이한 것들[世事特異者]'을 가리키는 말이었다. 이것은 이야기의 소재가 육조의 '지괴'와는 달리 현실의 인간생활로 많이 접근하고 있는 당 '전기'의 특징과 관련된 말이라 하겠다

결과, 일상생활 속의 평범한 혹은 특정한 인물들이 재물을 축적하는 과정이나 복잡한 애정관계 속에서 고민하고 갈등하며 그것들을 해결해나가는, 지극히 '인간적'인 소재에 대해 묘사하고 있는 통속소설도 '전기'류의 작품과 같은, 혹은 그보다 더 가치 있는 '기이함'을 가질 수 있다는 설명이 가능해졌던 것이다.

앞에서 인용했던 '용여당본'의 비평문보다 조금 후(萬曆 40)에 서여한(徐如翰)이 쓴 「운합기종서(雲合奇踪序)」는 이런 유의 논의에서 눈에 띄는 출발점에 해당한다. 그에 따르면, 현실을 상식을 벗어나는 이야기 속의 '기이함'이란 인정과 물리에 어긋나는 것이긴 하지만 독자들의 상식적 이해범주를 벗어나는 것은 아니며, 오히려 그것을 통해 독자들의 호협심이나 영웅적 기질을 격발시킬 수 있는 어떤 것이다. 이것을 바탕으로 그는 기인(奇人)과 기사(奇事), 기문(奇文)을 연결시킴으로써 삶에서의 실천과 작가의 창작으로까지 연결시키고 있다.[59] 그에 뒤이어 명나라 말엽의 장무구(張無咎)[60]는 『북송삼수평요전(北宋三隧平妖傳)』에 붙인 서문에서, "소설가는 '참되고 실제적인 것[眞]'을 '일상적인 것[正]'으로 여기고, 환상적이고 꾸며낸 것을 '특이한 것[奇]'으로 여긴다[小說家以眞爲正, 以幻爲奇]"[61]고 함으로써, '기이함'의 의미를 예외적인 것 또는 특수한 것을 가리키는 말임과 동시에 진귀하다는 의미를 포함하는 것으로 확장했다. 그런데 그는, 『서유기』와 같이 단순한 환상만을 묘사하는 것보다 『삼국연의』나 『수호전』처럼 진실한 인간사를 묘사하는 것이 실제로는 더 어려운 일이라고 말하면

(吳功正, 『小說美學』, 江蘇人民出版社, 1985, 22~23면 참조).

59) 「雲合奇踪序」. "天地間有奇人始有奇事, 有奇事乃有奇文. 夫所謂奇者, 非奇怪, 奇詭, 奇僻之奇, 正惟奇正相生而足爲英雄吐氣, 豪傑壯譚, 非若驚世該俗昨指而不可方物者."(黃霖·韓同文, 앞의 책, 211면 재인용)
   *『雲合奇踪』은 朱元璋의 反元起兵과 明나라의 건국에 대한 이야기를 쓴 소설로, 『皇明開運英武傳』이라고도 부른다.

60) 原名은 譽이고, 明末 草黃(지금의 湖北省 黃岡縣)人. 그 밖의 생애에 대해서는 확실하지 않다.

61) 曾祖蔭 外, 『中國歷代小說序跋選注』, 長江文藝出版社, 1982, 86면 참조.

서, 진정 훌륭한 또는 재미있는 '소설'이라면 『평요전』처럼 적당한 환상적 요소와 인간적이고 현실적인 요소가 조화롭게 결합된 것이어야 한다고 주장했다.

그런데 비슷한 시기에 활동한 '삼언양박(三言兩拍)'의 비평가들에 이르면 이러한 '기와 상' 또는 '기와 정'의 개념이 '소설'로 승화될 수 있는 구체적인 삶 속에 들어 있다는, 좀더 진전된 논리들이 나타나게 된다. 다시 말하면, 이들은 이전까지 단순한 대립개념에 지나지 않았던 '기와 상' 또는 '기와 정'의 개념을 세련된 문학비평용어로 변용시키기 시작했던 것이다. 예를 들어서, 즉공관주인(卽空觀主人)[62]이란 이름으로 된 「박안경기서(拍案驚奇序)」에서는, "지금 사람들은 그저 귀로 듣고 눈으로 보는 것의 범주에 들지 않는 쇠귀신[牛鬼]이나 뱀 신[蛇神]만을 이상하게 생각할 뿐, 귀로 듣고 눈으로 볼 수 있으며 일상생활에서 날마다 사용하는 것들 가운데서도 거짓말 같고 환상적이라서 일반적인 이성으로는 추측할 수 없는 것이 참으로 많다는 것은 알지 못하는데, (……) 무릇 귀로 듣고 눈으로 볼 수 있는 것 가운데 온갖 이상하고 기묘한 것들이 다 들어 있는 것이다"[63]라고 했다. 즉 그는 이제까지 기이한 것의 범주를 신화나 전설, 또는 귀신의 이야기 속에서 찾던 잘못된 관습을 비판하면서, 진정으로 기이한 것들은 귀로 듣고 눈으로 볼 수 있는 경험적 현실세계 속에 다 들어 있다고 강조하고 있다. 이것은 기이함의 대상을 박물학적 신비세계로부터 모든 곳에 어떤 법칙이 존재하면서도 그것을 쉽게 깨달을 수 없는, 다시 말하자면, 우연성과 필연성이 경이롭게 조화되어 하나의 평범한 일상성을

---

62) 凌濛初(1580~1644)의 別號. 凌濛初는 字가 玄房이고, 號는 初成으로, 浙江 烏程人. 『初刻拍案驚奇』와 『二刻拍案驚奇』는 그의 가장 중요한 저작으로서, 모두 78편의 擬話本을 수록하고 있다. 그 밖의 저작으로 『國文集』이 있고, 『北紅拂』과 같은 잡극 및 희곡 이론서인 『譚曲雜劄』도 썼다.

63) 『拍案驚奇序』. "今之人 但知耳目之外, 牛鬼蛇神之爲怪, 而不知耳目之內, 日用起居, 其爲譎詭幻怪, 非可以常理測者固多也. (……) 凡耳目前之怪怪奇奇, 當以無所不有."(曾祖蔭 外, 『中國歷代小說序跋選注』, 長江文藝出版社, 1982, 111면 재인용)

만들어 나가는 인간세계로 끌어들이려는 새로운 시도라고 할 수 있다. 여기에는, 중요한 것은 인간이 치부와 애정관계를 통해 지난하게 형성해 가는 순수한 삶의 정서 그 자체이며, 경험적 세계 밖에 있는 귀신이나 신선의 이야기는 한낱 헛된 관념일 뿐이라는 뚜렷한 현세적 생활의식이 깃들어 있다. 그리고 이러한 현세적 생활의식을 바탕으로, 즉공관주인은 문학서사의 한 양식으로서 '의화본(擬話本)'과 같은 허구적 산문들이 존재할 수 있는 정당한 이론적 근거를 제시하려고 노력하고 있다.

이와 같이 참다운 기이함은 평범한 삶 속에서 나온다는 견해에 마지막 결론을 내렸다고 할 수 있는 사람은 『금고기관(今古奇觀)』[64]의 서문을 쓴 소화주인(笑花主人)[65]이다. 그는 "'소설'이란 역사서가 포함하지 못하는 모든 것들을 다 표현할 수 있는 양식[小說者, 正史之餘也]"이라고 전제하고 나서, '소설'의 소재에 대한 자신의 주장을 전개했다. 그는, "무릇 신기루나 화염산, 불 우물이 신기하게 보이지 않는 것은 아니지만, 귀와 눈으로 직접 경험할 수 없는 일이므로, 사람들은 '얼음의 존재에 대해 의혹을 제기하는 여름곤충[疑氷之蟲]'처럼 그런 것에 대한 의심을 떨쳐버릴 수 없다. 그러므로 무릇 세상에서 참다운 기이함이란 평범하고 항상적인 것에서 나오지 않은 것이 없다"[66]라고 명쾌하게 서술했는데, 여기서 신기루나 화염산, 불 우물은 당 '전기'의 소재들을 통틀어 가리키는 비유적 표현이

---

64) 姑蘇 抱甕老人이 편집한 話本選集으로 대략 崇禎 연간에 완성된 책으로 여겨지고 있다. 모두 40篇으로 이루어져 있는데, 그 중 29篇은 '三言'에서 뽑고, 나머지 11篇은 '兩拍'에서 뽑은 것이다. 芥子園刊本의 제목에는 "墨憨齋手定"이라는 구절이 더 붙어 있는데, 이것을 바탕으로 편자가 馮夢龍과 교분이 있는 사람일 것이라고 추측하는 사람도 있다(曾祖蔭 外, 위의 책, 129면, 注釋 ① 참조).

65) 생애에 대해선 자세히 알려져 있지 않다.

66) 「今古奇觀序」. "夫蜃樓海市, 焰山火井, 觀非不奇, 然非耳目經見之事, 未免爲疑氷之蟲. 故夫天下之眞奇, 在未有不出於庸常者也. 仁義禮智, 謂之常心; 忠孝節烈, 謂之常行; 善惡果報, 謂之常理; 聖賢豪杰, 謂之常人. 然常心不多葆, 常行不多修, 常理不多顯, 常人不多見, 卽相與驚而道之. 聞者或悲或嘆, 或喜或愕. 其善者知勸, 乃訓人而至常者也."(黃霖·韓同文, 『中國歷代小說論著選』, 南昌 : 江西人民出版社, 1982, 263~264면 재인용)

다. 그런데 그런 것들은 경험으로 직접 검증할 수 없기 때문에 신기해 보이지만, 얼음의 존재를 몰라서 그것을 의심하는 여름곤충처럼 식견이 좁은 일반인들은 항상 그런 것들의 존재에 대해 의심하게 된다. 이에 비해서, 진정한 기이함은 평범한 일상생활 속에 들어 있는, 항상적 가치가 있는 것이지만 자주 혹은 지속적으로 만날 수 없는 요소들 속에 들어 있다.

그런 요소들을 유가적 생활관에 비추어 찾아 본 것이 바로 '상심(常心)'이나 '상행(常行)', '상리(常理)', 그리고 '상인(常人)'이다. 소화주인의 설명에 따르면, '상심'이란 항상 마음속에 '인의예지'의 정신을 간직하고 있는 것이고, '상행'은 모든 행위를 충효와 정절에 맞게 하는 것이며, '상리'는 행위의 선악에 따른 적절한 인과응보가 따르는 세상의 도리이다. 그리고 그 세 가지를 두루 갖추고 평생을 사는 성현이나 호걸이 바로 '상인'이다. 이들은 분명히 현실생활 속에서 찾아 볼 수 있지만, 자잘한 사욕에 쉽게 흔들리는 보통사람들은 그것들을 지속적으로 간직하지 못하기 때문에, 어쩌다가 그런 사람이나 사건에 대해 알게 되면 매우 놀라워하면서 서로 이야기하게 되는 것이다. 그러므로 이러한 상심이나 상행, 상리, 그리고 상인이야말로 진정으로 진귀하고 기이한 것이라고 할 수 있다. 소화주인의 이러한 주장은 문학 서사로서 '소설'의 개념적 범위를 매우 광범하고 개방적으로 열어놓고, 그 가운데서 현세적 삶의 법칙에 맞추어볼 때 가장 바람직한 것은 어떤 것인가를 규명하는 형식을 띠고 있다. 즉 그는 '기이함'이란 말의 본질적인 의미 —신기하거나 보기 드문, 그리고 진귀하다는 뜻—를 변형시키지는 않았지만, 그 대상의 범위를 삶의 경험 속에서 확인할 수 있는 구체적 사건이나 인물들로 제한함으로써, '소설'이 일상생활 속에서 찾을 수 있는 진귀한 경험이나 미담을 소재로 이야기를 전개하면서 독자에게 올바른 삶의 가치관을 심어 줄 수 있다는 가능성을 강조하고 있는 것이다. 바로 이런 의미에서 그는 '삼언'의 가치를 긍정적으로 평가했다.

……『유세명언』·『경세통언』·『성세항언』이라는 '삼언'은 사람의 정리와 세
상살이의 갈림길을 매우 비슷하게 표현했고, 만나고 헤어짐의 기쁨과 슬픔을
극도로 잘 묘사했으므로, 신기한 이야기를 잘 골라 훌륭하게 묘사함으로써 독
자들의 마음을 꿰뚫어 놀라게―즉 독자들에게 경계와 깨우침을 주고 있다고 할
수 있다. 그리고 이야기가 끝날 때마다 권선징악의 주지를 명확히 밝힘으로써,
풍속을 돈후하게 만들고 있다.67)

비록 유가의 실용주의적 문학관의 영향이 뚜렷하긴 하지만, 문학 서사
의 효용에 대한 소화주인의 이러한 인식이 현세적 경험론을 바탕으로 한
'기이함'의 개념을 정립한 결과로 나타나고 있다는 사실은 차후에 등장하
는 허구에 관한 구체적 논술들을 위한 튼튼한 토대를 제공해주었다.

이에 따라 17세기 전반에는 문학 안에서 장르에 따른 '허구'의 구체적
인 구별에 관한 논의까지 등장하게 되는데, 수향거사(睡鄕居士)라는 필명
을 쓴 논자의 「이각박안경기서(二刻拍案驚奇序)」와 같은 글이 대표적인 예
에 해당한다. 특히 그는 시문의 허구와 '소설'의 허구를 구별해서 논할 것
을 주장했는데, 그의 견해에 따르면 시문과 '소설'이라는 두 가지 양식의
문학은 각각의 양식을 구성하는 요소들 가운데서 허구가 차지하는 비중
에 따라 구별된다.

문장에는 『남화경(南華經)』(『장자』―인용자)과 『충허경(沖虛經)』(『열자』)에서
부터 이미 우언의 요소가 많이 들어 있었고, 그 이후로 사마상여의 『상림부』와
『자허부』에 나오는 가공의 인물인 '오유선생'이나 '빙허공자(憑虛公子)'와 같은
여러 허구적 주인공들에까지 이르렀다. 그런데 이 주인공들의 대상이 된 실제
인물들을 굳이 찾으려 든다면, 그것은 이것들이 문장의 창조적 꾸밈을 사건의
실제성보다 우선하는 문학 양식임을 모르기 때문이다. '연의'라는 하나의 문학
적 양식에서는 상상적으로 이야기를 꾸며내기는 쉽지만 거기에 사실성을 띠게

---

67) 「今古奇觀序」. "…… 至所纂喩世, 警世, 醒世三言, 極摹人情世態之岐, 備寫悲歡離
　　合之致, 可謂欽異撥新, 洞心駴目, 而曲終奏雅, 歸于厚俗."(曾祖蔭 外, 『中國歷代小
　　說序跋選注』, 長江文藝出版社, 1982, 128면 재인용)

하기는 어려운 일이기 때문에, 본디 (문학적 허구와 실제 사실은) 서로 동등하게 논할 수 없다. 가령 『서유기』 같은 것은 그 내용이 괴이하고 황당하며 경전에도 어긋나서, 독자들은 모두 그것이 엉터리라는 것을 알고 있다. 그러나 거기에 기록된 네 명의 사제는 성격과 감정 및 행동양식이 각기 다른데, 그들의 언행 및 그들과 관련된 사건을 하나하나 따로 떼어서 은밀히 따져보면 그것들이 어떤 실존 인물들을 대상으로 해서 창조된 것인지 알 수 있을 것이다. 이것이 바로 '환(幻)' 즉 허구 속에 '진(眞)' 즉 사실성이 들어 있다는 것이다.[68]

여기서 특히 주목할 만한 곳은, 문학 서사란 "문장의 창조적 꾸밈이 사건의 실제성보다 우선한다[此以文勝, 非以事勝]"는 구절이다. 이 말은 곧, '소설'에서는 작가가 꾸며낸 인물이나 이야기가 그대로 하나의 문학 양식을 형성하므로, 이 경우 허구는 작품의 기본 성분이 된다는 뜻이다. 아울러 '소설'은 반드시 하나의 조건을 만족시켜야 하는데, 그것은 바로 『서유기』의 예에서 보이는 것처럼, '소설'의 내용이 그 자체로 명백한 허구이고 독자들도 그것을 알고 있지만, 그것을 읽는 과정에서 자신도 모르는 사이에 실제의 사건과 혼동할 정도로 사실성을 띠고 있어야 한다는 것이다. 그러므로 소설적 허구를 구성할 때 "상상적 이야기를 꾸며내는 것 자체는 쉬운 일이지만, 그렇게 만들어진 이야기를 '진실'한 것처럼 보이도록 하기란 매우 어려운 일[幻易而眞難]"이라고 한 것이다. 이 논술은 약간 복잡하고 산만하기는 하지만, 이미 문학 서사의 허구에 수반되어야 할 문학적 사실성을 강조한 점은 주목할 만하다. 그리고 이런 논의는 비슷한 시기에 나온 것으로 여겨지는 무애거사(無碍居士)의 「경세통언서(警世通言序)」에서 좀더 구체적으로 설명된다.

---

68) 「二刻拍案驚奇序」. "文自目南華沖虛, 已多寓言, 下至非有先生, 憑虛公子, 要所得其眞者而尋之, 不知此以文勝, 非以事勝也. 至演義一家, 幻易而眞難, 固不可相衡而論矣. 卽如西遊一記, 怪誕不經, 讀者皆知其謬. 然據其所載, 師弟四人, 各一性情, 各一動止, 試摘一言一事, 隨使暗中摸索, 亦知其出自何人, 卽正以幻中有眞."(曾祖蔭 外, 『中國歷代小說序跋選注』, 長江文藝出版社, 1982, 114면 재인용)

　　소설에 등장하는 인물은 굳이 작품의 배경이 되는 실제 사건 속의 인물과 일 치되어야 할 필요가 없으며, (이와 마찬가지로) 소설 속의 사건도 굳이 실제 사 건과 짝을 이루는 인물들과 동일할 필요가 없다. 소설의 내용 가운데 실제 사 실과 일치하는 것은 금궤(金櫃)나 석실(石室)과 같은 장서관에서 빠진 내용을 보충해줄 수 있고, 거짓으로 꾸며낸 것들도 역시 한 번쯤은 권선징악이나 비분 강개의 뜻을 전달할 수 있다. 물론 소설 속의 사건이 실제적이면, 그 속에 담겨 있는 이치는 거짓이 아니다. 그런데 사건이 거짓으로 꾸며낸 것이라 해도 그 속에 담긴 이치가 올바르다면 교화에 해로움을 끼치지 않고, 성현의 가르침에 도 어긋나지 않으며, 『시경』, 『서경』 및 정식 역사의 내용에도 위반되지 않을 수 있다. 이렇게 된다면, 그것－소설을 폐지할 수 있겠는가?[69]

　　이처럼 명대 중기부터는 '소설'이란 역사 기록처럼 어떤 사실을 정확하 게 기록하는 데에 연연하지 않고, 그 대신 서술하는 대상 — 그것이 실제 로 있었던 것이건 혹은 작가가 상상으로 창조해 낸 것이건 상관없이 — 에 내재된 실질적 의미 및 정신을 확실하게 전달함으로써 독자에게 생동 감 있는 감동을 줄 수 있으면 되는 특별한 문학 양식이라고 생각하는 사 람들이 점차 많이 나타났다.

　　예를 들어서 만력 연간의 이일화(李日華)[70]는 『광해사(廣諧史)』[71]의 서문 (1615)에서, 이 책의 증보편찬자인 진양경(陳良卿)의 말을 인용하면서, 그 자 체로는 단순한 거짓말[虛]일 수밖에 없으나 그것이 삶의 이치를 올바로 전달하기만 한다면 독자들은 그렇게 꾸며진 이야기를 바탕으로 해서 거꾸

---

69) "人不必有其事, 事不必麗其人, 其眞者可以補金櫃石室之遺, 而贋者亦必有一番激 揚勸誘悲歌感慨之意. 事眞而理不贋, 卽事贋而理亦眞, 不害于風化, 不謬于聖賢, 不 戾于詩書經史. 若此者, 其何廢乎?"(曾祖蔭 外, 위의 책, 97면 재인용)

70) 李日華(1565~1635) : 字는 君實, 號는 竹嬾巨士, 또는 九疑, 六研齋. 浙江 嘉興人. 著書로 『味水軒日記』·『紫桃軒雜綴』·『六研齋筆記』·『携李叢談』 등이 있고, 그밖 에 『書畵想象錄』과 같은 書畵論이 있음.

71) 『廣諧史』는 萬曆 7년에 徐敬修(徐常吉)가 펴낸 『諧史』 73篇을 陳良卿(號는 白石· 邦俊)이 242篇으로 증보하여 펴낸 책. 여기에 수록된 작품은 첫머리에 실린 『毛穎傳』 을 비롯하여 대부분 의인법을 사용한 博物志로써, 허구문학으로서 소설과는 상당한 거 리가 있는 작품들이라 할 수 있다.

로 현실적 삶의 한 단면을 유추해 볼 수 있으므로, 어떤 의미에서는 충분한 사실성[實]을 간직하고 있다고 할 수 있다고 했다.72) 그에 따르면, 이것은 역사 기술이 지나치게 역사적 사실 그 자체의 전달에만 몰두함으로써 생동감을 잃어버리는 결점을 극복하면서[實者虛之], 이와 동시에 작가의 상상이 지나치게 비합리적인 방향으로 흐르거나 삶의 이치에서 일탈하려는 것을 견제함으로써[虛者實之] 얻어진 예술적 성과물이다. 바로 이러한 허구화의 과정을 그는 '환화(幻化)'73)라고 표현했는데, 그것을 통해 구성된 허구는 때로는 단순한 사실의 기록보다 더 생동감이 있게 사건의 진실을 전달해 줄 수 있는 예술성을 담고 있는 경지에 이를 수 있다고 했다.

명대와 청대의 교체기를 살았던 원우령(袁于令, 1592~1674)에 이르면, 허구적인 자료들에 대한 공개적인 인정 행위는 그의 '소설' 『수사유문(隋史遺文)』에 대한 서문(1633년에 쓴 것으로 되어 있음)에 나타난 바와 같이 하나의 새롭고도 과감한 정신으로까지 발전한다.74) 이 글에서 원우령은 역사와 허구가 같은 성질의 것이 아니라는 점을 공개적으로 밝히면서, 전자가 확

---

72) 「廣諧史序」. "또한 기록된 것을 통해서 생각해낼 수 있는 것은 '사실적인 것[實]'이지만, 그 내용의 출처를 하나하나 확인할 수 없는 것은 '꾸며낸 것[虛]'에 포함시킬 수밖에 없다. 또한 어떤 사건이나 인물의 형상을 빌어 다른 것에 적용시켜 표현한 것은 '허'이지만, 반대로 그것들의 출처를 하나하나 확인할 수 있다면 어쩔 수 없이 '실'이라고 해야 할 것이다[且也因記載而可思者, 實也; 而未必一一可按者, 不能不屬之虛. 借形以托者, 虛也; 而反若一一可按者, 不能不屬之實]."(曾祖蔭 外, 『中國歷代小說序跋選注』, 長江文藝出版社, 1982, 76면 재인용)

73) 「廣諧史序」. "嗟乎! 從古王侯將相, 博偉男子, 所灼爍照耀寰區者, 靡不與枯楊白草俱盡, 所留者僅僅史氏數行墨耳! 而滑稽者又令群物得媲而同之,不亦悉歸幻化而無一可壇者也."(曾祖蔭 外, 위의 책, 77~78면 재인용)
   * 원래 '幻'과 '化'는 모두 불가에서 사용하던 용어로서, 『智度論』에 따르면, '무의 상태에서 갑자기 생겨난 것[無而忽有]'를 가리키는 말이었다. 그런데 李日華는 이것을 '의표의 변화'라는 의미로 전용하면서, 아울러 뛰어난 書畵작품의 구상 및 표현을 가름하는 기준으로도 사용하였다(王先霈·韓偉民, 『明淸小說理論批評史』, 廣州 : 花城出版社, 1988, 228~229면 참조).

74) 원래 이 서문은 吉衣主人의 이름으로 되어 있으나, 서명 뒤에 '令昭氏'라는 직인이 찍혀 있기 때문에 작자가 원우령임을 알게 된 것이다. 원우령은 韞玉 또는 晉이라는 이름으로도 불렸으며, 令昭는 그의 자이다. 그밖에 白賓·鳧公·吉衣主人 등 많은 호를 사용했다.

실한 근거를 바탕으로 하고 있는 데에 비해 후자는 상상을 바탕으로 한다고 설명했다. 즉, "기이하고 환상적인 이야기"를 담고 있는 특별한 서사체는 거기에 맞는 독자들—그는 이것을 '속된 사람들'이라고 아울러서 불렀다—을 즐겁게 하면 그만일 뿐이지 "굳이 이치에 근거를 둘 필요가 없다"는 것이다.[75] 심지어 그는, "문장에 허구적 요소가 없으면 문장이라 할 수 없고 허구는 극도의 치밀함을 갖추지 못하면 허구라고 할 수 없으므로, 세상에서 가장 치밀한 허구로 구성된 사실이야말로 가장 진실한 사실이며 극도로 치밀한 허구를 구성하는 이치는 바로 가장 진실한 사실 속에 담겨 있는 이치와 같은 것이다"[76]라는 극단적인 주장을 하기도 했다. 상상에 대한 이러한 강조는 역사 서사와는 본질적으로 다른 양식으로서 이후의 백화 소설을 중심으로 한 문학 서사에 새로운 방향을 명확하게 제시한 것으로 보인다.

청대 초기의 논자들 가운데 이런 논의의 맥락을 계승한 사람으로 황월(黃越)[77]과 김풍(金豊)[78]을 들 수 있다. 1720년(康熙 59)에 나온 것으로 생각되는 『제구재자서평귀전(第九才子書平鬼傳)』[79]에 대한 서문에 나타난 황월

---

75) 「隋史遺文序」. "역사서에 '遺'라는 이름을 붙인 것은 무슨 까닭인가? 그것은 이 책으로 정식 역사를 보충하기 때문이다. 정식 역사란 사건의 기록이다. 사건의 기록이란 무엇인가? 믿을 만한 史實을 전하는 것이다. 遺史는 일화를 수집한 것이다. 일화를 수집한다는 것은 무엇인가? 기이한 사건을 전달하는 것이다. …… 작품(『수사유문』) 속에 비분강개의 내용을 담고 있으면 속된 사람들의 귀를 놀라게 하기에 충분하니 정리에 반드시 부합될 필요가 없고, 기이하고 환상적인 이야기를 담고 있으면 속된 사람들을 즐겁게 하기에 충분하니 굳이 이치에 근거를 둘 필요가 없다[史以遺名者何? 所以補正史也. 正史以紀事, 紀事者何? 傳信也. 遺史以蒐逸, 蒐逸者何? 傳奇也. …… 顧個中有慷慨足驚里耳, 而不必諧於情, 奇幻足以快俗人, 而不必根於理]."(黃霖·韓同文, 『中國歷代小說論著選』, 南昌 : 江西人民出版社, 1982, 267면 재인용)

76) 「西遊記題辭」. "文不幻不文, 幻不極不幻. 是知天下極幻之事乃極眞之事, 極幻之理乃極眞之理."(黃霖·韓同文, 위의 책, 271면 재인용)

77) 字는 際飛, 上元(지금의 江蘇省 江寧縣)人.

78) 字는 大有, 福建 永福(지금의 福建省 永泰縣)人. 주로 康熙 연간에 활동. 그 밖의 생애에 대해서는 불확실함.

79) 사후세계와 귀신의 이야기를 빌어 시대의 병폐를 풍자한 소설인 『鐘馗捉鬼傳』은 『捉鬼傳』 또는 『平鬼傳』, 『九才子書』 등의 다른 제목으로 불리기도 했다.

의 논의는 두 사람의 생각을 아우를 만한 것으로 보인다.80) 이 글에서 그
는 '전기(傳奇)'81)의 소재는 사실성의 여부에 구애받지 않는데, 그것은 작
가가 마치 조물주의 재주와 같은 솜씨로 문장 속에서 하나의 세계를 자
유자재로 만들고 변형시킬 수 있는 능력을 가졌기 때문이라고 했다. 즉
문학 서사의 작자는 "현실에 존재하는 모든 것을 변형시켜서 하나의 창
조적 예술세계 즉 허구를 만들어 내고[有者化之而使無]", 아울러 "현실에
서는 그 존재를 찾아 볼 수 없지만 필요하다면 언제라도 적절한 예술세
계를 만들어 낼 수 있다[無者造之而使有]"는 것이다.82) 그에게서 창조적인

---

80) 金豊의 논의는 주로 康熙 23년에 씌어진 「說岳全傳序演義說本岳王全傳序」에 나타
　　나 있는데, 여기서 그는 대체로 李日華에 의해 정립된 '虛-實'의 대립개념을 계승하면
　　서, 나아가 그 두 가지 개념을 소설작품 속에서 조화롭게 융합하는 방법에 대해서까지
　　논의를 진전시켰다. 이에 관한 자세한 설명은 홍상훈, 「中國 文學에서 虛構에 관한 認
　　識論的 轉換」, 『中國小說論叢』 II(한국중국소설학회 編), 1993, 13~54면 및 45~46면
　　참조.

81) 황월이 사용한 '傳奇'라는 단어는 당 '전기'보다 훨씬 광범한 의미를 나타낸다. 黃越
　　은 주로 정통 문단의 문인들에 의해 창작된 문언소설과 『수호전』·『서유기』와 같은 백
　　화소설, 그리고 심지어 『西廂記』·『牡丹亭』·『琵琶記』와 같은 잡극까지도 '전기'라는
　　이름 아래 포함시켜 설명했다. 이렇게 본다면 그에게 '전기'란 것은, 특별하고 기이한
　　것을 전해주는 것, 즉 '소설'을 포함한 모든 종류의 허구적 이야기문학을 가리키는 개
　　념이라 할 수 있다.

82) 「第九才子書平鬼傳序」. "존재하는 어떤 것이 전할 만하면 그 존재를 전해도 되고,
　　존재하지 않는 것이 전할 만하면 존재하지 않는 것을 전해도 된다. 오늘날 무릇 傳奇
　　가 전하는 내용 가운데 실제로는 존재하지 않는 것이 어찌 단지 『九才子書』(즉 『平鬼
　　傳』) 뿐이겠는가! …… 또한 傳奇의 창작은 …… 없는 것은 만들어 존재하게 하고 존재
　　하는 것은 변화시켜 없어지게 만든 것이다. 그러므로 그것이 묘사하는 사실이 실제로
　　존재할 필요가 없을 뿐만 아니라, 묘사의 대상이 되는 사람이 실제로 존재할 필요도 없
　　다. 이른바 허공중의 누각이나 멀리 바다 밖에 있는 세 개의 산(蓬萊·方丈·瀛洲) 같
　　은 허구적인 것들은 홀연히 존재했다가 그렇게 없어져 버리는 것인지라, 독자들로 하
　　여금 바람과 구름의 변화막측함을 대하는 것처럼 놀라게 할 따름이니, 존재의 유무에
　　얽매어 문장을 지을 필요가 어디 있겠는가![有可傳, 傳其有可也; 無可傳, 傳其無亦可
　　也. 今夫傳奇之傳, 其無者寧第「九才子」而已哉! 世安有所爲孫悟空者? 然卽『西遊記』
　　何所傳而作也, 安有所爲徐文慶者? 然卽『金瓶梅』無所不傳而作也. …… 且夫傳奇之
　　作也, …… 無者造之而使無, 有者化之而使無, 不惟不必有其事, 亦意不必有其人, 所
　　謂空中之樓閣, 海外之三山, 倏有無, 令閱者驚風雲之變態而已耳, 安所規規于或有或
　　無而始措筆而摛詞耶!]."(黃霖·韓同文, 『中國歷代小說論著選』, 南昌：江西人民出版
　　社, 1982, 405면 재인용)

허구 서사라는 것은 이제 다른 무엇보다도 예술적 창조 행위로서 확실한 자리매김을 하게 된 것이다.

물론 문학 서사의 특수한 가치에 대한 인식이 전적으로 백화로 된 서사물에 대한 변호에 한정되어 성립된 것만은 아니다. 『요재지이(聊齋志異)』와 『유림외사(儒林外史)』의 출현은 17세기 후반부터 전통적인 '사대부—문인' 계층 내부에서도 문학 서사의 특수한 가치에 대한 인식이 점차 자리를 잡아가고 있었다는 것을 보여주기 때문이다. 특히 전자의 탁월한 성취는 육조와 당대 이후 점차 설자리를 잃어가고 있던 '지괴'류의 서사체가 창의적인 문학 서사로 훌륭하게 활용될 수 있음을 확인시켜 주었다. 청대의 문인들에 의해 이룩된 이 '필기'들은 육조의 '지괴'와는 달리, 이미 허구에 관한 변화된 인식을 바탕으로 '창작'된 것이었다. 이와 더불어 청대의 필기들에 나타난 '귀(鬼)'와 '괴(怪)'는 종교적 신비체라는 위상이 '세속화'되어 육조시대와 같은 권위를 발휘하지 못하게 되었다. 그 결과 그것이 기술하고 있는 비현실적인 환상들은 이제 더 이상 '실록' 기준의 억압을 받지 않고 하나의 유용한 상징으로 취급될 수 있는 독자적인 가치를 확보하고 있었다. 예를 들어서, 건륭(乾隆) 30년(1765)에 여집(余集)이라는 사람은 포송령(蒲松齡, 1640~1715)이 겉모양만 사람일 뿐 실상은 요괴나 맹수보다 못한 무리들로 가득 찬 세상에서 실의에 빠진 자신의 심정을 기탁한 것이 바로 『요재지이』라고 했다.[83]

---

83) 「聊齋志異序」. "……(포송령은) 평생의 기이한 기상을 펼쳐낼 곳이 없어서 모두 이 책에 기탁했다. …… 세상에는 본래 옷차림이며 목소리, 용모는 분명 사람인데 그 감춰진 것을 따져보면 귀신이나 요괴와도 비교할 수 없고 승냥이나 호랑이와도 견줄 수 없는 자가 있다. …… 그러므로 이 책의 어지럽고 비현실적인 환상은 모두가 그 미묘한 뜻이 담겨 있어서, 아마도 (蒲松齡은) 屈原처럼 失意에 빠진 사람의 마음을 세상 너머에서 해탈의 경지에 오른 사람의 마음에 깃들인 것이리라![…… 平生奇氣, 無所宣渫, 悉寄之于書. …… 世固有服聲被色, 儼然人類, 叩其所藏, 有鬼蜮之不足比, 而豺虎之難與方者. …… 然則是書之恍惚幻妄, 光怪陸離, 皆其微旨所存, 殆以三閭侘傺之思, 寓化人解脫之意歟!]"(黃霖·韓同文, 위의 책, 482면 참조) 한편, 魯迅은 『聊齋志異』가 "당 '전기'의 방식을 이용해서 지은 '지괴'[用法傳奇, 而以志怪]"라고 규정했다(魯迅, 『魯迅全集』 卷9, 北京 : 人民出版社, 1981, 209면 참조).

이렇듯 청대에 이르면 문학 서사에 관한 논의는 이제 작가들의 능동적
이고 창조적인 글쓰기를 강조하는 쪽으로 한 걸음 더 나아가게 되며, 그
런 경향은 이미 김성탄에게서 분명한 논리로 표현된다. 이른바 '문법(文
法)'84)이라는 개념으로 포괄되는 작품 구조론과 다양한 인물 성격론, 그리
고 언어 예술 등에 대한 김성탄의 분석은 바로 포괄적 의미의 '작품' —
'기록'이 아니라— 으로 인식되는 서사를 전제로 전개된 창작상의 구체적
방법론에 해당하는 것으로 볼 수 있다. 아울러 우리는 김성탄이 사실의
기록에 가까운 『사기』와 허구적 서사에 가까운 『수호전』을 좀더 명확하
게 구별하려 했음을 알 수 있다.

> 나는 일찍이 『수호전』이 『사기』보다 나은 것 같다고 말했지만, 사람들은 모
> 두 믿으려 하지 않았다. …… 사실 『사기』는 문장을 이용하여 사건을 설명하는
> 데에 비해, 『수호전』은 문장을 통해 사건을 만들어낸다. 문장을 이용하여 사건
> 을 설명하는 것은 먼저 이러이러한 사건이 있고 나서 그것을 한 편의 문장으로
> 써내는 일이기 때문에, 사마천과 같이 재주가 뛰어난 사람도 필경 애를 먹을
> 수밖에 없다. 그러나 문장을 통해 사건을 만들어내는 일은 그와 달리 붓이 가
> 는 대로 따라가기만 하면 그만이고, 사건의 모양새를 다듬는 일도 모두 내 마
> 음대로 할 수 있다.85) (강조—인용자)

---

84) 여기서 '文法'은 이른바 '字法'·'句法'·'章法'·'部法' 등을 통칭하는 말이다. 예를
   들어서, 金聖歎은 「讀第五才子書施耐庵水滸傳序三」(이하, 「序三」으로 칭함)에서 이
   렇게 진술했다. "…… 무릇 세상의 책 가운데 진실로 名山에 숨겨지고 후세 사람들에게
   전해지기를 바라면서 精嚴하지 않은 것은 없다. 무엇을 일컬어 精嚴하다고 하는가? 글
   자에는 글자의 법이 있고, 句에는 구의 법이 있고, 章에는 장의 법이 있고, 部에는 部
   의 법이 있는 것이 이것이다[…… 蓋天下之書, 誠欲藏之名山, 傳之後人, 卽無有不精
   嚴者. 何謂之精嚴? 字有字法, 句有句法, 章有章法, 部有部法, 是也]."(黃霖·韓同文,
   黃霖·韓同文, 『中國歷代小說論著選』, 南昌 : 江西人民出版社, 1982, 279면 재인용)
85) 「讀第五才子書法」. "某甞道水滸勝似史記, 人都不肯信. …… 其實史記是以文運事,
   水滸是因文生事. 以文運事是先有事生成如此如此, 却要算計出一篇文字來, 雖是史公
   高才, 也畢竟是吃苦事. 因文生事卽不然, 只順着筆性去, 削高補底都繇我."(黃霖·韓
   同文, 위의 책, 284면에서 재인용)

여기서 말하는 '사건' 즉 '이야기[故事]'는 더 이상 이상한 나라의 신기한 사건을 가리키는 것이 아니라,[86] 외관상으로 역사에 기록된 실제 사건과 비슷하고 또 독자들에게도 기록된 과거의 역사를 읽으면서 느끼는 것과 '비슷한' 삶의 본질을 깨닫게 해주는 효과가 있지만 본질적으로는 작가의 상상력에 의해 창작된 것을 의미한다. 그리고 그의 설명에 따르면, 문학 서사와 역사 기술 사이의 이러한 유사성은 문학 서사의 주체가 "오랜 세월 동안 세상 모든 사물의 이치를 탐구하다가 어느 한 순간 깨달은[十年格物而一朝物格(「序三」)]" '인연생법(因緣生法)'[87]의 원리를 작품 속에 투영하기 때문이다. 결국 이 글에서 김성탄은 실제 사건의 기록으로서 역사 기술과 '이야기'의 창작으로서 문학적 서사를 명확히 구분함으로써, 당 왕조 이래 지속되어 온 역사 기록과 소설 서사 사이의 관계에 대한 논쟁에 종지부를 찍을 것을 선언하고 있다.

명말·청초 서사론의 이러한 성과를 한 마디로 개괄하자면, '진(眞)－가(假)－진(眞)'이라는 서사의 틀을 정립했다는 것이라고 할 수 있다.[88] 이 틀은 실재하는 사회적 현상 혹은 실재했던 역사적 현상으로서 작가의 경험과 지식 속에 들어와 허구적 서사의 소재가 되는 첫 번째 '진실'과 작가의 상상력 안에서 재구성된 사건을 가리키는 '거짓', 그리고 마지막으로 그 허구적 사건 속에 담긴 삶의 진실한 이치를 뜻하는 또 하나의 '진실'

---

86) 이러한 설명은 김성탄이 『西游記』의 지나친 허황성과 불연속성에 대해 비판한 사실에서 근거를 찾을 수 있다. 「第五才子書讀法」. "『서유기』는 또 발을 딛고 있는 현실성이 너무 없어서, 단지 각 단계마다 허황한 이야기를 만들어내고 있을 뿐이다. 그것들은 마치 섣달그믐의 불놀이처럼 한바탕 한바탕씩 지나갈 뿐, 중간에 일관된 맥락이 없다. 그렇기 때문에 독자는 곳곳에서 (문맥이 끊겨) 주저하게 된다[西游又太無脚地了, 只是逐段捏捏撮撮, 譬如大年夜放烟火, 一陣一陣過, 中間沒有貫串, 便使人讀之, 處處可住]."(黃霖·韓同文, 위의 책, 284면에서 재인용)

87) 水滸傳』(제55회) 「回評」. "…… 而施耐庵水滸一傳, 直以因緣生法爲其文字總持, 是深達因緣也."(黃霖·韓同文, 위의 책, 298면에서 재인용)
　　＊ '總持'는 불교에서 衆德을 구비한 평정한 상태를 뜻하는 '陀羅尼'를 意譯한 것이다.

88) 여기에 대해서는 홍상훈, 「明末·淸初의 小說觀에 대한 試論」, 서울대 석사논문, 1991, 116~127면 참조

을 순차적으로 나타낸 것이다. 이것은 사실상 오늘날 우리가 문학 서사라고 부르는 서사 양식의 기본적이고 중요한 특징을 모두 포함한 개념이라고 할 수 있다. 그리고 중요한 것은 이렇게 형성된 새로운 서사의 개념 속에서는 '역사적 사실성(historicity)'이 더 이상 서사의 선악과 진실성을 판별하는 기준으로 작용하지 못한다는 점이다. 이제 서사는 굳이 역사적 사건을 그대로 반영할 필요가 없이 이야기의 흐름 속에 내재된 '진실성(reality)'을 중시하게 됨으로써 전혀 다른 차원으로 강조점이 전환된다. 즉, 허구적 서사란 이야기의 실증성과는 관계없이 사건 전개의 필연적 인과관계 자체—서구 문학의 용어를 빌리자면, 이른바 '문학적 개연성'—를 중시하는 새로운 차원의 서사 양식이라는 것이다. 그러므로 이렇게 전환된 개념의 토대 위에서 명말·청초의 이론가들은 좀더 자유롭고 적극적으로 허구 서사의 존재 이유와 그 가치를 확보할 수 있게 되었다. 풍몽룡을 비롯한 많은 논자들이 "'육경'과 정식 역사 이외의 모든 저술은 다 '소설'이다"[89]라고 선언하면서 문학 서사 역시 '육경'으로 대표되는 다른 중요한 저작들처럼 인간의 본성과 감정을 꿰뚫어 통찰하고 나아가 이를 통해 독자들을 '교화'할 수 있다는 논리를 대담하게 전개한 것도 이런 맥락에서 이해될 수 있는 것이다.

　사실, 서구에서 19세기 이래로 확산되고 있는 인식에 따르면, 사건의 연대기적 기록이 아닌 역사적 저작은 '찾아내기(finding)' 과정이라기보다는 오히려 일종의 '만들어내기(making, 혹은 창작, invention)'의 과정이므로, 허구적 문학 서사로서 소설과 본질적인 차이가 있다고 보기 어렵다.[90] 그리고

---

89) 「醒世恒言序」. "六經國史以外, 凡著述皆小說也. …… 明者, 取其可以導愚也; 通者, 取其可以適俗也; 恒卽習之而不厭, 傳之而可久. 三刻殊名, 其義一耳. …… 崇儒之代, 不廢二教, 亦謂導愚適俗或有借焉. 以二教爲儒之補可也, 以明言通言恒言爲六經國史之補, 不亦可乎!"(曾祖蔭 外, 『中國歷代小說序跋選注』, 長江文藝出版社, 1982, 101~102면 재인용)

90) Kenneth J. dewoskin, "On Narrative Revolution,"(*Chinese Literature Essays Articles Revieus* 中國文學, 1983, Vol.5, No.1 & 2, pp.29~45)에서, 특히 pp.35~37 참조. 불교를 통해 인도인들의 '존재론적 전제들'이 도입되기 전까지 중국에서 "의식적으로 허구적이며" "순수한 의미

이런 점은 김성탄도 이미 인식하고 있었던 듯하다. 실제로 다른 곳에서 그는 사마천의 역사 기술이 단순히 역사적 사실을 연대기적으로 기록한 것이 아니라, "사건이 지나치게 크면 잘라 다듬고 또 지나치게 자잘하면 늘려서 부연했으며, 사건의 빠진 부분들은 한 데 모아 연결시키고 지나치게 완비된 사건은 일부 내용을 생략시켰는데, 이것은 모두 문장을 염두에 두었지 사건 자체를 염두에 둔 것이 아니며, 그저 자신의 문장을 시대를 획할 만큼 뛰어난 문장이 되게 하려 했다"91)고 설명한다. 그러므로 다시 그의 개념 속에서 역사와 소설의 구분은 하나의 '문장' 즉 이야기 안에서 결국 허구적 성분이 얼마만큼의 비중을 차지하고 있는가 하는 문제로 귀결된다.

나아가 이것은 또한 그가 『서경』과 『춘추』 이래로 전승되어 온 중국 고유의 서사 전통을 부정하지 않고, 오히려 그것을 '소설'이라는 문학 양식에까지 확장 적용하려고 시도했음을 보여준다. 좀더 구체적으로 말하자면, 그는 모든 역사 기록은 '사실의 기록[實錄]'이라는 전통 관념의 이면을 분석하여, 서사에서 '허구'가 지니는 중대한 의미를 정당하게 천명하려 한 것이다. 서사에 대해 이처럼 전통성의 확장이라는 측면에서 논의한 점은 결국 김성탄의 개념 속에 문학 서사의 혹은 한 양식으로서 '소설

에서 소설적인" 허구는 없었다는 메어의 주장(Victor Mair, "The Narrative Revolution in Chinese Literature : Ontological Presuppositions", 같은 책, pp.1~27)에 대해 다양한 각도에서 반박하려는 의도로 쓰여진 이 글에서, 듀어스킨은 '서사(narrative)'라고 불릴 만한 연속성을 획득한 역사적 저작은 일종의 허구(fiction)와 구별되기 어렵다는 논의들을 제시한다. 한편 『시간과 이야기(*Temps et récit*)』에서 리꾀르는 모든 역사 기술은 서사성을 바탕으로 하며, 궁극적으로는 역사적 시간이 갖는 서사성에 기초하고 있다고 설명한다. '시간'의 개념을 축으로 전개되는 그의 설명은 '역사의 허구화(fictionalisation de l'histoire)'와 '허구의 역사화(historicisation de la fiction)'라는 개념으로 집약되어 있는데, 여기에 관해서는 김한식, 「시간, 이야기, 그리고 존재의 시학―뽈 리꾀르의 텍스트 해석학」, 『현대비평과 이론』 9호, 한신문화사, 1995년 봄·여름, 126~151면에서 특히 136~143면 참조.

91) 『溮溮傳』(제28회) 「回評」. "…… 是故馬遷之爲文也, 吾見其有事之鉅者而隳括焉, 又見其有事之細者而張皇焉, 或見其有事之厥者而附會焉, 又見其有事之全者而軼去焉, 無非爲文計不爲事計也, 但使吾之文得成絶世奇文."(黃霖·韓同文, 『中國歷代小說論著選』, 南昌 : 江西人民出版社, 1982, 294면에서 재인용)

(fiction)’이라는 것의 독립적 정체성(identity)이 자리 잡고 있었다기보다는, 그것을 ‘가치 있는 내용’을 생산해내기 위한 엄격한 글쓰기 행위로서 ‘문장’에 포함시켜야 한다는 전통 시기의 포괄적 관념이 계승되고 있었음을 뜻한다. 즉 그에게도 글쓰기란 여전히 ‘도리를 담는 그릇’이라는 중대한 의미를 내포한 행위였던 것이다.[92] 다만 세상의 이치를 밝히는 규범으로서 성리학적 ‘도’에 대한 비판적 인식의 결과, 김성탄은 성리학적 ‘도’의 자리를 ‘인연’이라는 새로운 개념으로 대체한 것일 따름이다.[93] 이것은 그가 “세계를 재단하는 척도”로서 ‘인연’이라는 개념을 “만물을 헤아리는 기준[斗斛]”으로서 ‘충서(忠恕)’[94]라는 개념과 나란히 사용했던 데에서 확인할 수 있다.[95]

---

92) 이 점에 대해서는 이미 오래 전에 일부 중국인들도 인식하고 있었다. 예를 들어서, 解弢는 『小說話』(中華書局, 1919) 91항에서, “김성탄과 모종강이 소설을 비평한 것은 문장을 논한 것일 따름이지 소설을 논한 것이 아니다(金·毛二子批小說, 乃論文耳, 非論小說也)”(陳平原, 이종민 역, 『중국 소설 서사학』, 살림, 1994, 148면 재인용)라고 지적했다. 한편, 중세 한국에서 전통적 유가 지식인들의 글쓰기 개념에 대해서는 류철균, 「한국 근대 문학 일반 이론 서설」, 『비평의 시대 1─문학을 향하여 문학을 넘어서』, 문학과지성사, 1991, 265~295면 참조. 특히 이 글의 268~283면에서 류철균은 “하늘과 땅의 理法을 현상계에서 표현하는 실체로서의 글(文)이라는 신화적 이미지”라는 말로 중세 조선시대 성리학의 본체론과 문학의 이념 사이의 연결 관계를 설명하는데, 사실상 이 논의는 전통 시기 중국의 정통 사대부들이 가지고 있던 문장관과 크게 차이가 없기 때문에 좋은 참고가 될 만하다.

93) 이상의 金聖歎에 관한 논의는 홍상훈, 「金聖歎의 서사 이론─小說 評點을 중심으로」, 『현대 비평과 이론』 9호, 한신문화사, 1995년 봄·여름, 168~186면의 일부를 요약한 것이다.

94) 김성탄은 朱熹와는 달리 ‘忠’은 “마음의 내부에 있는[中心]” 희노애락과 같은 감정을 가리키고, ‘恕’는 그것들이 “마음과 같게[如心]” 외부로 발현되는 것을 가리킨다고 다분히 통속적으로 해석했다. 『水滸傳』 제24회의 ‘總評’에 담긴 이런 내용에 관한 설명은 王運熙·顧易生 主編, 『中國文學批評通史』 卷6 淸代, 上海古籍出版社, 1996, 220~221면 참조.

95) 「序三」. “忠恕는 만물을 헤아리는 기준이요, ‘因緣生法’은 세계를 재단하는 척도이다. 施耐庵은 왼손에 이와 같은 기준을 쥐고 오른손엔 이와 같은 척도를 들고서도 단지 백팔 명의 성정과 기질, 형상, 말만을 서술했으니, 이것은 그 실마리를 약간 시험해본 것과 같다[忠恕, 量萬物之斗斛也, 因緣生法, 裁世界之刀尺也. 施耐庵左手握如是斗斛, 右手持如是刀尺, 而僅乃敍一百八人之性情氣質形狀聲口者, 是猶小試其端也].”(黃霖·韓同文, 『中國歷代小說論著選』, 南昌 : 江西人民出版社, 1982, 278면 재인용)

　한편, 청대에도 '오락물로서 소설'에 대한 생각을 문학적 허구에 대한 좀더 구체적인 인식을 바탕으로 새롭게 전개했던 인물로 이어(李漁, 1611~1680)가 있다. 그는 이른바 '명철보신(明哲保身)'의 유가적 인생관을 몸소 실천하며 유유자적한 생활경력을 바탕으로 다양한 문학 양식을 창작했고, 특히 소설과 희곡을 중시하여 그에 관한 많은 이론적 문장을 남긴 사람이다. 그의 창작 및 문학이론은 이제까지 중국에서보다 일본이나 미국, 독일, 러시아 등 외국의 학자들에 의해 더 중시되는 경향을 보였는데,[96] 이것은 아마 그의 특징인 희극주의적 문학관 때문일 것이다. 그의 문학은 대체적으로 사상적으로는 권선징악을 이야기하면서도 작품의 내용은 희극성(喜劇性)을 띠고 있으며,[97] 예술적으로는 통속문학 및 그 '구조[結構]'[98]를 중시했다고 요약할 수 있다. 이어의 문학관 가운데 또 하나 특기할 만한 것은 그가 예술성이라는 독자적 가치를 중심으로 하는 다양한 문학 서사의 범위—특히 소설과 희곡—를 본질적으로 하나로 아울러 이해할 수 있는 것으로 생각했다는 점이다. 그가 자신의 최초의 소설집에 대해『무성희(無聲戲)』[99]라고 명명한 사실은 이러한 그의 문학관을 상징적으로 보여준다. 즉 '소설'이란 '소리[音樂]가 없는 희곡'이라는 것이다. 그뿐만 아니라 '희(戲)'라는 말에는 '놀이'와 '연극'이라는 중의적 뜻이 내재되어 있어서, 특히 문학 서사의 '통속성'과 '오락성'에 관한 그의 신념을 암시하는 역할도

---

96) 崔子恩,『李漁小說論稿』, 中國社會科學出版社, 1989, 13면 참조.

97) 崔子恩, 위의 책, 52면 참조.

98) 패트릭 하난(韓南)에 따르면, 이어가 말하는 '結構'의 의미가 영어의 'Structure'와 완전히 일치하는 것은 아닌데, 이것은 그가 극작가의 관점에서 희극을 바라보았기 때문이다. 즉 이어의 '결구'는 작가가 희극을 조직하는 행위, 다시 말하자면 예술적 허구세계를 창조하는 행위 자체를 가리키는 뜻이지, 희곡 전체를 통해 본 일종의 내재 형식을 가리키는 것은 아니라는 것이다(P. Hanan, 尹惠珉 譯,『中國白話小說史』, 浙江古籍出版社, 1989, 167~168면 참조).

99)『無聲戲』는 淸 順治 12년(1655)에 간행된 李漁의 최초의 단편소설집으로 총18편의 작품이 수록되어 있다. 이 작품집을 비롯해서 장편소설인『覺世名言十二樓』(一名『鐘離睿水』)·『肉蒲團』·『合錦回文傳』 등을 간행했다. 이 책의 판본 및 비평에 대해서는 崔子恩, 앞의 책, 6~12면 참조.

수행하고 있기도 하다.[100] 그러므로 우리가 『한정우기(閑情偶記)』에 들어
있는 희곡에 관한 그의 다양한 논의들을 소설에 적용시켜 해석할 수 있다.

> (나는) 일찍이 재미 삼아 허구를 지어 글 장난을 했는데, 글을 쓴 지 30년이 되
> 었건만 세상에 어떤 보탬도 주지 못했고 해악을 끼치지도 않았다. 다만 세상
> 사람들이 나와 더불어 (문학적 쾌락을 즐길 수 있는) '극락의 나라'에 오를 수
> 있기만을 기원했을 따름이다. 설령 (이 책들이) 오래도록 후세에 전해지기는 어
> 렵겠지만, 아침저녁으로 잠깐 즐거움을 줄 수는 있을 것이다.[101]

이처럼 세상에 어떤 보탬이나 이익도 되지 않지만 잠시 즐거움을 줄
수 있는, 그러므로 굳이 오래도록 후세에 전해지기도 바라지 않는 쾌락의
대상으로서 문학적 허구에 대한 이어의 관념은 허구에 대한 정통 문인들
의 이런 저런 평가 자체를 무시하고 있다는 점에서 상당히 획기적인 의
의가 있다. 다시 말하자면 이어는 청대 초기에 성립된 '실사구시(實事求
是)' 학풍[102]의 영향권 아래서 객관적 진리와는 완전히 구별되는 '순전한
예술'로서 문학적 허구의 의미를 부여한 셈인데, 이것은 18세기 영국의
미적 '취미론(Theory of Taste)'이 존 로크(John Lock)에게서 비롯된 경험주의 위
에서 성립되었다는 사실[103]을 상기해볼 때 무척 흥미로운 일이 아닐 수
없다. 그러므로 현실적 실용성과 인생에 대한 진지한 철학적 사색으로부
터 철저하게 격리되어 창조된 이어의 작품 즉, '무대 위의 작은 세계'도
바로 이와 같은 문학관의 반영물이라 할 수 있다.

그런데 이어의 문학적 '취미론'은 그의 다른 논술들과 대립되는 자체의

---

100) 이에 관한 보충적 논의는 崔子恩, 『李漁小說論稿』, 中國社會科學出版社, 1989, 54
~65면 참조

101) 『李笠翁一家言』「偶興」. "嘗以歡喜心, 幻爲游戲筆; 著書三十年, 於世無損益. 但願
世間人, 齊登極樂國. 縱使難久長, 亦且誤朝夕."(崔子恩, 위의 책, 15면 재인용)

102) 홍상훈, 「明末·淸初의 小說觀에 대한 試論」, 83~85면과 權重達, 「明末·淸初의 經
世思想」, 『明末·淸初사회의 照明』(吳金成 外), 한울아카데미, 1990, 165~214면 참조

103) 吳昞南, 「'美'-그 말과 개념과 이론」, 『哲學研究』 20집, 哲學研究會, 1985, 1~28면
참조

모순을 안고 있다. 예를 들어서, 그는 『제해기(齊諧記)』와 같은 '지괴'는 인간사의 정리와 사물의 이치에 들어맞지 않는 괴이하고 황당무계한 이야기이기 때문에 금방 가치를 상실해 버렸다고 설명했다.104) 이 말은 결국 이어 자신이 추구하는 소설은 인간사의 정리와 사물의 이치에 들어맞는 것이라는 뜻으로 볼 수 있다. 그러나 현실적 실용성과 인생에 대한 진지한 철학적 사색으로부터 철저하게 격리된 '무대 위의 작은 세계'는 엄격하게 말하자면 실제적 삶 속에 나타난 인정과 물리에 부합되지 못하는 것이다.

비록 이러한 자체 모순을 내포하고 있다 할지라도, 이어가 전통적인 "재미 삼아 글을 쓴다[以文爲戱]"는 문학관을 독창적으로 변용시켜서 문학적 '취미론'에 근접한 이론을 제시한 점은 고대 중국 소설 비평사에서 중시할 만한 가치가 있다. 왜냐하면 그의 이론은 서구 문예사조의 영향 아래 형성된 왕국유(王國維)의 '근대적'인 미학이 나오기 전에 전통적 문학관을 바탕으로 성립된 것이고, 나아가 그것을 통해서 우리가 중국 고대 문학 속에서 자생적으로 발전하고 있던 문학적 허구에 관한 자각적 인식의 한 단면을 엿볼 수 있게 해 주기 때문이다.

어쨌든 이어와 같은 특수한 경우를 제외하고, 전통 시기 중국에서 실증성과 결별한 특수한 허구적 상상력의 논리에 기반을 둔 서사체를 가리키는 문학 서사에 대한 인식이 이처럼 '문장'의 개념 안으로 회귀하는 것은 글쓰기를 둘러싼 복잡한 인식론적 환경을 반영하는 중요한 현상이다. 다만, 이 '회귀'의 이면에는 보편적 학문이 추구하는 '진리(truth)'의 개념을 대신하는 새로운 가치로서 '사실성(reality)'이 확실한 자리를 잡아가고 있었다는 데에 중요한 차이가 있다. 따라서 이 경우 '회귀'는 문자 그대로 '되돌아간다'는 뜻이 아니라, 창의적 자기 변형을 통해 제도권으로 진입한다는 의미가 강하다고 하겠다. 이 부분은 바로 전통 시기 중국의 문학서사

---

104) 해당 원문과 번역은 이 책 247면의 각주 130을 참조

론이 본질적으로 예술과 과학의 분리 개념을 전제로 한 19세기 서구의 소설론과 다른 문화적 특성을 보여주기도 한다. 그것은 전통 시기 중국이라는 문화적 맥락 안에서 나름대로 완결성을 추구하여 일정한 성과를 이룬 그들만의 고유한 문학서사론이었다고 할 수 있다. 이런 의미에서 이제 전통 시기 중국의 문학서사론에 이러한 고유성을 부여한 사회·문화적 환경의 특수성을 비교 문학적 관점에서 검토해볼 필요가 있다.

2) '문학서사론'의 중국적 특성

서구에서 문학이란 적어도 그것이 형성되는 초기 단계에서는 '진지한 지식'으로서 지위가 확립된 진리의 추구에 대한 권리를 포기함으로써 비로소 그 존재 논리를 확보할 수 있었다. 서구 문예학의 역사를 지나치게 단순화했다는 비판의 여지는 있지만, 하인츠 슐라퍼(Heinz Schlaffer)는 고대 서구에서 문예학의 성립 과정에 대한 설명에서 이렇게 진술했다.

> 문학은 존재하지 않는 것에 대한 서술이다. 학문들이 시문학으로부터 지식을 알리는 임무를 박탈하자 시문학은 더욱 거리낌 없이 환상에 맡겨도 좋은 것이 되어 버렸다. 그 때문에 서사시로 시작했던 그리스의 문학사가 소설(Roman)로 끝맺는다. 소설은 처음부터 진리로서의 권리(Wahrheitsanspruch)를 포기했기 때문에 이전의 시문학 형식들보다는 철학과 더욱 잘 타협할 수 있었다. 소설의 허구들은 진리에서 너무 멀리 떨어져 있기 때문에 사람들이 혼동할 가능성은 전혀 없다. 그 때문에 아폴레이우스(Apoleius)는 플라톤의 철학에 대한 진지한 책들과 동시에 『금 당나귀(Goldenen Esel)』란 모험 소설을 쓸 수 있었다.[105] (강조―인용자)

여기서 슐라퍼는 문학 양식으로 간주되는 소설이, 자의든 타의든 간에,

---

105) 하인츠 슐라퍼, 변학수 역, 『시와 인식―미적 의식과 문헌학적 인식의 기원』, 문학과 지성사, 1992, 74면 참조

내용과 형식의 측면 모두에서 학문으로 분류되는 역사와 차별화하면서 스스로 정당화의 논리를 개발해왔다는 사실을 강조하고 있다. 즉, 진리란 단지 '연구'에서만 얻어질 수 있는 것일 따름이지 영감에 사로잡혀 행하는 어떤 마술적 예언이나 계시를 통해 발견되는 것이 아니라는 인식론적 공리(公理)가 보편성을 획득하게 됨에 따라 아리스토텔레스 이래 문학이 확보하려고 노력했던 특별한 가치를 상실하게 되자, 문학은 그 스스로 '진리'와의 거리를 확인함으로써 자체의 '실용적인 무가치성'을 강조하게 되었고, 다시 이것을 통해 새로운 존재 의의로서 '미적 가치'라는 것을 획득했다는 것이다.

이와 같은 설명이 타당하다면, 우리는 서구 문예론이 적어도 출발 단계에서는, '진지한 지식'과의 거리를 인정하면서 그 대안으로 '미적 가치'를 강조할 수밖에 없었던 바로 그 지점에서 시작되었다고 간주할 수 있다. 그러나 '진리'의 탐구라는 축을 중심으로 분리와 통합을 거듭 시도하는 서구 문예학의 역사는 역으로 그 동안 그들이 구축한 '예술'과 '학문'이라는 개념 체계에 내재한 불확실성을 극명하게 드러내고 있다. 특히 문자 언어를 중심으로 한 지적 탐구 영역에서 드러난 이러한 개념적 불확실성은 문학과 과학, 문학과 철학이라는 분과 학문의 틀 안에서 배타적으로 진행되었던 모든 논의들이 궁극적으로 인간이 속한 세계의 '진리' 혹은 '진실'이라는 화두를 향해 집약되고 있음을 보여준다.[106] 이런 의미에서 필자는 서구 문학에서도 이른바 포스트모던 시대의 서사에 대한 논의들은 원천적으로 그 이전의 소설에 관한 논의들과는 구별되어야 한다는 생각을 가지고 있다. 이것은 우선, 20세기 초반에 논의되던 문학 양식에 포함되던 소설과 모스트모던 시대의 소설은 시대의 변천과 함께 변화할 수밖에 없는 장르의 속성으로 인해 본질적으로 같은 것이라고 말하기 어려우며, 이런 의미에서 포스트모던 시대의 소설에 관한 논의들은 엄격한 의

---

106) 이에 관한 집중적인 논의로 정명환, 「철학과 문학과 진실」, 『현대 비평과 이론』 15호, 한신문화사, 1998년 봄·여름, 95~122면 참조

미에서 20세기 초의 소설보다 더 확장된 범위를 포괄하는 서사론이라고 불러야 마땅하기 때문이다.

이에 비해, 명말·청초의 대표적인 논자들이 가지고 있었던 허구적 서사에 관한 생각을 바탕으로 살펴본 중국의 상황은 그 출발점부터 서구와 다른 점이 드러난다. 김성탄의 경우처럼, 전통 시기의 중국인들은 결코 서사 자체를 '진지한 지식'—특히 효용론을 중시한다는 측면에서—과 분리시켜서 생각하려 하지 않았다. 이런 경향은 동시대 및 그 이전의 여타 논자들에 비해 상대적으로 대단히 '급진적'인 생각을 가지고 있었던 사람들의 경우도 마찬가지였다. 그들은 외면적 형식이 사실의 기록이건 허구적으로 만들어진 것이건 간에 모든 서사가 세계 속에 내재한 일종의 궁극적 원리로서 '도리'를 추구하며, 그래야 한다고 굳게 믿고 있었다. 그리고 이러한 믿음은 사실상 19세기 말엽부터 20세기 초반까지 서구 문예론에서 부분적이고 불완전한, 어떤 의미에서는 다분히 주관적 편견에 의한 영향을 받은 일부 문인들이 이성적 지식과 구분되는 미적 진리로서 정당화될 수 있는 소설의 특성을 이야기하기 전까지는,[107] 중국의 전통적 지식인들이 '소설'에 대해 배려할 수 있는 최선의 변론이었다.

물론 문학 서사의 이론이 지식인들의 문장관 안으로 편입된 것은 그 이론의 형성 과정에 개입된 각종 제약들과 그것들을 극복하기 위한 다양한 모색의 결과물이라는 점은 충분히 강조되어야 한다. 사실 필자는 이론적 정당화가 정립되기 이전의 전통 시기 중국에서 자생적 서사체들이 모두 처음부터 그러한 문장관 안에서 형성되었다고는 믿지 않는다. 왜냐하면 앞에서도 언급했던 것처럼, 그런 서사체들은 종종 지식인들의 문장 개념에서 배제된 형태로, 그리고 무엇보다도 백화를 사용한 민간 차원의 서사체들은 당시의 사회적 관념 체계 속에서 지식인이 아닌 기예인으로 간주되던 사람들에 의해 적극적으로 창작되고 다듬어져왔기 때문이다.[108]

---

107) 이 경우 필자는 淸末의 계몽주의자들을 염두에 두고 있다.
108) 문학적 敍事體들의 창작 주체와 그에 대한 이론적 정당화 작업의 주체는 많은 부분

또한 이미 앞에서 살펴본 것처럼, 전통적인 지식인 계층 내부에서 발생한 서사체들은 점차, 그리고 완고한 추세로 객관적 지식을 강조하는 역사 서사의 개념 속으로 편입되고 있었으며, 무엇보다도 '정식 역사'에 비해 천박한 것으로 간주되었던 까닭에, 시대가 지날수록 '비정통'의 서사체에 관심을 가지고 그것을 창작하는 '정통' 지식인은 그 수가 갈수록 줄어들고 있었다. 그들 가운데 그나마 거기에 지속적으로 관심을 기울인 사람들은 박학다식한 '통재'의 꿈을 간직하고 있던 몇몇 역사 편찬자들─이들은 이른바 『예문지』나 『경적지』를 편찬하는 문헌 분류학자의 역할을 겸했다─에 지나지 않았다.

그런 맥락에서 명대 중엽 이후 '비정통' 서사체들의 존재론적 당위성을 확보하기 위해 노력하던 새로운 계층의 성원들이 자신들의 이론적 토대를 양명학이라는 정통사상의 지류를 통해 모색하게 됨으로써, 결과적으로 자체의 '주변성'을 상당 정도 약화시켜 정통 지식인들의 권위적 인식 체제와 타협하게 된 것은 어쩌면 당연한 추세였다고 할 수 있다. 그들의 관념 속에서 전통적인 '문장'의 세계는 여전히 "위대하고 고아한 글의 전당[大雅之堂]"이었으며, 자신들이 새롭게 가치를 발견한 문학 서사는 개선해야 할 결함이 아직 너무나 많은, 거칠고 초라한 것이었기 때문이다. 이런 이유로 이 시기의 대표적인 논자 가운데 하나인 풍몽룡을 비롯한 문학 서사의 옹호자들은 그 특수한 서사체의 효용적 가치를 지나치게 강조함으로써 그것을 전통적인 '문장'의 한 부분으로 편입시키려는 데에만 치중했다. 예를 들어서, 문학 서사체로서 『요재지이』의 가치에 대해 다양한 시각에서 탁월한 견해를 제시했던 풍진만(馮鎭巒, 字는 遠村)은 1818년(嘉慶 23)에 쓴 「독요재잡설(讀聊齋雜說)」이라는 글에서, 그것을 '문장'으로 보지

에서 중복되는 현상이 나타나긴 하지만, 적어도 초기 단계에서는 그 성격이 분명히 다른 계층에 속해 있었던 듯하다. 양자가 동일한 계층 안에서(사실상 '정통' 지식인들의 문장관에 상당 부분 동화된 지식인들 사이에서), 통합적 형태로 행해지는 시기는 아마도 '擬話本'과 '章回小說'을 창작하면서 동시에 그를 위한 이론적 정당화를 시도하는 새로운 문인 계층이 출현했던 明代 中葉부터일 것이다.

않고 그저 하나의 '이야기[故事]'로만 보는 것은 어리석은 일이라고 지적하면서, 오직 『좌전』과 『국어』·『사기』·『한서』를 읽어서 그 체재와 작법에 대해 깊이 이해한 사람이라야 비로소 『요재지이』의 오묘함을 알 수 있다고 했다.109) 그렇기 때문에 그는 이 작품을 읽는 네 가지 원칙으로 ① 『좌전』을 읽는 법으로 읽을 것, ② 『장자』를 읽는 법으로 읽을 것, ③ 『사기』를 읽는 법으로 읽을 것, ④ 정(程)·주(朱)의 『어록(語錄)』을 읽는 법으로 읽을 것을 제시했다.110) 심지어 19세기 초반의 왕희렴(王希廉)111)은 문학 서사로서 『홍루몽(紅樓夢)』의 뛰어난 성취에 대한 탁월한 인식을 가지고 있었음에도, 여전히 그런 종류의 서사란 "작은 것 가운데서도 더욱 작은 것"이라고 했다.112) 그리고 이미 김성탄의 경우에서 지적한 것처럼, 전통 시기가 끝날 때까지도 객관적 지식으로 간주되는 역사 서사와 감동의 매개체로 간주되는 문학 서사에 대해 이론적 합리화를 꾀하던 모든 논자들은 양자 사이의 방법론상의 차이를 강조하려고 애쓰면서도, 다른 한편에서는 일체의 문장은 궁극적으로 '도'의 구현과 전달을 위해 효율적이고 정당하게 활용되어야 한다는 믿음이 서사 행위에서도 똑같이 적용되어야 한다는 생각을 견지하고 있었다.

---

109) "讀聊齋, 不作文章看, 但作故事看, 便是呆漢. 惟讀過左國史漢, 深明體裁作法者, 方知其妙."(黃霖·韓同文, 『中國歷代小說論著選』, 南昌 : 江西人民出版社, 1982, 534면 재인용)

110) 해당 원문은 黃霖·韓同文, 위의 책, 536면 참조

111) 字는 雪香, 號는 護花主人으로서, 道光 연간에 擧人이 되었다. 그는 道光 12년(1832)에 『新評繡像紅樓夢全傳』을 간행하고, 아울러 '批序'와 '總評'이라는 형식으로 평론을 겸한 출간사를 써서 게재했다. 특히, '總評'에서 그는 『홍루몽』이 치밀한 구조—그는 '結構'라는 표현을 사용했다—에 다양한 문장과 기예, 인물, 사적 등 삼라만상을 모두 포괄한 걸작으로서, 이른바 '사대기서'를 제외하고 그에 필적할 만한 '소설'이 없다고 했다. 이 글의 원문은 黃霖·韓同文, 위의 책, 560~563면 참조

112) 「紅樓夢批序」. "…… 인의 도덕 및 경전과 역사서를 보조하는 것은 말 가운데 위대한 것이다. 그러나 시, 부, 사와 기예인의 재담, 그리고 稗官이 수집하여 기록하는 말들은 말 가운데 사소한 것이다. 그런데 말이 '소설'에 이르면 그것은 작은 것 가운데서도 더욱 작은 것이다.[…… 仁義道德, 羽翼經史, 言之大者也, 詩賦歌詞, 藝術稗官, 言之小者也. 言而至于小說, 其小之尤小者乎!]"(黃霖·韓同文, 위의 책, 557면에서 재인용)

   이처럼 백화와 문언을 막론하고 문학 서사로서 독자적 가치를 가진 글에 대한 인식은 17~18세기 무렵부터 상당히 보편적으로 확대되어 있었지만, 이론적 논의의 형태로 나타난 주장들은 실질적으로 전통적인 '사대부-문인' 계층의 문장관을 확장하는 방식으로 진행되었다. 그들에게 객관성에 입각한 서술과 허구적 상상의 논리에 입각한 서술은 단지 방법론상의 차이만 있을 뿐, 그 궁극적인 목적은 세계의 '진실'을 이해하고 전달하는 데에 있었다. 이것은 결국 문학서사론의 토대를 마련하고 그와 관련된 논의에 종사한 선구적 계층으로서 '중간층'이 견지하고 있던 글쓰기에 관한 인식이 가장 본질적인 부분에서 '정통' 문인들의 문장관과 결별할 수 없는 질긴 끈에 묶여 있었음을 뜻한다.

   그러나 이해와 전달을 중시하는 공적(公的) 수단으로서 '문장'에 대한 인식은 개인의 개성적이고 주체적인 창작의 가치를 무력화시켜 버린다는 점에서, 궁극적으로 상상력을 바탕으로 할 수밖에 없는 문학 서사의 존재를 정당화하는 이론의 성립에 대단히 큰 장애물이 된다. 물론 이지의 「동심설(童心說)」로 대표되는, 17~18세기의 문학서사론에서 하나의 중요한 흐름을 형성했던 이른바 '발분저서'의 논리는 문장의 공적 성격에 개인적 가치가 상당히 깊숙이 개입하기 시작했음을 보여주는 표징이라 할 수 있다. 그러나 그와 같은 개인적 가치가 문장의 공적 성격을 완전히 상쇄할 만큼 강조된 것은 결코 아니었다. 예를 들어서, 『수호후전(水滸後傳)』의 작자인 진침(陳忱)[113]은 단순히 개인적 불만을 토로하는 차원이 아니라 전통적으로 시문에서 중시되던 '온유돈후(溫柔敦厚)'의 중화미(中和美)를 고려함으로써 현대적 의미의 예술적 효과를 증대시킬 필요가 있다고 주장했다.[114] 그런데 그의 주장을 다른 각도에서 살펴보면, 그것은 결국 미숙한

---

113) 字는 退心, 號는 雁宕山樵 또는 樵餘이고, 浙江 烏程人으로서 明末에서 淸 康熙(서기 1662~1722) 初年에 살았던 것으로 추정된다. 그는 淸代에 들어서 出仕의 뜻을 버리고, 顧炎武, 歸莊 등과 함께 '驚隱詩社'를 조직해서 활동했다. 『水滸後傳』은 그가 '古宋遺民'이라는 이름으로 지은 것이라 한다(王先霈·周偉民, 『明淸小說理論批評史』, 廣州 : 花城出版社, 1988, 320면 참조).

문학 서사를 세련된 '문장'의 범주 안으로 포용시키기 위해 제시한 방책에 지나지 않는다고도 할 수 있다. 그리고 그런 의미에서 『홍루몽(紅樓夢)』을 둘러싸고 지속적으로 이어진 다양한 평론들[115]에 나타난 줄거리의 구조와 세부 묘사, 인물의 형상과 언어 등 이른바 서사의 '예술성'에 대한 인식 ─ 현대 중국의 논자들이 '선구적' 업적으로 칭송하고 있는 '소설 미학'의 이론들 ─ 은 그 과정에서 얻어진 일종의 부산물에 지나지 않았다고 할 수 있다.

이상의 논의에서 나타난 '특별한 중간층'의 문장관 내에서 문학 서사의 위치는 결국 〈표 3〉과 같은 도표로 정리될 수 있을 것이다. 도표에서 현대적 의미의 '문학(literature)' 개념은, 특히 '수사학'이라는 측면에서, 전통 시기 중국의 '문장' 개념 전반에 걸쳐 중요한 비중을 차지하고 있다. 그러나 그 경우에도 이른바 '미적인 것'의 독자적인 지위는 인정되지 않고 있었으며, 그렇기 때문에 '시'와 문학 서사로서 '소설' 역시 오늘날처럼 문학의 하위 범주로서 동질적 특성을 지닌 어떤 것 ─ '장르' ─ 으로 간주되지 않고 있었다. 물론 '시'의 경우는 이미 육조 시기부터 그것을 현대적 의미의 '문학'과 유사한 어떤 것으로 간주하려는 생각들이 점차 확고하게 형성되고 있었지만, 문학 서사의 경우에는 중요한 지적 활동으로서 그것의 의의에 대한 인식에 비해 미적 행위로서 서사의 가치에 대한 인식은 상대적으로 미약했던 것이다.

그러면 전통 시기 중국에서 문학서사론의 주체였던 이들 '중간 계층'의 인식 체계를 제한한 '중국적' 억압 기제는 무엇이었을까? 우리는 무엇보다도 정당한 직업의 하나로 정당화될 수 있는 문학 서사의 존재를 제한하는 봉건적 신분 관념을 꼽고 싶다. 전통 시기 중국의 국가 체제는 그 기반으

---

114) 王先霈・周偉民, 『明清小說理論批評史』, 廣州 : 花城出版社, 1988, 317・320~324면 참조.

115) 대표적인 '回評'의 저자들로 앞에서 거론한 바 있는 王希廉과 『妙復軒評石頭記』를 간행한 '太平閑人(張新之), 『繡像石頭記紅樓夢』을 간행한 大某山民(姚燮), 그리고 蒙古語로 된 『新譯紅樓夢』을 간행한 施樂齋主人(哈斯寶) 등을 들 수 있다.

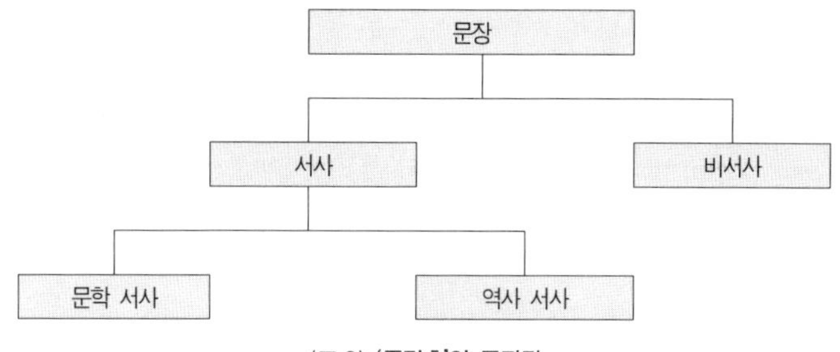

〈표 3〉 '중간층'의 문장관

로서 '사민(四民)' 즉 '사농공상(士農工商)'이라는 국민들의 계층 체계를 내세웠다.116) 그러나 공자가 "군자는 올바름에 밝고 소인은 이익에 밝다"117)고 하면서 "이로운 일을 대하면 의로움을 생각하고 위태로운 일을 대하면 목숨을 주고라도 도울 것"118)을 강조한 이래, 유가에서는 '이로움'을 추구하는 대표적인 예로 상업을 천한 직업으로 간주해왔다. 이러한 제약으로 인해 이미 당 왕조 때부터 성공한 상인들은 관료나 외척, 황친(皇親) 등과

---

116) 『漢書』「食貨志」. "사·농·공·상의 '사민'에게는 일이 있다. 학문을 통해 관직에 오르는 사람을 '사'라 하고, 토지를 개간하여 곡식을 기르는 사람을 '농'이라 하고, 교묘한 손재주를 부려 기물을 만드는 사람을 '공'이라 하며, 재물에 밝아서 재화를 사고파는 사람을 '상'이라 한다[士農工商, 四民有業. 學以居位曰士, 闢土殖穀曰農, 作巧成器曰工, 通財鬻貨曰商]."(王先謙, 『漢書補注』, 北京 : 中華書局, 1993 初版 2刷, 505면) 원래 '사민'이라는 말은 『尚書』「周官」에서 나온 것으로 설명하는 것이 일반적이다. 그런데 王先謙의 「補注」에 따르면, 葉德輝는 『公羊傳』「成公 元年」의 기록에 대한 邱甲의 注에, "옛날에 '사민'이 있었다. 첫째 덕성과 재능을 갖춰 관직에 오르는 사람을 '사'라 한다. 둘째, 토지를 개간하여 곡식을 기르는 사람을 '농'이라 한다. 셋째, 교묘한 마음 씀씀이와 손재주를 부려 기물을 만드는 사람을 '공'이라 한다. 넷째, 재물에 밝아서 재화를 사고파는 사람을 '상'이라 한다[古者有四民, 一曰德能居位曰士; 二曰闢土殖穀曰農, 三曰巧心勞手以成器物曰工, 四曰通財鬻貨曰商]"라고 했다. 또 같은 부분의 疏에는 '사민'이라는 말이 『국어』「齊語」에서 나온 것이라 하면서, "'사'의 신분에 있는 사람은 한가한 연회의 자리에 나아가고, '농'의 신분에 있는 사람은 들판의 논밭으로 나아가고, '공'의 신분에 있는 사람은 관청으로 나아가며, '상'의 신분에 있는 사람은 시정으로 나아간다[處士就閒宴, 處農就田野, 處工就官府, 處商就市井]"는 구절을 인용했다.

117) 『論語』「里仁」. "君子喻於義, 小人喻於利."(程樹德, 『論語集釋』, 北京 : 中華書局, 1996 3刷, 267~269면 참조)

118) 『論語』「憲問」. "見利思義 見危授命."(程樹德, 위의 책, 972~975면 참조)

사적으로 결합하거나 매관(買官)과 같은 변칙적 수단을 통해 스스로 관료 계층으로 진입함으로써,119) 현실적으로 자신들의 경제적 이권을 보호하기도 하고 그들에게 가해지는 관습적 편견으로부터 벗어나고자 노력했던 것이다. 그러나 직업에 관한 봉건적 선입견은 상인 계층이 실질적으로 국가 경제의 주역으로 대두하기 시작하면서 신분적으로도 상당한 상승을 이루었던 명대 이후120)에도 여전히 관습적 영향력을 잃지 않고 있었다. 이것은 당연히 관직과 출신 성분이 중시될 수밖에 없는 봉건 왕조 체제가 근본적으로 바뀌지 않고 있었기 때문이다. 그러므로 출판물들의 상업적 유통이 도시를 중심으로 상당히 성행하고 있던 상황121) 속에서도 글쓰기를 생계유지의 수단으로 삼고 있던 사람들은 당당하게 그것을 내세우기 어려웠고, 그런 상황은 문학 서사에 관한 이론적 논의에 종사하는 사람들에게도 비슷하게 제한으로 작용했다.

　이것은 결국 전통 시기 중국의 환경에서는 근본적으로 서구와 같은 의미의 '작가(author, 혹은 저자)'122)가 출현할 수 없었다는 것을 의미한다. 일반

---

119) 여기에 관해서는 柳元迪, 「唐 前期의 支配層—구귀족과 관료기반의 확대」, 『講座 中國史』 II(서울대 동양사학연구실 편), 지식산업사, 1989 初版, 244~248면 참조.

120) 明末의 상인들이 이미 이념적으로는 '士人'에 못지않은 가치를 인정받고 있었다는 증거로 이른바 "'사민'이 각기 직업은 다르지만 내면의 도는 같다[四民異業而同道]"라는 '新四民論'의 대두에 대한 지적을 들 수 있을 것이다. 이에 관해서는 余英時, 『中國近世宗教倫理與商人精神』, 臺北 : 聯經出版事業公司, 1987, 104~121면 참조.

121) 李允碩은 嘉靖(1522~1566)·萬曆(1573~1620) 이후 하층 士人들을 주축으로 결성된 다양한 '文社'들의 활동 가운데 과거 준비를 위한 '팔고문' 선문집의 상업적 출판을 자세히 설명하면서, 대표적인 예로 명말·청초의 鄭元慶의 『湖錄』에 묘사된 강남 서적상들이 운영했던 '書船'의 모습을 인용했다. 원래 同治 연간(1862~1874)에 나온 『湖州府志』(卷33)에 기록된 것으로 되어 있는 그 글은 당시 '서선'에서 운반하여 판매하는 주요 물품이 '傳奇'(明代의 戲文)와 '演義', 그리고 制擧 時文(팔고문 선문집)이었음을 보여주고 있다. 이에 관해서는 李允碩, 「明末의 江南 '士人'과 文社 活動—그 社會 文化的 背景을 中心으로」, 『東洋史學研究』 57집(서울대 동양사학연구실 편), 1997, 79~114면 참조.

122) 당연히 독립된 단위로서 '작가'라는 개념은 서양의 근대문학과 그것을 수용한 이후의 제3세계 문학이라는 특수한 상황 속에서 이해해야 할 것이다. 전형준은 이에 관해 다음과 같이 진술했다. "작가, 즉 문학의 저자를 다른 장르의 저자들과 구별되는 독립된 단위로 인식하기 시작한 것은 …… 한자 문화권에서는 대체로 20세기에 들어서의 일

적으로 서구에서 텍스트의 원고를 쓰는 주체로서 작가는 세 가지 부류로
나누어 설명할 수 있다. 첫째는 서적의 인쇄, 출판, 판매와는 다른 차원에
서 이루어지는 저술 행위의 주체를 가리킨다. 이 경우 작가는 자신의 원
고를 직접 재화로 치환되는 재물로 간주하지는 않지만, 그의 저술 행위에
는 이른바 '문학장(文學場)'이라는 제도 즉, 문학이 생산되고 소비되는 사
회적 환경의 내적 규율이나 관습─혹은 전통─에 의한 제약이 가해진
다. 둘째로 저자의 원고의 물질적·문화적 가치가 상품화된 교환 가치를
지니게 되어 거기에 '가격'이 부여되는 경우이다. 이 경우 작가는 하나의
'상표'로서 역할을 하게 된다. 그리고 이 단계에서 한 걸음 더 나아가 작
가와 '구매자─독자'가 텍스트를 매개로 한 상호 주체적(intersubjective) 관계
를 맺게 될 때, 작가는 하나의 '환영(幻影)'으로서 새롭게 변모하게 된
다.123) 이른바 '문화 산업'이라는 후기 산업 사회의 독특한 환경에서 상품
의 생산자이자 그 자신이 하나의 상품으로서 기능하는 작가의 존재는 사
실상 두 번째 단계에서 시작되지만, 서사의 주체로서 작가의 존재가 하나
의 '역동적인' 제도─이런 식의 표현이 가능하다면─로서 기능을 발휘
하는 '문학장' 안에서 적극적인 의미를 확보하는 것은 바로 세 번째 단계
에서부터 본격적으로 나타나는 현상이라고 할 수 있다. 특히 이 단계에서
부터는 작가와 '구매자─독자' 사이의 상호 주체적 관계를 매개하는 비평
가의 역할이 중요한 의미를 가지게 되며, 이른바 문학이론의 하나로 인식
되는 서사론이 전문성을 가지고 깊이와 체계를 모색하는 데에는 이 비평

이고(논쟁의 여지가 있지만), 서양에서는 대체로 17, 18세기의 일이다. 작가를 독립된
단위로 인식한다는 것은 문학을 독립된 단위로 인식하는, 다시 말해 시, 소설, 희곡 같
은 것들을 동질적으로 인식하고 그 동질성에 문학이라는 이름을 붙이며 문학을 다른
글쓰기 장르들과의 차이로 인식하는 콘텍스트 속에서 가능했다. 즉, 인쇄 기술의 발달,
시장의 발달, 근대 사회의 성립, 근대 국가의 성립 같은 것들로 구성되는 콘텍스트 말
이다."(전형준, 「21세기 작가란 무엇인가」, 『21세기 작가란 무엇인가』(김기택 외), 민음
사, 1999, 15~43면, 19면)
123) 이상 세 가지 부류의 '작가'에 대한 정리는 윤혜준, 「저자는 어떻게 죽는가?」, 『현대
비평과 이론』 13호, 한신문화사, 1997년 봄·여름, 151~174면에서 특히, 152~153면 참조

가들의 역할이 무엇보다도 지대하다.

그러나 전통 시기 중국에서 문학 서사의 작가는 일종의 '구차한' 부업이나 취미 활동의 일환으로서 문학 서사물을 창작하는 소극적 존재였고, 문학 서사물의 상업적 가치가 점차 증대되고 있던 상황에서도 그에 따른 물질적 이익을 챙기는 행위는 여전히 유가적 가치관 속에서 '비천'한 것으로 간주되고 있었다. 사실 유가의 문장관이란 본질적으로 춘추전국시대부터 제자백가들의 글쓰기를 규정했던 특수한 속성을 유가의 입장에서 확장한 것에 지나지 않는다. 그것은 독자—특히 군주—를 설득하거나 문도(門徒)를 교육하여 깨우치려는 의도에서 출발한 것이기 때문에 처음부터 목적 지향적이고 '온유돈후'한 수사적 성격을 지니고 있었으며, 특히 '우언'124)은 의식적으로 만들어낸 (혹은 차용한) 고도의 개괄적이고 추상적인 형상을 통해 현실을 반영하고 논자의 주장을 전달하는 우회적 수단으로서 대단히 효과적으로 활용되었다. 이러한 목적 지향적 태도를 바탕으로 한 일체의 '문장'은 피상적으로는 이른바 '본체와 말단', 혹은 '바탕[質]과 꾸밈[文]'이 항상 '적절하게 고루 어울림[彬彬]'을 추구하지만,125) 본질적으로 본체 또는 바탕을 효율적으로 이해[明道]하고 전달[傳道]하는 데에 가장 우선적인 가치가 부여되어 있었다. 그러나 이와 같이 공적 효

---

124) 전통 시기 중국에서 '우언'에 해당하는 양식에 대한 명칭은 시대와 논자에 따라 다양하게 사용되었다. 먼저 劉向의 『別錄』에서는 허구적인 인물을 설정하여 자신의 주장과 같은 내용을 말하게 한다는 뜻으로 '偶言'이라는 명칭을 사용했고, 한비자는 자신의 학설과 주장을 이야기 속에 저장해둔다는 뜻으로 '儲說'이라는 명칭을 사용했다. 그리고 남조의 유협은 말을 꾸며 뜻을 숨기고 교묘한 비유로 사리를 일깨운다는 의미에서 '諧隱' 또는 '蹯駁'이라는 명칭을 사용했고, 육조의 불경 번역자들은 그것을 직접 '비유'라고 불렀다. 한편 명말에 『이솝 우화』가 중국에 들어오면서 그 번역본에는 '況義'라는 명칭이 사용되기도 했다. 이에 관한 자세한 설명은 陳蒲淸, 吳洙亭 譯, 『中國寓言文學史』, 소나무, 1994, 19~20면 참조.

125) 『漢文大系』 「論語集說」 卷2 「雍也」. "선생님께서 이렇게 말씀하셨다. '바탕이 문채를 이기면 야비하고, 문채가 바탕을 이기면 문서나 꾸미는 관리와 같으니, 문채와 바탕이 적절하게 고루 어울린 뒤에야 군자인 것이다'[子曰 : 質勝文則野, 文勝質則史. 文質彬彬, 然後君子]."

용을 중시하는 관습적 제약은 개성의 표현 수단으로서, 나아가 그것을 상품
화할 수 있는 사유물로 간주하는 사고방식이 설자리를 제한시켜 버린다.126)

그러므로 상상적 세계의 창조를 통해 자기만의 세계관을 자기만의 특
별한 방식으로 나타내는 글 마당을 모색해야 하는 전통 시기 중국의 문
학 서사 작가들에게 전통적 문장관은 우선적으로 극복해야 할 장애물이
었다. 그러나 그들의 의식 속에 내재한 선험적 모순으로 인해 그들은 끝
내 자신들이 종사하고 있는 특별한 서사 행위에 대한 상대적 열등의식에
서 벗어나지 못했다. 심지어 전통 시기 중국 문학 서사의 총화라고 꼽히
는 『홍루몽』의 저자 조설근(曹雪芹, 1715~1763)조차 자신의 작품이 역대의
'야사'127)들에 비해 참신하고 "사건 자체의 정서와 이치[事體情理]"를 중
시하는 특별한 것이라고 주장하면서도, 그것이 그저 "술기운이 채 가시지
않았거나 배불러 누워 있을 때, 혹은 번잡한 일거리를 피해 수심에 잠겨
있을 때", 아무 부담 없이 재미 삼아 한번 읽어볼 만한 것이라고 진술했
다.128) 물론 이 진술을 관습적이고 수사적인 '겸양'의 표현으로 해석할 수

---

126) 서경호는 중국 문학에서 작가의 등장을 설명하면서, 전통적인 중국의 문인 집단에게
　　글쓰기란 원래 사회적 위상, 경제력, 정치권력 등을 확보할 수 있는 중요한 수단이자
　　자신들이 속한 집단의 내부적 결속과 외부적 차별성을 확보하기 위한 수단으로 간주된
　　일종의 '문화적 놀이'였다고 규정한다. 그리고 도시화에 따른 시장 원리가 설정됨에 따
　　라 독자의 기호와 작자의 의식이 복합적으로 작용할 수 있는 계기가 형성됨으로써 문
　　인 집단의 그런 글쓰기에 내재된 내면 지향적 성격 즉 '독백'의 성격이 외부 지향적
　　'대화'로 바뀌고, 단순한 '순환 복제'를 벗어난 '확대 재생산'의 글쓰기가 시작되면서
　　'사대기서'와 같은 '문학적 영웅'을 창출해낸 작가가 출현했다고 설명했다. 이에 관해
　　서는 徐敬浩, 「중국문학에서의 작자와 작가의 문제」, 『中國文學』 31집, 韓國中國語文
　　學會, 1999, 1~17면 참조
127) 曹雪芹은 이것을 당시의 일반적인 문학 서사의 하나로서 '소설'을 가리키는 말로 사
　　용하고 있다. 그러나 '야사'라는 표현에는 여전히 '정식 역사[正史]'에 비해 상대적으
　　로 저열한 것이라는 인식이 내재해 있는 셈이다.
128) 『홍루몽』(제1회). "…… 역대의 '야사'는 모두 한 가지 길을 걸어왔으니, 나의 이 작품
　　이 이런 투를 빌리지 않고도 오히려 **신기하고 특별한 성취**를 이룬 것만 못하다. 그러나
　　여기서는 사건 자체의 정서와 이치만 취하면 그만이지 또 무엇 하러 왕조시대나 연대
　　기록에 연연하겠는가! …… 그러므로 나의 이 이야기는 세상 사람들이 기묘하다고 칭송
　　해주기도 바라지 않고, 군이 세상 사람들이 즐겨 읽어주기도 바라지 않는다. 단지 바라
　　는 것이 있다면, 그들이 술기운이 채 가시지 않았을 때나 배불러 누워 있을 때, 또는 번

도 있겠지만, 그렇다 할지라도 그 이면에 숨겨진 열등의식의 흔적은 여전히 남아 있다.

한편, 적어도 서적의 형태로 유통되기 시작한 서사물의 독자들은 아직 여러 측면에서 저자와 상호 주체적인 관계를 완전히 이루지 못한 상태였다. 이것은 우선 서적의 형태로 된 서사물을 읽을 수 있는 문자 지식을 갖춘 사람들이 당시까지만 해도 대부분 전통적 문장관의 영향을 많이 받은 상류 지식층에게 집중되어 있었기 때문일 것이다. 또한 이와 관련해서 이론적 측면에서 가장 중요한 역할을 수행해야 할 비평가들의 존재가 대단히 취약했다는 점도 충분히 강조해둘 필요가 있다. 당시 중국의 상황에서는 오늘날과 같은 직업적이고 전문적인 비평가는 사실상 존재할 수 없었고, 문학 서사에 관한 집중적인 논의는 대부분 출판업자 자신이나 그의 일에 관여하는 사람들의 손에 의해 진행되었다. 결국 전통 시기 중국에서 문학 서사에 관여한 사람들은 정당한 '작가-이론가'로서 신분을 내세우기보다는 여전히 전통적 의미의 '문인'이라는 대외적 명분을 충실히 유지할 수밖에 없었다. 그 결과 그들이 구축한 문학서사론은 원천적 측면에서 전문성이 결여될 수밖에 없었다. 문학 서사의 작가뿐만 아니라 그에 관해 이론적 논의를 전개한 사람들이 대부분 가명 또는 필명(筆名)을 사용하거나 아예 이름을 밝히지 않은 경우가 많아진 주요 원인도 여기에서 찾을 수 있을 것이다.

잡한 일을 피해 사색에 잠겨 있을 때 재미 삼아 이것을 한번 읽어주는 것일 뿐이다. 그것이 어찌 조금이라도 생명과 육체적 힘을 조금이라도 아끼는 일이 아니겠는가? 또한 이것은 저 허무맹랑한 '재자가인'의 이야기를 읽는 것보다 오히려 옳고 그름을 따지는 구설수에 오르는 피해를 당한다거나 이리저리 바쁘게 뛰어 다니는 수고를 덜게 될 것이다[…… 歷來野史, 皆蹈一轍, 莫如我這不借此套者, 反倒新奇別致, 不過只取其事體情理罷了, 又何必拘拘于朝代年紀哉. …… 所以, 我這一段故事, 也不愿世人稱奇道妙, 也不定要世人喜悅檢讀, 只愿他們當那醉餘飽臥之時, 或避事去愁之際, 把此一玩, 豈不省了些壽命筋力. 就比那謀虛逐妄, 却也省了口舌是非之害, 腿脚奔忙之苦].”(黃霖·韓同文, 『中國歷代小說論著選』, 南昌 : 江西人民出版社, 1982, 431~432면) (강조—인용자)

  그렇기 때문에 문학 서사를 옹호하는 당시의 논의들은 대단히 '현실적
인' 차원에서 진행되어서, 현존하는 문학 서사는 그것을 여타의 전통적인
'사대부-문인' 계층에 홍보하거나 '사대부-문인'의 구미에 맞게 '세련
된' 모습으로 개선하기 위한 방안을 찾는 쪽으로 치우칠 수밖에 없었다.
예를 들어서, 지나치게 비현실적인 허구는 생명력을 지닐 수 없다는 이어
의 다음과 같은 진술을 살펴보자.

  무릇 인간의 정서와 사물의 이치를 설명한 책은 영원히 전해지지만, 황당하
고 괴이한 것을 말하는 책은 금방 소멸돼버린다. '오경'과 '사서', 『좌전』, 『국
어』, 『사기』, 『한서』, 그리고 당·송대의 여러 대가들의 글 가운데 인간의 정서
를 설명하지 않고 사물의 이치(를 밝혀 전하는 데)에 관련되지 않는 것이 어디
하나라도 있는가? 오늘날까지 이것들을 집집마다 전하며 칭송하고 있는데, 그
것이 너무 평이하다고 이상히 여겨서 없애버린 것이 있는가? 『제해』는 괴이한
일을 기록한 책인데,[129] (그것이 나올) 당시에도 겨우 책 이름만 남아 있었고,
후세에는 그 실체를 볼 수 없게 되어 버렸다. 바로 이것이 **평이한 것은 오래 남
을 수 있고 괴상한 거짓말은 후세에 전해지지 않는다**는 것을 분명히 보여주는
증거가 아닌가![130] (강조-인용자)

  일반적으로 전통 시기 중국에서 이른바 현실주의적 서사 방식의 기원
에 대해 논의하고자 하는 현대 중국의 논자들에게 이 구절은 대단히 매
력적인 자료로 간주될 만한 소지가 충분하다. 그러나 위 인용문은 단순히
그런 차원에서만 이해한다면, 그것은 그야말로 '현재적 관점'의 한계에

---

129) 여기서 '齊諧'는 『莊子』 「逍遙游」에서, "齊諧, 志怪者也"라고 했을 때 언급한 것을
   가리키기 때문에, 梁代의 吳均(469~520)이 편찬한 『續齊諧記』와는 다른 것이다. 唐代
   成玄英의 주석(疏)에 따르면, 그것은 사람의 이름일 수도 있고 전국시대 齊나라에 있던
   '俳諧之書'를 가리키는 서명일 수도 있다고 했다. 여기에 관해서는 黃霖·韓同文, 위
   의 책, 62면의 注釋 ③ 참조

130) 『閑情偶寄』 「詞曲部」 「結構」 第一 「戒荒唐」. "凡說人情物理者, 千古相傳, 凡涉荒
   唐怪異者, 當日卽朽. 五經四書左國史漢, 以及唐宋諸大家, 何一不說人情, 何一不關
   物理. 及今家傳戶頌, 有怪其平易而廢之乎. 齊諧, 志怪之書也. 當日僅存其名, 後世未
   見其實, 此非平易可久, 怪誕不傳之明驗歟."(黃霖·韓同文, 위의 책, 354면 재인용)

묶여 다른 것을 보지 못하는 것이다. 사실 필자가 보기에, 위 인용문은 좀 더 전략적인 의미를 내포하고 있다. 주지하다시피 이어는 김성탄과 비슷한 시대를 살았던 작가로서, 그 역시 문학 서사의 특별한 가치에 대해서는 이미 잘 이해하고 있었다. 이런 인식을 바탕으로 그는 문학 서사가 '오경' 이하 '당·송대 여러 대가들'의 글과 같은 "위대하고 고아한" 차원으로 승격되기 위해서는 무엇보다도 일반적이고 현실적인 인간의 정서와 사물의 이치에 기반을 둔 내용을 서술해야 한다는 사실을 강조하고 있다. 다만 이것은 문학 서사가 현실성의 원칙에 충실해야 진정한 문학 서사가 될 수 있다는 말과 전적으로 같은 뜻은 결코 아니다. 오히려 그것은 문학 서사가 '문장'으로 인정받기 위한 관건이 바로 '현실성'의 구현 여부에 있다는 점을 강조하려는 전략적 발언으로 해석할 수 있다. 왜냐하면 이러한 발언의 이면에는, 세상 사람들이 하찮은 것으로 여겨오던 문학 서사체들에 대해 당시로서는 대단히 파격적으로 '재자서(才子書)'라는 칭호를 부여한 김성탄에 대한 그의 적극적인 공감이 자리 잡고 있었기 때문이다.[131]

3) '공용성'과 '예술성' 사이

결과만을 놓고 본다면, 서구 문예학의 역사는 문학 서사의 궁극적 의의에 관한 탐색이 극단적 분리라는 시행착오의 과정을 거쳐 합리적 통합으

---

131) 『閑情偶寄』「詞曲部」「詞彩」第二 「忌塡塞」. "시내암의 『수호전』과 왕실보의 『서상기』는 세상 사람들이 모두 '희문'이나 '소설'로 간주해서 본다. 그런데 김성탄이 특별히 그 명칭을 '오재자서'와 '육재자서'로 나타낸 의도는 어디에 있는가? 아마 세상에서 그것들의 도리를 하찮게 보고 그것들이 고금을 통해 가장 위대한 문장임을 모르고 있기 때문에, 이렇게 놀라운 말을 제목에 붙인 것으로 생각된다. 아, 지혜로운 말이로다![施耐庵之水滸, 王實甫之西廂, 世人盡作戲文小說看. 金聖歎特標其名曰五才子書六才子書者, 其意何居. 蓋憤天下之小視其道, 不知爲古今來絶大文章, 故作此等驚人語以標其目. 噫, 知言哉.]"(黃霖·韓同文, 『中國歷代小說論著選』, 南昌 : 江西人民出版社, 1982, 354면 재인용)

로 돌아서고 있음을 보여주는 일련의 흐름이라고 할 수 있다. 그에 비해 전통 시기 중국에서는 서사에 관한 논의가 처음부터 세계의 진실이라는 중심 화두의 자장 안에서 진행되었으되 다만 특수한 방법론상의 차이가 있는, 그러면서도 다분히 상보적인 서사 양식으로서 문학 서사의 위상을 확립하려는 쪽으로 진행되고 있었음을 알 수 있다.

그런데 청말의 서사론에 나타난 두 가지 극단적 현상—명말·청초에 어렵게 자리 잡기 시작한 문학서사론의 맥이 양계초(梁啓超)로 대표되는 극단적인 보수적 문장관에 압도되어 버리는 현상과 왕국유(王國維)의 경우처럼 갑작스럽게 맞이한 타자와의 의사소통을 통해 탈출구를 모색하는 현상—은 일견 전통 시기 중국의 문학서사론이 지속적인 흐름을 갖지 못하고 중단되어 버리는 것처럼 보일 수도 있다. 그러나 우리가 지금까지 고찰해온 전통 시기 중국의 문학서사론의 이면에 내재한 중국적 특성을 객관적으로 파악할 수만 있다면, 청말의 그런 극단적 현상을 하나의 일관된 흐름 속에서 이해할 수 있으리라 생각한다.

먼저 양계초의 주도로 시작된 '소설계 혁명'132)은 '문장'의 틀 안에서 진행되던 전통 시기 서사론의 연장선상에서 이해할 수 있는 소지가 충분하다. 물론 본질적으로 그것은 오늘날과 같은 특수한 문학 서사의 한 형태로서 소설에 대한 인식을 혁신하기 위한 운동이라기보다는, 그 이전까지 중국의 유서 깊은 '문장'의 전통을 피상적 형식의 차원에서 변혁한 '새로운 문장'의 개발과 보급을 목적으로 한 계몽 운동이었다는 점은 주목할 필요가 있다.133) 그것은 출발의 시점부터 적절한 문학 서사 양식이라고

---

132) 사실 여기서 '혁명'이라는 말은 피상적 차원에서는 대중들의 오락적 기호에 영합하는 당시의 이른바 '言情小說'을 대상으로 삼고 있지만, 본질적으로는 기존의 난해하고 엄격한 '정통' 서사체—역사 서사로 대표되는—와 경학 위주의 문장들을 대상으로 삼고 있다고 할 수 있다.

133) 이런 평가는 이미 陳平原을 비롯한 현대 중국의 연구자들에게나 한국의 연구자들에게서 점차 보편적으로 공인되고 있는 것이다. 陳平原은 『中國小說敍事模式的轉變』(上海人民出版社, 1988)에서 중국의 현대소설을 형성시킨 이른바 '전통의 창조적 전화'를 말하면서도 그 결정적인 동기로서 서구 문학작품과 문예이론의 영향을 지적할 수밖

보기 어려운 일본의 '정치 소설'을 모델로 삼았고, 그것을 수용한 양계초의 인식 체계 역시 엄격한 의미에서는 "도리를 싣는 그릇[載道之器]"으로서 전통적인 문장관에서 한 걸음도 벗어나지 못했다. 그렇기 때문에 그가 제창하고자 했던 '소설'이란 지나치게 엄격하고 독자의 범위가 제한된 기존의 문장을 형식적인 면에서만 개선한 것으로서, 양계초 자신이 즐겨 사용했던 '신민체(新民體)' 혹은 '신문체(新文體)'의 다른 이름에 지나지 않았다고 말하는 편이 더 정확할 것이다. 그것은 전통적인 '사대부─문인'의 관점에서 파악한 '연의(演義)'의 장점, 즉 통속성과 독자에 대한 뛰어난 감화력134)을 변형적으로 수용하여 '대중을 다스리기[群治]' 위한 수단으로 삼으려는 운동에 지나지 않았던 것이다. '소설계 혁명'의 이러한 특성은 양계초로 대표되는 이른바 근대 중국의 '변법유신파(變法維新派)'들의 계층적 속성에 의해 거의 선험적으로 규정된 것이었다고 할 수 있다.135)

　지금까지의 논의에서 충분히 강조되었듯이, 전통 시기 중국의 문학서사론은 원천적으로 하나의 '문장'으로서 입지를 확립하기 위한 모색의 연속이었다. 그것은 개인적이고 유희적인 글쓰기가 불가능한 사회·경제적

에 없다고 했다(이 책은 이종민에 의해서 『중국소설서사학』(살림, 1994)이라는 제목으로 번역되어 출간되었다). 그리고 최근에 국내에서 발표된 학위논문에서 심형철은 '소설계 혁명'이 "애초부터 유신 운동의 필요에 의해 제창되었지, 문학 발전이라는 각도에서 제창된 것은 아니었기" 때문에 결과적으로 그것이 '소설'의 지위를 끌어올린 성과는 있지만, 그 과정에서 '공리성'을 지나치게 강조함으로써 역으로 '소설'의 '문학성'은 제약하는 한계가 있다고 지적했다(沈亨哲, 「近代 轉換期 中國의 小說論 硏究」, 서울대 박사논문, 1997, 104~109면 참조).

134) 양계초는 '소설'이 독자를 '다른 세상[他境界]'으로 이끌어 자기도 모르는 새에 감동하게 만드는 신묘한 힘을 가진, '문학 가운데 最上乘'이라고 칭송했다. 아울러 그는 '소설'이 '인간 세상의 도리[人道]'를 지배하게 해주는 네 가지의 힘으로 '熏'·'浸'·'刺'·'提'를 거론했다. 이에 관해서는 양계초가 1902년 『新小說』 1호에 발표한 「論小說與群治之關係」, 『二十世紀中國小說理論資料─1897~1916』 卷1(陳平原·夏曉虹 編), 北京 : 北京大學出版社, 1989, 33~37면 참조.

135) 李琮敏은 「近代 中國의 時代 認識과 文學的 思惟─梁啓超·國維·郁達夫·魯迅을 중심으로」, 서울대 박사논문, 1998에서 '中體西用'을 주장하던 變法家들의 '公'意識 이면에 숨겨진 전통적인 계급관에 관한 역사학계의 연구 성과를 바탕으로 그들의 문학이론에 관한 심도 깊은 논의를 진행했다.

조건 속에서 만들어진 특수한 담론이었고, 그렇기 때문에 그것은 '공용성
(功用性)'이라는 본질을 벗어 던지지 못하고 있었다. 그러나 실제적으로 문
학 서사를 옹호하던 전통 시기 논자들에게 '공용성'은 문학 서사가 '문장'
이 되기 위한 궁극적 요건에 지나지 않았으며, 그들의 구체적인 논의는
'공용성'에 이르기 위한 또 하나의 유력하고도 중요한 가치를 내포한 방
법론—'통속성'과 '정감을 통한 교화'로 대표되는—에 집중되어 있었다.
명대까지 문학 서사에 관한 논의가 대부분 문학 서사와 역사 서사의 경
계에 집중되어 있었던 것도 그런 차원에서 이해해야 할 것이다. 특히 이
러한 논의는 대개 사회적으로 '중간층'에 속한 지식인 집단에 의해 주도
되었기 때문에, 그들이 설정한 문학 서사의 '공용성'에 내재된 경세론(經
世論)의 범주는 상대적으로 좁게 제한되어 있었다. 물론 이지(李贄)와 같이
변화된 시대를 대표하는 '문장'으로서 문학 서사를 내세운 급진적 인물이
없는 것은 아니었다.136) 그러나 청대 중엽까지 문학서사론은 대부분 문학
서사를 '자잘한 것'으로 간주하는 『한서』 이래의 전통을 충실히 따르는
듯한 태도를 취하면서, 경학이나 역사 서사에서 논의할 수 있는 거대한
주제는 직접적으로 언급하려 하지 않는 듯한 경향을 보인다. 다시 말해서
왕조의 정통성이나 세계의 궁극적 진실로서 '도(道)'에 대한 개념적 논의
는 역사 서사나 경학의 몫으로 돌리고, 문학 서사는 상상적으로 구성할
수 있는 모든 삶의 양태들 속에서 그것들을 구체적으로 구현시킴으로써
우회적인 증명을 추구하는 것이라고 주장하는 듯하다는 것이다.

　그러나 문학서사론자들의 그런 노력에도 불구하고 '정통' 문인들은 허
구적 상상력에 입각한 서사의 정당한 가치를 주장하는 일을 기존의 권위
에 대한 일종의 도전으로 인식하고 있었던 듯하다.137) 실제로 중당 이래

---

136) 이와 관련된 「동심설(童心說)」의 원문은 이 책 201~202면의 각주 38을 참조
137) 대표적으로 명대 田汝成과 청대 强汝洵의 글은 문학서사론자들이 옹호하는 서사체
　　들이 '문장'을 오용함으로써 몽매한 백성을 속여 유가의 윤리적 통치 질서를 어지럽히
　　고 있다는 극단적 비판을 담고 있다. 이에 관한 자세한 사항은 홍상훈, 「中國 文學에서
　　虛構에 대한 認識論的 轉換—明末·淸初의 小說論을 중심으로」, 『中國小說論叢』 II

문학 서사의 옹호자들로서 '특별한 중간층'은 대개 사회적으로 상층 관료 집단과 구별되는 중·하위 계층에 소속된 인물들이었다는 점도 이런 사정을 우회적으로 보여준다. 그런데 청말에 들어서 왕조의 유지와 공화정의 도입이라는 문제를 둘러싸고 상층 관료 집단 내부에 분열이 생기면서 '개혁'을 주장하는 지식인들이 스스로 독립성을 주장하게 됨으로써, 결과적으로 기존의 권위에 도전하는 세력의 일원이 된다. 그 결과 그들은 서사에 관한 기존의 권위적 담론 ─ 이것은 대개 '문언적(文言的) 난해성'이라는 말로 표현되었다 ─ 에 대항할 만한 새로운 담론을 모색하게 되었고, 그런 의미에서 그들은 자연스럽게 그 동안 기득권을 지닌 계층에서 '비정통'으로 치부되어 멸시를 받으면서도 대중들 사이에서 상당히 유행하던 문학 서사에 관심을 기울이게 되었다. 그러나 그들의 '반발'과 '도전'이 처음부터 상부 계층에서 비롯되었던 까닭에 문학 서사에 대한 그들의 관심도 문학 서사 자체의 위상을 확립하려는 것이 아니었다. 그들에게 필요한 것은 기득권 집단 내부에 한정된 의사소통의 수단이 아니라 대중을 쉽게 깨우칠 수단으로서 새로운 '문장'이었기 때문에,138) 그들의 관심사도 문학 서사만의 특수한 서술 방식과 예술성보다는 목적론에 입각한 효용의 차원에서 특별히 중시된 '통속성'에 집중되었다. 더욱이 이 시기에는 이른바 '민족의 위기'라는 절대 명제의 권위가 기존의 문학서사론들이 지향하고 있던 '공용성'을 압도해 버릴 만한 강력한 힘을 발휘하게 되었고, 이에 따라 처음부터 '거대 담론'과 일정한 거리를 유지함으로써 조화로운 공존을 꾀하던 문학서사론자들의 전략은 결과적으로 예기치 못했던 시대 상황에 매몰돼버리게 되었다. 다시 말해서 '예술성'이 아닌 '공용성'을 매개로 '문장'으로서 자격을 획득하고 여타의 '문장'들과 상보적으로

(韓國中國小說學會 編), 1993, 13~54면에서 특히 17~19면 참조.

138) 이 경우 그들의 관념 속에 자리 잡은 '문장'은 明代 이래 陽明學 左派의 영향을 수용하여 현실적 삶과 인간의 욕망에 대해 한결 탄력적으로 수용할 수 있는 여지를 갖춘 것이 아니라, 그보다 더 經世 指向的이고 상층 계급의 보수적 성향을 강하게 지니고 있던 性理學的 규범에 충실한 것이었다.

공존하려 했던 문학서사론자들의 기획은 극단적인 '공용성'을 강조하는 시대사조의 추세에 밀려나버림으로써, 일종의 '예정된 비극'으로 끝나버렸다는 것이다.

물론 '민족적 위기' 상황이 서사의 '예술성'에 관한 논의가 원천적으로 불가능하게 만드는 것은 결코 아닐 것이다. 실제로 이 경우 우리는 먼저 누군가의 표현처럼 "예술을 위한 예술이 아니라 예술을 위한 삶 혹은 잃어버린 '중화(中華)'의 꿈을 향한 삶"을 살았다고 묘사한 바 있는 왕국유의 존재[139]를 발견하게 된다. 1904년 봄과 여름 사이에 발표된 「『홍루몽』평론(紅樓夢評論)」에 담긴 논의들은 그가 서사 행위를 서사 주체의 현실적 고뇌를 초월할 수 있는 순수한 개념의 세계를 창조함으로써 시대적 억압과 타락에서 자유로워지기 위한, 혹은 '해탈(解脫)'하기 위한 개인의 주체적 실천 행위로 간주하고 있음을 보여준다.[140] 이것은 '민족의 위기'라는 억압적 상황이 오히려 가장 예술성을 강조하는 서사론의 촉발제가 될 수도 있다는 증거처럼 보인다. 다만 그것을 지탱한 철학적 기반이 특히 유가 중심적인 전통적인 중국의 철학 체계에서는 찾기 어려운, 구체적으로 쇼펜하우어 (A. Schopenhauer)와 칸트(I. Kant)·니체(F. Nietzsche)에게서 영향을 받은 것이었다는 점은 충분히 강조해둘 필요가 있다.[141] 즉, 개체로서 '자아'의 가치에

---

139) 李琼敏은 이것을 공리주의적 문학 사유와는 달리 "삶의 참모습에 대한 형이상학적 사유의 부재"라는 '정신적 결핍감'을 극복하기 위해 '기억의 서사'로서 『紅樓夢』에 담긴 '崇高美'에 집착하는 모습이라고 보았다(李琼敏, 「近代 中國의 時代 認識과 文學的 思惟─梁啓超, 王國維, 郁達夫, 魯迅을 중심으로」, 서울대 박사논문, 1998, 134~144면 및 53~158면 참조).

140) 「『紅樓夢』評論」. "그러므로 『紅樓夢』은 이 삶, 이 고통이 스스로 만든 것이며, 또한 그 해탈의 길도 역시 자기를 통해서 구하지 않으면 안 된다는 것을 보여준다[而紅樓夢一書, 實示此生活此苦痛之由於自造, 又示其解脫之道不可不由自己求之者也]."(劉剛强, 『王國維美論文選』, 長沙 : 湖南人民出版社, 1987, 102면).

141) 王國維는 예술에 대해 "실제의 사물이 아닌" 존재로 인식했는데, 이것은 곧 '경험적 지식'으로 파악할 수 없는 존재로서 예술의 개념을 전제로 하고 있다는 점에서 근원적으로 과학적 지식의 대상인 '경험적인 자연의 세계(empirical world of nature)'와 감각 세계의 배후에 있기 때문에 경험의 세계에 국한된 인간의 지식으로서는 파악할 수 없는 '본체의 세계(noumenal world)'를 구분한 칸트의 개념을 반영하고 있다(죠지 딕키, 오병

관한 충분한 인식을 기반으로 한 예술 개념을 토대로『홍루몽』을 분석하고 평가하는 것 자체가 대단히 서구적인 개인주의의 영향 아래 진행된 지적 탐색의 일환이었다고 할 수 있는 것이다. 그리고 바로 이런 의미에서 그의 존재를 전통 시기라는 테두리에 국한해서 논하는 것은 불가능하다.[142)

4) '문학서사론'에 대한 평가

다만 여기서 '순수하게 예술적인' 논리로 존재성을 정당화하는 문학서사론의 결여가 결코 전통 시기 중국의 서사론을 평가하는 데에 부정적인 한계로만 인식되어서는 안 된다는 점은 강조해둘 필요가 있다. 사실 왕국유와 같이 극단적인 형이상학의 테두리 안에서만 가치를 논할 수 있는 서사론은 서구에서도 그 예를 찾아보기 어렵다. 오랜 옛날에 무속과 종교의 신성한 권위에 의지하여 양분을 공급받던 서구의 예술은 '자율'이라는 명분 아래 강요된 상호 불간섭과 무관심에 대처하기 위해 스스로 존재 논리를 개발해야 했으며, 그 결과 '미학(Aesthetics)'과 문학이론들이 성립하여 번성 ― 적어도 포스트모더니즘이 등장하기 이전까지는 ― 하게 되었다. '법칙에 입각한 합리적 과정의 제작 활동'을 뜻하는 희랍어 '테크네(techne)'에서 비롯된 '예술(Art 혹은 Ars)'의 개념은 처음에는 '미'의 개념과

·남·황유경 共譯,『미학 입문―분석 철학과 미학』, 서광사, 1982, 43~48면 참조). 그러나『紅樓夢』을 '비극'으로 간주하는 그의 생각은 '미적인 것'을 전적으로 주관화시켜서 미적 관조 혹은 예술적 경험을 '순수하고 무의지적이며 고통이 없는, 시간에 제약받지 않는 지적 주체(pure will-less, painless, timeless subject of knowledge)'로서 주관의 統御에 의한 일종의 지각(perception) 행위로 '파악(apprehension)'하는 쇼펜하우어의 관점을 반영하고 있다(吳炳南, 「미적 태도론의 성립과 현대 미학의 문제」, 『미학』 6집, 서울대, 1979, 15~21면 참조).

142) 이에 관한 자세한 논의는 홍상훈, 「重評紅樓夢評論」, 『東亞文化』 40집, 서울대 동화문화연구소, 2002, 99~128면 참조.

상호 결부되어 있지 않았으며, 설령 모든 '제작(Art)'이 '미'를 희구(希求)해야 한다는 진술이 성립된다 하더라도 그것은 지극히 광범하고 일반적인 의미였다. 더구나 '시(poem)'는 그 '제작'의 범위에서 제외되어 있었다. '모방(mimesis)'이라는 개념을 통해 예술의 원리를 설명하고자 했던 아리스토텔레스의 『시학』은 사실상 시를 비이성적인 행위로 규정하여 '공화국'에서 추방하려 한 플라톤(Plato)의 주장을 반박하며 그것이 '제작' 즉 '예술'의 한 활동임을 이해시키고자 하는 데에 제일의 목적이 있었다. 그러나 시를 포함한 예술이 '과학'과 최소한 대등한 위치를 넘보기 시작한 것은 실질적으로 르네상스시대에 이르러서야 가능해졌으며, 근대적 예술의 개념은 18세기 말엽에야 확립된 것으로 여겨진다. 그러나 그 경우에도 '순수하게' 예술적인 것이나 관념적인 것을 거론하는 논리들이 문자 그대로 '순수하게' 받아들여진 경우는 거의 없다. 오히려 그것들은 대개 순수를 위장한 정치적인 의도를 숨기고 있다는 혐의에서 자유롭지 못했다.

사실 근본적인 측면에서 인간이 언어를 사용하는 한 '순수한' 관념 세계의 구축은 일종의 불가능한 환상일 수도 있다. 언어란 일차적으로 현상과 개념을 연결하기 위한 상징적 매개물로 형성된 것이어서 그 자체가 '중간적'인 성질을 지니고 있기 때문이다. 또한 언어란 궁극적으로 인간 상호간의 의사소통 즉 '대화'를 위해 마련된 장치이기 때문에, 현실을 떠나 '순수'하게 관념적인 세계를 구축한다는 것은 그 본래의 취지를 벗어난 일일 것이다. 특히 서사란 실제이건 허구이건 상관없이 하나의 구체적인 사건을 다루는 것이며, 그것을 기록하거나 만들어내는 일은 원천적으로 특정한 목적을 지향하는 언어 행위의 일부일 수밖에 없다. 문제가 되는 것은 다만 그 목적에 내재된 가치일 뿐이며, 다시 그 가치의 판단—바로 이 지점에서 서사에 관한 '이론'이 생겨난다—은 서사가 행해지는 사회의 전반적인 윤리적 가치관에 따라 달라지게 마련이다. 객관적 진리나 예술성이란 것도 결국 그런 가치 기준에 의해 시비와 선악이 판명될 수밖에 없다. 갈릴레이의 시련과 고흐(V. Goch)의 그림에 대한 당시 사회의 평가는 '순수'에 대한 판단이 결코 시대와 사회의 제약에서 자유롭지 못하다는 것을 잘 보여준다. 심지어 20세기 중반까지 한국 문학계에서 치열하게 전개된 '순수'와 '참여'의 논쟁은 '순수'를 지향하는 일체의 논의가 결과적으로 교묘한 정치적 지향성을 바탕으로 구축된 명분에 지나지 않는다는 사실을 증명하는 훌륭한 예가 될 수 있다.

전통 시기의 중국인들은 체험과 직관을 통해 세계를 이루는 하나의 중요한 요소로서 그 속에 어지럽게 뒤섞여 있는 존재로서 인간의 가치를 인정하고, 또 그러한 전체적이고 뒤섞인 방식을 통해 세계를 이해하려 했다. 이에 따라 고대 중국의 반유신론적(反有神論的)이고 무목적론적(無目的論的)이며, '역동적인 조화(dynamism of harmony)'의 유기체적 우주를 지향하는 세계관과 '열린사회'143)는 이분법적인 형식 논리보다는 포용을 지향하는 직관적인 자연성의 추구를 지향하는 '확장된 특이점(expanded ponit of singularity)'144)의 세계였다. 그리고 그 안에서 이루어진 지성사(知性史)의 모든 활동은 현대적 의미에서 문학과 역사, 철학이 한 데 어우러진 개념으로서 '문장[文]'에 대한 탐구, 즉 가장 원천적인 차원에서 학문(science)의 개념까지 포괄하는 넓은 의미로서 '학문(學文)'이라는 행위로 집약되어 있었다. 또한 그 '학문'의 체계 속에서 모든 텍스트는 처음부터 어떤 경계선도 없이 모든 방향으로 '열려' 있을 수밖에 없었다. 그러므로 전통 시기 중국의 문학도 될 수 있는 대로 많은 가능성을 열어놓고, 그 위에서 당시의 세계관에 가장 적합한 문학 양식 혹은 이야기 방식을 모색하고 개발할 수 있었던 것이다. 필자는 오늘날 우리가 적어도 문자로 기록되어 있는 모든 유산에서 중국인들이 어떤 특정한 주제에 대해 전문적이고 분석적인 형태의 '논문'145)

---

143) 홍상훈, 「志怪와 傳奇 사이의 敍事學的 世界觀」, 『中國文學』 25집, 韓國中國語文學會, 1996.6, 63~89면에서 특히 63~66면 참조
144) 물리학에서 '특이성'이란 시 · 공간의 곡률이 무한대가 되는 점을 가리키는데, 여기서는 알려진 거의 모든 물리학의 법칙들이 무시된다.
145) 물론 그런 형태의 논문은 서구에서도 근대 이후 학문제도가 성립된 이후에 나타난 것이었다.

을 발견할 수 없다는 사실을 이런 맥락에서 이해해야 한다고 생각한다.

당 왕조 이래 중국에서는 서사의 가장 중요한 두 가지 방법 즉, 객관적 지식에 의한 사건의 서술과 보편적 정서의 논리에 근거한 허구적 사건의 서술에 관한 인식이 점차 심도 깊게 진행되고 있었다. 그러나 그 사회가 가지고 있는 가치 기준은 '순수'하게 오락적이거나 순수하게 예술적인 것을 용납하지 않았다. 유가적 현실주의가 지배적인 영향력을 행사하는 전통 시기 중국에서 일체의 글쓰기 행위는 철저하게 사회적으로 평가되었고, 조화로운 공존의 삶을 위해 봉사할 것을 강조했다. 특히 유가적 현실주의를 고수하고 있던 상층 지식인들은 현실적 삶에 직접적인 관련이 없는 '순수'의 개념을 용납하려 하지 않았다.146) 그런 의미에서 어떤 식으로든 '오락(enjoying)'이나 '취미(taste)'와 연관될 수밖에 없는 '예술성'도 그들에게는, 설령 무가치한 것으로 간주되지는 않았다 하더라도, 항상 부차적인 것으로 간주되었다. 다만 그로 인해 전통 시기 중국의 문학서사론이 문학서사의 특수한 가치를 확보하는 가장 중요한 수단 가운데 하나로서 서사의 예술성을 심화시키기 위한 제반 방법론에 대해 좀더 다양하고 심도 깊은 논의를 진행하지 못한 점은 부인할 수 없는 결함이라고 할 수 있다.

---

146) 전통 시기 중국에서 '순수'한 것의 존재를 부인하는 우리의 서술에 대해 어쩌면 도가의 '常道'나 '常名' 등의 개념을 들어 반론을 제기하는 사람이 있을지도 모르겠다. 그러나 『道德經』에 대한 우리의 생각은 그것이 철저히 실제적 삶과 '실천'의 논리 위에 구축된 사상 체계라는 것이다. 우리가 보기에, 노자는 완전하게 '순수'한 개념이란 언어적으로 정의하기 어려운 '너무나 현묘한[玄之又玄]' 것이라는 점을 강조함으로써, '순수'한 개념에 대한 형이상학적 정의는 그 자체로 불가능한 것임을 역으로 입증한다. 미적인 것과 윤리적인 것을 포함한 모든 가치 판단은 상대적이라는 그의 논지 또한 불확실한 이성에 대해 부여된 과분한 의의를 타파하자는 것이지, 유가적 현실주의와 상대되는 또 하나의 관념적 가치 체계의 설립 자체를 지향하지는 않는 듯하다.

결론

새로운 '서사의 역사'를 기다리며

모든 가치에는 양면이 있으니, 가치 평가를 하는 주체와 가치의 대상이 그것
인데, 가치란 이 양자의 관계 속에 존재한다.
— 사무엘 알렉산더(S. Alexander), 『공간, 시간, 그리고 신』에서[1]

근대 이래 서양의 미학사를 돌이켜보면 수많은 방법론의 변천 속에
서도 변하지 않는 두 가지 요소를 발견하게 된다. 그 첫째는 예술사 전
체가 언제나 예술이란 단순한 '기교(technique)'나 '의미 없는 허구'가 아니
라, 단정할 수는 없지만 철학적 진리와 동등한 어떤 '의미'를 담고 있는
인간 행위의 하나라는 사실을 끊임없이 변호하고 정당화해왔다는 사실이
다. 둘째로, 문예학의 측면을 보면, 모든 이론들이 궁극적으로 두 개의 축
사이를 진동하고 있다는 점이다. 즉 시대와 문예 사조에 따라 다르긴 하

---

1) 멜빈 레이더·버트람 제섭, 김광명 역, 『예술과 인간가치』, 이론과실천, 1994(11쇄),
32면에서 재인용.

지만, 거의 모든 이론들은 문학의 내용성을 강조하는 축(내용 층위)과 형식성을 강조하는 축(표현 층위) 사이를,[2] 다시 말해서 '현실'과 '관념'이라는 두 축 사이를 진동하고 있는 것이다. 문예 미학은 시대적 상황에 따라서, 혹은 방법론의 발달 단계에 따라서 끊임없이 이 두 개념들 사이를 오갔지만, 본질적으로 서로 모순인 듯이 보이는 양자의 개념을 적절하고 균등하게 조화시킨 이론은 거의 없었다. 어쩌면 본질적으로 '정치적'일 수밖에 없는 이론의 내적 속성[3]을 고려한다면, 그런 조화 자체가 원천적으로 불가능한 환상일는지도 모른다. 어쨌거나 전통 시기 중국의 경우도 이러한 상황은 본질적으로 유사한 면을 드러낸다.

지금까지 필자는 전통 시기 중국에서 문자를 이용한 '서사'에 대한 논의가 어떻게 발생하여, 서사 행위를 어떤 식으로 지식인들의 '문장' 개념 속에 편입시켰으며, 다시 그 내부에서 구체적으로 어떻게 분화되어 왔는가를 역사적·문화적 맥락 속에서 고찰해보았다. 이를 위해 필자는 먼저 전통 시기 중국에서 최초로 서사 행위를 시작했던 '무사' 계층의 형성과 변천에 대해 고찰하고, 그들의 정신을 계승하여 초기의 '원-서사론'을 창의적으로 집대성한 인물로서 한대 사마천의 논의들을 정리했으며, 다시 당대 초기에 이르러 유지기로 대표되는 새로운 지식인 계층에 의해 '역사 서사'라는 분화된 형태의 서사 개념이 성립되는 과정을 정리했다. 여기서 특히 필자는 서사 개념의 형성과 변천에 관련된 이론화 작업의 주체들이 가지고 있던 사고방식의 특징을 부각시키고자 노력했다. 바로 이런 과정을 통해 필자는 분과 학문의 개념이 형성될 수 없었던 독특한 문화 체계

---

2) 페터 V. 지마는 덴마크의 언어학자 옐름슬레우(L. Hjelmslev)가 언어적 의사 소통에서 기호학적 과정을 설명하기 위해 고안한 두 개념, 즉 記意의 의미론적 층위를 가리키는 '내용 층위'와 記表의 음성학적 층위를 가리키는 '표현'층위'를 이용하여 문예 미학사의 흐름을 정리한다. 이 개념들의 자세한 의미에 대해서는 페터 V. 지마, 허창운 역, 『문예미학』, 을유문화사, 1993, 22~27면 참조.

3) 이에 관해서는 도정일, 「이론의 미노타우로스—진리 체계와 정치성의 문제」, 『비평』 창간호(비평이론학회 편), 생각의나무, 1999, 13~26면 참조.

속에서 유가적 지식인이 추구했던 엄숙한 글쓰기 관념을 대표하는 '문장' 이라는 하나의 일관된 지향점을 기준으로, 그들이 서사 행위의 의의에 대해 부여하고자 했던 특별한 의미들을 검토해보았다.

사마천에게서 집대성된 '원―서사론'은 본질적으로 하늘과 인간의 삶 사이를 매개하는 종교적 대리인으로서 초기 '무사' 계층의 잃어버린 권위를 새롭게 되살리기 위한 목적에서 출발하여, 서사 행위를 객관적 방법론에 입각한 학자적 탐구 정신과 결합하기 시작하는 과정에서 형성되었다. 그렇기 때문에 사마천은 지나간 과거의 역사와 세계의 다양한 현상을 서술하는 행위가 우주와 인간의 존재에 대한 올바른 이해와 바람직한 통치를 위해 필수적인 의미를 지닌다는 주장을 통해 변화된 시대에 맞는 서사 주체의 새로운 권위를 모색하고자 했다. 그것은 서사 주체가 단순히 왕조의 시녀로서 역사적 사건을 기록하는 존재가 아닌, 역사를 해석하고 주체적 관점에서 해설하는 서술자로서 새로운 위상을 확보하려는 것이었다. 그리고 당 왕조가 시작되면서 서사의 주체는 세습적 사관(史官)이 아닌 '사대부―문인'으로 바뀌게 되는데, 특히 유가의 현실주의 정신으로 무장한 그들의 신분적 특성으로 인해 서사에 관한 논의는 적어도 두 가지 측면에서 큰 변화가 생겼다. 먼저, 서사의 방법적 측면에서 객관성에 입각한 '실록직서(實錄直書)'의 정신이 극도로 강조됨으로써, 과거 세습적 사관(史官)들의 서사 행위에 남아 있던 종교적 신성함의 성격이 완전히 사라지게 되었다. 그리고 그 빈자리를 차지한 것은 유가적 '사대부―문인'들이 존중하던 봉건 윤리였으며, 특히 사마천의 시대부터 점차 대두하기 시작하여 『한서』의 작자들에게서 본격적으로 강조되었던 왕조의 정통성이 지상의 권위를 확보하게 되었다. 이른바 '정식 역사'라는 개념은 이런 배경 속에서 형성된 것이었다. 둘째, 동한과 육조를 거치면서 확장된 '문장'의 개념이 유가사상을 토대로 그 범주를 확장함과 동시에 '도'를 밝혀 전달하는 중요한 수단으로서 공적 성격을 강화함에 따라, 그것을 신봉하던 '사대부―문인'들의 관점에서 서사 행위도 점차 '문장'의 그늘 속으로 편입되게 되었다. 바로 이런 변화를 가장 극명하게 보여주는 예가 유지기의 『사통』이라고 할 수 있다. 여기서 당대 초기에 유가적 현실주의 정신으로 무장하고 새롭게 등장한 지식인 계층을 대표하는 인물로서 유지기는 사마천이 제기한 서사의 의의를 제대로 구현하기 위해서는 사실에 의거한 객관적 서술이 무엇보다도 중요하다는 점을 강조했고, 이에 따라 일체의 허구와 서사 주체의 주관적이고 자의적인 해석이 개입되는 것을 배제한 객관적 순수성에 입각한 '역사 서사'의 개념을 구체화시킴으로써 '원–서사론'으로부터 개념적 분화를 꾀했다. 다만 그의 이러한 작업은 '문장'이라는 지고한 권위의 틀 안에서 진행된 세분화의 한 과정이었다는 점에서 대단히 특징적이다.

그런데 당대 초기에 형성된 이 '역사 서사'의 개념은 객관적 지식의 전달물로서 서사의 역할을 분명히 선언함과 동시에 개념적 순수성의 경계를 강조함으로써 자체의 범주를 스스로 제한해 버리는 결과를 낳았다. 이에 따라 그 순수성의 경계에 포함되지 못한 주변의 서사체들은 '비정통'의 멍에를 뒤집어쓰고 체질 개선을 강요당하게 되었다. 표면적으로 그것들은 '정식 역사'의 이해를 보조하는 것으로서 혹은 유가의 윤리적 효용에 이바지하는 것으로서 미약하나마 존재의 근거를 유지하고 있었으나, 서술 자체의 사실적 근거가 취약한 점은 여전히 부담스러운 짐으로 남아 있었다. 필자는 그러나 그런 서사체들이 중당 이후 서서히 형성되고 있던 새로운 '중간층'에 의해 전혀 다른 차원에서 긍정적 의의가 모색되기 시작한다고 생각한다. 문자 언어에 대한 지식을 대단히 실용적인 차원에서 활용할 준비가 되어 있었던 이 계층은 명대 중엽 이후에 이르러 두드러진 활약을 보이는데, 이들의 신분이나 사상, 그리고 문장에 대한 가치관은 다분히 관료를 지향하는 상층 지식인들과 현실적 삶과 오락에 치중하는 하층 민중들 사이에서 '중간적' 성향을 띠고 있었다. 대개 몰락한 상류 지식인이나 성공한 상인들로 구성된 이 '중간층'은 정통 유가사상보다는 특히 양명학 좌파와 같은 급진적 사상을 선호했고, 전적으로 공적이고 진지한 도리의 전달 매체로서 '문장'보다는 어느 정도 사적이고 상업적으로 활용될 수 있는 표현 매체로서 문자 언어의 가치에 대해 자각하기 시작했다. 그러므로 그들은 '객관성'과 진지성의 원칙에만 충실하지 않고 '상상력'과 오락의 측면에 치중한 특수한 서사 양식의 가치에 주목할 수 있었다. 원천적으로 『사기』의 숨겨진 가치에 대한 발견과 민간 차원에서 진행된 이야기 구연 양식에 대한 주목에서 비롯된 이들의 이론적 탐색은 이지를 필두로 풍몽룡·능몽초·김성탄·모종강 등 명말·청초의 주요 논자들에 의해 집대성되어 고도의 '문학서사론'으로 승화한다.

그러나 전통 시기 중국의 문화적 상황 속에서 문학서사론의 논의 주체들은 직업에 관한 봉건 윤리 관념의 제약과 '문장'에 대해 전통적으로 부여된 권위를 완전히 극복하지 못했기 때문에, 그들의 논의는 서구와 같이 학문─전통 시기 중국에서 그것은 '역사 서사'나 경학으로 대체될 수 있다─으로부터 완전하게 독립된 체제를 지향하기보다는 보편적인 '문장'의 그늘 아래 함께 포용되어 공존할 수 있는 또 하나의 체제로서 '문학 서사'의 가치를 확립하는 방향으로 진행되었다. 그 결과 전통 시기 중국의 문학서사론은 진지한 지식인의 글쓰기로서 문장의 '공용성'을 구현하는 특수한 양식 가운데 하나라는 의의를 확보할 수는 있었지만, 그 특수성을 뒷받침하는 가장 중요한 요소 가운데 하나로서 '예술성'에 대해서는 서구와 같이 체계적인 이론을 구축할 수 없었다. 다만 필자는 전통 시기 중국의 문학서사론에 내재된 이와 같은 한계가 사실은 그 나름대로 고유한 문화적 특색을 구현한 것으로서 객관적으로 평가되어야 한다는 점을 강조했다.

전통 시기 중국에서 서사 행위는, 적어도 그에 관한 이론적 정당화를 꾀한 사람들의 생각 속에서는, 최초에 세계와 인간의 삶에 관한 중요한 지식을 전달하려는 목적에서 출발하여 나아가 그것을 통해 독자의 윤리적 품성을 교화시키려는 데에까지 그 의미가 확장되었다. 그것은 넓은 의미에서 '경세'의 의무를 자임한 지식인으로서 마땅히 지향해야 할 글쓰기 행위 즉 '문장' 저술 행위의 일부였으며, 그렇기 때문에 그것은 언제나 구체적인 사회적 효용 — '공용성' — 과 밀접한 관련이 있었다. 바로 이런 원천적 특성으로 인해 전통 시기 중국의 서사론은 본질적으로 '재현(representation)'의 원론적 측면보다는 그것을 통해 나타내고자 하는 서사 주체의 의식과 사상에 중점이 두어진 '담론(discourse)'의 측면에 관심이 집중될 수밖에 없었다. 이것은 무엇보다도 그 사회 속에서 거의 유일하게 서사 행위의 가치에 대한 논의 주체로 활동할 수 있었던 지식인들이 기본적으로 지속적으로 유지되는 왕조 통치의 체제 속에서 '경세'의 꿈을 키워나가는 '군자'를 지향할 수밖에 없었기 때문이다.[4]

한편, 이 연구가 전통 시기 중국의 서사체 자체의 성격에 관한 논의가 아니라 그것들의 인문학적 의의와 사회적 효용에 대한 기존의 제반 논의 — 이것은 일종의 '메타(meta)' 논의라고 할 수 있을 것이다 — 를 중심으로 진행되었다는 점은 다시 강조해둘 필요가 있다. 필자는 다양한 서사체들 자체의 가치나 '가능성'에 대해서는 지금으로선 특별히 단언하기 어려운 부분이 많이 남아 있다고 생각하고 있는 만큼, 필자의 논의가 일종의 작품론적 시각에서 이해되기를 바라지 않는다. 즉 필자는 육조의 '지괴'나 당대의 몇몇 특출한 '전기'들은 명말·청초나 오늘날과 같이 '문학 서사'의 개념이 정립되어 있는 시대에 그 형식적 연원 또는 원형으로 인식되어 새롭게 가치를 부여받을 수 있지만, 역사적 상대성에 입각한 '동시대성'을 고려할 때, 당대 초기까지만 하더라도 그것들은 분명히 '문학 서사'

---

4) 어쩌면 '문학 서사'에 대해 적극적인 가치와 의의를 부여할 수 있는 혁신적 사고를 가진 채 등장한 중당 이래 새로운 지식인 계층 역시 놀라우리만치 포용력이 강한 전통 시기 중국의 상층 문화(혹은 '중심 문화')의 磁場에 휩쓸려 변형되고, 동화될 수밖에 없는 운명을 처음부터 짊어지고 있었을지도 모른다. 역사적으로 볼 때, 청대 중엽부터 두드러진 '문학 서사'의 쇠퇴는 그것들을 창작하고, 감상하고, 그를 위한 이론의 개발에 참여할 수 있는 주체들의 개념 체계가 점차 기존의 '정통' 지식인들과 가깝게 변질됨으로써, '문학 서사'를 바라보는 자신들의 관점에 스스로 제약을 가한 결과일 수도 있다는 것이다. 이와 같은 관점에서, 청말 문단을 지배하는 '민족적 위기의식'의 뒷면에서 폭발적으로 흥성하고 있던 '鴛鴦蝴蝶派'類의 통속적이고 대중적인 서사체들은 중국 사회를 지배하던 전통적 관습과 권위의 체계가 하층의 대중들로부터 점차 극적인 변화를 준비하고 있었음을 보여주는 예라고 해석할 수 있을 것이다.

로서 제도적으로 인정받지 못한 상태였음은 분명하다는 점을 강조하고자
하는 것이다. 역사적으로 볼 때, 적어도 중국에서 의식적인 작가의 예술
적 창조 행위의 산물이자, 학문과는 다른 특수한 논리로서 정서와 미학에
바탕을 둔 체제로서 문학 '작품'이라는 개념은 사실상 대단히 최근에 이
르러서야, 그것도 순수하게 자생적이라고 보기 어려운 환경 속에서 형성
되었다는 사실은 분명하기 때문이다. 그러므로 전통 시기 중국의 서사론
에 대한 우리의 정리는 이른바 작품론이나 작가론의 측면에서 범하기 쉬
운 현재적 관점의 무분별한 개입을 경계하는 의미가 있다. 다만 전통 시
기 서사론의 역사에 나타난 '회귀'의 경향이 실제로 청대 이후 지속적으
로 창작되면서 기법상의 발전을 모색하고 있던 서사작품들 자체의 속성
까지 일괄적으로 규정하지는 않는다는 점은 분명히 밝혀둘 필요가 있다.
왜냐하면 이른바 '원앙호접파(鴛鴦蝴蝶派)'의 경우에서 분명히 드러나듯이,
통속적 차원에서 진행된 만청 '문학 서사'의 다양한 창작 시도들은 비록
이론적으로 정리된 개념 체계를 확보하지는 못한 상태였지만, 실제적으로
서구적 의미의 문예와 가까운 의미에서 새로운 장르를 형성할 수 있는
가능성을 공고히 다지고 있었다고 할 수 있기 때문이다.

　　서사 행위에 관한 이론적 논의의 확대와 관점의 정립은 그것을 하나의
안정적인 제도로 정착시켜서 창작을 추동하는 힘을 부여할 수도 있지만,[5]
역으로 그것이 제도화됨으로써 서사의 창의성을 제한하기도 한다. 특히
이론적 탐색이 추구하는 관념적 논리의 속성은 실제 작품의 생동성을 화

---

[5] 당연히 그 반대의 현상도 성립한다. 즉 문학 서사체 자체의 번성이 거꾸로 그에 대한
이론의 정립을 재촉할 수도 있는 것이다. 그러나 전통 시기 중국에서 이런 현상의 실재
여부를 판단하려면 문학 서사체가 그런 역량을 갖출 정도로 성숙해 있었는가 하는 점
에 대한 확인이 필요한데, 이 부분에 대해서 필자로서는 아직 결론을 유보한 상태이다.
다만, 본론에서도 언급했듯이, 필자는 문학서사론을 주도한 '특별한 중간층'이 지니고
있는 중간적이고, 매개적인 성격으로 인해 그들의 논의가 전적으로 상류층의 의식 변
화만을 반영한 것은 아니라고 생각하지만, 그럼에도 본론의 논의는 그들이 남긴 기록
을 위주로 진행할 수밖에 없었기 때문에 '중간층'이 반영하고 있는 민간 문학의 역량이
선명하게 드러나지 못했다는 점은 인정할 수밖에 없다.

석화시켜 버리기도 한다. 그러나 이러한 극단적 이론화의 폐단이 나타나기 전까지 이론적 탐색의 긍정적 역할은 창작의 발전과 밀접한 관련이 있다. 그러므로 전통 시기 중국의 서사작품들을 올바로 이해하고, 또 역사적 맥락에서 적절히 평가하기 위해서는 당시의 이론적 논의들이 이룩한 성취를 함께 고려해야 할 필요가 있는 것이다. 또한 그런 의미에서 전통 시기 중국의 서사와 그것들을 둘러싼 논의들에 대한 고찰은 오늘날 서사에 관해 다양한 관점에서 진행되고 있는 논의들에 대해서도 새로운 이해를 계발해줄 수도 있을 것이다. 사실 오늘날까지도 대중적 현실 속에서 엄연히 존재하면서 번성하고 있는 통속적인 서사체들은 '진지'하고 세련된 것을 선호하는 주류 문학계에서 당당하게 공존을 주장하지 못하고 있는 듯하다. 그러나 '문장'의 테두리 안에서 역사 서사와 조화로운 공존을 추구했던 전통 시기 중국의 문학서사론의 지향은 만약 그것이 극단적 '공용론'에 경도되지만 않는다면, 그리고 최소한 '공용'의 기준을 유가적 윤리와 같은 특정 이데올로기로 국한하지만 않는다면, 다양한 통속적 오락물들을 포용할 수 있는 탄력을 유지하고 있음이 분명하다.

다만, '서사론의 역사'가 아닌 '서사의 역사'라는 더 넓은 관점에서 전통 시기 중국 서사의 전체 역사를 조망하려면, 본서의 논의에서 제외된 실제의 작품들, 그 가운데서도 특히 지극히 통속적이고, 주로 오락적 목적으로 창작되어 논자들의 관심에서 소외되었던 많은 서사체들에 대한 검토가 반드시 함께 이루어져야 할 것이다. 또한 서사론의 측면에서도 본서는 짧은 편폭에 너무 긴 시대를 포괄하느라 소홀히 지나친 부분이 적지 않다. 특히 본서의 문학서사론은 주로 기존의 '소설'이론에서 다루던 범위 안에서 논의되었는데, 무엇보다도 이것은 희곡 분야의 논의들—최소한 공연의 형태가 아니라 문자화되어 읽혔던 작품들을 대상으로 한—을 소홀히 했다는 점에서 중요한 결함이 아닐 수 없다. 그러므로 좀더 보편적인 이론을 완성하기 위해서는 이런 부분에 대해 차후로 지속적인 보충 연구가 필요할 것이다.

참고문헌

1. 원전류

范曄 撰, 李賢 注, 『後漢書』, 北京 : 中華書局 影印本.

服部宇之吉 校訂, 『漢文大系』, 富山房, 1972.

司馬遷 撰, 王利器 主編, 『史記注譯』, 西安 : 三秦出版社, 1988.

司馬遷 撰, 許東方 校訂, 『史記』, 臺北 : 宏業書局, 民國 72 再版.

孫希旦, 『禮記集解』, 北京 : 中華書局, 1998 3쇄.

楊伯峻 編, 『春秋左傳注』, 北京 : 中華書局, 1993 初版 4刷.

王先謙, 『漢書補注』, 北京 : 中華書局, 1993 初版 2刷.

于迎春, 『漢代文人與文學觀念的演進』, 北京 : 東方出版社, 1997.

魏徵 等, 『隋書』, 北京 : 中華書局, 1991 初版 4刷.

劉昫 等, 『唐書·經籍藝文合志』, 上海 : 商務印書館, 1956.

劉知幾 撰, 趙呂甫 注, 『史通新校注』, 重慶出版社, 1988.

劉知幾 撰, 浦起龍 釋, 『史通通釋』, 臺北 : 里仁書局, 1993.

劉勰 撰, 詹鍈 義證, 『文心雕龍義證』, 上海古籍出版社, 1996.

李昉 等 編, 『太平廣記』, 臺北 : 文史哲出版社, 1978.

이재훈 역, 『書經』, 고려원, 1996.

蔣南華 外 注譯, 『荀子全譯』, 貴州人民出版社, 1995.

章炳麟, 『章氏叢書』 上·下, 臺北 : 世界書局, 1982.

章學誠, 葉瑛 校注, 『文史通義校注』, 北京 : 中華書局, 1994.

程樹德 撰, 程俊英·蔣見元 點校, 『論語集釋』, 北京 : 中華書局, 1996 3刷.

鄒賢俊 外編, 『中國古代史學理論 : 要錄』, 湖北人民出版社, 1990.

脫脫 等, 『宋史藝文志·補·附編』, 上海 : 商務印書館, 1957.

韓非, 陳奇猷 校注, 『韓非子集釋』, 上海人民出版社, 1974.

許愼 撰, 桂馥 義證, 『說文解字義證』, 齊魯書社, 1987.

胡應麟, 『筆叢』, 少室山房, 明 萬曆, 서울대 도서관 소장본.

黃永堂, 『國語全譯』, 貴州人民出版社, 1995.

黃暉, 『論衡校釋』, 北京 : 中華書局, 1996 3쇄.

2. 단행본류

Andrew H. Plaks, *Ssu ta ch'i-shu* 四大奇書 : *The Four Masterworks of the Ming Novel, Prinston*, New Jersey : Prinston Univ. Press, 1987.

David L. Rolston, *Traditional Chinese Fiction and Fiction Commentary-Reading and Writing Between the Lines*, Stanford : Stanford Univ. Press, 1997.

Derk Bodde, *China's First Unifier*, Leiden, 1938.

Gérard Genette, *Narrative Discourse*, Tran. J. E. Lewin. Ithaca, N.Y. : Cornell Univ. Press, 1980.

J. F. 리오타르, 유정완 等 譯, 『모스트모던의 조건』, 민음사, 1991.

J. R. Hightower, *Topics in Chinese Literature*, Cambridge Mass, 1953.

Jonathan Culler, *Structuralist Poetics. Ithaca*, N.Y. : Cornell University Press, 1975.

Seymour Chatman, *Story and Discourse : Narrative Structure in Fiction and Film, Ithaca*, N.Y. : Cornell Univ. Press, 1978.

Sheldon Hsiao-peng Lu, *From Historicity to Fictionality*, Stanford Univ., 1994.

Shelly Hsueh-slun Chang(駱雪倫), *History and Legend*, Ann Arbor : the Univ. of Michigan Press, 1993.

W. L Idema, *Chinse Vernacular Fiction*, Leiden, 1974.

顧頡剛 講授, 劉起釪 筆記, 『春秋三傳及國語之綜合硏究』, 香港 : 中華書局, 1988 初版.

郭紹虞 主編, 『中國歷代文論選』, 上海古籍出版社, 1981 2刷.

郭紹虞, 『照隅室古典文學論集』 上編, 上海古籍出版社, 1983.

瞿林東, 『中國古代史學批評縱橫』, 北京 : 中華書局, 1994.

金槿, 『한자는 중국을 어떻게 지배했는가』, 민음사, 1999.

김기택 外, 『21세기 작가란 무엇인가』, 민음사, 1999.

金學主, 『中國文學史』, 新雅社, 1989.

魯迅, 趙寬熙 譯注, 『中國小說史略』, 살림출판사, 1998.

譚正璧, 『中國小說發達史』, 上海 : 光明書局, 1935.

董乃斌, 『中國古典小說的文體獨立』, 北京 : 中國社會科學出版社, 1994.

루시앙 골드만, 송기형・정과리 역, 『숨은 神』, 연구사, 1986 초판.

멜빈 레이더・버트람 제섭, 김광명 역, 『예술과 인간가치』, 이론과실천, 1994 11쇄.

미셸 푸코, 이정우 역, 『지식의 고고학』, 민음사, 1993 1판 3쇄.

미하일 바흐찐, 이득재 역, 『바흐찐의 소설 미학』, 열린책들, 1988.

미하일 바흐찐, 전승희 외역, 『장편 소설과 민중 언어』, 창작과비평사, 1988.

閔斗基 編, 『中國의 歷史 認識』 上·下, 創作과批評社, 1985.

方正耀, 洪尚勳 역, 『中國小說批評史略』, 을유문화사, 1994.

北京大學 中文系 편, 『中國小說史稿』, 北京 : 人民出版社, 1973.

北京大學 哲學系 편, 『中國哲學史』 上·下, 北京 : 中華書局, 1992.

徐敬浩, 『山海經研究』, 서울대 출판부, 1996.

成復旺 外, 『中國文學理論史』, 北京出版社, 1987.

孫綠怡, 『左傳與中國古典小說』, 北京大學出版社, 1992.

柴德賡, 『史籍擧要』, 北京出版社, 1992.

아리스토텔레스, 윤영주 역, 『시학』, 청년사, 1988.

아리스토텔레스, 천병희 역, 『시학』, 문예출판사, 1992.

梁啓超, 李基東·崔一凡 역, 『淸代學術槪論』, 驪江出版社, 1987.

余英時, 『士與中國文化』, 上海人民出版社, 1996 3刷.

余英時, 『中國近世宗敎倫理與商人精神』, 臺北 : 聯經出版事業公司, 1987.

吳金成 外, 『明末·淸初 社會의 照明』, 한울아카데미, 1990.

王先霈·周偉民, 『明淸小說理論批評史』, 廣州 : 花城出版社, 1988.

王運熙·顧易生 主編, 『中國文學批評通史』, 上海古籍出版社, 1996.

劉剛强, 『王國維美論文選』, 長沙 : 湖南人民出版社, 1987.

劉文剛, 『宋代的隱士與文學』, 成都 : 四川大學出版社, 1992.

陸樹侖, 『馮夢龍散論』, 上海古籍出版社, 1993.

이수웅·김경일, 『중국 문화의 이해』, 대한교과서, 1997 재판.

이언 와트, 전철민 역, 『소설의 발생』, 열린책들, 1988.

李贄, 『焚書·續焚書』, 北京 : 中華書局, 1975.

林時民, 『劉知幾史通之研究』, 臺北 : 文史哲出版社, 1987.

蔣慶, 『公羊學引論—儒家的政治知慧與歷史信仰』, 沈陽 : 遼寧敎育出版社, 1995.

錢穆, 『兩漢經學今古文平議』, 臺灣 : 東大圖書有限公司, 1989.

鄭在書, 『불사의 신화와 사상』, 民音社, 1993.

조셉 니이담, 李錫浩 외역, 『中國의 科學과 文明』, 乙酉文化社, 1986.

죠지 딕키, 吳昞南·黃宥敬 공역, 『美學 入門』, 서광사, 1982 3판.

周予同, 『中國經學史講義』, 上海文藝出版社, 1997.

中國唐代文學學會 外 主編, 『唐代文學硏究』 4집, 廣西師範大學出版部, 1993.

中國史稿編寫組, 『中國史稿』, 北京 : 人民出版社, 1983.

中國史學史 編輯組, 김동애 역, 『中國史學史』 1, 자작아카데미, 1998.

中島千秋, 『賦の形成と展開』, 關洋紙店印刷所, 1963.

曾祖蔭 外, 『中國歷代小說序跋選注』, 長江文藝出版社, 1982.

陳其泰, 『史學與中國文化傳統』, 北京 : 書目文獻出版社, 1992.

陳桐生, 『中國史官文化與史記』, 汕頭大學出版社, 1993.

陳萬益, 『金聖歎文學批評考述』, 臺北 : 國立臺灣大學 文學院, 1976.

陳汝衡, 『說書史話』, 北京 : 作家出版社, 1958.

陳平原, 이종민 역, 『중국소설서사학』, 살림, 1994.

陳平原, 『小說史-理論與實踐』, 北京大學出版社, 1993.

陳平原, 『中國小說敍事模式的轉變』, 上海人民出版社, 1988

陳平原·夏曉虹 編, 『二十世紀中國小說理論資料』, 北京大學出版社, 1989.

陳蒲淸, 吳洙亨 역, 『中國寓言文學史』, 소나무, 1994.

陳洪, 『中國小說理論史』, 安徽文藝出版社, 1992.

崔子恩, 『李漁小說論稿』, 北京 : 中國社會科學出版社, 1989.

테리 이글튼, 이경덕 역, 『문학 비평-반영 이론과 생산 이론』, 까치, 1986.

彭雅玲, 『史通的歷史敍述理論』, 臺北 : 文史哲出版社, 1993.

페터 V. 지마, 허창운 역, 『문예미학』, 을유문화사, 1993.

馮天瑜·何曉明·周積明, 『中華文化史』, 上海人民出版社, 1996 6刷.

하인츠 슐라퍼, 변학수 역, 『시와 인식-미적 의식과 문헌학적 인식의 기원』, 문학
    과지성사, 1992.

胡士瑩, 『話本小說槪論』, 北京 : 中華書局, 1980.

胡適, 『白話文學史』 上, 新月書店, 1929.

黃霖·韓同文, 『中國歷代小說論著選』, 南昌 : 江西人民出版社, 1982.

侯忠義, 『中國文言小說史稿』 上, 北京大學出版社, 1994 초판 2刷.

3. 논문류

Andrew H. Plaks, "Toward A Critical Theory of Chinese Narrative", A. H. Plaks ed., *Chinese Narrative*, Princeton : Princeton Univ. Press, 1977, pp.309~355.

Jaroslav Průšek, "History and Epics in China and in the West", *Chinese History and Literature*, Dordrecht, Holland : D. Reidel, 1970.

John L. Bishop, "Some Limitations of Chinese Fiction", *Studies in Chinese Literature*, 臺北 : 大申書局, 1965, pp.237~245.

Kenneth J. Dewoskin, "On Narrative Revolution", *Chinese Literature Essays Articles Reviews* 中國文學, 1983, Vol.5, No.1 & 2, pp.29~45.

Victor H. Mair, "The Narrative Revolution in Chinese Literature : Ontological Presuppositions", *Chinese Literature Essays Articles Reviews* 中國文學, 1983, Vol.5, No.1 & 2, pp.1~27.

W. L. Idema, "The Illusion of Fiction", *Chinese Literature Essays Articles Reviews* 中國文學, 1983, Vol.5, No.1 & 2, pp.47~51.

可永雪, 「『史記』文學性界說－紀念司馬遷誕辰2,140周年」, 『復印報刊資料 歷史學』, 北京 : 中國人民大學書報資料中心, 1995.12, 65~72면.

瞿林東, 「論魏晉南北朝隋唐時期的歷史發展與史學特點」, 『復印報刊資料 歷史學』, 北京 : 中國人民大學書報資料中心, 1995.12, 23~31면.

邱添生, 「唐代設館修史制度探微」, 『歷史學報』 第14기, 臺灣 : 師範大, 1986, 1~33면.

權錫煥, 「先秦寓言의 敎訓(敎述)的 장르 본질과 敍事指向性」, 『中國小說論叢』 II, 韓國中國小說研究會, 學古房, 1993.

金裕哲, 「均田制와 均田體制」, 『講座 中國史』 II(서울대 동양사학연구실 편), 지식산업사, 1989, 133~218면.

金學主, 「中國文學史에 있어서의 '古代'와 '近代'」, 1998년도 國際學術大會 發表論文集 『中國文學史 研究의 諸問題』(中國語文研究會 編), 1998.12, 25~42면

김한식, 「시간, 이야기, 그리고 존재의 시학－뽈 리꾀르의 텍스트 해석학」, 『현대비평과 이론』 9호, 한신문화사, 1995년 봄·여름, 126~151면.

羅聯添, 「張籍上韓昌黎書的幾個問題」, 『唐代文學論集』 下, 臺北 : 學生書局, 1989, 453~496면.

逯耀東, 「從隋書經籍志史部的形成論魏晉史學轉變的歷程」, 『食貨月刊』 第10卷 4期, 1982. 8, 14~25면.

雷家驥, 「唐前期國史官修體制的演變－兼論館院學派的史學批評及其影響」, 『文史學報』 7호, 臺灣 : 東吳大, 1989.3, 1~36면.

雷家驥, 「兩漢至唐初的歷史觀念與意義－兼論其與史學成立的關係(1)」, 『華學月刊』 第136期, 1983.4, 17~22면.

董乃斌, 「唐代詩歌散文的小說化傾向－小說文體孕育過程論之一」, 『唐代文學研究』 4집, 廣西師範大學出版部, 1993, 250~268면.

류철균, 「한국 근대문학 일반이론 서설」, 『비평의 시대 1－문학을 향하여 문학을 넘어서』, 문학과지성사, 1991, 265~295면.

徐敬浩, 「중국문학에서의 작자와 작가의 문제」, 『中國文學』 31집, 韓國中國語文學會, 1999, 1~17면.

徐敬浩, 「中國文學의 발생 과정에 대한 관찰」, 『中國文學』 22집, 韓國中國語文學會, 1994, 1~32면.

徐敬浩, 「志怪의 小說的 可能性에 關한 檢討」, 『中國學報』 30집, 1990, 31~50면.

손영주, 「문학적 재현(representation)의 문제에 관하여」, 『현대 비평과 이론』 13호, 한신문화사, 1997년 봄·여름, 175~198면.

沈亨哲, 「近代 轉換期 中國의 小說論 硏究」, 서울대 박사논문, 1997.

安正爐, 「古代 中國의 小說 觀念과 起源에 대한 硏究－고대의 目錄書에 보이는 歷史와의 關聯性을 찾아서」, 서울대 석사논문, 1997.

楊 義, 「中國古典小說的本體論和文體發生發展論」, 『復印報刊資料 中國古代·近代文學研究』, 北京 : 中國人民大學書報資料中心, 1995.10, 45~61면.

楊翼驤·喬治忠, 「論中國古代史學理論的思想體系」, 『復印報刊資料 歷史學』, 北京 : 中國人民大學書報資料中心, 1995.11, 23~32면.

余嘉錫, 「小說家出于稗官說」, 『余嘉錫論學雜著』 上冊, 北京 : 中華書局, 1963.

吳金成, 「明·淸 時代의 國家 權力과 紳士」, 『講座中國史』 Ⅳ, 서울대 東洋史學研究室, 208~210면.

吳炳南, 「미적 태도론의 성립과 현대 미학의 문제」, 『美學』 6집, 서울대, 1979.

王運熙·楊明, 「唐代詩歌與小說的關系」, 『文學遺産』, 1983.1, 30~40면.

袁 達, 「『史記』的志怪和司馬遷的思想」, 『復印報刊資料 歷史學』, 北京 : 中國人民大學書報資料中心, 1995.11, 49~54면.

劉文剛, 『宋代的隱士與文學』, 成都 : 四川大學出版社, 1992.

柳元迪, 「唐 前期의 支配層－구귀족과 관료기반의 확대」, 『講座 中國史』 II(서울대 동양사학연구실 편), 지식산업사, 1989 초판, 219~254면.

윤혜준, 「저자는 어떻게 죽는가?」, 『현대 비평과 이론』 13호, 한신문화사, 1997년 봄·여름, 151~174면.

李騰淵, 「古典小說批評 중의 '虛實論' 小考」, 『中國小說論叢』, 中國小說研究會, 學古房, 1992, 293~311면.

李騰淵, 「淸代 小說理論 중의 '本質論' 研究」, 『中國小說論叢』 III, 中國小說研究會, 學古房, 1994, 31~59면.

李騰淵, 『晩明小說理論 研究』, 韓國外國語大學校 博士論文, 1991.

李福淸, 中國語文硏究會 編, 「中國文學與民間文學之關係」, 1998년도 國際學術大會 發表論文集 『中國文學史 硏究의 諸問題』, 1998.12, 77~88면.

李相尙, 「古代 傳記의 本質과 文學的 展開」, 『명지어문학』 19호, 명지대 국문과, 1990.

李昭始, 「中國 小說史에 대한 단상」, 『中國小說論叢』 VIII, 韓國中國小說學會, 學古房, 1998.8, 17~34면.

李穎科, 「魏晉南北朝史學中的直書與曲筆」, 『復印報刊資料 歷史學』, 北京 : 中國人民大學書報資料中心, 1995.6, 47~51면.

李允碩, 「明末의 江南 '士人'과 文社 活動－그 社會 文化的 背景을 中心으로」, 『東洋史學研究』 57집, 서울대 동양사학회, 1997, 79~114면.

李琮敏, 「近代 中國의 時代 認識과 文學的 思惟－梁啓超, 王國維, 郁達夫, 魯迅을 중심으로」, 서울대 박사논문, 1998.

全海宗, 「中國人의 傳統的 歷史觀」, 『史觀이란 무엇인가』(車河淳 編), 청람문화사, 1995 증보 10쇄, 199~231면.

정명환, 「철학과 문학과 진실」, 『현대 비평과 이론』 15호, 한신문화사, 1998년 봄·여름, 95~122면.

鄭在書, 「志怪, 소설과 문화 사이」, 『中國小說論叢』 VIII, 韓國中國語文學會, 學古房, 1998.8, 111~135면.

趙寬熙, 「魯迅의 中國小說史學에 대한 비판적 검토」, 『中國小說論叢』 VI, 韓國中國語文學會, 1997.3, 25~37면.

趙寬熙, 「서사적 관점에서 본 中國 小說의 演變」, 『중국소설논총』 VIII, 韓國中國

語文學會, 1998.8, 35~64면

趙寬熙, 「韓國에서의 中國小說 硏究(1945~1997)」, 『中國小說論叢』 VII, 韓國中國
    語文學會, 學古房, 1998.3, 27~46면.

曹壽鶴, 「假傳體小說考」, 『中國語文學』 4집, 韓國中國語文學會, 1982.

朱本源, 「孔子史學觀念的現代詮釋」, 『復印報刊資料 歷史學』, 北京 : 中國人民大
    學書報資料中心, 1995.2, 31~41면.

朱本源, 「試釋司馬遷‘考信于六藝’說的眞諦」, 『復印報刊資料 歷史學』, 北京 : 中
    國人民大學書報資料中心, 1995.10, 35~43면.

朱政惠, 「‘天人合一’思想對中國紀傳體史書發展的影響」, 『復印報刊資料 歷史
    學』, 北京 : 中國人民大學書報資料中心, 1995.5, 27~31면.

竹田晃, 孫歌 譯, 「以中國古典小說史的眼光讀漢賦」, 『復印報刊資料 中國古代·
    近代文學硏究』, 北京 : 中國人民大學書報資料中心, 1995.11, 93~99면.

陳桐生, 「司馬遷師承董仲舒說質疑」, 『復印報刊資料 歷史學』, 北京 : 中國人民大
    學書報資料中心, 1995.2, 42~48면.

페터 지마, 장경렬 역, 「우연성과 구성-모방론에서 모더니즘에 이르기까지」, 『현
    대 비평과 이론』 14호, 한신문화사, 1997년 가을, 204~224면.

浦江淸, 「論小說」, 『文學遺産增刊』 第6輯, 204~217면.

馮天瑜, 「中國文化人的三個發展階段」, 『復印報刊資料 文化硏究』, 北京 : 中國人
    民大學書報資料中心, 1995.5, 30~35면.

胡 戟, 「試論爲唐代文學的繁榮付出了犧牲科學的代價」, 『復印報刊資料 中國古
    代·近代文學硏究』, 北京 : 中國人民大學書報資料中心, 1996.10, 113~
    116면.

洪尙勳, 「金聖歎의 서사이론-小說 評點을 중심으로」, 『현대 비평과 이론』 9호,
    한신문화사, 1995년 봄·여름, 168~186면.

洪尙勳, 「明末·淸初의 小說觀에 대한 試論」, 서울대 석사논문, 1991.

洪尙勳, 「司馬遷의 敍事論」, 『中國小說論叢』 VIII(韓國中國小說學會 編), 1998.8,
    65~89면.

洪尙勳, 「中國 文學에서 虛構에 관한 認識論的 轉換」, 『中國小說論叢』 II(韓國中
    國小說學會 編), 1993, 13~54면.

洪尙勳, 「重評紅樓夢評論」, 『東亞文化』 40집, 서울대 동아문화연구소, 2002, 99~
    128면.

洪尙勳, 「志怪와 傳奇 사이의 敍事學的 世界觀」, 『中國文學』 25집, 韓國中國語
文學會, 1996.6., 63~89면.
洪尙勳, 「해방 이후 50년의 성과와 문제점—중국 고대소설 연구를 중심으로」, 『東
亞文化』 34집, 서울대 東亞文化硏究所, 1996, 225~257면.

洪尙勳, 「志怪와 傳奇 사이의 敍事學的 世界觀」, 『中國文學』 25집, 韓國中國語
文學會, 1996.6., 63~89면.